Album - Bibliothek deutscher Originalromane

19. Jahrgang 10. Band

SALZWASSER VERLAG

Herm. Markgraf

Album - Bibliothek deutscher Originalromane

19. Jahrgang 10. Band

Unveränderter Nachdruck der Originalausgabe von 1864.

1. Auflage 2022 | ISBN: 978-3-75259-568-0

Verlag: Salzwasser Verlag GmbH, Zeilweg 44, 60439 Frankfurt, Deutschland
Vertretungsberechtigt: E. Roepke, Zeilweg 44, 60439 Frankfurt, Deutschland
Druck: Books on Demand GmbH, In de Tarpen 42, 22848 Norderstedt, Deutschland

ALBUM.

Bibliothek deutscher Originalromane.

Herausgegeben
von
Herm. Markgraf.

Neunzehnter Jahrgang.

Zehnter Band.

Die Herren von Ettershaiden.

I.

Wien.

1864.

Die Herren von Ettershaiden.

Roman

von

E. Fritze.

I. Theil.

Wien

1864.

Inhalt.

Die Herren von Ettershaiden.

Einleitung.

Zwei Novembertage.

Der Herbst mit seinen wechselnden Witterungslaunen war eingekehrt. Kaum hatte der October im vollen Sonnenglanze Abschied genommen, so trat Sturm und Regen mit verdoppelter Kraft auf, um die letzten Reste der sommerlichen Blätter- und Blüthenpracht zu zerstören. Drei Tage hatte es gestürmt. Als aber der Abend des vierten November nahete, da gingen die Geister des Sturmes zur Ruhe und die grauen Wolken hoben sich, zertheilten sich und flatterten endlich, wie leichte weiße Schleier am blauen Himmelsgewölbe dahin, eine nach der andern verschwindend, um den aufblitzenden Sternen dort oben Platz zu machen. Die

Sterne aber begannen ihren Lauf mit einem so fröhlichen Funkeln, als wollten sie andeuten, daß sich die lieben Engelein im Himmel der frischen freien Aussicht auf die Erde freueten und daß sie die armen Sterblichen da unten nimmer vergessen würden, wenn auch rauhes, dumpfiges Gewölk sie umhülle und sie verschwunden schienen auf ewig.

Etwas Aehnliches dachte ein junger, in eleganter Hoftracht gekleideter Mann, der eilfertig aus dem Portale des Residenzschlosses zu Potsdam trat und prüfend seine Blicke zum Himmel sendete, um zu ergründen, was für Wetter er auf seinem kurzen Wege nach der Garnisonkirche zu erwarten habe.

Zufriedengestellt durch seine Wetterbeobachtung sprang er leichtfüßig die Stufen hinab, wickelte sich in seinen kurzen vorschriftsmäßig verzierten Mantel und schüttelte nur abwehrend mit dem Kopfe, als ein Lakai ihn fragte, ob er eine Sänfte befehle.

Es war ein schlanker, hochgewachsener, aber blutjunger Mann, der in gemüthlicher Eilfertigkeit seinen Weg verfolgte. Kaum die ersten Bartspitzen mochten ihm Mund und Kinn zieren; sie waren jedoch, der herrschenden Mode gemäß, spurlos abrasirt und das glatte, weiche Gesicht zeigte noch wenig Charakter; man müßte denn die heitere aufgeweckte Miene, womit der junge

Herr in alle unverhangenen Fenster blickte, als einen Grundzug seines Charakters gelten lassen.

Unweit der Garnisonkirche blieb er stehen, trat vorsichtig über einen breiten, wasserreichen Rinnstein und suchte etwas verdrießlich eine Stelle, die reinlich genug sei, ihn zu einem kleinen unansehnlichen Häuschen zu führen, das etwas abwärts von dem glatten, vom Regen abgewaschenen Straßendamme lag. Es gelang ihm, dies kleine Haus mit seinen verwitterten Fenstern zu erreichen, ohne seine feine Fußbekleidung zu beschmutzen. Er trat ganz dicht an das erste Fenster, blickte durch die kleinen mit Blei umrahmten Scheiben und klopfte dann leise dagegen.

Sogleich rasselte das Schiebfensterchen. Von schneeweißen Haaren umgeben zeigte sich ein altes, gebräuntes, runzelvolles Männergesicht in der kleinen Oeffnung; düster und unbeweglich blickten ein Paar tiefliegende dunkle Augen auf den jungen Hofherrn, der lächelnd nickte und „Guten Abend, Fritsche!“ sagte.

„Herr Gott im Himmel, sind Sie es denn wirklich, Junker Thilo?“ fragte der alte Mann mit dem Ausdrucke entschiedener Mißbilligung die Gestalt des Herrn musternd.

„Also dahin ist's nun gekommen? Kammerjunker? Was Ihr tapferer Herr Papa wohl sagen würde, wenn er Sie in diesem Costüme sähe!“ Er lachte auf eigenthümliche Weise und verzog den Mund, daß sich die Runzeln um denselben in eine wellenförmige Bewegung setzten. „Seit wann sind denn der Herr Junker Thilo von Ettershaiden Hofjunker?“

„Seitdem Junker Thilo einsah, daß es thöricht sei, seine Talente und Wissenschaften nicht auf jede Weise zu verwerthen;“ entgegnete der junge Herr leutselig. „Mein tapferer Papa hinterließ mir zwar einen tüchtig benutzten Degen, allein die Lust den Degen zu führen erbte ich sowohl, als mein Bruder, nicht mit demselben. Aber das gehört jetzt nicht hieher, alter Leibhusar! Ich bin nicht gekommen, um Ihm vorzudeclamiren, daß die Kinder Seines Obersten froh sein müssen, wenn sie Brod und Wohnung haben, sondern ich bin vom Oberhofmarschall beauftragt, die Veranstaltungen zu revidiren, die für den nächtlichen Besuch der kaiserlichen und königlichen Majestäten getroffen sind.“

„Alles in Ordnung, Herr Junker,“ antwortete der alte Fritsche mit gedämpftem Tone.

„Ganz gut und Sein Wort in Ehren, aber ich muß mich durch den Augenschein belehren lassen, daß Alles nach Vorschrift geordnet ist.“

„Sr. Gnaden der Oberhofmarschall kann sich doch wohl auf den alten Leibhusaren verlassen?“ fragte der Alte verdrießlich. „Wozu eine Revision, die wieder Aufsehen macht, was doch, strenger Ordre zufolge, vermieden werden soll."

„Mache Er kein Federlesens, alter Fritsche!" schalt der Junker gutmüthig. „Schließe Er nur sacht das Pförtchen auf, wozu Er den Schlüssel hat. Allons! Je länger hier — je später dort. Es wird finster — nehm' Er nur eine Laterne mit!"

„Na — ich wasche meine Hände in Unschuld, Junker Thilo. Meine Instructionen lauten jedes Aufsehen zu vermeiden und über Alles zu schweigen, was geschehen soll —" murrte der Alte. „Ich red' schon lange kein Wort darüber. Wovon wüßten's denn die Leute, daß die Majestäten um Abendszeit meines großen Königs Sarg sehen wollen? Ich hab's nicht verrathen. Vorhin kostete es mir Mühe genug, die Weibsleute aus den Kirchstühlen drüben zu verjagen. — Wenn ich nun mit Ihnen in die Kirche gehe, so haben wir nachher den ganzen Spectakel vor den Kirchthüren, wenn die Majestäten kommen. Und das soll doch nicht sein. Lassen Sie die Revision bleiben, Junker!"

„Nichts da! Auf den ausdrücklichen Befehl der Königin hat mir der Hofmarschall den ausdrücklichen Befehl ertheilt ‚zu revidiren' und es wird revidirt! Beeile Er sich, Er hat doch sonst Ordre parirt! Red' Er morgen mehr und komm' Er, ehe es vollends Nacht wird!"

Der alte Mann gab jetzt jeden Widerstand auf, brummte nur noch inwendig und nahm gehorsam seine Blendlaterne aus dem Schranke, der dicht am Fenster stand. Während er sie anzündete, schritt Junker Thilo von Ettershaiden wieder höchst vorsichtig nach dem Straßendamm zurück und folgte dann dem alten ehemaligen Leibhusaren Fritsche, der ein Kirchenamt untergeordneten Ranges bekleidete — für dies Mal aber speciell mit einem königlichen Auftrage betraut war — auf einem trockenen Seitenwege nach der Kirche. Leise schloß der Alte auf und winkte dem Junker, rasch einzutreten.

So lange sie auf der Straße waren, sprach keiner von ihnen ein Wort. Kaum aber hatte der Alte die Thür wieder in's Schloß gedrückt und mit so wenigem Geräusch, wie möglich, verschlossen, so fragt er murmelnd:

„Wann kommen die Majestäten, Junker Thilo?"

„Vor Mitternacht nicht, alter Leibhusar!"

„Kurioser Einfall! daß es der Königin nicht graut, um Mitternacht einen Gang in's Gewölbe zu machen."

„O, die Königin hat in allen Stücken mehr Courage als der König," flüsterte Thilo gedämpft und mit sprechender Gebärde. „Der König schläft friedlich — aber die Königin tobt und kämpft selbst im Schlafe!"

„Ja, ja? So spricht man auch unter uns," murmelte der Veteran, indem er seine Blendlaterne öffnete und einen Lichtstrahl durch die Halle gleiten ließ, wohin sie sich wendeten.

Sie näherten sich alsbald der Kanzel, unter welcher die Gruft sich befand, wo Friedrich der Große neben seinem Vater seine Ruhestätte gefunden hatte. Der alte Mann steckte den Schlüssel in die Gitterthür, die zu dem niedrigen Gewölbe führte und der Junker betrachtete unterdessen zwei Figuren, die neben der Kanzel auf Postamenten standen und nur schwach vom letzten Tagesschimmer erhellt wurden.

„Wer hat denn dem Mars und der Minerva, einem heidnischen Götterpaare, diesen Platz neben der christlichen Kanzel angewiesen?" fragte er leise lachend. Der Leibhusar sah ihn unwirsch an, antwortete jedoch nicht. „Gewiß der König Friedrich selbst, der nie einen Heiden von einem Christen unterscheiden konnte."

„Lassen Sie das Witzeln, Junker Thilo," warnte der Alte. „Der alte Fritz könnt's hören und könnte Sie mit seinem Zorn verfolgen. Sie sind überdies kein richtiges Preußenkind und haben nie viel von dem gehalten, was man Vaterland nennt. Ich weiß noch, wie der selige Herr Papa zeterte und wetterte, als Sie ihm 'mal antworteten — na — wie hieß doch das Sprichwort?"

„Ubi bene ibi patria!" flüsterte Thilo fröhlich.

„Auf deutsch — Wo es mir wohl geht, da ist mein Vaterland!“

„Richtig — so hieß es! Der selige Herr Papa konnte den Spruch nicht leiden! Aber Sie haben das leichte Blut von Ihrer Mama — aber nicht der Herr Bruder. Wo ist denn der junge Herr Arnulf jetzt, Junker?“

„Ich weiß nichts von ihm, alter Fritsche! Vor zehn Jahren habe ich ihn zum letzten Male gesehen. Als ich kurz nach meines Vaters Tode auf die Ritterakademie gebracht wurde, weil ich mich entschieden gegen die militairische Erziehung im Cadettenhause sträubte, da trennten wir uns auf eine feierliche und rührende Weise. Nachher hat Arnulf noch einige Male an mich geschrieben. Seit neun Jahren ist er verschollen. Niemand weiß, wo und was er ist!“

Unter den letzten Worten war er in die niedrig gewölbte Gruft getreten, wo es schon ganz dunkel war. Fritsche mußte auf sein Geheiß die Wandleuchter, die eigens zu dem beabsichtigten Besuch der Majestäten angebracht und mit Wachskerzen besteckt worden waren, anzünden. Als der Junker sich überzeugt hatte, daß sie hinlänglich viel Licht verbreiteten, löschten sie Beide die Lichter wieder und verließen das Gewölbe. Während Fritsche das Gitter schloß, trat der Junker zum Altare, der zwischen der Kanzel und der königlichen Loge stand*) und prüfte die Aufstellung der Kerzen, die diese geweihte Stelle erleuchten sollten. Auf den Stufen des Altars stehend glitt sein Blick über den weiten Raum hinweg und heftete sich, vollkommen aufmerksam, auf die Vorrichtungen, die zur Erleuchtung der Kirchenhalle dienen sollten. Es kam darauf an, daß die Lichteffecte richtig vertheilt wurden und da es keinesweges Absicht war, das mystische Dunkel der weiten Kirchenhallen zu bannen, so gehörte allerdings ein kunstgerechtes Vertheilen der Lichtflammen dazu, um einen ergreifenden Totaleindruck zu erzielen.

„Es wird wahrhaftig nöthig sein, daß Er zur Probe die Kerzen insgesammt anzündet," sprach der junge Mann unschlüssig. Der alte Kirchendiener sah ihn an, als hätte er ihn nicht verstanden.

„Sie meinen, Junker Thilo — nein — Sie können doch nicht meinen, daß ich die Erleuchtung probiren soll? Na, wahrhaftig, das wäre eine Lärmkanone, die ganz Potsdam auf die Beine und vor die Kirchenthüren brächte.'

„Freilich —" warf der Junker heiter ein, „aber

---

*) Der Altar stand früherhin dort, ist jedoch jetzt auf eine andere Stelle gebracht. Auch die Statuen des Mars und der Minerva sind als unpassende Verzierungen einer christlichen Kirche entfernt worden.

was kann ich thun, wenn mir ausdrücklich befohlen wird," mich durch den Augenschein zu überzeugen, daß der gehörige Lichteffect erzielt werde.

„Ich wasche meine Hände in Unschuld, gnädiger Herr," murrte der Alte verdrossen. „Befehlen Sie, so stecke ich die Kerzen an."

„Ein fataler Auftrag — alter Fritsche! Ordre pariren heißt's und dabei läuft man doch Gefahr, nachher für die Folgen verantwortlich gemacht zu werden!"

„Sollte Ihnen denn jetzt eine diplomatische Ausrede so schwer werden, Junker Thilo," erwiederte der ehemalige Leibhusar mit jenem unterdrückten Lachen, das seine Gesichtsmuskeln in eine zitterähnliche Bewegung setzte. „Als Sie zehn Jahre alt waren, ging es Ihnen doch wie am Schnürchen vom Munde."

Der Junker nickte zustimmend mehrmals mit dem Kopfe. „Er hat recht, Fritsche — eine diplomatische Ausrede rettet stets vor Gewissensbissen und ist nie als eine Lüge zu betrachten. Es sei! Ich habe mich durch den Augenschein überzeugt, daß Alles vortrefflich ist. Nun komm' Er — wir sind fertig mit der Localrevision." Sein Blick überflog nochmals die Halle, streifte dabei die Stühle im Nebengange und blieb plötzlich an einem Gegenstande hängen, der ihm höchst befremdlich erschien. Dadurch, daß er noch auf den Altarstufen, also höher als zu ebener Erde stand, wurde es ihm möglich in die vergitterten Seitenlogen zu schauen und er erblickte in der zunächst liegenden eine Gestalt, von der er beim Dämmerlichte nicht zu unterscheiden vermochte, ob es ein menschliches, ruhig schlafendes Wesen oder ein Bildwerk menschlicher Kunst sei, was dort im rothen Lehnsessel ruhend, von ihm bemerkt wurde.

„Leuchte Er doch mal dorthin, Fritsche,“ sprach er aufgeregt zu dem Veteranen, der zufriedengestellt seinen Rückweg anzutreten begann. „Was ist das? Mein Gott im Himmel, ein schlafendes Kind!“ rief er, als ein Strahl der Laterne über den Platz hinweglief. Schnell wie ein Gedanke sprang Thilo über die Bänke, die zwischen dem Gange lagen, hinweg und schwang sich gewandt durch die aufgehobenen Gitter der Loge. Langsam und brummend folgte der alte Fritsche.

Athemlos vor Schreck und Staunen neigte sich Thilo über den Sessel, worauf ein reizendes Mädchen von ungefähr acht Jahren so himmlisch ruhig schlief, als läge es im Mutterarme. Hellblonde Löckchen umgaben die hochgewölbte, weiße Stirn — der Mund, leicht geöffnet, ließ hinter den rothen Lippen die kleinen weißen Zähne sehen. Die vollen, runden Aermchen hielt die kleine Schläferin über der Brust gekreuzt; sie hatt ihre kleine üppige Gestalt so bequem in die Polster geschmiegt, wie es nur irgend möglich war.

„Da haben wir den Leichtsinn des Weibsvolkes

wieder!“ sprach der Veteran, der während dessen mit seiner Laterne näher gekommen war. „Aus dem Stuhl habe ich vorhin ein Mandel Frauenzimmer verjagt und nun vergessen sie das arme kleine Ding mitzunehmen. Es ist 'ne Sünde und Schande! Ach sieh da — das ist ja eins von den kleinen fremden Kindern, die hier in der Nachbarschaft auf Besuch sind. — Ha — Du Wildfang — wie ruft man sie doch gleich? Ja Melitta! — Du kleiner wilder Schelm — Malitta! —“ Thilo stand noch immer tief niedergebeugt vor dem reizenden Kinde, das beim ersten Ruf des alten Mannes eine Bewegung machte, widerwillig das Köpfchen wendete und fortschlief. Nie in seinem ganzen Leben hatte Thilo eine Regung in sich gefühlt, wie beim Betrachten dieses engelhaft schönen Geschöpfes, das nur der Obhut eines höhern Wesens anheimgegeben, hier einsam und verlassen ruhte. Er neigte sich tiefer und drückte mit der zarten Schonung eines liebenden Vaters seine Lippen auf die klare Stirn der Kleinen. Im Nu erwachte sie und richtete sich mit hellen großgeöffneten Augen elastisch auf. Ein süßes Lächeln auf den rosigen Lippen starrte sie den Junker eine Secunde an und fragte dann hastig:

„Bist Du der König? Wo hast Du Deine Königin? Bitte, laß mich Deine Königin sehen!“ Thilo umschloß sie lachend mit den Armen, um sie über die Brüstung der Loge hinwegzuheben.

„Komm nur mit, Du kleines Frauenzimmerchen — den König kannst Du heute hier nicht erwarten — sei froh, daß wir Dich gefunden haben — du bist eingeschlafen und wenn Du in der Nacht aufgewacht wärest und hättest Niemanden bei Dir gehabt, so würdest Du Dich todtgefürchtet haben. Komm — so — nun spring' auf die Erde!"

Die Kleine wendete sich gegen ihn um und sah ihn fest an. Was sagst Du? Ich fürchte mich nicht?"

„Oho, prahle nur nicht mit Deiner Courage, mein Herzchen! Wenn Du aufgewacht wärest und Dich ganz allein in der großen, finstern Kirche gefunden hättest, dann möchte Dir's doch wohl bang um's kleine Herz geworden sein."

„O nein — ich hätte nicht geweint," entgegnete das kleine Mädchen mit allerliebstem Trotze. „Ich wäre ganz artig gewesen und wenn man artig ist, dann ist der liebe Gott bei uns, sagt' Mama!"

„Deine Mama mag eine kluge und gute Mama sein," fiel der Leibhusar mürrisch ein, „aber daß sie Dich hier schlafen läßt, ohne sich um Dich zu bekümmern, das zeigt eben keine Vernunft." Das Kind, welches während der Zeit glücklich aus dem Gitterstuhl herausspedirt war und mit einem leichten Frostschauern die nackten Aermchen in die kleine Schürze, die sie vor hatte, zu wickeln suchte, sah sehr nachdenklich zu dem Alten, den sie zu kennen schien, auf.

„Meine Mama schläft ja," sagte sie eigenthümlich fest, als wolle sie den Mann belehren.

„So, sie schläft?" fragte Fritsche ironisch.

„Ja, sie schläft und ich hab' sie mit Blumen zugedeckt!" fuhr sie wichtig fort.

„Dacht' ich's doch, daß Dir die Mutter fehlte," flüsterte der Junker weich, „wie kann man ein Kind im November mit so nacktem Hals und Armen in die Luft hinausschicken! Komm, mein armes Würmchen — steck' Dich unter meinen Mantel. — Wie heißt Du denn eigentlich?"

Das Kind blieb die Antwort schuldig und trippelte rasch vor den beiden Männern her, als sie sich dem Ausgange der Kirche näherten. Erst an der Pforte blieb sie stehen und hob die großen, klugen Augen zu Thilo empor.

„Ich dank' Dir für Deinen Mantel, lieber Herr — mich friert aber nicht! Warum willst Du es wissen, wie ich heiße? Du willst mich wohl beim gestrengen Herrn Vormund und bei der gestrengen Frau Tante verklagen, daß ich doch in die Kirche, die so schön spielt, gelaufen bin, obgleich sie mir's verboten hatten? O — ich sag' Dir's aber nicht, wie ich heiße — ich sag' Dir's nicht!" Und schnell wie ein Pfeil schoß die kleine schlaue Dame aus der Thür, die Fritsche geöffnet hatte und war die Straße hinauf, ehe sich ihre Begleiter besinnen konnten. Beide lachten und folgten langsam nach. Beim Häuschen des Kirchendieners trennte sich Thilo von dem ehemaligen Leibhusaren und schritt langsam in der Dämmerung zum Schlafe zurück. Plötzlich schlug es sechs Uhr und das Glockenspiel der Garnisonkirche begann seinen üblichen Choral. Ergriffen von wunderbaren Gefühlen blieb Thilo stehen. Unwillkührlich legte der junge Mann dem hellen Klange fromme Worte unter. Wie ein Trost vom Himmel fiel es dem einsam in der Welt Dastehenden in's Herz. Auf sich selbst angewiesen, entblößt von allen Mitteln, die ihm eine selbständige Existenz gestattet hätten, war er nur durch die besondere, persönliche Einwirkung der Königin dahin gelangt, wo er jetzt wirken sollte. Ihm fehlte eigentlich die nöthige unverletzte Ahnenreihe, denn sein Vater, einer der tapferen Schlachtgenossen des großen Friedrich, hatte sich durch seines Herzens Wallungen hinreißen lassen, die französische Gouvernante seiner Schwestern zu heirathen. Ohne zu bedenken, daß er dadurch seinen Kindern eine standesmäßige Carriere verderben könne, hatte er die hübsche, etwas leichtfertige Französin zu seiner Gattin gemacht und war Vater vor vielen Kindern geworden, wovon jedoch nur der älteste Sohn, Arnolf geheißen, und der jüngste Sohn

Thilo am Leben geblieben waren. Zwischen beiden Söhnen lag ein Zeitraum von elf Jahren. Als daher die beiden Brüder Waisen wurden, fiel nur Thilo als zwölfjähriger Knabe der Wohlthätigkeit seines Königshauses anheim, während sein Bruder Arnolf schon längst seine cameralistischen Studien vollendet hatte und sogleich durch besondere königliche Gnade mit einem Amte an der äußersten Gränze Schlesiens betraut wurde. Darüber waren nun zehn Jahre verflossen. Junker Thilo hatte seines Bruders wenig gedacht und nur die Frage des alten Fritsche, welcher unter seinem Vater gedient und vielfach im Hause desselben verkehrt hatte, lenkte jetzt seine Gedanken auf ihn zurück.

Das Glockenspiel tönte aus. Da traf ein Ruf sein Ohr, ein liebes, schmeichelndes Wort voller Wohlklang, wie es nur zarten Kinderherzen eigen ist. Ueberrascht schauete er sich überall um. Das mußte die kleine Schläferin aus der Kirche sein! Wo in aller Welt war sie denn? Ein helles, kindliches Lachen verrieth ihm, daß die Kleine recht gut merke, wie er sie vergeblich suche. Jetzt aber sah er sie. Sie stand auf einer Freitreppe, die von eisernen Geländern umgeben, eine Art Balkon bildete. Der letzte Tagesschimmer fiel auf die kleine reizende Gestalt, die dicht am Geländer lehnte und mit höchst graziösen Gebärden winkte und nickte. Plötzlich wendete sie das Köpfchen, blickte horchend nach der Thür zurück, legte mit anmuthiger Schalkheit beide Hände gegen ihr kleines Mäulchen, warf dem Junker zwei, drei Mal grüßend Küßchen zu, knixte ganz allerliebst und verschwand in der Hausthür.

Höchst amüsirt von dieser kleinen Scene ging auch nun der Junker Thilo seines Weges. Die Erinnerung an dies Abenteuer nistete sich während seines Ergötzens darüber weit fester in ihm ein, als es sonst wohl geschehen sein möchte. Er nahm sich vor, Erkundigungen nach dem Kinde anzustellen, das eine so merkwürdige Anziehungskraft auf ihn ausgeübt hatte — er nahm sich sogar vor, dem gestrengen Herrn Vormund und der gestrengen Frau Tante Eröffnungen über die Nachlässigkeit ihrer Dienstboten zu machen, die ein so zartes Wesen leicht gekleidet der Kirchenluft aussetzten und es schließlich sogar vergaßen und dort einschlafen ließen. Das Kind gehörte augenscheinlich den höhern Ständen an. Sein Benehmen, seine Ausdrucksweise, seine Kleidung — Alles verrieth seine Herkunft. Dazu der Name „Melitta," welcher die Capricen der damaligen Sucht, „Taufnamen aller Arten zu erfinden," vollkommen repräsentirte. Kurzum, Junker Thilo von Ettershaiden fühlte die größte Lust, die angesponnene Bekanntschaft mit diesem lieblichen Kinde fortzusetzen, vergaß jedoch über die nächsten Ereignisse schon Alles, was Bezug auf dasselbe hatte und gedachte seiner erst wieder, als es zu spät war Nachforschungen darüber anzustellen.

Die Stunden des Tages verrannen. Die Nacht kehrte rasch und plötzlich ein, wie es stets im November zu sein pflegt. Immer öder, immer stiller wurde es in den Straßen Potsdam's — nur die harten Schritte der Wachen am königlichen Schlosse, nur die polternden Tritte der Nachtwächter, die mit ihren Nachthörnern die Ruhe der Schlafenden störten, wurden noch gehört.

Im Schlosse selbst waltete ein geheimnißvolles Leben, trotzdem Mitternacht nahe war. Der Besuch des Kaisers von Rußland — lange und schmerzlich ersehnt von der Königin von Preußen, welche in einer Allianz mit diesem mächtigen Fürsten ein Schutz- und Trutzbündniß gegen den Welteroberer Bonaparte sah, — brachte allerdings schon an sich etwas mehr Leben und Bewegung hervor, allein selbst die nicht Eingeweihten der Dienerschaft begriffen aus den Vorkehrungen, daß etwas Besonderes im Werke sein müsse.

Kurz nach zehn Uhr hatten sich die hohen Herrschaften mit formeller Höflichkeit getrennt und hatten sich in ihre Zimmer zurückgezogen. Trotzdem wurden die Kammerbedienungen nicht entlassen, sondern angewiesen, sich erst späterhin des Rufes gewärtig zu halten. Kopfschüttelnd zogen sich die Kammerdiener, sonst die Vertrauten aller königlichen und kaiserlichen Einfälle, bis auf Weiteres zurück und höchst verwundert verließ Mademoiselle Schadow das Schlafzimmer der Königin wieder, als sie die Weisung erhielt, in drei Stunden zum Dienst da zu sein.

Die eingeweiheten Diener wurden mit feinen, mit klugen und mit stürmischen Fragen versucht. Nicht ein Wort kam über ihre Lippen, denn die Sicherheit ihrer späterer Stellung hing von ihrem Schweigen ab. Es waren nur wenige, die darum wußten, daß um Mitternacht die Gruft des großen Friedrich von den Herrschern Rußlands und Preußens besucht werden sollte und von diesen wenigen ahnete nur ein kleiner Theil die große politische Bedeutung dieses hochromantischen Besuches.

Er sollte dort dem Bunde der Freundschaft die Weihe gegeben werden, und die Königin, gleichsam als Zeuge des heiligen Vereines, wollte ihren Gemahl nach der Gruft begleiten. Zwölf Uhr schlug es auf allen Thürmen. Feierlich klang die Choralmelodie des Glockenspieles durch die nächtliche Stille. Kaum war der letzte Ton verhallt, so bewegten sich zwei hohe, stolze Männergestalten durch die Straßen und schritten, Arm in Arm, schweigend und ihrer inneren Bewegung ganz hingegeben dem Portale der Garnisonkirche zu, das dem Waisenhause gegenüber lag.

Hier wartete ihrer der ehemalige Leibhußar im vollen, wohlerhaltenen Kriegerschmuck seiner Dienstjahre.

Ein stummer Gruß — dann schloß er hastig die Thür auf und die nächtlichen Besucher traten ein in die Vorhalle, wo sie wartend stehen blieben, bis die Königin erschien.

Voll und mächtig war der Eindruck der erleuchteten Kirche auf beide Herrscher, als sie, unbeirrt von neugierigen Blicken, neben einander durch den schmalen Gang von der Thurmhalle zwischen den breiten Pfeilern, der bis zur Gruft erleuchtet war, dahin gingen. Wie ein Lichtmeer erhob sich die glänzend helle Gruft gegen die dunkle Kanzel und die zuckenden Lichtflammen brachten einen wunderbaren Effect hervor, wenn sie aufflammend die Statuen des Mars und der Minerva grell hervortreten ließen. Ganz langsam schritten die Monarchen vor. Beide in der vollen Blüthe der Kraft, Jugend und Schönheit — Alexander glänzender vielleicht in seiner ritterlichen Erscheinung — Friedrich Wilhelm aber gewinnender in der Würde einer ruhigen Majestät. In der Mitte des Ganges kehrten sie um. Ein Geräusch am Eingange hatte ihnen verrathen, daß die Sänfte der Königin nahe.

Die Königin erschien in der ganzen Pracht ihrer Holdseligkeit und Schönheit. Ein einfacher Oberrock von türkblauer Levantine, verziert mit schwarzem Sammet und weißer Chenille umschloß die herrliche Gestalt. Ein Perlendiadem lag auf ihrem Scheitel und das

Großkreuz des russischen Katharinen-Ordens schmückte ihre Brust. Eine leichte Bläße hatte die blühende Farbe der Gesundheit verdrängt, aber der Blick ihres Auges grüßte den Gemahl mit zärtlicher Hochherzigkeit und das süßeste Lächeln ihres Mundes dankte dem edlen Freunde, der sich, im Geiste der Zeit, voll glühender Begeisterung dem feierlichen Pompe einer Freundschaftsversicherung unterwarf.

Im Leben ihrer gleichgestimmten Herzen finden romantische Menschen stets eine Garantie für die Unveränderlichkeit ihrer Empfindungen und doch bedarf es nur eines Windhauches, um die Stimmung der Herzen zu verändern und zu erkälten.

Geführt vom Gatten und vom Freunde betrat die Königin die Gruft. Worte hätten die Erhabenheit entheiligt, die über der beiden Könige von Preußen zu haben schien. Sie hier vereint schlummerten, während sie im Leben so schroff, wie nur je ein Vater dem Sohne gegenüber gestanden hatten.

Alexander trat rasch dem Sarge des großen Friedrichs näher, neigte sein stolzes, schönes Haupt und drückte mit wortlosem Schwure seine Lippen auf denselben; dann faßte er die Rechte des Königs und die Rechte der Königin, sah Beiden in's Auge — o so innig, so treu, so versöhnend — preßte die vereinten Hände an sein tief und heilig bewegtes Herz und rief Gott, durch einen Blick gen Himmel, zum Zeugen seines Eides an, der ihn verpflichtete in Noth und Tod zu Preußen zu stehen! Segnend legte die Königin ihre Linke auf die verschlungenen Hände — die Thränen, welche aus ihren Augen rollten und wie Weihewasser den neuen Bund festigen zu wollen schienen; diese Thränen nahmen den Druck ahnender Furcht von ihrem Herzen. Sie hoffte von der Freundschaft des starken, energischen Kaisers viel, sehr viel. Daraus läßt sich die mächtige und überwältigende Rührung erklären, womit sie den Bund segnete, der einen edeln, großherzigen Monarchen mit ihrem Gemahle verbrüderte.

Der Adel ihres Geistes prägte sich in ihrem schönen Gesichte aus, als sie ihre thränenumflorten und doch freudig leuchtenden Augen auf beide Fürsten richtete und im Gefühle der Hoffnung und Begeisterung ausrief: „Gott sei mit uns!“

Arme Königin! Deine Hoffnung sollte zu Schanden werden — Du solltest den Kelch bis zur Hefe leeren und die Bitterkeit des Lebenswechsels gründlich kennen lernen!

Die Königin von Preußen hatte eine dunkle Ahnung davon, daß Napoleon, trotzdem ihm Preußen huldigend entgegengekommen war, es mit stolzem Uebermuth verachtete und es keineswegs schonen würde, sobald sich die Gelegenheit darböte. Die Königin fühlte, daß Preußen durchaus nicht im Sinne der öffentlichen Meinung gehandelt hatte, als es sich zum Bündnisse mit dem ehrgeizigen und eroberungssüchtigen Kaiser der Franzosen hergab. Die Königin trug sich auch insgeheim mit der Furcht, daß es Preußen gehen könne, wie schon manchem Fürsten, der fest auf seinem ererbten Throne zu sitzen meinte und deshalb nicht auf die warnenden Stimmen seiner Räthe hatte hören wollen. War es nicht, als bediene sich Gott dieses Welteroberers als eines Werkzeuges, um strafende Gerechtigkeit zu üben? Warum sollte es sonst die Vorsehung zugeben, daß oft plötzlich die hartnäckigsten und stolzesten Herrscher als gestürzte Größen dastanden, gedemüthigt und in ihren Rechten gekränkt, die sie „von Gottes Gnaden“ nannten. Wenn sie nun auch erkannte, daß ihr König und Gemahl nicht zu jenen Monarchen gehörte, die blind und toll ihrem Verderben entgegenrannten, wenn sie auch einsah, daß er sich zu den Zugeständnissen gegen Frankreich durch Gründe bestimmen ließ, die seinem edlen Herzen Ehre machten und wenn sie auch wußte, daß er sich nur deswegen gegen alle kriegerischen Unternehmungen sträubte, weil er dadurch das Wohl seines Landes und das Glück seiner Unterthanen gefährdet sah, so erbangte ihr Herz doch unter der Befürchtung, daß auch über ihr Haus ein Strafgericht Gottes hereinbrechen könnte. Und wie vereinzelt, wie angefeindet und getadelt von allen Seiten stand Preußen da? Sie erblickte also in dem Nachbarfürsten, in dem charaktervollen Kaiser eines mächtigen Reiches ein Hülfsmittel, das sie zu retten vermochte — erst der Nachwelt war es vorbehalten einzusehen, daß gerade die Zuversicht auf Rußlands Hülfe den ersten Anlaß zum Unglücke Preußens gab. Man schlief ruhig, weil man von Rußland Unterstützung hoffen konnte und als endlich diese Unterstützung noth that — da kam Alles zu spät! —

Es bedurfte wirklich nur eines einzigen Fehlgriffes von Seiten Preußens, um Napoleon dahin zu bringen, einen Angriff auf das Land dessen zu bewerkstelligen, der ihm zu gefallen sich mit Hannover, Oesterreich und England in schiefe Stellungen gebracht hatte — es bedurfte nur des Anscheines, als sei es Preußen endlich überdrüssig, sich Vorschriften aller Arten von Frankreich machen zu lassen und die lange gehegten Befürchtungen der Königin verwirkliehten sich auf eine schreckenerregende Weise. Im November des Jahres ein tausend achthundert und fünf gab das Bündniß der beiden Monarchen dem Geiste der Königin neues Leben und im November des Jahres ein tausend achthundert und sechs flüchtete sie mit tief gebeugter Seele nach Königsberg — Napoleon aber durchzog das Land als Sieger. Bevor der Jahrestag eines Bündnisses herauftagte, von dem die Königin so viel gehofft hatte, stand der Welteroberer vor den Thoren Berlin's und wurde von der Bevölkerung der Hauptstadt mit dem Jubelrufe „Vive l'empereur!" empfangen. Wieder herrschte der Herbst mit seinen Launen. In Potsdam aber sah es bunter aus, als vor Jahresfrist. Französische Regimenter waren in den schönen, großen Häusern einquartiert, wo sonst nur das feinste und nobelste gesellige Leben heimisch war und in den Straßen wogte es von Soldaten, die lustig ihres Sieges sich freueten.

Unweit des Brandenburger Thores saßen zwei Personen verschiedenen Geschlechtes an dem Fenster eines stattlichen Hauses und blickten auf das Gewühl in den Straßen hinab. Augenscheinlich ergötzt glitten die Augen der Dame beständig hin und her, während der Herr seinen Blick auf ein paar Hunde gerichtet hielt, die im gegenüberliegenden Hause im Fenster saßen und mit ernsthaften Augen die Hin- und Herlaufenden auf der Straße verfolgten. Es waren zwei echte Möpse von gelblich grauer Farbe mit kohlschwarzen Nasen. Beide Hunde schienen sich über den Lärm zu wundern, den die fremden Truppen machten; beide Hunde schienen sich über die Sprache der Vorübergehenden zu wundern, die sie nicht verstanden. Der junge Herr, welcher sie beobachtete, legte ihnen mindestens dergleichen Gefühle unter und suchte dadurch den tiefen Ernst ihrer Meinen zu erklären. Er selbst war viel zu gleichgültig gegen eine Verwandlung in seinem Vaterlande, das ihm weder Heimath noch Existenzmittel bot, als, daß er sich um die fürchterliche Niederlage Preußens hätte grämen sollen. Aber so weit erstreckte sich die Mattherzigkeit seiner Vaterlandsliebe doch nicht, daß er die Sieger zu bewundern Lust bezeigte; deshalb zog er die Stirn in finstere Falten, als die Dame, die mit ihm am Fenster weilte, plötzlich rief:

„Nein, entzückend, ganz entzückend ist doch die Grazie dieser französischen Soldaten, Thilo! Sieh nur Vetter, wie leicht ihr Gang, wie elastisch ihr Schritt! Sie hüpfen zum Siege, daher sind sie unbesieglich!“

„Hoffentlich wird ihnen dergestalt aufgespielt, daß sie in ihr Vaterland zurücktanzen müssen,“ spottete Herr Thilo von Ettershaiden. „Sehen Sie lieber des Hofsiscals Hunde an. Was diese über die fremden Eindringlinge denken, scheint mir dem Momente angemessener, liebe Cousine.“

Statt aller Antwort klatschte die Dame lebhaft in die Hände und lachte hell auf. „Sieh — o Thilo, sieh den reizenden Jungen, den Tambour — sieh, er neckt den Cameraden — o wie bezaubernd, wie anmuthig ist sein Geberdenspiel — sieh, sieh der Camerad schlägt nach ihm — er weicht zurück — ja, ja, Du hast Recht, tanzend ist der Rückzug der Franzosen und selbst in der Retirade sind sie noch hinreißend! Der allerliebste Tambour muß belohnt werden!" endete sie ihre alberne Lobeserhebung. Sie griff in einen Korb, öffnete das Fenster, rief zwei Mal mit silberheller Stimme: ‚Mon petit' und warf ihm, als der Camerad den Knaben aufmerksam gemacht hatte, zwei prächtige Aepfel hinunter. Mit komischer Verwunderung betrachtete der Knabe zuerst die Aepfel, dann die Dame, grüßte höchst ungeschickt militairisch und sagte in gutem echten Berliner Jargon: „I hätte ich des gewußt, det es in Potsdam Aeppel regnet, so wär' ich schon längst 'mal 'nüber gekommen!"

Thilo von Ettershaiden brach in ein helles Gelächter aus und die Dame Cousine flüchtete tief beschämt in den Hintergrund des Gemaches.

„Das war eine vortreffliche Medecin gegen Ihr Franzosenfieber, Cousine Bianca!" spottete der junge Mann. „Ja so geht's! Alles Fremde wird überschätzt! Ich bin weit entfernt mich zu den Stillgrimmigen zu zählen, die sich sträuben die Größe Napoleon's anzuerkennen, allein Ihr Enthusiasmus für diesen Empereur und seine Truppen scheint mir sündhaft."

„O, was gilt die Wette, Thilo, nicht lange und Du trittst auf meine Seite," sprach die Dame sehr schnell. „Es hilft uns auch nichts, wenn wir die Franzosen hassen — wir müssen sie auf alle Fälle ertragen lernen, weil sie Lust zu haben scheinen, sich hier in Preußen häuslich nieder zu lassen. Die Gerüste Deiner Hoffnungen sind Dir durch Napoleons Dazwischenkunft zertrümmert. Auf die Protection der Königin Luise kannst Du nicht mehr rechnen — wie wäre es, wenn Du es mit dem Eroberer versuchtest? Bei ihm gelten die Ahnenproben nichts!"

Thilo von Ettershaiden, innerhalb des verflossenen Jahres mächtig gereift, schüttelte mit leichter Mißbilligung den Kopf. „Sie denken, ich soll es dem Berliner Gamin nachthun und mich, wenn es nicht anders ist, als überzähliger Tambour anwerben lassen? Nein Cousine, so tief bin ich noch nicht gesunken. Ich habe die Epauletten meines Vaterlandes verschmäht und möchte um Alles in der Welt nicht die des Kaisers der Franzosen tragen, obwohl ich unter seiner Fahne eine Anwartschaft auf einen Kaiser- oder Königsthron erhalte."

„Du denkst, weil er vom Lieutenant bis zum Throne gestiegen ist?" fragte die Dame höchst lebhaft. „Nein, so meinte ich es nicht! Du solltest Dich ihm zu andern Aemtern präsentiren lassen. Sieh, lieber Thilo — Vetter Graf Schulenburg steht sich außerordentlich gut mit dem Kaiser — soll ich Dir ein Empfehlungsschreiben an den Grafen geben — er thut mir ganz gewiß den Gefallen und placirt Dich so, daß der Kaiser auf Deine mehrfachen Kenntnisse aufmerksam werden kann. Du hast mich immer gedauert, lieber Thilo, was kannst Du dafür, daß Dein seliger Vater eine Mesalliance geschlossen hat, die Dich von den Hofämtern, wozu Du vortrefflich geschult bist, ausschließt? Laß uns den Weg verfolgen, den ich eben entdeckt habe — Vetter Graf Schulenburg muß Dich in eine neue Carriere einführen — er thut es mir zu Liebe — ich bin seine Flamme gewesen — er hat mich gewiß noch nicht vergessen!"

Thilo schüttelte nur mit dem Kopfe, betrachtete aber nach den letzten Worten seine Verwandte mit einem Anfluge gränzenlosen Erstaunens, denn er begriff nicht, wie diese Dame jemals die Flamme eines Männerherzens hatte sein können. Fräulein Bianca von Wangera war gewiß niemals schön gewesen, dazu war ihr Gefühl zu kurz und zu breit, aber außerdem hatten die Blattern ein Uebriges gethan, um dies Gesicht so häßlich zu machen, wie nur möglich. Sie war schon ältlich, vielleicht sechs und dreißig Jahre, obwohl sie andeutete, daß sie eben erst eine Dreißigerin geworden sei. Im Grunde that das nichts, da ihre übergroße Lebhaftigkeit viel eher für eine Zwanzigerin paßte. Sie pflegte so rasch zu sprechen, daß man Mühe hatte ihrem Gedankenfluge zu folgen und sie pflegte über Alles so exaltirt zu sein, daß man Mühe hatte nicht an ihrem Verstande zu zweifeln. Dagegen hatte sie aber ein so braves Herz, wie selten ein altes Fräulein und sie theilte jetzt zum Beispiel willig ihre kärgliche Einnahme mit Thilo von Ettershaiden, der nur ein ganz weitläufiger Verwandter war, weil der arme Junker, wie sie sagte, noch weniger hatte, als sie.

Die Antwort auf ihren dringenden Vorschlag wurde Thilo erspart. Ein Pferdegetrappel lockte die neugierige Dame wieder an's Fenster und auch Thilo wendete sich demselben wieder zu. Ein Trupp französischer Stabsofficiere ritt langsam von dem Brandenburger Thore her. In ihrer Mitte ein untersetzter Herr von imponirender Haltung, neben ihm ein junger Mann von ganz unbedeutendem Wesen.

„Sollte das der Kaiser sein?“ fragte Thilo aufmerksam die Gruppe musternd.

„Wahrhaftig, er ist's!“ schrie Fräulein Bianca voller Entzücken und wollte das Fenster aufreißen. Thilo hielt sie mit fester Hand zurück.

„Wie? Wollen auch Sie ihm ein ‚Vive l'empereur!‘ bringen? Geziemt es sich einer Dame, die ein Jahrgeld aus der Casse der vertriebenen Königin bezieht, dem Eroberer des Vaterlandes ein Vivat zu bringen?“

Bianca ließ beschämt ihre Hand wieder sinken. „Sehen Sie dies kalte Gesicht,“ fuhr Thilo, dem Manne, den er für den Kaiser hielt, entgegensehend, „sehen Sie das verächtliche Lächeln, das seine Lippen umspielt. Wissen Sie, wem das Spottlächeln gilt? den Preußen gilt es — den Preußen, die ihm, dem Sieger, entgegenjubeln, während sie traurig die Stirn neigen sollten vor Gott dem Höchsten, der so Schweres über sie und ihr Könighaus verhängt! Wissen Sie, was er von den Preußen gesagt hat, Cousine Bianca?" — Die Dame verneinte flüchtig. Ihre ganze Seele lag in dem von Begeisterung flackernden Blicke, womit sie den Kaiser verfolgte, als er jetzt dicht unter ihrem Fenster vorüberritt, aber das Auge nicht erhob, sondern es finster und kalt über die Menschen streifen ließ, die sich um ihn zu sammeln begannen.

„O, hätte ich doch einen Blick aus seinem Auge erhascht!" rief Fräulein Bianca sehr traurig. „Dieser Blick würde mich beseligt haben! Einen Blick aus dem Auge des größten Mannes, des berühmtesten Mannes! — Thilo, welch' eine Wonne liegt in dem Gedanken von dem berühmtesten Mann seiner Zeit angeblickt worden zu sein!" schloß sie mit vollem Pathos des Entzückens. Der junge Mann lachte sehr spöttisch.

„Werfen Sie sich diesem Heros doch zu Füßen und betteln Sie um diesen beneidenswerthen Vorzug, Fräulein Cousine. Sie würden dadurch ebenfalls eine classische Berühmtheit erlangen," erwiederte er. „Sonderbar, daß sich Ihr Geist, der sonst hell und klar ist, von Ihren leicht aufgeregten Nerven stets zu Extraganzen hinreißen läßt, die Ihr Gemüth in Zweifel setzen. Sie repräsentiren das leicht bewegliche Volk der Stadt Berlin, das heute seinem Königspaare ausschweifend huldigt und morgen dem Feinde dieses Königspaares mit Enthusiasmus Lorbeeren streuet."

„Ja, ich gebe zu, daß wir geistig Großen ‚Aprilmenschen' sind, die immer in Anbetung verfallen, wenn sie bewundern müssen," sagte Bianca von Wangera mit verklärtem Wesen gen Himmel starrend. „Aber sag mir, mein Knabe, giebt es etwas Himmlischeres, als geistig groß zu sein?"

„O ja! Ich halte es für himmlischer, das heißt Gott ähnlicher, vernünftig zu sein!" spottete Thilo. „Der Kaiser Napoleon hat ganz recht, wenn er die jetzige Volksstimmung hier eben so mißtrauisch aufnimmt, wie die drohende Stille bei seinem Einzuge in Wien vor Jahresfrist. Sein hämisches Lächeln zeigt, wie wenig er auf die Sympathie des Preußenvolkes giebt. Ich habe ihn beobachtet, als er neulich die Berliner Deputation empfing, die sich devot und zitternd vor Furcht bis hieher nach Potsdam verfügt hatte, um ihm sich zu Gnaden zu empfehlen. Ich habe gesehen, wie der Hohn durch sein kaltes, steinernes Gesicht zuckte, als er sagte: Ihr habt den Krieg mit mir gewollt — jetzt habt Ihr ihn!"

„O hätte ich diesen großen Moment statt Deiner erlebt," fiel Fräulein Bianca fieberhaft lebhaft ein. „Komm Thilo — laß uns ihm nach — vielleicht ist mir das Geschick günstig, vielleicht kann ich durch ein Ungefähr den Blick des Erhabenen auf mich lenken — unter diesem Blicke sterben! Ja ich begreife die Begeisterung seiner Soldaten für ihn!" Thilo stand ärgerlich auf und rief:

„Schweigen Sie doch! Wenn Jemand dergleichen hörte, der Sie nicht kennt, was meinen Sie wohl, was er von Ihnen dächte?"

„Mag man denken, was man will!" antwortete das Fräulein mit Pathos, „Er, der große Mann, den man Napoleon nennt, Er würde mich verstehen und begreifen, denn das geistig Große erkennt sich beim ersten Blicke! kommen Sie — begleiten Sie mich, Herr von Ettershaiden — Sie sollen Zeuge des großen Augenblickes werden, wo meine Seele seiner Seele Geständnisse macht, die ihn glücklicher zu machen im Stande sind, als alle Siege." Thilo wollte lachen, aber er war zu ärgerlich dazu. Er stieß einen kurzen, unverständlichen Ausruf aus, der gewiß wenig Schmeichelhaftes für Fräulein von Wangera enthielt und, sagte mit derber Zurechtweisung im Tone: „Sie thäten gut, Ihrer geistigen Größe, die aus dem „platonischen Verein" zu stammen scheint, etwas Patriotismus beizufügen. Wohin wollen Sie denn? fragte er erstaunt, als die Dame ein Mantelet aus einem Wandschranke nahm und es graziös um sich drapirte.

„Ihm nach!" rief sie begeistert. „Ihm nach!"

„Dann bleibt mir wahrhaftig nichts weiter übrig, als

Ihnen zu folgen, um Sie von Thorheiten abzuhalten," murrte Thilo, indem er vor den Spiegel trat, um seinen nicht mehr neuen und sehr einfachen Civilanzug einer Musterung zu unterwerfen, bevor er sich den Blicken seiner lieben Mitbürger auszusetzen ging. Seit der Flucht des preußischen Königspaares fehlten ihm die Mittel standesmäßig aufzutreten, deshalb zog er es vor, in bürgerlicher Kleidung zu erscheinen und sein Hofamt dadurch zu verleugnen. Fräulein Bianca war schon hinausgeeilt, um die Spur des großen Kaisers nicht zu verlieren und auf ihre Frage: wohin Napoleon geritten sei? antworteten die Neugierigen auf der Straße: „Nach der Garnison-Kirche!" Wie ein Schwertstreich durchfuhr diese Nachricht die Seele des Herrn von Ettershaiden! Nach der Stätte des heiligen Friedens wollte der Eroberer — nach der Gruft dessen, der mit mächtigem Willen das Staatsruder Preußens gelenkt, der Preußen stark und groß gemacht hatte! Und kaum war es Jahresfrist, daß des Preußenlandes würdiger Fürst an dieser heiligen Stätte einen Bund geschlossen, der ihm sein Land gegen die Uebermacht Napoleons sichern helfen sollte! Wie aus prosaischem Weltgewühle hineingeschleudert in die mystische Schönheit eines Traumbildes, sah Thilo sich in jenen Novembertag zurückversetzt, wo die Gruft des großen Friedrich zum Empfange des hohen Gastes bereitet, wo im Schatten der Nacht ein Schwur der Freundschaft auf Leben und Tod geleistet wurde. O, Du arme Königin,

Deine Zuversicht betrog Dich! kaum zwölf Monde reichten hin, den Fuß dessen, welchem Du mit kühnem Muthe zu trotzen gedachtest, zu derselben Stätte zu führen, wo du neubelebt mit Deinen Thränen den Freundschaftsbund geheiligt hattest.

Unter solchen Gedanken folgte Thilo seiner Verwandtin, die in ihrer Geistesaufregung eine neue Sonne in Napoleon aufgehen sah. Er folgte ihr bis zur Kirchthür, die von einer immer wachsenden Volksmenge belagert wurde. War Napoleon schon eingetreten oder war es ein blinder Lärm, der die Neugierigen hieher verlockt hatte. Man sah keinen der Reiter, die den Kaiser doch begleitet hatten.

Fräulein Bianca bahnte sich in ihrem glühenden Eifer einen Weg bis zur Kirchthür. Thilo mußte ihr folgen. Da rasselte es innen am Schlosse. Jetzt nahete der große Augenblick —! Bianca öffnete ihre Augen weit, sehr weit, um den großen, berühmten Sieger zu empfangen. Aber leider nicht Er, sondern das blasse verstörte Gesicht des Hofküsters schob sich zwischen der Thürspalte hervor.

„Lauf' Einer hinüber nach dem Herrn Hofprediger — der Kaiser Napoleon sei in der Gruft —." Sein schon Blick fiel auf Thilo. Er erkannte ihn.

„Sie schickt wohl Gott hieher," flüsterte er. „Kein Mensch kann sich mit den Franzosen verständigen — bitte Herr Hofjunker — treten Sie ein, helfen Sie uns aus unserer Noth!" Er winkte ängstlich. Thilo fühlte sich nicht geneigt den Dollmetscher zu machen. Er lehnte durch eine Geberde die ihm zugedachte Ehre ab. Das Gesicht des Hofküsters verschwand wieder.

„Es geziemt uns wahrlich nicht, hier stehen zu bleiben," flüsterte Thilo mit merklichem Mißvergnügen seiner Cousine in's Ohr. „Kommen Sie — seien Sie vernünftig!"

„Ich weiche nicht, bis ich ihn, den großen Allgewaltigen gesehen!" erwiederte die Dame. „Sehen Sie um sich, mein Knabe — wir sind nicht die Einzigen vom Hofzirkel!"

„Leider!" murmelte der junge Mann. „Und wenn unser Königspaar wieder einzieht, so fehlen diese Gesichter auch nicht."

„Wir huldigen nur dem Genie — wir bewundern den Flug des Genie's!"

„Gut. So mögen Sie sich allein blamiren — ich gehe!" sprach Thilo ärgerlich.

„Geh', mein Knabe geh!" sagte sie mit gehobenem Tone. Da rasselte es abermals am Schlosse der Thür und sie wurde dies Mal von einem Officier geöffnet, der mit rascher Prüfung die Zunächststehenden überblickte und dann mit sehr artiger Manier französisch fragte, indem er sich speciell an Thilo wendete:

„Sie sprechen französisch, mein Herr?" Thilo zögerte

eine Minute mit der Antwort. Seine gerunzelte Stirn gab indeß die sicherste Auskunft, daß er die Frage verstanden hatte. Der Officier glaubte keiner weiteren Erklärung zu bedürfen.

„Der Kaiser der Franzosen läßt Sie um Ihre Gesellschaft bitten — er wünscht Mittheilungen über interessante Gegenstände und es ist Niemand da, der sie zu geben vermag!“ fügte er sogleich hinzu. „Darf ich bitten mir zu folgen?“

Was blieb dem jungen Manne übrig nach solcher befehlenden Bitte! Er warf einen bitterbösen Blick auf Fräulein Bianca, die nicht ganz verstanden hatte, was der Officier von ihrem Vetter heischte. Erst als Thilo sich leicht verbeugte, begriff sie die Ehre, die ihm widerfahren war.

„Du Glücklicher! Du dreimal gesegneter, glücklicher Vetter!“ sprach sie emphatisch.

Die Thür fiel hinter ihm zu. Sie sah ihn nicht wieder!

Aber sie harrte auch vergeblich auf den Anblick des großen berühmten Eroberers. Napoleon verließ die Kirche eben so, wie er sie betreten. Kein Mensch sah ihn herauskommen und er war längst wieder in Sanssouci, als man noch immer wartete. Fräulein Bianca starb beinahe vor Ungeduld. Thilo kam nicht. Der Abend senkte sich nieder. Auf den Straßen wurde es still. Thilo blieb aus. Die Nacht verrann, und noch viele, viele Tage verflossen, ohne daß ihr Vetter von irgend Jemand gesehen wurde. In dem Eifer ihrer Beunruhigung forschte Fräulein Bianca überall nach ihm. Vergeblich! Der Kaiser hatte bald nachher Berlin verlassen. In seiner Begleitung war der Prinz Jerome gewesen und man meinte, dieser habe sich einen deutschen Secretair angeschafft, weil ihm die deutsche Sprache so überaus schwer geworden sei. Etwas Gewisses konnte Fräulein Bianca von Wangera nicht erkundschaften und sie mußte es bei den unruhigen Zeiten Gott anheimgeben, das Verschwinden des hoffnungsvollen jungen Cavaliers aufzuklären.

Bisweilen überfiel sie der stolze Gedanke, daß Thilo von Ettershaiden Glück machen werde und dann sein Glück ihr verdanke, da sie ihn an die Thür geführt, die sich zu seinem Emporkommen geöffnet habe. Oefter aber, das muß man zu ihrer Ehre gestehen, öfter aber dachte sie mit bitterer Angst daran, daß er als ein Opfer soldatischer, feindlicher Roheit gefallen und schon längst Todes verblichen sein könne. Dann bedauerte sie mit heißen Thränen, dies schöne junge Leben um einen Blick aus dem Auge des berühmten Eroberers geopfert zu haben.

I. Capitel.

Zeitveränderungen.

Das Königreich Westphalen war aus der mächtigen Hand des Kaisers Napoleon Buonaparte hervorgegangen und seinem jüngsten Bruder Jerome verliehen worden. Kaum hatte der König Jerome von Westphalen die Zügel der Regierung in Händen, so begann ein Leben in der Residenz Kassel, wie es in den deutschen Landen unerhört war. Frivolität, Leichtsinn, Ueppigkeit und Zügellosigkeit gingen, gleich dämonischen Geistern, vom Hofe aus durch's ganze Land und untergruben die bürgerlichen und häuslichen Tugenden.

Es ist bekannt, daß selbst des Kaisers starker Wille gegen den Leichtsinn und gegen den knabenhaften Uebermuth seines jüngsten Herrn Bruders vergeblich gekämpft hat. Als Jerome sich auf einen Höhepunkt gestellt sah, wo es nur von ihm abhing, seine Macht zu seinen Lebenszwecken zu verwenden, da folgte er ohne Bedenken allen Gelüsten eines eben so luxuriösen, als ausschweifenden Geschmackes, der ihn zum immerwährenden Genusse anspornte. König Jerome liebte bekanntlich schöne Frauen und galt im Allgemeinen für unwiderstehlich, wenn es darauf ankam, ein Weiberherz zu bethören. Wir wollen nicht näher untersuchen, wie viel von seinen Siegen auf diesem Felde seiner königlichen Stellung und seinem glänzenden Auftreten zuzuschreiben war. Einigen Nachrichten zufolge fanden ihn die deutschen Damen etwas fade und albern, trotz aller Ritterlichkeit und Courtoisie, die man ihm nachzurühmen beliebte. Unstreitbar gewiß ist jedoch, daß König Jerome ein Schrecken für alle jungen Ehemänner war und daß es ihm wirklich sehr oft gelang, selbst spröde Naturen zu besiegen und edlere Herzen zu unterjochen. Wenn wir diese Erfolge nicht in dem fürchterlichen Erbfeinde des Frauengeschlechtes, in der hochmüthigen Eitelkeit suchen wollen, so müssen wir sie als ein trauriges und unlösbares Räthsel betrachten. König Jerome richtete sich natürlich seinen Hofstaat aus den Elementen ein, die zu ihm paßten. Doch konnte er nicht umhin, seiner edlen Gemahlin wegen, die als eine Prinzessin von Württemberg standesmäßig berücksichtigt werden mußte, dem äußern Anstande formell und genügend zu huldigen und neben seinem leichtfertigen Hofpersonal edle, treue und gediegene Männer und würdige Frauen um sich zu versammeln.

Vom alten kurfürstlichen Regime behielt er nur das, was ihm entweder nicht nahe kam oder was sich ohne Murren seinen Anordnungen fügte.

Nach den allbekannten Napoleonischen Grundsätzen wurde Alles, was zum neuen Reglement nothwendig war, mit fabelhafter Schnelligkeit in's Werk gesetzt und es vergingen nur wenige Jahre, so fühlten sich die berufenen französischen Beamten so vollständig auf deutschem Grund und Boden eingebürgert, daß sie sich als Eingeborene des Landes betrachteten und von oben herab mit unerträglichem Uebermuthe das arme deutsche Volk zügelten, regierten und verurtheilten.

Nach und nach beugten sich die Unterthanen des neuen westphälischen Königreiches willig unter das Joch, welches ihnen auferlegt worden war. Ihr Widerstand hätte ihnen auch nichts geholfen. Ihr König war ein Schooßkind Frankreichs und somit wurde es für sie eine Art Pflicht und Schuldigkeit, sich den französischen Sitten zu fügen und französisch sprechen, französisch denken und französisch leben zu lernen.

Also das Königreich Westphalen, das mit Kraft und Energie vom Kaiser Napoleon für seinen Bruder gegründet war, blühete im vollen Glanze, zeigte sich stets in königlicher Pracht und übertünchte geschickt die inneren Schäden mit den Blendlichtern einer hochmüthigen Sicherheit. Die Reichen und Angesehenen des Reiches fügten sich am Ersten in ihr Schicksal. Ihr Vortheil erheischte es, gute Miene zum bösen Spiele zu machen. Ihre Stellung in der Gesellschaft hing von der Freundschaft des neugeschaffenen Königs ab, deshalb bückten sie sich und schmeichelten dem neuen Sterne am politischen Horizonte, als er strahlend seine Bahn zu verfolgen Anstalt traf. Festins, den Feenmärchen entnommen, wurden dem lebenslustigen Jerome zu Ehren arrangirt. In den Palästen der Würdenträger des Reiches begannen die glänzendsten Lustbarkeiten und verbreiteten sich von dort aus bis in die Salons der reichen Bürger, überall durch ihre Ueppigkeit demoralisirend und den einfachen deutschen Sinn vergiftend.

Jerome, der gefeierte König, nahm Alles dankbarlichst an, fand diese brillanten Huldigungen seinem neuen Stande angemessen, flog von einem Feste zum andern, lernte dabei aber nur mühsam so viel deutsch, um sagen zu können, was das Princip seines Schmetterlingslebens wurde: „Morgen wieder lustig.“

Diese Herrlichkeit währte fünf volle Jahre, ohne daß sich der Gedanke in dem Könige von Westphalen regte, sie könne ein Ende mit Schrecken nehmen. Stand doch sein Bruder, der Kaiser der Franzosen, im strahlenden Lichte der Unfehlbarkeit als Hort seines Geschickes vor ihm! Was sich auch im Schooße der Zeit geregt hatte, um die Macht dieses erhabenen Bruders in Zweifel zu stellen, es war Alles spurlos an dem festen Piedestal derselben zerschellt und hatte seine Stellung in Europa eher befestigt, als wankend gemacht. Mit übermüthigem Hohne behauptete der Kaiser Napoleon seinen Standpunkt, den er errungen hatte und mit sorgloser Nachlässigkeit wiegte sich sein Bruder Jerome in Träume von unerschütterlicher Größe. That er doch nach seiner Meinung Alles, um sein Volk zu beglücken!

Abzuleugnen ist es allerdings nicht, daß er mit seltener Humanität guten Rathgebern geneigt blieb, selbst wenn sie ihm offen und redlich die inneren Schäden seiner Regierung aufdeckten, allein, was half diese Milde, die mit so großem Leichtsinne gepaart war, daß er über einem Paar schöner Frauenaugen alle Regierungssorgen vergaß und daß ihm die Eleganz einer weiblichen Toilette wichtiger war, als die Sorge um seine Zukunft. Im Laufe der Zeit hatte er Gelegenheit genug gehabt, sich auf eine Katastrophe gefaßt zu machen, die das Vergnügen seines Lebens zu beinträchtigen im Sande war, und wenn auch die Berechnungen der Politik nicht den ganzen grausamen Zerstörungsproceß aller Napoleonischen Schöpfungen vorausbestimmen konnten, so wäre es doch sehr wohl zu erkennen gewesen, daß im Kerne des deutschen Volkes ein bitterer Haß gegen die Fremdherrschaft aufquoll, der seine Königswürde sehr unsicher machte. Allein König Jerome ließ sich durch nichts aus seiner guten Laune bringen. Er lebte nach wie vor: „Morgen wieder lustig!" — Schill mit seiner romantischen Reiterschaar war aufgetaucht — Dörnberg hatte in der nächsten Nähe der Residenz Kassel den jungen König Jerome zu beunruhigen versucht und der Herzog Friedrich Wilhelm von Braunschweig war mit seinen schwarzen Reitern wie ein brausender Waldstrom aus den Wäldern Böhmens durch Sachsen in Westphalen eingebrochen. Lauter Zeichen einer inneren Gährung! König Jerome lieh jedoch sein Ohr den Einflüsterungen niedriger Schmeichler, welche die Unternehmungen dieser edlen Männer als eine Ausgeburt unruhiger Köpfe bezeichneten, die keineswegs der allgemeinen Volksstimmung entspräche, sondern von den loyal gesinnten Unterthanen seines Reiches mit Mißbilligung betrachtet und mit hartem Tadel verfolgt würden. Die liebenswürdige Majestät hielt es für räthlich, sich den Kopf über dergleichen deutsche Thorheiten nicht zu zerbrechen, sondern seine Stellung als eine von Gottes Gnade verliehene zu bezeichnen, die ihm der Pöbel nicht streitig machen könne. Die liebenswürdige Majestät bauete auf Kaiser Napoleons Macht, auf dessen brüderliche Energie und zeigte nicht einmal die gehörige Achtsamkeit für die Befehle seines kaiserlichen Beschützers, wenn sie seine eigene Bequemlichkeit zu stören geeignet waren. Jerome handelte wahrlich oft wie ein verzogenes Kind und es bedurfte dann einer vollen Zornesladung, um ihn zur Ordnung zurückzuführen. Durch seine Sorglosigkeit begünstigt, wuchsen die Verschwörungen zu seinen Sturze. Wie Schreckensgespenster schlichen sie sich in Kreise ein, die den Hofzirkeln sehr nahe standen und vernichteten im Stillen das gegenseitige Vertrauen. Als es zu spät war, wollte der König Jerome mit Strenge einschreiten lassen und dadurch verschlimmerte sich die Sache. Treue Rathgeber warnten. Noch lachte der König im Hinblick auf den Gewalthaber im deutschen Lande, der sein Bruder war. Da trat der kritische Zeitpunkt ein, daß Napoleon's Uebermuth die deutschen Gränzen überschreiten und in Rußland als Sieger glänzen wollte. Er befahl die Vergrößerung des westphälischen Heeres und versetzte durch diesen Befehl den armen König in eine wenig beneidenswerthe Lage. Wo das Geld hernehmen, um die Kosten zur Herstellung der befohlenen Armee zu bestreiten? Natürlich wurde nun zu allen erlaubten und auch unerlaubten Mitteln gegriffen. Man verschleuderte Staatsgüter, um nur Geld zu erhalten. Man verhandelte Paläste, Landhäuser und Lustschlösser, um der augenblicklichen Noth abzuhelfen. Unter diesen Maaßregeln verloren selbst die Ruhigeren und Gemäßigteren des Volkes die Geduld und eine schlaffe

Hoffnungslosigkeit nahm von den Herzen derer Besitz, die bis dahin im gewaltigen Umschwunge der Zeit eine neue Aera erblickt hatten.

„Morgen wieder lustig!“ sagte noch immer mit ungestörtem Gleichmuthe die westphälische Majestät, als schon der Racheengel die schweren Fittiche erhob, um den Kaiser Alexander von Rußland an einen heiligen Schwur zu mahnen, den er am Sarge des großen Preußenkönigs geleistet hatte. Dieser Schwur, von den Thränen einer edlen Königin besiegelt, war von Gottes Engeln zu seinem Throne hinaufgetragen und als die rechte Zeit nahete, als das Maaß menschlicher Ueberhebung voll war, da senkte der Allerbarmer die Erinnerung an jene bedeutungsvolle Minute wie mit Widerhaken in die Seele des russischen Machthabers, der allein noch unangetastet in seinen Rechten dastand. Das Trauergeläute um die Königin Luise, die den Kelch der Demüthigung bis auf den Grund hatte leeren müssen, war schon längst verhallt, aber ihr Bild war noch nicht verlöscht und ihr Andenken noch nicht von den Schleiern der Zeit umwoben. Der erste Schritt zu dem mächtigen Vorhaben, auch in Rußland's Gauen den Scepter der Gewalt regieren zu lassen, weckte die Erinnerung an den Treubund, der leider ohne Einwirkung auf die heillosen Kriegspläne Napoleons hatte bleiben müssen. War denn dieses Bündniß durch Verrath entheiligt? War es vernichtet? Nein, es war allmählig seiner Erfüllung entgegengereift und das Gelöbniß treuen, brüderlichen Beistandes war mit der Flammenschrift romantischer Begeisterung in die Brust dessen gegraben, der mit seinen Lippen den Sarg des Preußenkönigs berührt hatte. Er wartete des Tages, wo er die Thränen der Königin Luise rächen konnte, wo er dem ermattet dahin lebenden Könige von Preußen mit der Treue seines Wortes neuen Lebensmuth einflößen durfte.

II. Capitel.

Erloschene Gluth.

In waldiger Ebene, mit der Fernsicht auf größere und kleinere Gebirgsketten, lag dicht an der Gränze des neuen Königreiches Westphalen das Dorf Ettershaide. Die Demarcationslinie, von der Hand des Schöpfers dieses Reiches mit Willkür gezogen, trennte merkwürdigerweise die Ruinen des alten Stammgutes derer von Ettershaiden von den Besitzungen der Familie und stellte die halb verfallene Burg Ettershaide unter die Banner des Königs Jerome, während das Dorf mit seinem einfachen Schlößchen und seinen reichen Feldmarken unter den Adlern Preußens verblieb.

Die Burg Ettershaide lag keineswegs, wie sonst alte Burgen, auf einem Berge und schauete also nicht stolz auf die Herrschaft derer von Ettershaiden hinab, sondern sie bestand in einem alterthümlichen Gebäude, von alten, dicken, verfallenden Mauern umgeben und zeichnete sich nur durch die ellenhohen Nesseln aus, die sie von allen Seiten umwucherten. Seit der alte Stammbaum erloschen und die Seitenlinie in Besitz der Güter gekommen war, stand die Burg verlassen und verödet und bot außer einigen hohen, ziemlich wohnlich eingerichteten Gemächern, keine Stätte dar, die einladend gewesen sein möchte. Der Seitenzweig des Stammes hatte stets Hofämter am preußischen Hofe der Einsamkeit des Landlebens vorgezogen gehabt und fühlte sich auch nach der Besitznahme der Stammgüter nicht geneigt, den Glanz eines öffentlichen Lebens zu verlassen, um im Dorfe Ettershaide einen wenig beneidenswerthen Thronsitz aufzuschlagen. Daher kam es, daß die Burg immer weniger beachtet und zuletzt als ganz unbrauchbar angesehen wurde. Hingegen das kleine, einfache Landschloß mit seinem Parke und seinen prächtigen Gartenanlagen erfreute sich der Gunst der neuen Besitzer und wurde oftmals von den Oberhofjägermeistern, Kammerherren und Kammerjunkern von Ettershaiden zum Aufenthalte erwählt, um der Jagd mit ihren Freuden obliegen zu können. Man erzählte sich auch in der Umgegend seltsam schöne Geschichten aus dem Regime des Preußenköniges, den man den Dicken nannte. Damals sollte eine Prinzessin mit ihrem Geliebten im Landschlosse gehauset haben. Was daran ist, weiß Niemand zu sagen. Aber gleich nach dem kurzen, flüchtigen Paradiesesleben dieses jungen Paares wurden dieselben Räume das Asyl einer verstoßenen Gattin, die mit ihren drei Söhnen so lange in der Gegend lebte, bis sie Alle vom Tode hinweggerafft wurden. Unter der Hand dieser armen, traurigen Dame verschönerte sich das Schloß und der Garten. Selbst auf der alten Burg sah man sie mit ihren Söhnen walten und es ging die Rede, daß sie das alte Gebäude von Grund aus renoviren lassen würde, um mit den beiden jüngeren Söhnen es bewohnen zu können, wenn der älteste als Stammerbe das Schloß in Besitz nehmen werde. Diese Dame war die rechtmäßige Gattin des zeitigen Besitzers gewesen. Man nannte ihren Namen mit Achtung und Ehrfurcht selbst da noch, als schon der Tod das schwer gekränkte Herz zur Ruhe gebettet hatte. Grund genug, um an ihren Werth zu glauben, obwohl sie von ihrem Gatten, dem Herrn Ottmar von Ettershaiden schmählich verstoßen und in die Einsamkeit dieses Landsitzes verwiesen worden war. Sie starb am Typhus, der mit den französischen Heeren zugleich das deutsche Land überzog. Ihre drei Söhne folgten ihr in unglaublich schneller Frist. Ein Jahr später zog, seiner Hofcharge verlustig gegangen, der Gatte dieser Dame in das frei gewordene Asyl und lebte in der Hoffnung auf bessere Zeiten ruhig und einsam dahin.

Um ihn versammelten sich die Edelleute der Umgegend, die durch Willkür einem andern Staate einverleibt waren. So nahe ihm auch die Residenz des neuen Reiches war, er vermied als guter Preuße und als treuer Anhänger des preußischen Hofes jede Berührung mit den Beamten der französischen Regierung. Weit weniger scrupulös bewies sich seine Gemahlin, die viel jünger als er eine Rolle am Hofe zu Kassel der Einsamkeit in Ettershaide bei Weitem vorgezogen haben würde. Die Dame nahm keine Rücksicht auf patriotische Gefühle. Sie machte ihre Besuche allein, wenn der Herr Gemahl bedenklich einen Conflict erwog, der daraus entstehen konnte und sie zeigte unverholen die größte Lust, sich an dem Hofe zu Kassel placiren zu lassen.

Herr Ottmar von Ettershaiden ließ dergleichen Andeutungen ganz unbeachtet. Beide Gatten lebten jetzt mit würdiger Ruhe neben einander. Sie hatten jedoch zwei Jahrzehnde früher eine stürmische Leidenschaft durchlebt, in der sie Alles überwältigten, was ihrer Vereinigung im Wege stand. Mit der brausenden, kühnen Gluth des reifern Mannesalters hatte dieser Mann die Schranken niedergerissen, die ihn von einem Wesen trennten, das er vergöttern zu müssen glaubte. Er war von den koketten Blicken dieses jungen Wesens zur Sünde verlockt und hatte ein gutes, treues Weib, hatte drei blühende Söhne verstoßen, um diesem Sterne huldigen zu können, der am Himmel der Feenfeste glänzte, welche eine Schöpfung der berüchtigten Gräfin Lichtenau waren. Ob die verführerische Dame ihn wirklich ebenfalls so heiß geliebt — wer kann das wissen! Für sie war es eine Nothwendigkeit gewesen, sich selbständig in der Salonwelt zu situiren. Die Stellung des Herrn von Ettershaiden sagte ihr zu. Sein Geist dominirte in den Hofzirkeln. Sein schönes, stattliches Aeußeres genügte ihrem Schönheitssinne und ließ sie gern die dreißig Jahre übersehen, die er älter war, als sie. Genug, sie lockte ihn mit ihren feurigen Blicken aus dem Kreise seiner Familie, der er von Rechtswegen angehörte, sie trieb ihn bis zum Wahnsinne der Leidenschaft und brachte ihn dahin, seine Gattin und seine Kinder zu verlassen. Die gerichtliche Scheidung löste seine Fesseln und er verheirathete sich mit der jungen Dame. Aber die Gesetze seines Stammes schützten seine Familie. Sein ältester Sohn blieb der Erbe seiner Güter. Und sollten auch noch ein Dutzend Kinder von der geliebteren Frau das Licht der Welt erblicken, keines hatte einen Anspruch auf diesen Besitz, bis die Kinder der ersten Ehe todt waren. Seine Ehe blieb aber kinderlos und die Söhne aus der ersten Ehe starben. Sein Stamm erlosch also mit ihm.

Als seine Gattin, als seine Kinder das Schloß geräumt hatten, was ihm bei dem raschen Umschwunge aller Verhältnisse eine Zufluchtstätte bot, da zog er ohne Gewissensbisse in dieselben Räume ein. Er ertrug sein Schicksal mit dem Anstande eines vollendeten Hofmannes und mit dem Gleichmuthe eines Philosophen. In ihm schien alles Leben zu todter Asche verbrannt zu sein und es traten sogar Stunden ein, wo er mit einem Lächeln voller Ironie der Gluth seines fünfzigjährigen Herzens gedachte, die sich an den Augen einer Kokette entzündet hatte. Nachdem er jetzt eine lange Reihe von Jahren das Glück genossen hatte, Zeuge der eitlen Extravaganzen seiner ehemals so heißgeliebten Gemahlin gewesen zu sein, begriff er die Lächerlichkeit der Leidenschaft eines Mannes, der drei Söhne besessen hatte, von denen der älteste schon im Stande gewesen wäre, ihm den Rang bei der Bewerbung um das Herz einer solchen Dame streitig zu machen. —

Es war im Frühlinge des Jahres 1812, als der ehrwürdige Herr von Ettershaiden auf Ettershaide einen Courier auf den Schloßhof traben sah, der sich gewandt vom Pferde schwang und mit respectvoller Artigkeit den Schloßherrn zu sprechen verlangte. Würdig, aber mit stark gerunzelter Stirn befahl der alte Herr den Mann einzuführen. Er hatte sofort einen Verdacht gefaßt, daß dieser Courier nicht von ungefähr komme, sondern durch den letzten Besuch seiner Frau Gemahlin bei der Oberhofmeisterin der Königin von Westphalen veranlaßt sei. Die Livree verrieth einen königlichen Jäger und die französische Artigkeit des Couriers den Inhalt seiner Depesche. Nach diesen Voraussetzungen war Herr von Ettershaiden um so mehr überrascht, als von einer Depesche gar keine Rede war. Seiner Gemahlin wurde auch nicht erwähnt, sondern der Courier meldete einfach den Besuch des Marquis d'Etérais. Zuerst stutzte Herr von Ettershaiden. Der Name war ihm völlig unbekannt und er konnte nicht begreifen, was ein Hofherr vom Kasseler Hofe bei ihm zu suchen habe. Er wollte den Besuch kalt ablehnen, besann sich jedoch eines Bessern und erwiederte frostig artig, daß es ihm angenehm sein werde, den Herrn Marquis zu empfangen.

Kopfschüttelnd begab sich der alte Herr nach der erhaltenen Botschaft in den linken Flügel des Schlosses, woselbst seine Gemahlin ihre Residenz aufgeschlagen hatte. Er fand die Dame in ihrem Schlafzimmer auf einer prachtvollen Ottomane ausgestreckt liegen. Ein junges, bildschönes Mädchen saß neben ihrem Ruhelager und las ihr aus einem Romane der Frau von Genlis vor. Es war kein heiteres, gemüthliches Zusammensein in dieser Gruppe. Von übler Laune verzerrt zeigte das feine, kreideweiße Gesicht der gnädigen Frau mehr von den Gebrechen des Alters, als gut war, und das hübsche Mädchen hielt jedes Mal mit trotzigem Ernste weit länger inne, als nöthig schien, wenn die Gnädige mit scharfer, schrillender Stimme ihre französische Aussprache corrigirte. Die Kleine hörte auch sogleich respectvoll auf zu lesen, als die hohe, vornehme, steife Gestalt des

Herrn von Ettershaiden auf der Schwelle sichtbar wurde. Sie erhob sich, machte ihm die graziöseste Verbeugung, die die Schüler der Terpsychore erfunden haben mochten und nahm dann eine Stellung an, die etwas von Subordination an sich trug.

Der alte Herr winkte ihr leutselig zu und deutete durch eine Handbewegung an, daß sie für den Augenblick ihres Vorleseramtes entlassen sei. Das junge Mädchen verneigte sich stumm und gemessen abermals und flog ziemlich rasch und ungestüm der Thür zu. Mit ungnädigen Mienen erhob sich die Gnädige aus ihrer liegenden Stellung und blickte ihren Gemahl höchst verdrießlich an. Sie sah in diesem Momente nicht schön aus. Ihr sehr bleiches Gesicht, das vielleicht nie von einem Sonnenstrahle berührt worden war, erschien wie von feinen Runzeln durchwebt und ihre Augen, vor zwanzig Jahren voll zauberisch bethörenden Glanzes, lagen starr in den Höhlen ohne jedweden Ausdruck. Herr von Ettershaiden bemerkte zum ersten Male mit Erstaunen, daß seine theure Gemahlin mächtig altere und daß sie allerdings der verschiedenen Toilettenkünste bedürftig sei, die er bisweilen anwenden sah.

Mit feinem Lächeln machte er eine beschwichtigende Geberde und sagte vollkommen hofmäßig: „Erschrecken Sie nicht, Theuerste — ich habe Ihnen nur einen sonderbaren Besuch anzumelden!“

Frau von Ettershaiden griff eiligst nach ihrem Flacon, athmete den belebenden Hirschhorngeist ein, fächelte sich affectirt mit einem parfümirten Taschentuche Kühlung zu und flüsterte: „O, mein Theuerster — sprechen Sie, sprechen Sie! Sie spannen meine Nerven an — ich bin heute so nervös, daß mich der Athemzug eines fremden Menschen tödten könnte!"

„Beruhigen Sie sich, meine Allertheuerste," unterbrach sie der alte Herr sarcastisch. „Der Marquis d'Etérais hat durch seinen Leibjäger anfragen lassen, ob er mir aufwarten dürfe." —

„Der Marquis d'Etérais!" rief mit angenehmem Erstaunen die Dame und ihr Auge bekam plötzlich Licht und Leben.

„Ja, der Marquis d'Etérais," wiederholte Herr von Ettershaiden mit bemerkbarer Kühle. „Kennen Sie den Herrn?"

„Nein, nein," entgegnete sie mit merkwürdiger Eilfertigkeit und nahm eine jugendlich-interessante Miene an. „Aber ich weiß, daß der Marquis großen Einfluß beim Kasseler Hofe hat, daß er die rechte Hand der liebenswürdigen Königin ist!"

Herr von Ettershaiden blickte angenehm überrascht auf. „Die rechte Hand der Königin?" wiederholte er. „Das hebt ihn in meiner Achtung. Was kann er aber von mir wollen, Theuerste?"

Die Dame lächelte kokett und erhob sich mit einer Beweglichkeit, als wolle sie allen ihr übrig gebliebenen Liebreiz zusammenraffen. Ihr Gatte betrachtete sie zuerst verwundert, dann mit sichtlichem Hohne.

„Uebereilen Sie sich nicht, meine Allertheuerste," fügte er trocken hinzu. „Ihnen scheint der Besuch nicht zugedacht zu sein."

Die Dame lächelte unbeschreiblich zuversichtlich. „Sein Besuch wird die Folge meines Besuches in Kassel sein. Die Oberhofmeisterin beklagte, daß der Marquis d'Etérais abwesend sei und erzählte mir so viel Züge von Edelmuth und ritterlich deutschem Sinne, daß ich nicht umhin konnte, das Verlangen laut werden zu lassen, ihn kennen zu lernen. Es ist äußerst fein von ihm, daß er meinen Wünschen so schnell nachkommt!"

Der alte Herr richtete sich ein wenig straffer auf und fragte ohne Rücksicht auf den gewöhnlichen Hofton: „Was sollte ihn denn wohl veranlassen, Dich so schnell aufzusuchen, meine Liebe? Ist der Mann jung, so hat eine deutsche Frau von beinahe vierzig Jahren keinen Reiz für ihn. Es müßte denn sein, daß Du Deinen absurden Plan, ‚Hofdame bei der westphälischen Königin zu werden,' wirklich durchzuführen gedenkst und dazu seine Fürsprache in Anspruch genommen hast."

„Allerdings, mein Herr Gemahl — Sie haben die Sache durchschauet!" antwortete die Dame mit Erhabenheit. „Der Besuch des Marquis d'Etérais ist mir ein Zeichen, daß die Langweiligkeit meines jetzigen Lebens ein Ende hat!"

„Jubeln Sie nicht zu früh, Allertheuerste!" rief Herr von Ettershaiden lebhaft. „Ich werde meine Erlaubniß nicht dazu geben, Sie am Hofe eines Königs fungiren zu sehen, der die Rechte meines Königshauses beeinträchtigt hat."

„Thörichte Kleinigkeitskrämerei!" flüsterte die Dame verächtlich. „Ich habe es nie gelernt, mich den Vorschriften und Rathschlägen Anderer zu bequemen und werde mich der Ehre, die meiner wartet, um so weniger entziehen, da Ihr Alter einen baldigen Tod voraussetzen läßt und das Witthum, das Sie mir zu geben berechtigt sind, meinen Lebensbedürfnissen nicht entspricht."

Der alte Herr fuhr entrüstet zurück. „Wie? mit so kaltem Herzen kannst Du an meinen Tod denken? Mit so grausamer Kälte von meinem Tode sprechen?"

Die Dame wendete sich halb zu ihm um und ließ ihren Blick über seine hagere Gestalt und über sein gefurchtes Gesicht gleiten. Dann lehnte sie ihr weißes Gesicht in die feine Hand und antwortete sanft: „Zürnen Sie mir nicht darüber! Es liegt wohl in der Natur der Sache, daß eine junge Frau an den Tod ihres weit älteren Mannes denkt und sich ihre ungewisse Zukunft dabei vergegenwärtigt. Sagen Sie mir, mein

Theuerer, soll ich deshalb den Rest meines Lebens in trauriger Absonderung zu verbringen verdammt sein, weil ich die Blüthe meiner Jugend einem alten Manne gewidmet habe?"

„Nein! Sie mögen thun, was Sie wollen, Beste!" rief Ettershaiden ärgerlich. „Aber so lange der alte Mann lebt, der Ihnen mehr als die Blüthe seiner Jugend, der Ihnen seine Selbstachtung geopfert hat, so lange entsagen Sie Ihren Projecten, als Hofdame am Königsthrone eines Parvenu zu glänzen. Sie werden meine Wünsche dieserhalb respectiren, damit ich nicht schärfere Waffen gegen Sie in Anwendung bringen muß. Sollte wirklich der Marquis d'Etérais in dieser Angelegenheit einen Besuch bei mir nöthig finden, so wissen Sie, was ich antworten werde."

„Der anerkannt unwiderstehlichen Liebenswürdigkeit des Marquis wird es hoffentlich gelingen, Ihre starren Ansichten zu ändern!" antwortete die Dame leicht lächelnd und ließ sich im Vorgefühle ihrer Triumphe schmachtend in die weichen Kissen ihrer Ottomane zurücksinken. „Geben Sie mir die Hand, Lieber, und seien Sie gut! Sie sind mir seit meinem neunzehnten Jahre immer eine liebe Stütze gewesen. Ich kann Ihre Freundlichkeit nicht gut entbehren. Geben Sie mir Ihre Hand und lassen Sie uns Frieden schließen. Ist es denn wirklich in Ihren Augen eine große

Sünde, daß ich hinausschaue in die Welt und meine Geistesflügel rege, um für meine Zukunft zu sorgen?"

„Diese Sorge ist eine Frivolität, so lange ich lebe und als Gatte für Sie sorge, Liebe!"

„Wie stark sie sich heute ausdrücken, Theuerster! Wie zornig Sie heute sind! Was hätten Sie zu fürchten, wenn ich mich zur Zierde der himmlischen Feste aufzuschwingen vermöchte, die Jerome, der liebenswürdigste aller Schmetterlinge, arrangiren läßt? Bin ich Ihnen nicht immer eine treue Gattin gewesen?"

Der alte Herr wendete sich mit flammenden Blicken zu der Dame herum. „Dessen rühmen Sie sich wohl, meine Theure? Denken Sie, daß ich ein schuldiges Weib an meiner Seite dulden würde?"

Die Gnädige fuhr etwas erschreckt zurück. „Gott, wie wenig Rücksicht nehmen Sie heute auf meine Nerven!" klagte sie mit weichem Tone. „Wie lächerlich, daß Sie in Ihrer Eifersucht Geister heraufbeschwören! Ist es wohl verzeihlich, mir meine liebsten Wünsche zu verkümmern? Sie wissen recht gut, daß ich mich niemals dem Willen Anderer unterordne, wenn ich nicht meine besonderen Gründe habe."

„Und Sie mögen hier erfahren, daß ich Ihnen nur so lange das Recht gestatte, sich meine Gattin nennen zu dürfen, wie Sie die Ehre meines Namens schonen. —"

Ein Geräusch, wie der scharfe Trab eines Pferdes, unterbrach seine Rede. Rasch trat er dem Fenster näher und sah noch, daß ein junger Mann den Zügel des Pferdes einem herbeieilenden Stallknecht zuwarf. Frau von Ettershaiden war aus ihrer bequemen Lage aufgefahren und horchte mit stark gerunzelter Stirn auf das Geräusch.

„Beruhige Dich, es ist Oswald! Der Marquis wird hoffentlich so lange zögern, bis Du die Baufälligkeiten Deiner Reize übertüncht hast," bemerkte der alte Herr mit merklichem Hohne.

„Gehen Sie meinem Vetter Oswald entgegen und sagen Sie ihm, daß ich ihn nicht sprechen wolle, daß ich Ursache hätte ihm zu zürnen!" rief die Gnädige überlaut.

Oswald von Wangera hatte jedoch eiligst den Flur des Hauses durchschritten und stand schon auf der Schwelle, als seine Verwandte den Bann gegen ihn aussprach.

Es war ein junger hochgewachsener, blonder Mann mit kühnem, festen Blicke und einer Ruhe im Wesen, um die ihn der etwas jähzornige Herr von Ettershaiden schon oft beneidet hatte. Auch jetzt bewahrte er seine Fassung, trat festen Fußes ein und fragte laut:

„Darf ich nicht wissen, was meine gnädige Cousine gegen mich einzuwenden hat?"

„Du fragst noch, Du Thor?“ rief ihm die Dame mit außergewöhnlicher Entrüstung zu. Ist es nicht ein entsetzliches Verbrechen, sich in Conspirationen gegen einen Regenten einzulassen, dem wir unsere Verehrung nicht versagen können und nicht versagen dürfen?“

Oswald behielt auch jetzt seine Ruhe. Nur der Blick, den er ganz unwillkührlich auf den alten Herrn richtete, welcher mitten im Zimmer stand, die Arme auf dem Rücken verschränkt und grüßend mit dem Kopfe nickend; nur dieser Blick zeigte einen Schimmer von aufflackernder Unruhe.

„Was meint die gnädige Cousine?“ fragte er und sein schönes, sonores Organ zeigte nicht die geringste Schwankung.

„Deine Verstellung hiift Dir nichts,“ eiferte die Gnädige. „Ich bin von den Plänen unterrichtet worden, die Du zum Sturze des westphälischen Königs entworfen hast!“

„Die gnädige Cousine befindet sich in einem schweren Irrthum!“ war seine Antwort.

„Leugne nur nicht! Die Sache ist allerdings eigentlich zu lächerlich, um ärgerlich zu sein. Was wolltest Du wohl gegen eine Macht beginnen, die unter Gottes Schutz steht!“

Oswald wollte antworten. Herr von Ettershaiden, ein stummer Beobachter dieser Scene, mußte wohl etwas in seinem Wesen bemerken, was ihm Besorgniß einflößte. Er liebte den jungen Edelmann, der durch seine nahe Verwandtschaft mit seiner Gattin in seinem Familienkreise einen Platz gefunden hatte, welcher ihm Sohnesrechte verlieh.

„Laß Dich nicht fangen, mein Sohn!“ rief er warnend. „Sie legt Dir Fallen!“

Oswald's Blick, schon stark umdüstert, erheiterte sich wieder. Er hatte schon gefürchtet in dem alten Herrn einen Bundesgenossen der zürnenden Dame zu sehen. Dies hätte ihn geschmerzt und seiner Stellung im Schlosse einen Stoß gegeben.

„Was hat man Dir denn von mir erzählt, Cousine Bella,“ sprach er mit ganz verändertem Tone. „Nennt man vielleicht in Kassel meine Zurückhaltung gegen die Hofleute eine Conspiration? Ich weiß, Du bist dort gewesen! Was ist denn der langen Rede kurzer Sinn? Ist's mißliebig bemerkt, daß ich die Beccassinenjagd in Schönthal nicht mitmachen wollte? Hat man beim letzten Carnevalsball etwa nicht Tänzer genug gehabt? Oder sollte ich der Kasseler Majestät meine einfachen Salons öffnen und ihm sybaritische Gastmähler offeriren? Irgend dergleichen muß es sein, was Deinen Eifer geweckt hat.“

„Nein, dergleichen Lächerlichkeiten sind es nicht, die mich in Zorn gebracht haben, sondern die Nachricht, daß Du Dein Besitzthum verkaufen willst, um nicht länger Unterthan des westphälischen Königs zu sein!“

„Weißt Du vielleicht auch, wer mein armes, verschuldetes Wangeroda kaufen will?“ fiel Oswald bitter scherzend ein. „Und wo steckte da eine Conspiration gegen den verehrungswürdigen Jerome?“

„O doch! denn es sollen mehrere Edelleute, die ihren Preußenkönig nicht vergessen können, mit solchen Plänen umgehen. Man will das Geld zu einem großen Plane vereinigen — man hofft auf Rußland — man hat die Idee, sich mit den Russen zu verbünden, und man nannte Deinen Namen, den fleckenreinen Namen eines Wangera bei dieser Conspiration!“ eiferte die Gnädige. Oswald stand unbeweglich vor seiner Cousine, aber dem scharfen, geübten Blicke des alten Herrn von Ettershaiden konnte eine gewisse Betroffenheit nicht entgehen, als er mit demselben Tone wie vorhin sagte:

„Unter den vielen Kunstfertigkeiten, die der Geist der Franzosen in's deutsche Land verpflanzt hat, ist das Spionirwesen mir die verächtlichste. Daß aus Worten Gift gesogen wird, gehört jetzt zur Tagesordnung. Daß aber eine Dame aus dem Hause Wangera, daß die Gattin des Oberhofjägermeisters von Ettershaiden sich als die Vertreterin eines Hofes aufwirft, dessen König die Rechte unsers Vaterlandsherrschers fürchterlich beeinschränkt, diese Erfahrung ist mir neu und sie empört mich."

„Du verfällst ebenfalls in die Prüderie meines Gatten, der aus Pflichttreue seinem frühern Souverain Altäre bauet," sprach die Dame merklich verstimmt über die Zurechtweisung des jungen Vetters. „Ich aber bin der deutschen Prüderie, die sich gegen die Genialität des französischen Volkes lächerlich überhebt, gründlich satt und werde meinem Geiste folgen, der sich dieser Genialität ebenbürtig fühlt."

„Du sprichst, der Verblendung des Augenblickes, wie alle Wangeras, leicht hingegeben, übereilt, Cousine Bella. Ich würde es für keine Ehre halten wenn Du Dich einem Könige ebenbürtig fühltest, dessen Wiege nicht neben der Wiege einer Wangera zu nennen ist;" spottete Oswald, der nur mit Mühe seine Gereiztheit meisterte. Frau von Ettershaiden, mit ihren eigenen Waffen angegriffen, erhob sich von der Ottomane und stellte sich kampfbereit vor dem jungen Manne auf.

„Es thut mir leid, Oswald, das Dein ganzes Benehmen mir den Beweis giebt, in Dir wirklich einen jener Unzufriedenen zu sehen, die danach streben, einen Monarchen zu stürzen, welcher Alles thut, sein Land zu beglücken."

Oswald lachte erbittert hell auf. „Von solchen

Bestrebungen des Königs von Westphalen ist mir nichts bekannt, beste Cousine."

„Mir auch nicht!" bekräftigte der Oberhofjägermeister, der ein aufmerksamer, aber stummer Zuhörer bei dem Gespräche geblieben war.

„Weil Ihr, als echte Spießbürger und nicht im Sinne des Adels die Bestrebungen Jerome's beurtheilt," rief die Gnädige erzürnt. „Hundertmal schon hat er es bewiesen, daß er seinen Grundsätzen gemäß den Glanz seiner Feste steigert, um den Handwerkern zu nützen! Das Geld soll wieder zur Quelle zurückfließen, sagt er."

„Ein vortrefflicher Grundsatz!" spöttelte Oswald. „Wovon schwelgt der erhabene Lüstling? Vom Schweiße der Unterthanen, die unter seinem Scepter seufzen. Und wer hat den Nutzen von seinen Schwelgereien? die Handwerker, die aus Paris hieher verschrieben sind!"

„Warum zeigen sich die deutschen Handwerker so dumm und ungeschickt? Selbst die Königin hat eingesehen, daß sich nichts mit ihnen anfangen läßt!"

„Wo bleibt dann aber die Wahrheit der Behauptung, daß das Geld wieder zur Quelle zurückfließe," meinte Oswald. „Es liegt im System der französischen Regierung, das Land auszusaugen und es muß jedem vernünftigen Menschen unerklärlich bleiben, daß sich ein so ahnenstolzer Geist, wie der Deinige, von den

Gaukeleien dieses Hofes verführen läßt, der es sich zum Grundsatz macht, die Ahnentafeln deutscher Edelleute mit Schimpf zu beflecken. Wer nicht im Abscheu des reinen Herzens einen Schild gegen die wachsende Frivolität des Kasselers Hofes findet, der sollte doch mindestens durch einen Rückblick auf seine Ahnen die Grundsätze der Tugend zu befestigen suchen und sich nicht zum Vertheidiger von Principien aufwerfen, die überall verderblich, hier aber, von Eindringlingen geltend gemacht, geradezu hassenswerth sind."

„Spare Deine Worte und behüte sie vor fremden Ohren, damit sie Dir nicht Dein Grab graben," antwortete die Gnädige mit Pathos. „Ich weiß, was ich meiner Ehre schuldig bin und wenn die Gnade der Königin von Westphalen mir die Stelle einer zweiten Oberhofmeisterin verleihet, so werde ich, um meiner Zukunft willen, mit Euch Allen brechen!" Sie verließ das Zimmer und verfügte sich in ihr Ankleidezimmer, um sich zu dem Empfange des Marquis d'Etérais zu schmücken, der nach ihrer Meinung von der Königin gesendet wurde. Oswald sah seiner Cousine in völliger Erstarrung nach. Als sie verschwunden war, wendete er sich zu Ettershaiden, der mit einem unsäglich bittern und zugleich traurigen Lächeln seinen fragenden Blick erwiederte.

„Ist das Ernst, Herr Vetter oder augenblickliche Laune?“ fragte er scheu und leise.

„Es ist Ernst, Oswald,“ entgegnete der alte Herr. „Ich betrachte es als die Strafe für meine Sünden und trage die Qual der täglichen Zwiste mit Demuth als eine Buße. So lange die Huldigungen der Welt meine Gattin befriedigten, war sie mir eine liebenswürdige Gefährtin, eine freundliche Theilnehmerin, eine gütige Pflegerin. Ich empfand selbst den Tod meiner drei Söhne nicht so schwer, weil Bella mir tröstend zur Seite stand. Aber im Laufe der letzten Jahre änderte sich ihr Benehmen. Sie wurde kalt, sie wurde hartherzig gegen den alten siebzigjährigen Mann. Ich bin ihr im Wege! Hüte Dich vor den Frauen, mein lieber, junger Freund, die den Muth haben, sich selbst eine Stellung in der Welt zu gründen. Glaube mir, es sind die schlimmsten weiblichen Wesen. Sie schonen weder ihre Freunde, noch ihre Pflichten, um zum Ziele zu gelangen.“

„Es ist mir ein trauriger Gedanke, daß Sie jetzt noch unter dieser Erfahrung leiden müssen, würdiger Vetter,“ unterbrach ihn Oswald theilnehmend. „Die vulkanischen Elemente im Herzen meiner Cousine, die eine echte Wangera, mit allen den Fehlern, Schwächen und Gebrechen unsers Stammes ist, sind Ihnen verderblich gewesen in der Kraft Ihrer Mannesjahre; werden

Sie denn jetzt Standhaftigkeit genug besitzen, um dieser gefährlichen Einwirkung zu widerstehen?"

„Ja!" sagte der alte Herr, sich straff aufrichtend. „Meine Liebe zu ihr ist erloschen!"

Oswald prüfte einen Augenblick den Ausdruck seines Gesichtes und reichte ihm dann die Hand. „Lassen Sie Bella ruhig ihren Weg verfolgen, Einwendungen nützen bei einer Wangera nichts, also gewähren Sie bis zu einem gewissen Punkte, ihre Launen. Aber," sein Auge flammte, „wenn Bella bei der Idee verharrt, am Hofe des Königs von Westphalen als Hofdame zu fungiren, so — zeigen Sie sich Ihres Namens würdig. Es hieße sich der niedrigsten Huldigung schuldig machen, wollten Sie, der ehemalige preußische Hofbeamte, Ihrer Gemahlin gestatten, nach Kassel zu gehen!"

„Es ist schon zu harten Worten zwischen uns gekommen, Oswald. Bella scheint bei ihrer letzten Anwesenheit in Kassel Vorbereitungen getroffen zu haben, die ihr Engagement außer allen Zweifel stellen. Ich erwarte jeden Augenblick den Marquis d'Etérais, der wahrscheinlich im Auftrage Ihrer Majestät der Königin kommt."

„So nahe die Entscheidung?" fuhr Oswald heftig auf. „Was werden Sie thun?"

„Ablehnen! bei fortgesetzter Forderung eine gerichtliche Scheidung androhen!" sagte der alte Herr kurz und herbe.

„Recht so! Die Frauen sind gewohnt, der Aeußerlichkeit der Ehre einen großen Werth beizulegen und diese Drohung kann meine Cousine zu ihrer Pflicht zurückführen."

„Glaub' das nicht! Im Gegentheil! Sie wird die Projecte mit Energie durchsetzen, welche ihr ein erneuetes Lebensglück versprechen! Es ist traurig, so wenig Patriotismus bei den Frauen anzutreffen. Sie folgen der einmal erwachten Begier ohne Rücksicht auf ihre Pflichten fürs Vaterland. Unsere jetzige Zeitperiode liefert erschreckende Beispiele und Bella wird die Gallerie genußsüchtiger deutscher Frauen vervollständigen helfen."

„Um so glänzender treten die edeln Frauen hervor, die ihr Vaterland lieben!" antwortete Oswald, indem er Anstalt traf, sich wieder zu entfernen. Der alte Herr beachtete dies nicht. In seinen Augen spiegelte sich eine leichte Wehmuth, als er nach einer kleinen Pause wieder begann:

„Ich habe seit längerer Zeit auf friedliches Glück resigniren gelernt. Wie die Sachen jetzt stehen, so muß ich die Wunden, die mir von Bella im letzten Reste meines Lebens geschlagen werden, so lange bluten lassen, bis sie von selbst vernarben. Ich erkenne an, daß ich mein Schicksal selbst heraufbeschworen habe, indem ich im spätern Mannesalter die ganze Poesie der Liebesseligkeit für mich in Anspruch nahm. Ich hätte die Regungen, die der Jugend gehören, bekämpfen sollen. Muß ich aber dem Willen Bella's jetzt weichen, so verlangt es meine Ehre als Preuße, daß ich dies Wesen, was mir theurer gewesen ist, als Alles in der weiten Welt, fallen lasse! Meine Antwort für den Marquis d'Etérais ist unwiderruflich bestimmt!"

„Ich billige sie, mein theurer Vetter!" entgegnete Oswald fest und ruhig. „Nur warne ich Sie vor der Beredsamkeit des Marquis, die sprichwörtlich geworden ist."

Der alte Herr lächelte kalt. „Ich bin der Schwätzerei kluger Diplomaten noch nicht ganz entwöhnt, Oswald. Wir Ettershaiden, die vom Pagen an mit der List und Schlauheit eines Hofpersonales zu kämpfen hatten, verstehen sicherlich mit dem feinsten Intriguanten fertig zu werden und wenn seine Weisheit mit der Bosheit Hand in Hand gehen sollte."

„Kennen Sie den Marquis schon längere Zeit?" fragte Oswald, ungeduldig einen Schritt zur Thür gehend.

„Ich kenne ihn noch gar nicht, habe noch nie seinen Namen gehört, bis zu dem Augenblicke, wo sein Jäger ihn anmeldete," erwiederte Herr von Ettershaiden hastig. „Persönlich bin ich ihm auch noch nicht nahe gekommen," antwortete Oswald eben so hastig, denn es drängte ihn fortzureiten, um nicht mit dem Marquis zusammen zu treffen. „Doch scheint dieser Mann der Besten Einer zu sein, die gleichsam als Vermittler zwischen dem deutschen und französischen Volke stehen. Sein Name hat keinen schlechten Klang."

„Ich hörte kürzlich sagen," fuhr er nach einem kurzen Nachdenken fort, „daß d'Etérais sich der besondern Gunst Napoleon's erfreue. Man schreibt ihm manchen günstigen Erfolg in den Privatverhältnissen des Kaisers zu und ist sehr geneigt, die Heirath Jerome's mit der Prinzeß von Württemberg und selbst des Kaiser Napoleons Vermählung mit der österreichischen Kaiserstochter auf Rechnung des jungen, sehr feingebildeten, umsichtigen und liebenswürdigen Mannes zu setzen."

„Thorheit; daran werden sich wohl andere Kräfte versucht haben, als die seinigen, die sich auf Privatverhältnisse beschränkten," murrte ungläubig der alte Herr.

„Nun, ganz und gar ablehnen läßt sich die Möglichkeit dieser Behauptung nicht. Der Marquis ist noch jetzt die rechte Hand der Königin, ihr Rathgeber in allen unsichern Fällen und ihre Stütze bei den mannigfachen trüben Erfahrungen."

„Was bekleidet der Marquis für ein Amt?" fragte der alte Herr.

„Gar keins. Er nimmt grundsätzlich kein Amt an und verschmähet jeden Titel!"

„Wunderbar! Er ist also eine Art dienstbarer

Geist? Ein Puck des Oberon, der ausführen muß, was sein Herr und Meister befiehlt!" spöttelte der Oberhofjägermeister. „Von der Königin gesendet, wird dieser geniale Franzose seine Liebenswürdigkeit zum ersten Male vergeblich verschwenden." Oswald war mittlerweile der Thüre noch näher getreten und hatte seine Hand auf den Drücker derselben gelegt. „Wo willst Du hin? Willst Du die beiden Mädchen aufsuchen?" fragte der alte Herr. „Thu das! Ich komme nach, so mich der Marquis nicht mit einem zu langen Besuche beglückt; Du wirst Melitta und Fides entweder im Pavillon oder unter der großen Kastanie finden. Die Kleine flog wie eine erlösete Schwalbe zum Zimmer hinaus, als ich meiner Gemahlin den Besuch des Marquis zu melden kam. Das arme kleine Mädchen trägt am schwersten, wenn Madame schlechte Laune hat."

„Aendern Sie doch die Stellung der Kleinen!" sagte Oswald zerstreut. „Ich will jedoch nicht zu den Mädchen gehen, sondern heimreiten. Die Bemerkungen meiner Cousine Bella geben mir mehr zu denken, als Sie meinen. Sie sind mir ein sicherer Beweis, daß unter uns ein Verräther sein muß."

„So wäre man wirklich wieder einer Conspiration auf die Spur gekommen?" flüsterte der alte Herr vertraulich.

„Nein, so weit ist der Plan noch nicht gediehen,"

erklärte Oswald eben so leise „aber, daß man in Kassel schon weiß, was wir noch kaum gedacht und nur flüchtig im Gespräche ein Mal berührt haben, das ist ein Zeugniß für Napoleonische Staatskunstkniffe. Es ist unter seines Bruders Regierung dahin gekommen, daß man seinem eigenen Bruder nicht mehr trauen darf. Die Wände sichern kein Geheimniß mehr. Die Luft scheint den Gedanken selbst wegzutragen."

„Um so fester müssen die ehrenhaften Männer stehen!" sagte der alte Herr feierlich. „Später mehr, Herr Vetter," sprach Oswald eilig. „Ich mag dem Marquis nicht begegnen, also — auf Wiedersehen." Er schüttelte dem Herrn von Ettershaiden die Hand und ging von diesem begleitet zum Hofe hinaus. Auf seinen Befehl wurde ihm sein Pferd wieder vorgeführt und er sprengte mit dem stillen Seufzer zum Thore hinaus: „Also auch hier ist man nicht mehr sicher vor den Creaturen des Kasseler Hofstaates!"

III. Capitel.

Auf offener Straße.

Oswald von Wangera ritt gedankenvoll die Pappel-Allee hinab, die bis zur alten Burg führte und mit ihren ersten, frischgrünen Blättchen umschleiert, einen anmuthigen Anblick darbot. Der junge Mann achtete an diesem Tage nicht darauf. Ebensowenig machte es Eindruck auf ihr, daß die Sonnenstrahlen des Frühlings das alte Mauerwerk seltsam verschönten und daß der Wald, der sich links vom Hause so dicht anschloß, als sei die Burg in die dichte Baummasse hineingeschoben, in der prächtigen Beleuchtung zauberhaft schön erschien.

Oswald von Wangera war ein Kind seiner Zeit im wahren Sinne des Wortes. Er repräsentirte die Schwächen seines Standes, aber er war ein tüchtiger und edler Mann, der sich in schöner Begeisterung bis zur Schwärmerei verstieg, wenn er sich in Pläne vertiefte, die das Vaterland zu retten vermöchten. Seine äußere Ruhe verbarg die Lebhaftigkeit seiner Phantasie und da er ganz offen eine gewisse Tugendbeharrlichkeit zur Schau trug, so war man geneigt diese äußere Ruhe mit dem zu bezeichnen, was man im gewöhnlichen Leben Pedanterie zu nennen pflegt. Vor Allen war es aber seine Cousine Bella, die ihn der pedantischen Strenge zieh und seine Liebenswürdigkeit deshalb stark in Zweifel zog, weil er ihr ganz ungescheut Urtheile über ihr Thun und Treiben in's Gesicht sagte. Diese einseitige Beurtheilung that ihm weiter keinen Schaden. Man schätzte ihn seiner Bildung und seines Ernstes wegen und da sein Wesen noch durch eine edle Persönlichkeit gehoben wurde, so gehörte er zu den beachtetsten Männern der ganzen Umgegend.

Er war mit Frau von Ettershaiden ziemlich nahe verwandt. Ihre Väter waren Brüder gewesen. Nicht ganz so nahe war die Verwandtschaft mit einem jungen Mädchen, Melitta von Wangera, das als Waise in dem Hause des Oberhofjägermeisters von Ettershaiden eine Zuflucht gefunden hatte. Seit dem Unglücksjahre 1806, das den Königsthron von Preußen erschütterte, seines Hofdienstes quitt geworden, bewohnte dieser alte Herr mit seiner schönen, noch ziemlich jungen Gemahlin zuerst ein Quartier in einem der verödeten Schlösser Berlin's, zog aber nach dem unerwarteten Tode seiner Söhne unverzüglich nach Ettershaiden, als dem Zufluchtsorte, der ihm bei der Wandlung seines Geschickes am meisten zusagte.

Von da an knüpfte sich das Band der Verwandtschaft, durch gegenseitige Werthschätzung befördert, von Tag zu Tag fester zwischen Oswald und dem alten Herrn von Ettershaiden. Vater und Sohn konnten nicht traulicher zusammen reden, als diese beiden Männer, die sich in einem mächtigen Interesse für Alles, was Preußen hieß, zusammenfanden.

Das Besitzthum des jungen Herrn von Wangera lag zwei Stunden von Ettershaiden entfernt. Der Weg führte an der alten Burg vorüber, zog sich dann etwas bergab und wurde durch einen breiten, hübschen und klaren Bach begränzt, der erst beim Herrenhause von Wangera abwich und sich in einem Teiche verlor. Dieser Bach war Ursache, daß Wangeroda eben so wie die Burg Ettershaiden westphälisch wurde, während das Dorf Ettershaiden, das jenseits des Baches lag, preußisch blieb. Oswald kümmerte sich nicht um seinen neuen Landesherrn. Er vermied, wie schon angedeutet ist, beharrlich jeden Verkehr mit den Leuten, die mit dem König Jerome zu thun hatten und blieb im Herzen echt preußisch gesinnt.

Bei seinen scharf ausgeprägten patriotischen Gesinnungen konnte es nicht fehlen, daß sich im Laufe der Zeit der Grimm über die Herrschaft einer Nation entwickelte, die von Gottes und Rechtswegen aus einem Lande vertrieben werden mußte, wo sie nichts als Leid und Trauer bereitete. Es kamen Stunden, in denen finstere Schatten seine Stirn umdüsterten, wenn er bedachte, daß wenig Hoffnung vorhanden sei, das Elend des deutschen Vaterlandes geendet zu sehen. Pläne wälzten sich dann in seinem Kopfe, die bisweilen das Maaß der Vernünftigkeit überstiegen, aber er theilte sie Niemand mit, weil er einst in einer heiligen Minute tiefen Jammers sich gelobt hatte, im Nothfalle als ein Märtyrer für's Vaterland zu sterben und mit dem Opfer des eigenen Lebens das Dasein des Mannes zu enden, in dessen starker Hand die Zügel des mächtigen Eroberungswerkes ruheten.

Selten entschlüpfte ein Laut des Mißfallens seinen Lippen. Er hielt seine Gedanken geheim, weil er die Freiheit seines Handelns für die Zukunft höher stellen wollte. Nur der Oberhofjägermeister von Ettershaiden war zuweilen Zeuge eines aufblitzenden Zornes gewesen und in dem Verständnisse über diesen Gegenstand ruhete die tiefe Sympathie der beiden Männer.

Gedankenvoll verfolgte Oswald seinen Weg, nachdem er gewißermaßen die Flucht vor einem Hofschranzen des Königs Jerome ergriffen hatte. Ihn beschäftigten die Vorwürfe Bella's weit mehr, als man nach seinem Verhalten hätte denken können. Nicht, daß er Furcht fühlte vor einer Entdeckung, die ihn blosstellen konnte — nein, es war von seiner Seite noch nichts geschehen, was gefährlich auf seine Pläne hätte zurückwirken können. Ihn beschäftigte vor Allem der Gedanke, wie man zur Kenntniß eines Gespräches gekommen war, das einige Tag vorher im engsten Kreise bewährter Freunde gepflogen wurde. Wo steckte der Verrath? Wer von diesen Freunden zeigte sich wohl am Ersten eines hinterlistigen Benehmens fähig?

Oswald wußte sich diese Fragen nicht zu beantworten und ein Trübsinn eigener Art nahm nach und nach Besitz von seiner Seele. Jedes Wort und jede Handlung wurde von jetzt an gefährlich für seinen Plan, den er schon längst entworfen hatte. Allerdings war man diesem Plane auf der Spur. Er wollte sein kleines Gut losschlagen!

Aber nicht um sich aus dem Verhältnisse zum westphälischen Reiche zu lösen, sondern um die Mittel zu gewinnen sich nach Rußland zu begeben und dort mit voller Geisteskraft Alles das geltend zu machen, was er in langen, einsamen Tagen überlegt und überdacht hatte. Große, weltumfassende Ideen wogten in seinem Kopfe. Sie zeugten von seinem Feldherrntalente, bevor er nur die kleinsten Beweise in der Praxis geliefert. Das leidenschaftliche Interesse, womit er die kriegerischen Ereignisse der Zeit verfolgt, der tiefe fürchterliche Grimm, womit er die steten Siege des Welteroberers beobachtet hatte, weckten Ansichten in ihm, welche die Möglichkeit boten, in dem gewagten Feldzuge gegen Rußland, den Napoleon jetzt vorbereiten ließ, das Mittel zu seiner Vernichtung zu finden. Gereift waren die Pläne dazu noch keineswegs. Dazu gehörte eine umfassendere Kenntniß der Strategie und Tactik. Nur wenn es dem jungen Enthusiasten gelang, durch seine Ideen einen Feldherrn zu begeistern, der die Macht der Ausführung in Händen hatte, nur dann konnte er sich der Hoffnung auf glückliche Erfolge hingeben.

Unter seinen wechselnden Gedanken war er allmählig der alten Burg näher gekommen. Sein Blick glitt achtlos darüber hinweg und er würde im nächsten Momente den Seitenweg eingeschlagen haben, der ihn zu einer schmalen, etwas baufälligen Brücke führte, die ihn vom preußischen in's westphälische Gebiet befördern mußte, wenn nicht seine Aufmerksamkeit durch die Erscheinung eines Mannes gefesselt worden wäre, der vom Walde her kam und mit lebhaften Geberden Zeichen gab, daß er ihn zu sprechen wünsche. Oswald hielt sein Pferd an und wartete auf den Mann, der eilfertig über die breite Wiesenfläche daherschritt, welche sich seitwärts der Burg bis zum Walde hin ausbreitete und in ihrem blumenreichen, üppigen Grün ein Schmuck der Landschaft war.

Der Fremde kam rasch näher. Er war sauber, aber auffallend einfach gekleidet.

Stulpenstiefel, ein dunkler, bis zum Halse zugeknöpfter Oberrock und eine Kopfbedeckung, wie sie die Jäger in damaliger Zeit liebten, das war sein ganzer Staat. Aber Oswald erkannte trotzdem den Mann von Distinction und erwiederte seinen Gruß mit schuldiger Artigkeit, indem er ihm bis zum Fußsteige entgegenritt.

Der Fremde, ein schlanker, junger Mann von gewöhnlicher Mannesgröße, mit lebhaft heiterm Mienenspiele und einem Augenpaare voll Gluth, Geist und Leben, trat dicht an das Pferd heran, legte seine Hand liebkosend auf den Hals desselben und bat mit einigen freundlichen Worten um Entschuldigung ihn aufgehalten zu haben. Die stolze Sicherheit, womit er sprach und das Selbstbewußtsein, welches dabei aus seinen dunklen Augen leuchtete, wurde außerordentlich durch das weiche, schöne Organ gemildert, das schmeichelnd wie Musik bis in's Herz des Herrn von Wangera drang.

Oswald antwortete einige verbindliche Worte und der Fremde fragte ohne weitere Einleitung mit zutraulichem Lächeln: „Ist dies alte Mauerwerk etwa die Ettershaider Burg?“

„Allerdings,“ war die Antwort des jungen Edelmannes. Der Fremde lachte laut auf. „Da sieht man, was Knabenphantasien zu erschaffen vermögen! Mir schwebte diese Burg in einem so poetisch-romantischen Lichte vor, daß die Enttäuschung erschreckend ist.“

„Sie kannten also früher diese Burg?“ fragte Oswald, dessen Neugier sich zu regen begann.

„Ein Mal habe ich Besuch darin gemacht und dabei meine sechsjährige Phantasie mit Rittern und Gespenstern, mit Prinzessinnen und —“ er zögerte einen Augenblick, setzte aber dann mit keckem Lachen hinzu — „und mit verstoßenen Gattinnen füllen lassen!“

Oswald warf einen schnellen Seitenblick auf die schöne Männergestalt, gleichsam um zu prüfen, was er von diesen sonderbar offenherzigen Worten denken sollte. Als er nicht antwortete, nahm der Fremde sorglos wieder das Wort und fragte schnell: „Könnte ich nicht hinein in dies alte Nest, worin nur Eulen zu nisten scheinen?“

„O ja! dort drüben an der Mauer wohnt ein alter Förster. Er hat den Schlüssel zur Burg und zugleich eine Art Aufsicht darüber. Sie werden innen das alte Haus weit wohnlicher finden, als Sie es erwarten. Die Zimmer sind von der letzten Bewohnerin einigermaßen in Stand gesetzt —"

„Die letzte Bewohnerin war eine verstoßene Gattin des jetzigen Besitzers?" unterbrach ihn der Fremde. Oswald prüfte abermals mit einem Anfluge von Mißbehagen die Züge des Mannes, um zu sehen, ob nur müssige Neugier oder eine Art Bosheit ihn zu den indiscreten Fragen und Andeutungen verleitete.

Offen und ehrlich, ohne Arg und Falsch war der Ausdruck der dunkeln, strahlenden Augen, die den seinigen begegneten.

„Ja," antwortete er nun ohne Verzug. „Die erste, geschiedene Gemahlin des Oberlandjägermeisters von Ettershaiden wohnte dort oben im Schlosse Ettershaiden; sie liebte jedoch die alte Burg und hielt sich im Sommer gern in den hohen gewölbten Gemächern derselben auf." — Der Fremde nickte beistimmend, als wisse er sich dessen zu erinnern.

„Die Dame ist todt?" forschte er. „Auch die jungen, starken, kräftigen Junker sind todt? Ein wunderbarer Zufall, in dem man die Hand der Nemesis erkennen möchte."

Oswald machte eine ungeduldige Bewegung, die sein Pferd zur Unruhe brachte.

Der Fremde schien dadurch auf einen Gedanken zu verfallen, der ihn veranlaßte, sein Auge fester auf den

Reiter zu richten. Er lächelte kaum bemerkbar und trat einen Schritt vom Pferde zurück.

„Nennen Sie mich nicht unbescheiden, mein Herr!“ sprach er mit Nachdruck. „Es verknüpft sich ein tiefes Interesse mit diesen Fragen.... Sie sind aus der Gegend hier und ich mag mit meiner Bemerkung persönliche Ansichten beschränkt haben. Vielleicht habe ich das Vergnügen einen Verwandten der Familie Ettershaiden vor mir zu sehen, der geneigt ist ein milderes Urtheil über Begebenheiten zu fällen, die einer edlen Frau schwere Kränkungen zufügten. Verzeihen Sie also mein unberufenes Urtheil.“

Oswald begnügte sich durch eine verbindliche Neigung des Kopfes zu antworten, aber er blickte mit gesteigerter Neugier auf den jungen Mann, dessen Manieren errathen ließen, daß er sich frei und sicher in den Kreisen zu bewegen wisse, die auf feine Bildung Anspruch zu machen pflegen.

„Sie erlauben mir nun noch eine einzige Frage,“ begann der Fremde von Neuem.

„Fragen Sie nur,“ sagte Oswald ermunternd. „Es wird mir eine Freude sein, wenn ich die Frage eben so unbeschränkt und ehrlich beantworten kann, wie Sie Ihr Urtheil über Familienbegebenheiten gaben, die leider den Tadel der Welt verdienen.“

„Schön, daß Sie mir Recht geben!“ antwortete der

Fremde freimüthig. „Meine Frage betrifft aber diesmal keine Familienereignisse, sondern einfach die Erkundigung, wo Wangeroda liegt." Oswald sah ihn höchst überrascht an.

„Wangeroda?" wiederholte er zögernd, als wolle er damit andeuten, daß er zuerst wissen möchte, warum der Mann nach Wangeroda frage.

„Es muß in der Nähe liegen," erläuterte der Fremde. „Meinen knabenhaften Begriffen zufolge sogar sehr in der Nähe von der alten Ettershaider Burg."

„Dann trügen Sie Ihre knabenhaften Begriffe abermals," entgegnete Oswald in scherzendem Tone. „Wangeroda ist beinahe zwei Stunden von der Burg entfernt für den Fußgänger, obwohl man es gemeiniglich nur eine Meile rechnet."

„Ich bin den Weg gefahren," erklärte der Fremde ebenfalls mit treuherzigem Lachen. „Nicht wahr, der Weg geht am Bache entlang?" fügte er, mit der Hand auf das kleine Gewässer deutend, hinzu. „Mein Gedächtniß ist ziemlich treu, wenn nicht die Phantasie ihre Farbentöpfe dazu liefert. Haben Sie vielleicht davon gehört, daß der Besitzer von Wangeroda damit umgeht sein Gut zu verkaufen?"

Oswald zuckte unmerklich zusammen und sah dem Fragenden mit starrer Verwunderung fest in's Auge.

„Wer hat Ihnen das mitgetheilt, mein Herr," sprach er dann mit eisig ruhigem Tone.

„Ich hörte es in einer Gesellschaft gerüchtsweise," entgegnete der Fremde, „und da Jemand sich hier in der Gegend anzukaufen wünscht, so übernahm ich es, mich persönlich nach der Wahrheit dieses Gerüchtes zu erkundigen.

Oswald blickte ironisch lächelnd auf den Mann nieder. „Sie wissen doch wahrscheinlich nicht, mit wem Sie reden," sagte er in der festen, schnell aufgetauchten Meinung, einen Spion der westphälischen Regierung vor sich zu haben, der ihn in der Zuversicht auf seine Macht einer Inquisition zu unterwerfen gedachte.

„Nein," antwortete der Fremde rasch. „Dürfte ich um Ihren Namen bitten? Aber nur unter der Bedingung, daß Sie mir damit nicht die Verpflichtung auferlegen, mich zu nennen, bitte ich um Ihren Namen!"

Oswald wurde wieder wankend in seiner Meinung. Es lag durchaus nichts Verstecktes, nichts Heuchlerisches in dem Wesen des Mannes. Was wagte er denn auch, wenn er seinen Namen nannte? Und dann? ‚Es wünscht sich Jemand in der Gegend anzukaufen!' War denn dies nicht möglich und lag nicht in diesem Zufalle etwas, was wie eine Schickung Gottes zu betrachten war? die Spannung, womit der Fremde ihn nach seiner ausgesprochenen

Bitte um Nennung seines Namens betrachtete, bewies hinlänglich, daß er ihn nicht wußte.

„Ich bin der Eigenthümer von Wangeroda, mein Herr! Sie werden jetzt mein Erstaunen begreiflich finden, daß mir auf offener Landstraße die Nachricht von einem Vorhaben mitgetheilt wird, an das ich ernstlich noch incht gedacht habe.“

Ein heller Freudenstrahl war sogleich nach den ersten Worten aus des Fremden Augen gebrochen und er wartete kaum das Ende dieser Rede ab, um mit lebhaft bewegter Stimme mehrmals zu wiederholen: „Oswald von Wangera — mein Gott, er selbst — Oswald Wangera! Wie freut mich das!“

Dabei ergriff er die Hand des jungen Edelmannes und drückte sie herzlich zwischen den seinigen.

Eine eigene Rührung überschlich Oswalds Herz, als er sich von dem jungen, interessanten Fremden so überraschend herzlich begrüßt sah und noch sonderbarer wurde ihm zu Muthe, als dieser heiter fortfuhr:

„Mein Gedächtniß ist doch nicht so treu und zuverlässig, wie ich mir einbildete, sonst hätte ich Sie erkennen müssen. Zwar liegen viele, viele Jahre dazwischen, wo ich Sie sah, aber, gestehe ich's offen, darin liegt der Grund nicht, sondern in dem Umstande, daß Sie mir damals so erbärmlich blaß und schmächtig vorkamen, daß ich in diesem großen, stattlich kräftigen Manne niemals den Junker Oswald vermuthet hätte. So gehts," meinte er, lachend auf die alten Mauern der Burg deutend, „so geht's im Leben! Was uns in unserer Jugend überragt, was uns Respect und Grauen einflößt, das bewundern wir und bekleiden es mit den Zierrathen der Einbildung. Daher dann die Verwunderung, wenn unser Verstand zu kritisiren fähig ist. Im entgegengesetzten Falle können wir uns nie eine Idee von der Verwandlung kindlicher Schwäche in Kraft, Stärke und Schönheit machen. Obwohl wir selbst zunehmen an Weisheit und Verstand, an Alter und Vollkommenheit der äußern Gestalt, so berechnen wir doch selten richtig die Macht der Entwicklung an Anderen und erstaunen dann über die Gebühr, wenn wir Gelegenheit haben zu bemerken, daß unsere Jugendbekannten mit uns Schritt gehalten haben."

„Sie zählen mich zu solchen Jugendbekannten?" unterbrach ihn Oswald mit ruhiger Höflichkeit.

„Allerdings! Ich hätte mich bei einem Besuche auf Wangeroda wahrscheinlich nach jenem blassen, langarmigen und langbeinigen Junker umgesehen, den man Oswald nannte."

Er lachte so unwiderstehlich heiter und von ganzem Herzen, daß Oswald, hingerissen von seinem Beispiele, ebenfalls nicht Besseres thun konnte, als in ein herzhaftes Gelächter auszubrechen. Im Stillen aber nahm er sich vor, die Scene auf der offenen Landstraße zu enden, die ihn nicht klüger zu machen versprach.

„Nach diesen Worten darf ich schließen, Sie in Wangeroda zu sehen?“ begann er wieder.

„Gewiß, ganz gewiß! Ich hoffe mit Ihnen über den Kauf Ihres Gutes einig zu werden, im Falle Sie gewilligt sein sollten, es wirklich zu verkaufen. Doch davon später!“

„Für jetzt habe ich den Vorsatz noch nicht gefaßt, Wangeroda zu verkaufen,“ fiel Oswald mit scharfer Betonung ein. „Hier ist der Ort nicht, davon weiter zu reden, noch dazu da mein Gedächtniß bei Weitem unzuverlässiger ist, als das Ihrige, und ich trotz alles Nachdenkens nicht zu enträthseln vermag, mit wem ich die Ehre habe zu reden.“

„Davon später! Davon später! Ich werde kommen, ehe Sie es denken! Also auf Wiedersehen!“ rief der Fremde, grüßte mit Anstand und Herzlichkeit und schritt eben so eilfertig auf dem schmalen Fußpfade dem im Hintergrunde liegenden Försterhause zu, wie er vorher dem jungen Edelmanne von dem Walde her entgegengeschritten war.

Oswald setzte sehr langsam sein Pferd in Bewegung und ließ sein Auge aufmerksam dem Fremden nacheilen. Vergeblich sann er darüber nach, wo er mit ihm zusammengetroffen sein könne. Vergeblich vergegenwärtigte er sich sein Bild mit peinlicher Sorgfalt. Nirgends traf er auf eine Erscheinung in seinen frühern Jahren, die an diesen jungen Mann erinnerte, der ganz unstreitbar jene leichten, feinen Manieren hatte, die der stete Verkehr in Cirkeln, wo Geist mit Sitte vereint das Scepter führen, dem gebildeten Menschen einprägt. Weit zweifelhafter war es ihm, ob er einen Edelmann in ihm suchen sollte. Seine Ungebundenheit, die Nichtachtung des Herkömmlichen stellte dies in Frage. Es lag mehr eine Genialität in Rücksicht auf das gesellschaftliche Formenwesen vor, wie sie der fein gebildete Bürger geltend macht. Diese Unterredung auf offener Straße! War sie nicht ein schlagender Beweis von Sorglosigkeit und Sicherheit, wie man sie kaum noch von Knaben gewohnt war? Oswald entschlug sich endlich seinen vagen Vermuthungen und ritt etwas schneller seiner Straße. Seine Gedanken flogen zurück auf die Pläne, die ihn unaufhörlich beschäftigten und er fing an zu überlegen, ob er nicht eine Fügung Gottes in dem verbreiteten Gerüchte vom Verkaufe seines Besitzthumes sehen könne. Nach seiner Meinung stand das Schicksal Europa's jetzt auf einem Wendepunkte. Entweder befestigte sich die Herrschaft Napoleon's durch den beabsichtigten Feldzug gegen Rußland auf eine furchtbare Weise oder dieser Held der Zeit stürzte in seiner Macht erschüttert von der Höhe herab, auf der er selbstbewußt und zuversichtlich thronte. Nach seiner

Meinung war jetzt der Zeitpunkt, wo sich die Kraft der eroberten Provinzen, die unter dem Drucke der Fremdherrschaft seufzten, concentriren und einen letzten Versuch wagen mußten, das Joch abzuschütteln. Während Napoleon sich gegen Rußland rüstete, mußte man sich insgeheim in Deutschland gegen ihn rüsten! O wie das Blut des jungen Mannes hoch aufwallte! Wie es ihn drängte mit dem Schrei der Verzweiflung die matten Herzen seiner Landsleute aus dem Schlummer zu wecken und zum letzten Kampfe zu entflammen!

Doch was nutzte sein Jammer, was nutzte seine Begeisterung! Sollte er eine jener Verschwörungen stiften helfen, die wie Pulver ohne Blei verpufften, weil ihnen die Macht des Uebergewichtes fehlte? Was hatten die Opfer der edlen Kämpfer zu Wege gebracht, die ihr Blut den kleinen Angriffen weiheten, welche stets, nach kurzen Beunruhigungen des jungen König Jerome, ohne Nachwirkung beseitigt werden waren. Der Gedanke an solche Thaten wurde ihm schon hier auf seinem eigenen Vatererbe als Verbrechen angerechnet, da er die Treue gegen seinen neuen Landesherrn verletzte. Stillsitzen und dem nächsten Kampfe müssig zuschauen konnte er nicht mehr. Darin stand sein Entschluß fest. Er setzte sein Hab und Gut auf's Spiel und versuchte sein Heil in der Armee der Russen. Ihm hatte nur der Impuls gefehlt — jetzt aber, wo das Gerücht ihn schon zu den

Unruhigen und Mißvergnügten des Landes zu zählen begann, jetzt schien ihm der richtige Augenblick gekommen zu sein. Fand er in dem interessanten Fremden einen redlichen und verschwiegenen Käufer, so sollte ihn nichts abhalten, in der allernächsten Zeit seine Reise nach der russischen Gränze anzutreten.

Mit diesem Entschlusse im Herzen, der eine himmlische Freudigkeit auf sein edles, ernstes Gesicht zauberte, ritt er auf Wangeroda zu, das sich so eben in malerischer Schönheit vor seinen Blicken ausbreitete. Bald erreichte er den spiegelhellen kleinen Teich, der von Pappeln umpflanzt war und von den sämmtlichen Gänsen und Enten des Dorfes zum Tummelplatz ihrer Frühlingsfreuden benutzt wurde.

Oswald hielt sein Pferd an und schauete über den Teich hinweg. Warum mochte ihm plötzlich so weh um's Herz werden? Warum ergriff ihn die himmlische Friedlichkeit, die über der einfach ländlichen Scene lag, dergestalt, daß er seinen Athem stocken fühlte, daß er mit einer Rührung rang, wie er sie bis dahin gar nicht gekannt hatte? Es war, als wenn der Geist Gottes über ihn kam und seinem Geiste einen Blick in die Zukunft eröffnen wollte! Mit einem Schauer ahnenden Entsetzens sah er blutige Schlachtfelder vor sich aufrollen *), Leiche auf Leiche sich thürmen im still wogenden Wasser, so daß seine Wellen hoch aufspritzten und über den Uferrand hinaus traten! Es war ihm, als höre er den Angstschrei von den Tausenden, die im Wasser den Tod finden sollten, als rufe man um Erbarmen, als verfluche man den Allgewaltigen, der mit der Allmacht eines göttlichen Wesens seine irdische Laufbahn zu verfolgen beflissen war.

Nur einen Moment dauerte der traumhafte Zustand des jungen Mannes, aber der Angstschweiß deckte in großen Tropfen seine Stirn, als er daraus emporfuhr und sich, freudig aufathmend, am heimathlichen Wasser, umweht vom süßen Frühlingshauche wiederfand.

Tiefsinnig lenkte er sein Pferd wieder hinauf nach der Fahrstraße und eilte dann sein Haus zu erreichen.

Das Wangeroder Herrenhaus lag ziemlich am Ende des kleinen Dorfes. Es war im einfachsten Style erbauet, aber innerlich sehr freundlich und ländlich bequem eingerichtet. Man sah es dem Hause sogleich an, daß es nur den Bedürfnissen eines nicht reichen Gutsherrn entsprechend eingerichtet war. Die Front war

---

*) Als er sechs Monate später den furchtbaren Jammer beim Uebergange über die Beresina mit anzusehen gezwungen war, da gedachte er in tiefster Erschütterung seiner Vision am Wangeroder Teiche.

der Straße zu gerichtet, der Eingang aber auf dem Hofe, welcher durch hohe Stakete von allen Seiten eingehegt war. Ein Thorweg von Latten schloß dies Staket von der Dorfgasse ab, da es aber für gewöhnlich am Tage weit offen stand, so hatte Alles, was Beine hatte und laufen konnte, freien Zutritt auf diesen Hof.

Oswald ritt in gemessenem Trabe sogleich durch den offenen Thorweg bis mitten in den Hof hinein, sprang dort vom Pferde und überließ es dem klugen Thiere, sich seinen Stall selbst zu suchen.

Es war sehr still im Gehöfte. Nur ein halberwachsener Bursche schlurfte träge herbei, um dem Pferde den Sattel abzunehmen. Alles, was arbeiten konnte, war auf's Feld hinaus. Die Wirthschafterin des Gutes sah mit einem Erstaunen, dem sich Verdruß beimischte, ihren jungen gnädigen Herrn wiederkommen, nachdem sie fest darauf gerechnet hatte, daß er bis spät in der Nacht ausbleiben werde. Neugierig trat sie ihm entgegen und fragte nach der Ursache seiner ungewöhnlich schnellen Rückkehr von Ettershaiden. Sie mußte sich mit der ausweichenden Antwort ihres Herrn begnügen und eilte zurück in die Küche, um schnell ein spätes Mittagsbrot vorzubereiten.

Oswald suchte nicht sein kleines, düsteres Arbeitscabinet auf, sondern trat sogleich in das Wohnzimmer, dem sich eine Reihe sonnig durchstrahlter Zimmer anschlossen. Hier warf er sich auf ein Sopha, um einsam zu träumen und einsam Abrechnung zu halten mit dem, was der Jugend an Lebensfreuden gestattet wird. Daß in solchen Augenblicken der Werth alles dessen steigt, was man besitzt, erfuhr er schon beim Eintritte in dies einfach, aber geschmackvoll eingerichtete Zimmer. Nie war ihm dasselbe so behaglich, so einladend, so voll fröhlicher Erinnerungen erschienen, als jetzt, wo er im Begriffe stand, diese stille friedliche Häuslichkeit aufzugeben und sich in den Kampf mit traurigen Weltverhältnissen zu verstricken. Heimathlos von dem Momente an, wo dies kleine Eigenthum in fremde Hände überging, sah er sich auch getrennt von allen lieben Gewohnheiten und von seinen Freunden! Der Ruhe und Unabhängigkeit ging er verlustig! Er opferte sein eigenes Selbst, seine Ueberzeugungen, seine Ideen, seinen Willen dem Willen und Befehlen Anderer! Beinahe wollte ihm das Opfer zu groß erscheinen, welches er, der einzelne Mensch, dem großen und allgemeinen Elende zu bringen entschlossen war. Aber diese selbstsüchtige Regung verflog so rasch, wie sie gekommen war. Hell auf leuchtete wieder seine Begeisterung und todesmuthig hob er die edle Stirn dem kommenden, unzweifelhaften Ungemache entgegen!

IV. Capitel.

Der Marquis d'Eterais.

Mittlerweile waren im Schlosse Ettershaiden in aller Eile Vorkehrungen zum solennen Empfange des Mannes getroffen, der sich formell von einem Courier hatte anmelden lassen.

Die Dame des Schlosses hatte es für nöthig gehalten, ihrer Toilette einige Verbesserungen angedeihen zu lassen, welche ans Kokette streiften. Sie wollte den Eindruck ihrer Reize verstärken und wählte dazu die Mittel, welche dem französischen Erfindungsgeiste Ehre machten. Ihr Gemahl bewunderte mit bitterem Lächeln die Eitelkeitskämpfe, und wendete sich ziemlich entrüstet ab, als sie endlich in den Empfangsalon trat, die vierzigjährigen Schultern und Arme bis zur Unanständigkeit entblößt und das weiße, wachsbleiche Gesicht mit rosiger Schminke verschönt.

Niemals war dem alten Herrn die Gefallsucht seiner schönen Gemahlin so widerwärtig erschienen, wie in diesem Momente, wo sie darauf ausging, in eitler Selbstsucht die Bande zu lockern, welche sie mit ihm verknüpften. Auf der Ruhestätte von den Mühen und Freuden eines stark bewegten Lebens angelangt, erschien ihm ihr Beginnen als eine Entweihung der Vergangenheit, die sie in schuldiger Liebe vereinigt hatte. Was damals geschehen war, konnte nur durch eine heilige, gegenseitige Treue gesühnt werden, durch jene Treue, die bis zur Reinheit des Gedankens geht. Ihre Entwürfe, den engen Kreis ihrer Pflicht mit dem trügerischen Glanze eines Hoflebens zu vertauschen, welches im innersten Kern Leichtsinnigkeit bis zum Verbrechen barg, wurden für ihn eine Aufklärung — in ihnen strahlte der Spiegel ihrer Gedanken, die ganze Beschäftigung ihrer Phantasie zurück. Er empfing sie mit frostiger Artigkeit und machte ihr bemerklich, daß der Besuch des Marquis d'Etérais ein rein geschäftlicher sein könne, weshalb es zweckmäßig erscheine, daß er ihn allein erwarte, und ihn erst auf Erforderniß ihr zuführe.

Frau von Ettershaiden konnte nicht umhin, ihrem Gemahl recht zu geben. Obwohl sie gern Einwendungen gegen ein Verfahren erhoben hätte, das sie von vornherein in die Gefahr brachte, von den Verhandlungen über ihr eigenes Schicksal ausgeschlossen zu werden, so zog sie es dennoch vor, sich in ihr Boudoir zurückzuziehen, welches an Glanz und Ueppigkeit der Ausstattung das alterthümliche Empfangszimmer bei Weitem übertraf. Kaum hatte sie diesen Rückzug vollführt, so rollte der Wagen des Erwarteten in den Schloßhof.

Von ihrem Fenster aus bewunderte die Dame mit hochklopfendem Herzen die Pracht und Eleganz dieser Equipage, die Alles verdunkelte, was sie je gesehen.

Die Carosse strahlte von Silberbeschlägen und das Geschirr der vier prächtigen Schimmel war als ein Kunstwerk zu betrachten. Ein Jäger mit wallendem Federbusch war mit der Gewandtheit eines Equilibristen vom Bocke gesprungen und dennoch kam er zu spät, um seinem Herrn aus dem Wagen zu helfen, da dieser denselben mit einem raschen Sprung schon verlassen hatte, so wie er hielt.

Frau von Ettershaiden hatte nicht so viel Zeit gehabt, die Persönlichkeit des Mannes näher in's Auge zu fassen, der einen Einfluß auf ihr ferneres Schicksal gewinnen sollte. Nur so viel stand fest, daß er in seiner einfachen Kleidung und in der Nichtbeachtung der steifen Form, womit er den Wagen verließ, durchaus dem Bilde nicht entsprach, das sich die Gnädige von dem feingebildeten Franzosen gemacht hatte.

Während ihrer mißliebigen Kritik darüber war der Marquis leichten, flüchtigen Fußes durch den Vorflur des Schlosses geschritten und unter Beobachtung aller Etikettenregeln vom Kammerdiener des ehemaligen Oberhofjägermeister von Ettershaiden empfangen.

Der alte Diener, ein Werthstück früheren Glanzes, der nur noch bei besondern Veranlassungen im Costüme der Vergangenheit auftrat, ging dann in kerzengerader Haltung voran, stellte sich neben der Flügelthür, auf, die zum Empfangssalon führte, riß die Thür auf und rief mit theatralischem Pathos: „Marquis d'Etérais!"

Ein Spottlächeln eigener Art umzuckte die Lippen des Marquis, als er darauf gewürdigt wurde zum Herrn von Ettershaiden eintreten zu dürfen, der ihm bis zur Mitte des Zimmers entgegenschritt.

Jetzt standen sich die Herren gegenüber. Der alte Herr, größer und von stattlich-würdiger Haltung, repräsentirte den Hofmann eines alten Regime's — der Marquis aber sah einem Hofmanne gar nicht gleich. Herr von Ettershaiden, augenscheinlich sehr verwundert über die Prunklosigkeit und Einfachheit eines Mannes, der aus der Sphäre des prachtliebenden Jerome kam, wartete mit einiger Spannung auf die Eröffnung des Gespräches, nachdem die erste stumme Begrüßung mit der Einladung, Platz zu nehmen, vorüber war. Der Marquis begann sogleich mit festem, gleichgültigen Tone:

„Ich darf mich doch der Hoffnung hingeben, Sie mit meinem Besuche nicht zu belästigen, Herr Oberhofjägermeister.“

Der alte Herr betrachtete ihn einen Augenblick mit stummem Erstaunen. Er hatte nicht erwartet, daß sich ein Höfling der westphälischen Monarchie herablassen werde deutsch zu reden, und zwar ein so reines und richtiges Deutsch, als hätte er von Jugend auf nichts anderes gesprochen. „Es kann mir nur eine Ehre sein, den Herrn Marquis empfangen zu dürfen,“ erwiederte er mit Würde, aber weit günstiger für den Besucher gestimmt, der nicht anmaßend genug war, um in einem deutschen Schlosse mit der Sprache des fremdländischen Herrschers aufzutreten.

„Mich führt eine ganz absonderliche Angelegenheit zu Ihnen, Herr von Ettershaiden,“ sprach der Marquis in demselben Tone weiter, nachdem er, mit einiger Ceremonie, einen Platz im Lehnsessel gewählt und den alten Herrn gleichsam gezwungen hatte, sich auf den Divan zu setzen.

Herr von Ettershaiden neigte, leicht lächelnd, sein ehrwürdig Haupt.

„Um diese Angelegenheit richtig einleiten zu können, muß ich Ihnen eine Frage vorlegen, die in's politische Gebiet überzuschweifen scheint, in Wahrheit aber weder

Ihr politisches Bekenntniß, noch eine politische Meinung im Allgemeinen hervorrufen soll."

Herr von Ettershaiden machte große Augen. Was hatte das Engagement seiner Gemahlin mit der Politik zu thun? Er sah dem Ambassadeur, den er sich, beiläufig gesagt, nicht so jung gedacht hatte, erwartungsvoll in's Gesicht.

„Meine Frage betrifft die Ettershaider Burg," fuhr der Marquis schneller sprechend fort. „Ich wünsche eine ehrliche und durchaus offenherzige Antwort darüber, indem ich Sie frage, ob Sie sich mit der willkürlichen Trennung des alten Stammsitzes vom Dorfe, die durch Unkenntniß des Terrains entstanden ist, einverstanden erklären und sich Ihrer Rechte daran, zu Gunsten des Königs von Westphalen, vollständig begeben haben!"

Herr von Ettershaiden zuckte die Achseln, wiegte bedächtig sein schneeweißes Haupt und sagte mit großer Gelassenheit:

„Ich begreife nicht recht, warum ich über einen Umstand sprechen soll, den ich mit aller Offenherzigkeit meiner Meinung nicht ändern kann. Es liegt in der Macht der Usurpation, Besitzthümer festzuhalten, nachdem man sich das Recht der Verfügung dazu erobert hat. Ob ich mich meiner Rechte auf diese alte Burg entschlagen wolle, danach fragte Niemand, als man im Begriffe war, sie mir streitig zu machen. Damals hätte ich wahrscheinlich Einspruch gethan — jetzt würde dies lächerlich erscheinen, denn sie ist das Eigenthum des Königs von Westphalen in eben dem Maaße geworden, wie sein ganzes Reich sein Eigenthum genannt werden kann.“

„Sie meinen damit, bis auf den Punkt, wo dies Reich eben so rasch in Trümmern zerfallen kann, wie es vor fünf Jahren entstanden ist,“ fügte der Marquis sehr kaltsinnig ein.

„Solche Ereignisse vorher zu besprechen wäre, wenn nicht unbesonnen, so doch unpolitisch!“ —

„Bei dieser Zurückhaltung würde ich jedoch nicht zum Zwecke meines Besuches kommen, Herr von Ettershaiden. Sie erlauben mir also, daß ich die Politesse und die Politik bei Seite setze und gerad heraus frage unter welchen Bedingungen würden Sie sich bereit erklären, eine Besitzergreifung der Burg zu sanctioniren und für alle Fälle, selbst wenn die Königsmacht Jerome's in Trümmern zusammenstürzte, zu respectiren?“

Herr von Ettershaiden strich mit einer Miene über seine Stirn, als wolle er damit andeuten, daß er diese Frage ganz unbegreiflich fände.

„Es thut mir leid, Ihnen antworten zu müssen, daß ich darüber gar nicht entscheiden kann,“ erwiederte er ernster und gemessener noch, als bisher. „Es steht mir nicht zu, ein Haus und sei es noch so alt und verwittert, durch meine Handlungsweise zu veräußern, wenn dies Haus zu einer Lehnbesitzung gehört. Nehmen kann mir eine größere Macht dies Haus, aber bewilligen darf ich diese Besitznahme nicht, denn es beeinträchtigt entweder meine Lehnsvettern oder, wenn diese nicht mehr vorhanden sind, wie leider im Ettershaider Geschlechte, den Staat, dem das Lehn nach dem Aussterben des Stammes zufällt."

Ein Schatten flog bei diesen Worten über das Gesicht des Marquis, ein Schatten stolzer Verachtung, und seine Stimme, so klangreich und weich sonst, hatte einen Ausdruck unbarmherzigen Hohnes, als er sagte: „Ah so —! Seit Ihre Söhne todt sind, stehen Sie als der Letzte des Stammes Ettershaiden auf der Welt?"

„Sagen Sie, als der letzte Lehnberechtigte des Stammes Ettershaiden," sprach der alte Herr würdevoll. „Es leben noch Mehrere des Namens, die ihre Abstammung leicht nachweisen könnten — es leben sogar noch diejenigen, welche als Descendenten den begründetsten Anspruch hätten, wenn diese Zweige des Stammes nicht den bestehenden Familiengesetzen getrotzt und durch Mesalliancen ihr Recht auf das Lehn verloren hätten."

„Veralteter Kram, mein lieber Herr von Ettershaiden," warf der Marquis spöttisch hin.

„Möglich, daß man die ehrwürdigen Familiengesetze der Vorzeit so nennen kann, allein so lange sie gültig sind, haben wir kein Recht dagegen zu handeln."

„Freiere Weltanschauungen müßten sie von selbst auslöschen!" entgegnete der Marquis.

„Was mit dem Siegel des Lehnsherrn geheiligt ist, darf nicht durch die Willkür des Belehnten vernichtet werden."

„Nun so lassen Sie es stehen bis in die Ewigkeit hinein!" rief der Marquis leichtfertig. „Sie erlauben mir, daß ich Ihnen jetzt den Grund meiner Anfrage deutlich mache."

„Ich glaube ihn schon erkannt zu haben!"

„Um so besser! Ein Scherz, eine Laune voll Huld und Uebermuth gab dem Könige von Westphalen Veranlassung mir die Burg Ettershaiden, die Se. Majestät mit dem Ehrentitel: „Ein altes deutsches Eulennest" bezeichnete, zu schenken. Aber ich habe fest beschlossen, mich nicht eher als Besitzer dieses alten Gebäudes zu betrachten, bis mir der fernere Besitz garantirt wird. Was für Schritte muß ich thun, um dies zu erreichen? Ich will rechtmäßig Eigenthümer der Ettershaider Burg werden, damit man nicht mir, oder meinen Nachkommen," schaltete er lachend ein, nachsagen kann: ich hätte das Recht des Besitzes erschlichen. Durch Documente soll diese Burg mir überantwortet werden und nicht auf das leichte Scherzwort eines Königs hin, der sein Recht daran nur dem Zufalle verdankt. Sie stehen an der Gränze des Lebens, Herr von Ettershaiden, Ihnen kann es bei den vorwaltenden Familienverhältnissen ganz gleich sein, ob die alte Burg an den Staat fällt, dem sie zu nichts nützen kann oder ob sie mir überantwortet wird. Geben Sie mir Ihr Ehrenwort, nichts gegen die Unterhandlungen einzuwenden, die ich unter dem Schutze des Königs von Westphalen mit der preußischen Regierung anzuknüpfen gedenke, so wird es mir sicherlich gelingen, meine Wünsche dieserhalb zu verwirklichen."

Herr von Ettershaiden sah dem lebhaft erregten jungen Manne fest in's Auge. Die Frage, welche in diesem prüfenden Blicke lag, mißdeutend, setzte der Marquis sogleich hinzu:

„Was Sie auch denken mögen, mein Herr, so viel werden Sie doch begreifen, daß mich Habsucht und Eigennutz nicht bei meinem Verlangen leitet. Bei der Geldnoth, die jetzt im Lande Westphalen herrscht und die täglich wachsen wird, je näher der Zeitpunkt rückt, wo die dringend befohlene Vergrößerung des Heeres alle Mittel in Anspruch nimmt, würde es doch ein Leichtes sein, eines der schönen Staatsgüter zu erstehen, die jetzt verschleudert werden. Aber es sei ferne von mir, aus solchen Calamitäten Vortheil zu ziehen — es würde mein Gewissen beschweren, durch dergleichen Speculationen meine Weltstellung zu verbessern." — Er brach ab und stand hastig auf. Der alte Herr folgte seinem Beispiele. Er hatte mit Erstaunen dem Erguß dieser Seelenstimmung gelauscht.

„Sie sind kein Kind Frankreichs!" sagte er leise und gütig.

„Davon später!" war die herbe, kurze Antwort des Marquis.

„Wollen Sie mir Ihr Vertrauen nicht ganz schenken, nachdem Sie mir so viel verrathen haben?" fuhr Ettershaiden in demselben gütigen Tone fort.

„Was ich verrathen habe, ist zu wenig, um die Meinung zu rechtfertigen, daß ich kein Kind Frankreichs bin. Sie werden früh genug aus den von mir gewünschten Unterhandlungen erfahren, wer ich bin und woher ich stamme. Nach Erfahrungen meiner Jugend sind diese Aufklärungen nicht geeignet, die Liebe gewisser Menschen zu wecken, welche alte Satzungen über die Humanität zu stellen gewohnt sind. Wollen Sie mir eine unverdiente Güte erweisen, so arbeiten Sie meinem Plane nicht entgegen, sondern unterstützen Sie denselben."

„Ich verspreche dies, aber nicht unbedingt, Herr Marquis," antwortete Herr von Ettershaiden, mit wiederkehrender Zurückhaltung. „Nach einem Briefe des Fräulein Bianca von Wangera, einer Verwandtin meiner Frau, soll der älteste Sohn des Obersten von Ettershaiden, Arnulf, plötzlich aus dem Dunkel der Vergessenheit aufgetaucht sein und sich nach der Wahrheit des Gerüchtes erkundigt haben, ob durch den Tod wirklich die Sprößlinge meines Stammes vernichtet seien. Dieser Arnulf von Ettershaiden ist Jurist und es ist anzunehmen, daß seine Nachfrage nicht ohne Grund geschehen ist, noch dazu, da er sich in sehr bedenklichen Vermögensverhältnissen befinden soll."

Der alte Herr hatte so eifrig gesprochen und sich mit so ausschließlicher Aufmerksamkeit dem Gegenstande seines Gespräches hingegeben, daß ihm entgangen war, welchen Eindruck diese letzte Mittheilung auf den Marquis gemacht hatte. Ihm fiel nicht ein, die zitternde Unruhe, welche er nun in dem ganzen Wesen des Marquis gewahrte, als eine Wirkung derselben zu betrachten und er beobachtete mit einigem Erstaunen den schnellen Farbenwechsel desselben, so wie das ganz veränderte Mienenspiel.

„Beunruhigen Sie sich deshalb nicht allzusehr," sprach er beschwichtigend, „so viel mir vom Charakter dieses Arnulf von Ettershaiden bekannt geworden ist, so haben Sie keinen Rivalen in ihm zu fürchten, denn er ist nie ein Freund von Ruinen und Eulennestern, wohl aber ein Freund von Glanz, Pracht und Ueppigkeit gewesen. Diese Neigungen sollen ihn sogar zu einer Heirath höchst sonderbarer Art verleitet haben, welche aber durch den Tod der Frau glücklicherweise in ihren Folgen vernichtet worden ist."

Bis dahin hatte der Marquis, wie in halber Geistesabwesenheit, dagestanden und zugehört. Nach und nach kehrte seine Fassung zurück und er fragte, so ruhig er konnte: „Wo lebt Arnulf von Ettershaiden?"

„In Magdeburg soll er leben, aber er hat den Justizdienst quittirt, weil es seinem stolzen Geiste fürchterlich war, unter französisch-westphälischer Herrschaft Recht zu sprechen!"

Ein bitteres, hohnvolles Lächeln entstellte momentan die schönen Züge des Marquis d'Étérais und er antwortete mit scharfer Betonung. „Er weiß wohl nicht, was Hunger ist! Wenn dem Hungernden ein Stück Brod gereicht wird, so verliert er seine Zeit nicht damit, die Hand, die sich ihm wohlthätig entgegenstreckt, zu prüfen, ob sie wohl rein genug ist."

Der alte Herr bereuete sich vergessen zu haben. Diese Worte gossen ein neues Licht über den Charakter des Marquis, der jedenfalls im Gesichte des Patriotismus eine Verletzung der schuldigen Ehrfurcht gegen Napoleon darin gefunden hatte. Es that ihm leid ihn gereizt zu haben, deshalb entgegnete er gütig:

„Ich werde Veranlassung nehmen, an Arnulf zu schreiben und ihn auf Ihre Wünsche aufmerksam machen, im Falle er darauf ausgehen sollte, einen Anspruch auf Ettershaiden zu erheben."

„Thun Sie das nicht!" rief der Marquis. „Mag Jeder seinen Weg verfolgen und es dem Schicksal anheimgeben, wer an's Ziel gelangt."

„Was ich thun kann, Ihr Vertrauen zu rechtfertigen, soll geschehen!" sprach Herr von Ettershaiden verbindlich.

„Die Sache nimmt einen ganz anderen Charakter an nach den Mittheilungen, die Sie mir über das Vorhandensein eines Ettershaiden machten, der, nach der Vernichtung einer veralteten Clausel, gegründete Ansprüche auf dies Schloß und seine Umgebungen hat. Ich wünsche aber keine Privatverhandlungen mit diesem Manne und auch keine Privatmittheilungen. Was er davon wissen muß, mag er aus den notariellen Anträgen erfahren. Meine Wünsche kennen Sie. Was an Entschädigung für die Burg liquidirt werden sollte, bezahle ich ohne Weigerung. Ich hoffe in kürzester Frist als Besitzer in der Burg hausen zu können — alles Andere später!"

Er neigte sich kurz und kühl, aber dennoch mit einer unverkennbaren Achtung vor dem alten Herrn, der mit Theilnahme auf den jungen Fremdling blickte und ihm herzlich die Hand entgegenstreckte, als er sagte:

„Sie wollen doch damit nicht andeuten, daß Sie, der Günstling des zur Zeit mächtigsten Mannes, aus dem vollen Glanze seiner Gunst zurücktreten wollen, um hier, als Philosoph, die Einsamkeit eines alten deutschen Eulennestes zu versuchen?"

„Sie wissen nicht, Sie können es nicht wissen, weil Sie nie ein Leben voll Selbstopferung geführt haben, was für ein verlockender Gedanke es ist, in weiser Ruhe sich selbst leben zu können," scherzte der Marquis.

„Warum aber in der alten Burg? Was für eine Bedeutung hat diese alte Burg für Sie?"

Der Marquis lächelte, aber es lag Wehmuth in diesem Lächeln, womit er sprach: „Davon später!" Er drückte flüchtig die Hand Ettershaidens und verließ das Zimmer so rasch, daß dieser ihm nicht zu folgen vermochte.

Sinnend blieb der alte Herr stehen und horchte dem Geräusche des fortrollenden Wagens. Was seine Seele beschäftigte, wußte er eigentlich nicht, aber es war ein Gemisch von Gefühlen in ihm, wie er sie lange entbehrt hatte. Wie ein Sonnenstrahl, durch die kleinsten Fugen eines düstern Raumes dringend, diesen erhellen und ihm die peinliche Düsternheit nehmen kann, so hatte der Besuch eines Mannes auf ihn gewirkt, der in gar keiner Beziehung zu seinem umdüsterten Leben stand. Er begriff dies nicht, da weder Worte freundlicher Anerkennung, noch Beweise von Wohlwollen angewendet waren, um seine Gunst zu wecken. Was fesselte also seine Gedanken an den Marquis? Was erregte ein so lebhaftes Wohlwollen in ihm, daß er darüber nachsann, wie seinen Wünschen zu willfahren sein möchte?

Der geräuschvolle Eintritt der Frau von Ettershaiden weckte ihn aus dem angenehmen Sinnen und Träumen. Sie rauschte wie ein Pfau an ihn heran und fragte herrisch und heftig: „Der Marquis fährt fort —? Wie soll ich das deuten, mein Theuerster?“

Der alte Herr sah sie zerstreut und frostig lächelnd an.

„Sie haben also, gleich einem Barbaren, ohne Rücksicht auf meine Wünsche die fragliche Sache entschieden?“

„So weit mir das Recht zustand, zu entscheiden, habe ich allerdings entschieden,“ entgegnete Ettershaiden, langsam das Zimmer durchschreitend, eine Gewohnheit, der er besonders nachgab, wenn stürmische Auftritte zu fürchten waren.

„Sie haben gar keine Rechte in dieser Angelegenheit zu vertreten!“ rief die Dame heftig. Ettershaiden gedachte jetzt erst wieder der schmeichelhaften Vermuthungen, die seine Gattin in Bezug auf den Besuch des Marquis gehegt hatte. Belustigt von den falschen Voraussetzungen derselben ließ er seinem Hange zur Satyre den Zügel schießen und antwortete: „Sie werden sich nach einem anderen Vertreter Ihrer Wünsche umsehen müssen, meine Theuere, denn der Marquis scheint eher ein Verehrer alter Burgen als alter Frauen zu sein. Für heute wenigstens hatte er für nichts Anderes Sinn, als für die Burg Ettershaiden, die ihm vom Könige Jerome geschenkt ist! Ein sonderbares Qui pro quo — Sie oder die alte Burg!“ Er lachte vor sich hin und schritt weiter, ohne die Zorneswellen zu beachten, die seine getäuschte Gemahlin ihrer Fassung beraubten.

Endlich, nach einem langen, peinlichen Stillschweigen, in welchem sie vergeblich mit ihrem Zorne gekämpft hatte, schritt sie lebhafter, als es die Regeln der Grazie eigentlich erlaubten, ihrem Gemahle nach, zwang ihn durch das Ergreifen seiner Hand still zu stehen und sagte mit einem Ausdrucke, als hinge ihr eigenes Glück an dem Besitze dieses alten Gemäuers: „Sie sind doch nicht etwa Willens, diesen Ansprüchen zu weichen und die Burg für immer von dem Gute Ettershaiden trennen zu lassen?“

„Was kann ich dagegen thun, Theuerste?“ antwortete Ettershaiden ganz gemüthlich.

„Warum haben Sie nicht längst Ihre Rechte daran durch die preußische Regierung geltend gemacht?“ eiferte sie.

„Weil mir nichts an dem düstern, unheimlichen Hause lag und weil ich im Grunde meines Herzens die Ueberzeugung hege, daß Gott der Allmächtige dieses Reich Westphalen wieder vernichten werde, wodurch natürlich dergleichen Gränzstreitigkeiten wegfallen.“

„Sie hegen sonderbare Hoffnungen,“ schaltete die Dame mißvergnügt ein.

„O, die Sterne der Hoffnung sind unsere einzigen Tröster, wenn die Wolken des Elends unseren Lebenshorizont umlagern, meine Theuere! Je düster die Nebel zusammenziehen, desto verlangender schauen wir nach solchen Sternen aus."

„Die Vorsehung, die Sie Gott nennen, wird Ihre Hoffnungen stürzen," meinte sie verächtlich. —

„Es sitzen die Götter der Vorsehung oft lange zu Gericht, ehe sie zur Vernichtung schreiten!" —

„Sie gefallen sich in Hyperbeln! Ich halte eine solche gefahrdrohende Gerechtigkeit Gottes durchaus nicht für nöthig. Oswald scheint Sie anzustecken mit seinen patriotischen Klageliedern. Wer sich mit trotziger Bitterkeit gegen die Vorzüge einer Weltumwälzung verschließt, dem ist nicht zu rathen und zu helfen."

„Wo suchen Sie denn diese gerühmten Vorzüge, Theuerste?" fragte der alte Herr, plötzlich vor seiner Gattin stehen bleibend. Ein halb verlegenes, halb geringschätzendes Lachen war zuerst ihre Antwort, dann sprach sie mit spöttischer Feierlichkeit:

„Sie erlauben, daß ich Sie auf den Ausspruch der seligen Königin Luise verweise, die nach dem Einzuge der Franzosen in ihr eigenes Reich sagte: man müsse den Fingerzeig Gottes in den Erfolgen Napoleons anerkennen; die alte Ordnung habe sich überlebt und müsse durch eine gewaltige Kraft gestürzt werden, um neuen, freieren Zuständen Platz zu machen."

„Ganz richtig!" fiel Ettershaiden mit edlem Eifer ein und die Erinnerung an die Monarchin, die das Unglück ihres Landes mit ihrem Leben bezahlt hatte, färbte sein altes Gesicht mit dem Zauber der Begeisterung: „Ganz richtig, die Königin beurtheilte mit seltener Einsicht und Klugheit die Gebrechen der Zeit und die Fehler der Staatsverwaltung, aber ihr frommer Sinn nahm nur geduldig die Lehren hin, die das Geschick ihr durch die Person Napoleons ertheilen ließ. Sie war weit davon entfernt, Vorzüge zu verkennen, die sich auf die Herrschaft Napoleons bezogen, sie hielt ihn nur für das Werkzeug in der Hand Gottes, erklärte aber, streng unterscheidend, für eine Lästerung, wenn man behaupten wolle, Gott sei mit ihm."

„Es wird dem großen Napoleon ziemlich gleich sein, ob er unter Gottes Beistand seine Siege erfochten hat," antwortete die Dame spöttelnd. „Er hat sie erfochten und er wird die Herrschaft der Gewalt ohne Gottes Schutz befestigen."

„Freveln Sie nicht!" rief Herr von Ettershaiden empört. „Es wird eine Zeit kommen, die Ihnen die Ueberzeugung beibringt, daß nur Wahrheit und Gerechtigkeit des Höchsten Schutz beanspruchen darf und der Kaiser der Franzosen weder von Wahrheit, noch Gerechtigkeit etwas weiß. Er handelt nach den Eingebungen eines ungemessenen Ehrgeizes, ist von seinem Glücke verblendet, verliert die Kraft, Maß und Ziel zu halten und stürzt dadurch das ein, was er, mit dem Uebermuthe des Siegers, als unerschütterlich fest ansieht."

„Dazu ist der große Mann zu schlau, zu vorsichtig und zu politisch erfahren!" wendete Frau von Ettershaiden nachlässig ein. „Eine Weltherrschaft schaffen zu können, ist schwerer, als sie zu halten und sollten sich auch Tausende von kleinen Geistern, wie Oswald, daran versuchen, die Macht Napoleons zu brechen, so wird er es lachend zu vereiteln wissen."

„Und ich erwiedere Ihnen, eine Weltherrschaft halten zu können, dazu gehört der Beistand eines höheren Wesens, um nach seinen Gesetzen den Geist zum großen Werke läutern und die Neigungen und Begierden zügeln zu helfen, welche die Sicherheit der Herrschaft bedrohen."

„Wir werden ja sehen, daß sich Alles der neuen Weltordnung fügen lernt," entgegnete die Dame. „Was uns Annehmlichkeiten verspricht, lernen wir bald lieben!"

„Ist das eine Erfahrung aus Deinem Leben, Bella?" fragte Ettershaiden zum Tone der Vertraulichkeit übergehend. Sie erröthete unter der Schminke und sprach leichthin:

„Vielleicht! Wagen Sie es mit mir, Ottomar, versuchen Sie die Freuden des Kasseler Hofes und ich wette,

Sie sind in kurzer Zeit mit Allem ausgesöhnt, was Sie jetzt widerwillig betrachteten."

„Sie irren sich Bella! Mir steht nichts zur Seite, was mich mit dem dortigen Leben aussöhnen könnte. Sie haben im Sinne, im Glanze des etwas fremdartigen Weltlebens dort, die Macht Ihres Ich's zu erproben und ich? Nun mich verlangt nach Frieden! Mein Herz ist müde und verlangt eine ruhige Behaglichkeit, wie sie in einer Häuslichkeit zu finden ist, welche nicht vom Sturme böser Laune heimgesucht wird. Ich hätte früher bedenken sollen, daß sich unsere Wege einst ganz naturgemäß scheiden würden. Sie standen im Frühlingsschmucke der ersten Blüthe, als ich, an der Gränze des Herbstes angekommen, mit dem Wahnsinne ungezügelter Leidenschaft um Ihre Liebe warb." Er war verstummt, von dem Rückblicke in jene zauberisch schöne Zeit tief ergriffen auf einige Momente und schritt lebhaft durch's Zimmer. Frau von Ettershaiden lehnte sich, ein klein wenig gelangweilt, auf die Rücklehne eines hohen Sessels.

„Ich will nicht behaupten, daß es mich reuet, Dir mein Herz so ganz ausschließlich geweihet zu haben," begann Ettershaiden wieder, und seine feste, klangvolle Stimme wankte noch unter den Schwingungen der Gemüthsregung. „Nein Bella — ich bereue nichts davon, denn ich war glücklich in meiner Liebe, glücklich in der Hingebung, die Du mir weihetest. Aber ich trage, trotzdem ich nichts bereue, meine jetzigen Erfahrungen, als eine schwere Buße, aber klage mehr mich, als Dich an."

„Im Grunde sind diese Anklagen ganz unnütz," fiel die Dame ein. „Ein wenig Biegsamkeit des Charakters würde Alles ausgleichen können!"

„In solchen Fällen ist Biegsamkeit des Charakters nichts Anderes, als Schwäche!"

„Schwäche harmonirt besser mit dem Alter, als Starrsinn!"

„Schwäche, welche die Ehrenhaftigkeit beeinträchtigt, ist verächtlich!"

„Nun, dann mögen Sie die Schwäche ‚Gefälligkeit' nennen!"

„Und wenn mein König und Herr vor mir stände und mich fragte: Ettershaiden, wie konntest Du Dich durch ‚Schwäche' (oder wie Du meinst) ‚durch Gefälligkeit gegen Deine Frau' zu einem Schritte verleiten lassen, der mir den Schmerz bereitet, der Treuesten Einen vom Hofe Preußens an das Hoflager dessen übergehen zu sehen, welcher mich gedemüthigt und beraubt hat? Nun Bella? Was könnte ich meinem Könige und Herrn darauf antworten?"

„A bah! Sie verirren sich stets in patriotische Jeremiaden, wenn man mit Ihnen vernünftig reden will," sprach die Dame ausweichend.

Ettershaiden, der mit vollem Herzen gesprochen

und eine solche Antwort nicht erwartet hatte, verließ, ohne weiter ein Wort zu sagen, den Empfangssalon und verfügte sich in den Garten, als müsse er Gottes freie Luft athmen, um nicht an der Frivolität seiner Gattin zu ersticken. Einigermaßen beschämt zog die Dame sich in ihr Boudoir zurück und wenn sie nicht noch allzufest in den Fesseln ihrer Selbstsucht geschmiedet gewesen wäre, so hätte diese erste Regung ihres Gemüthes gute Folgen haben können.

Schnell durchschritt während dessen der alte Herr die Boskets und bog in den anmuthigen Laubgang ein, der zu dem Parke führte. Hier erst mäßigte er seinen Schritt und ging langsamer unter den rauschenden Bäumen fort, die ihm Frühlingsahnungen zuzuflüstern schienen.

Die heilige Einsamkeit um ihn her regte ihn auf, statt ihn zu beschwichtigen. Es war ein Hauch der Ewigkeit in dem Murmeln und Lispeln, das aus dem Laube hervordrang — es war ein Geisterwesen, das die Blätter der Bäume und Sträucher leicht bewegte. Wie eine Mahnung traf der Gesang der Vögel sein Herz. Hier hatte er seinen Söhnen, als sie noch kleine Knaben waren, gelehrt, die kleinen gefiederten Sänger am Tone zu unterscheiden.

Ein leises Weh, der Sehnsucht gleich, durchrieselte ihn. Seine Söhne waren ihm vorangegangen in die Ewigkeit — ob er sie wiedersehen würde? Ob Gott in seiner Weisheit eine Wiedervereinigung nach dem Tode angeordnet hatte?

Bis jetzt hatte Ettershaiden wenig über die Lehren des Christenthumes nachgedacht und im Grunde nie an die göttlichen Hoffnungen geglaubt, zu denen sich der Christ bekennt. Ihn befriedigte der Glaube, daß der Mensch im Grabe vergehe und nur sein Andenken auf der Erde das Unsterbliche an ihm sei. Zum ersten Male ergriff ihn der Gedanke an dies spurlose Verschwinden eines Wesens, das eine Spanne Zeit auf der Erde gewirkt hatte, mit tiefem, schaudernden Unbehagen. Im Grabe ruhend, aller Erdenherrlichkeit entkleidet — wer würde seiner freundlich gedenken, da er Niemand in der großen weiten Welt mit inniger Theilnahme umschlossen hatte? Das Wesen, das er feurig geliebt, wendete schon jetzt den Blick kaltsinnig von ihm, wenig geneigt, mit sanftem Mitgefühl und zartem Erbarmen die Gebrechlichkeiten zu ehren, die sein Alter mit sich brachte. Von ihr, von seiner Gattin, von der Gefährtin seines irdischen Daseins konnte er nicht hoffen in frommer Andacht gefeiert zu werden, wenn sein Auge zur ewigen Ruhe sich schloß.

Im Verkehre der großen Welt schließen sich die Bande der Freundschaft nicht fest. Man ist mit Allen denen gut Freund, die nicht gerade in Opposition zum geselligen Cirkel stehen. Ettershaiden hatte niemals das Verlangen gefühlt einen Freund zu haben, dem er in fester Liebe das an's Herz legen könne, was ihn betrübte. Aber in der Einsamkeit dieser Stunde, unter den unruhigen Betrachtungen über die Vergänglichkeit des Lebens regte sich der Wunsch, in treuer Freundschaft Trost suchen zu können. Er sah sich im Geiste um nach einer verwandten Seele — trostlos sank sein Blick! Er wußte Niemand in der großen, weiten Welt, der sich ihm mit Herzlichkeit gewidmet hätte.

Gebeugt unter der Last des Bekenntnisses, daß er schon auf der Erde aus aller Gemeinschaft mit den Lebendigen getreten sei, daß sein Tod von keinem Menschen betrauert, daß er spurlos und unbeklagt vergehen werden würde, daß er aber sein Schicksal verdient habe, weil er kühl, schroff und abgeschlossen seinen Weg durch's Erdenleben gewandert sei, gebeugt unter der Last dieses Bekenntnisses, welches seine stolze Selbstgenügsamkeit zu Boden warf, erschien ihm sein Dasein so werthlos, so völlig unnütz und freudlos, daß er sich mit bitterer Empfindung einem wandelnden Gespenste verglich, mehr zur Furcht, als zur Freude der Menschheit erschaffen.

Aus diesen Träumen, die wahrlich nicht beneidenswerth waren, weckte ihn ein liebliches Lachen, ein heiteres Sprechen. Er blieb stehen. Wie ein Erwachender sah er um sich. Mein Gott, er lebte ja noch! In rüstiger

Geistes- und Körperkraft schritt er noch dahin — sollte es denn unmöglich sein, die Schleier des Mißmuthes zu heben und in neuer Thatkraft eine neue Bahn zu einem stillen, befriedigenden Leben zu finden? Wieder ertönten die lieblichen Stimmen. Er wußte, daß es seine Pflegetöchter waren, die da lachten und schäkerten, die mit ihrem Frohsinne den Park belebten, aber dennoch nahm er diese Menschenstimmen für die der Engel aus Himmelshöhen, die ihn zu belehren kamen, daß er noch viel zu säen und viel zu ernten habe auf Erden, wenn er es nur richtig anfangen wolle. Eine seltsame Beschwichtigung floß über sein verwundetes Herz. Sein Pfad war nicht so einsam, wie er im schweren Traume angenommen hatte. Zwei junge Seelen waren seiner Pflege anvertraut, zwei Blüthen, aus verschiedenem Boden, aber beide darnach, das Entzücken seines Herzens zu werden, wenn er sie in Seelengüte an sich zog und ihre Freuden mit den seinigen mischte.

Noch eben dem wirklichen Leben weit entrückt und im Geiste elend, einsam nnd jeder Lebenslust bar, umfing ihn jetzt, mit der Erkenntniß seiner Vaterpflicht für die verlassenen Waisen, ein Zauber, welcher tiefe Quellen des Trostes in sich barg. Dieser süße, geheimnißvolle Zauber war über ihn gekommen beim bloßen Klange holder Menschenstimmen. So mußte das Gefühl der Mutter sein, die beim ersten Laute ihres neugeborenen Kindes die vielen grausamen Schmerzen gering anschlägt, die sie bis dahin getragen. Ettershaiden dachte dergleichen und lächelte. Dies Lächeln blieb auf seinem Gesichte stehen, wie ein Widerschein von innern Sonnenstrahlen. Was er Alles im langen Leben eingebüßt hatte, erschien auch ihm gering, als er sich in Betrachtungen versenkte, die seine Fähigkeit erwogen „glücklich machen und glücklich werden zu können." Alles wurde von dem Lichte des Gedankens überstrahlt, daß er noch schaffen, wirken, handeln und athmen könne sich und Andern zum Nutzen und zur Freude.

Und war dann sein Sterben so traurig, so öde, so verkümmert von der Gleichgültigkeit derer, die an seinem Sterbelager stehen mußten der Welt und ihrer Pflichten halber? O, sein Blick hob sich und seine Brust erweiterte sich unter mächtigen Athemzügen, denn eine innere Stimme antwortete laut und feierlich auf die stumme Frage und sie verhieß ihm die Liebe der kindlichen Mädchenherzen, wenn er mit Vaterliebe seine Arme öffnen und die Schranken der Würde uud des streng geforderten Respectes niederreißen wolle.

Ein schönes, reiches Feld zur Thätigkeit eröffnete sich vor den Blicken des Mannes, welcher im Hofleben das reine Wnhlwollen für die Geschöpfe Gottes verlernt hatte, um es im späten Alter als einen Rettungsanker zu ergreifen, als er im Wirbel des Trübsinnes zu versinken drohete. Die Erschütterungen seines Gemüthes waren ihm zur Wohlthat geworden. Sie hatten das Bewußtsein in ihm geweckt, daß das Leben des Menschen zu beklagen sei, dessen Tod nicht beklagt und beweint werde.

V. Capitel.

Zwei Waisen.

Flüchtig wie ein Reh war das junge Mädchen, welches der Frau von Ettershaiden als Vorleserin gedient hatte, nach dem Garten hinausgeeilt und war alsbald in dem Laubgange verschwunden, der zum Parke mit seinen Schlangenwindungen führte. Sie erreichte sehr bald einen Rasenplatz, in dessen Mitte ein Kastanienbaum seine Aeste so breit ausstreckte, um einem hübschen Ruhesitze hinreichenden Schatten zu gewähren.

Unter dieser Kastanie saß ein zweites junges Mädchen, das sich überrascht von ihrem Sitze erhob, als die Vorleserin mit einem heitern Zuruf aus dem schmalen Buschgange daherstürmte und sogleich ihre Arme um den Hals ihrer Freundin schlang. Liebreich umfing diese das athemlose Mädchen und fragte mit sanfter, höchst wohllautender Stimme: „Schon fertig, Fides?“

„Nicht fertig, Melitta — nicht fertig, aber in Gnaden entlassen vom gestrengen Herrn Vormund, weil ein Besuch angemeldet ist!“

„Wer kommt denn?“ forschte Melitta ohne besondere Neugier.

„Das weiß ich nicht! Ich hörte nur beiläufig, daß ein Courier dagewesen sei! Wenn nur immer Besuch kommen wollte, dann brauchte ich doch nicht zu lesen, rief das junge Mädchen mit komischem Eifer. Melitta lachte und strich schmeichelnd über ihr heißes Gesicht.

„Die Tante meint's gut, daß sie Dich französisch lesen läßt,“ sprach sie beschwichtigend.

„Meinst Du?“ fragte Fides schelmisch.

„Freilich! Es ist ja möglich, daß Du französisch sprechen mußt, wenn Du älter wirst und in spätern Jahren lernt es sich schwer!“

„Wie weise!“ antwortete Fides neckisch, die Arme über einander kreuzend. Melitta sah sie an und war im Begriff, etwas Ernstes zu erwiedern, kam aber nicht dazu, sondern brach in ein helles Gelächter aus, als sie gewahrte, daß das übermüthige Mädchen ein Gesicht machte, wie sie es ihrem gestrengen Herrn Vormund abgelauscht haben mochte.

„Du lachst!“ sprach die kleine Schauspielerin und

hob gravitätisch ihr Köpfchen. „Mir ist sehr ernst zu Muthe, denn ich weiß, daß ich nur französisch lesen muß, wenn die gnädige Frau von Ettershaiden böser Laune ist und leider ist sie dies sehr oft in letzter Zeit, also muß ich leider auch oft französisch lesen. Gott bessere es!“

Melitta mußte wohl einsehen, daß diese Behauptung wahr sei. Sie antwortete zwar nicht, schaute aber mit besonders mitleidigem Blicke ihrer Gefährtin in's Auge und lächelte recht trostvoll. Fides veränderte augenblicklich ihr Mienenspiel. Hell, fröhlich, keck und zuversichtlich leuchtete es in ihrem Blicke auf, als sie jetzt rundum sah und ausrief: „Wenn ich erst immer wieder bei Dir bin, dann weiß ich nichts mehr von den bösen Launen Deiner gnädigen Tante! Komm' Melitta — laß uns Dotterblumen pflücken und Kränze winden! Sieh nur, wie blitzvoll der Rasen steht — auch rosenrothe Gänseblümchen und Kukuksblumen giebt's in Menge! Komm'!“ Sie sprang auf, riß Melitta, die sich ehrbar etwas sträubte, auf das Gras nieder und begann Blumen zu suchen, die sie ihr in den Schooß warf.

Wie die beiden Mädchen im Grase saßen, gaben sie eine allerliebste Gruppe ab. Beide, vom Morgenrothe der Jugend überglühet, sonst aber so verschieden, wie nur zwei Mädchengestalten es jemals sein können. Fides, etwas kleiner und einige Jahre jünger, als Melitta, war blond und blühend — Melitta brünet und blaß. Aus dem

Antlitze der Erstern strahlte eine kecke, frische Lebenskraft, während auf Melitta's bleicher Stirn Ruhe, Sanftmuth und Festigkeit th.onte. Der erste Blick auf Fides belehrte den seelenkundigen Beobachter, daß sich in ihrem Innern gute und böse Wallungen beständig jagten, daß sie in diesem Augenblicke zu den größten Opfern bereit sein könne und sie im nächsten Momente bitter bereue.

Weniger sicher war man über Melitta's inneres Leben. Ihr Auge zeigte sich ruhig, aber ausdrucksvoll, ohne in den Fehler zu verfallen, der Fides' Augen charakterisirte. Ein stilles Feuer blitzte freilich in unbewachten Augenblicken darin auf, doch niemals verrieth sich ihr Zorn oder ihr Entzücken in solchem Grade, wie bei ihrer Freundin. Melitta verstand es schon, die Bewegung ihrer Seele zu dämpfen und die Stürme in ihrem Herzen zu überdecken.

Zwei Jahre zählte sie nur mehr, als Fides, aber ihre größere, etwas festere und vollere Gestalt, so wie der gehaltvolle Ernst ihres Wesens ließen sie um sechs Jahre älter erschienen. Ihre Bildung war gediegener, ihr Verstand gereifter, als man von einem achtzehnjährigen Mädchen erwarten konnte. Sie fügte sich aus Klugheit in die Eigenthümlichkeiten der Verwandten, die sie in einem Anfalle von Gnade und Wohlwollen in ihr Haus aufgenommen hatten und da sie nie ein Wort des Mißfallens, nie ein Wort der Klage hören ließ, so glaubte ihre Umgebung, daß sie sich sehr glücklich in ihren Verhältnissen fühle. Ob sich nicht tief im Innersten ihres Herzens ein Trost vorfand, der ihr eine baldige Erlösung aus der unerquicklichen Atmosphäre verhieß, worin sie mehr vegetirte, als lebte, darüber konnte natürlich, bei ihrem verschlossenen Wesen, Niemand urtheilen.

Fides hingegen war nicht immer im Stande, den feindlichen Elementen, die ihren Jugendfreuden entgegenwirkten, gehorsam und duldend zu begegnen. Sie trotzte sehr häufig den herzlosen Zurechtweisungen der Frau von Ettershaiden und fand in dem strengen Reglement aller Familienverhältnisse einen unerträglichen Despotismus des Herrn Vormund. Aber mitten in ihrem Zorne konnte sie lächeln, wie ein glückliches Kind, wenn dieser geschmähte Herr Vormund seine Hand auf ihren Kopf legte und ihr zornrothes Gesichtchen mit der andern Hand zu sich emporhob. Die Eigenartigkeit ihres ganzen Charakters sprach sich in diesem schnellen Wechsel aus. Es war eine gewisse heiße Liebesbedürftigkeit in ihrem jungen Herzen, die sich überall, nur nicht bei Melitta, unbeachtet fand. Darüber empört, von dem nicht richtig begriffen zu werden, dem sie im Grunde mit der ganzen Innigkeit eines Kinderherzens anhing, schmolz demnoch diese Empörung im Nu vor der kleinsten Freundlichkeit, welche ihr vom gestrengen Herrn Vormund erzeigt wurde. Melitta, mit feinem Sinn begabt, bemerkte sehr bald, daß Herr von Ettershaiden einen Unterschied zwischen seinen Pflegetöchtern machte und wenn

Fides im brausenden Unwillen behauptete, daß sich Melitta der besondern Gunst der Hausherrin erfreue, so bewies ihr diese, in bündiger Weise, die Vorliebe des Hausherrn für sie.

Fides war später in die Familie des Herrn von Ettershaiden gekommen, als Melitta, die, als die verwaisete Tochter des Legationsrathes von Wangera, einen gewissen Anspruch auf den Schutz des alten Herrn hatte. Ganz anders war es mit Fides. Man kannte weder die Eltern, noch die nähern Verhältnisse dieser kleinen Waise. Sie war eines Tages vom Oberhofjägermeister seiner Gattin als Fides Tyrnau vorgestellt und trotz allen Sträubens der gnädigen Frau, die gegen die kleine Bürgerliche einen starken Widerwillen empfand, der andern Pflegetochter zugesellt. Nach dem vergeblichen Kampfe gegen ihre Aufnahme in die Familie blieb der stolzen Dame kein anderes Hilfsmittel, sich der Gesellschaft des hübschen, trotzigen Bürgerkindes zu entziehen, als dasselbe in die Domestikenstube zu verweisen. Ihre Nerven mußten den Grund dazu herleihen. „Die Lebhaftigkeit der Kleinen mache es ihr unmöglich, sie um sich zu dulden," so lautete ihre tägliche Klage, bis Melitta sich mit frühreifer Energie in's Mittel warf und dem Herrn Onkel die Augen über die Maßregeln seiner Frau öffnete, womit sie sich der ihr aufgedrungenen Pflicht, für die Kleine zu sorgen, entledigt hatte. Bei dieser Gelegenheit erfuhr Melitta von ihrem entrüsteten Oheime, daß ihm Fides von einer Dame an's Herz gelegt sei, die mit reichen Mitteln ausgestattet, die Aufnahme ihrer Kindes in seine Familie bevorwortet habe, als sie ihn zum Verwalter des bedeutenden Vermögens ernannt und ihm Vaterrechte und Vaterpflichten eingeräumt hätte. Mit edler Zuversicht habe die sterbende Mutter der kleinen Fides Tyrnau sein Ehrenwort entgegengenommen, sorgfältig über das Kind und über das Vermögen des Kindes zu wachen und er wolle mit Hintenansetzung jeder Rücksicht dafür Sorge tragen, daß die Kleine gleich seiner andern Pflegetochter gehalten werde.

Nach dieser Erklärung warf sich Melitta zur Beschützerin ihrer Pflegeschwester auf und duldete nicht, daß sie ihr im Geringsten nachgesetzt wurde. Mit eiserner Beharrlichkeit verwaltete sie dies übernommene Amt und sie entwaffnete dadurch sehr bald die Gehässigkeit der absichtlichen Trennung, welche Frau von Ettershaiden angeordnet hatte. Die beiden Waisen erhielten eine gleiche Erziehung, sie erhielten gleichmäßig vertheilte Rechte und sie liebten sich seit der errungenen Gleichstellung weit inniger, als zuvor.

Im Laufe der Jahre hatte sich im Gerücht über Fides' Herkunft verbreitet, von dem Niemand wußte, wie es entstanden sei. Man theilte sich in vertraulichem Zusammensein mit, daß ein Geheimniß über dieser hübschen Kleinen schwebe, das sich erst bei ihrer Verheirathung lösen werde.

Wurde der alte Herr von Ettershaiden in günstigen Momenten nach der Wahrheit dieses Gerüchtes befragt, so erklärte er mit Freimuth, nichts weiter zu wissen, als daß ein gerichtliches Document über Fides Tyrnau, ihre Abstammung und ihre Ansprüche an das Vermögen betreffend, in dem Archive eines Klosters aufbewahrt werde. Ein einziges Mal hatte er sich von einem gewissen Eifer hinreißen lassen, hinzuzufügen, daß ihm vom Beichtvater der sterbenden Mutter die heilige Versicherung gegeben wäre: nur ein Schwur halte die Dame ab, ihm volles Vertrauen zu schenken.

Von diesen Geheimnissen wußte Fides aber nichts. Sie hatte nur schwankende Erinnerungen aus ihren Kinderjahren. Im siebenten Jahre war sie ihrem Vormunde übergeben. Wo sie gewohnt hatte vor dieser Zeit, wußte sie nicht. Einen Vater hatte sie nie gesehen. Einer Mutter, die sich sehr viel mit ihr beschäftigt, und sie recht zärtlich geliebt habe, erinnerte sie sich bisweilen lebhaft. Aber ganz besonders hatte sich ihrem Gedächtnisse der Tod und das Begräbniß derselben eingeprägt. Es reichten häufig nur ganz geringe Dinge hin, diese Erinnerung in ihr aufzufrischen und dann entrollte sie in glühender Beredsamkeit das ganze, traurige Gemälde aus ihrer Jugendzeit.

„Siehst Du, Melitta," sprach sie auch in dem Momente, wo sie Blumen im Grase pflückte und dabei zufällig den Blick zu dem Blätterdache der schönen Kastanie emporrichtete, die sich in ihrer vollsten Blüthenpracht befand. Siehst Du, Melitta, es muß doch im Frühlinge gewesen sein, als meine liebe Mama begraben wurde, denn ich erinnere mich, daß ich von meiner Bonne verlangte, sie solle meiner Mama solche Lichtkronen um ihr schwarzes Bett stecken, damit es nicht so traurig aussehe. Grad' vor unserm Fenster blühete ein solcher Kastanienbaum und wenn die Sonne auf seine Blumen schien, dann war mir's immer, als sei das ein großer mächtiger Weihnachtsbaum mit tausend Lichtern besteckt. Ach, nimmer werde ich das Entzücken vergessen, womit ich im ersten Frühlinge, den wir hier verlebten, den Kastanienbaum begrüßte, der plötzlich mit seinen aufgegangenen Lichtkronen vor mir stand, als ich mich eines Tages allein hieher wagte!"

„Arme Kleine!" flüsterte Melitta und strich liebkosend über das Gesicht ihrer Gefährtin.

„O, in dem schönen Momente war ich gar nicht arm zu nennen," entgegnete Fides mit flammenden Augen. „Ich hatte niemals einen blühenden Kastanienbaum anderwärts erblickt und glaubte nun fest an eine Erscheinung meiner seligen Mama, die mit diesem Baume zusammenhängen mußte. Still setzte ich mich dort drüben in's Gras und wartete, ob Mama kommen würde."

„Sie kam nicht, Fides, aber ich kam und holte Dich! Weißt Du das auch noch?"

„Ganz genau! Du tratest durch jenen Gang dort auf den Rasenplatz!“

Melitta lächelte schwach und neigte den Kopf zur Bestätigung.

„Sieh, Du hast doch wenigstens eine schwache Idee von Deiner Mutter,“ sagte sie dann schwermüthig, „aber ich habe meine Mutter gar nicht gekannt! Mein Vater sagte mir oftmals in meiner Kinderzeit, daß ich sehr gut, sehr fromm und edel leben müsse mein Lebelang, denn als ich das Licht der Welt erblickt habe, sei ein Engel zum Himmel aufgestiegen. Früher verstand ich diese Worte nicht ganz, aber jetzt weiß ich, daß meine Mutter bei meiner Geburt gestorben ist.“

Fides erhob sich aus ihrer halb liegenden Stellung, legte die Arme auf Melitta's Knieen, faltete ihre Hände und sah der Freundin beweglich in's Auge.

„Warum uns Gott wohl unserer Mütter beraubt haben mag?“ fragte sie leise und traurig. „Wir könnten doch eben so gut eine Mutter haben, wie andere Mädchen?“

„Laßt uns nur unser Schicksal geduldig ertragen,“ antwortete Melitta sanft. „Da wir keine Mutter haben sollten, so ist es doch sehr gut vom Vater im Himmel, daß er uns zusammengeführt hat.“

„Gewiß, das ist sehr, sehr gut vom lieben Gott!“ sprach Fides feierlich. „Aber wir müssen uns nun auch nie von einander trennen, Melitta! Du mußt bei mir bleiben — mußt niemand lieben, außer mir — Du lachst?"

Melitta erröthete stark, aber lachte wirklich mehr, als sich mit der feierlichen Stimmung vertrug, in die sie Beide versunken gewesen waren.

Sie umfaßte Fides, die sich schmollend weggewendet hatte. „Kleine Thörin!" flüsterte sie, ihr Gesicht auf den Scheitel derselben legend.

„Nein Melitta, damit besänftigst Du mich dies Mal nicht," erwiederte Fides fest. „Ich habe mir längst vorgenommen, mit Dir in einen festen Freundschaftsbund zu treten und diesen Bund feierlich zu beschwören!"

Jetzt lachte Melitta recht herzhaft und blickte ihrer Pflegeschwester schäkernd in's Gesicht. „Ist es aber nicht furchtbar lächerlich, Kleine, wenn zwei Mädchen sich Treue schwören wollen?" fragte sie.

Fides öffnete ihre strahlenden Augen sehr weit und erwiederte mit allen Anzeichen einer ausbrechenden innern Empörung: „Du spottest über meine heilige Bitte, Melitta?"

„Nenne es nicht Spott, liebe Fides!" bat Melitta heiter ihrem Blicke begegnend.

„Ich kann mir denken, weshalb Dir mein Vorschlag lächerlich erscheint," fuhr Fides aufgebracht fort.

„Aber giebt es denn nicht einen Seelenbund, der mit dem Herzen, welches wir dem Geliebten aufbewahren müssen, gar nichts zu schaffen hat.“

Melitta war unter ihren Worten noch stärker erröthet. „Was weißt Du denn schon vom Herzen und vom Geliebten, Fides?“ fragte sie abgebrochen, indem sie sich verlegen abwendete und von der Rasenbank aufstand.

„O, ich weiß sehr viel davon,“ belehrte sie das junge Mädchen keck. Ihre böse Laune war schon wieder im Abnehmen begriffen. „In dem Buche der Frau von Genlis wird sehr viel davon gesprochen. Aber es wird auch darin behauptet, daß die Seelenliebe weit erhabener sei, als die Herzensliebe und ich habe mir deshalb vorgenommen, nie mein Herz einem Manne zu weihen. In der Herzensliebe wehe ein unheiliger Trug; aber die Seelenliebe dauere ewig und sei unwandelbar. Meine Seele habe ich Dir geweiht, Melitta, und Du sollst mir Deine Seele geloben — Du sollst mir ewig und unwandelbar zugethan bleiben — das schwöre mir!“ Sie hatte immer lebhafter, immer erregter und dabei fester geredet, nun, als sie fertig war, sprang sie auf und stellte sich mit einem Anfluge von finsterm Trotze vor Melitta hin. Diese blickte mit Thränen im Auge zu ihr auf und antwortete: „Es wäre doch am Ende besser, die Tante ließe Dich ferner nicht mehr aus diesen französischen Büchern vorlesen. Die Lectüre verwirrt Deine Phantasie und zerstört die Gesundheit Deiner Vernunft. Der Unsinn solcher schwärmerischer Ueberschwänglichkeit paßt gar nicht für Dich. Wir wollen dahin wirken, daß die Tante ihre französischen Lectionen aufgiebt, die nur schädlich auf Dein armes, kleines, deutsches Herz wirken können. Wir müssen sonst wahrhaftig erwarten, daß Du der Cousine Bianca gleich wirst, die mit allen berühmten Menschen einen Seelenbund schließen will."

Sie bot Fides, die ziemlich bestürzt dieser weisen Zurechtweisung horchte, die Hand dar. Fides zögerte, sie zu ergreifen.

„Schlag ein, kleine Tyrnau," sagte Melitta herzlich, „ich bin Deine Schwester und will Dich lieben, wie eine Schwester immer und ewig. Aber zu einem Schwure brauchen wir deshalb nicht zu greifen. Nun — schlag' ein!"

Fides musterte sie mit einigem Stolze. „Du meinst mir mit Deiner Weisheit zu imponiren? Ich muß lernen Dich zu entbehren, Melitta, also schlage ich nicht ein! Dein Herz wird sich geneigter zeigen mit Oswald einen Seelenbund zu schließen," fügte sie mit keckem Spotte hinzu.

Melitta senkte unwillkürlich ihre Augen.

„Vielleicht wäre Dir sogar ein Herzensbund mit ihm noch lieber," fuhr Fides unbarmherzig fort, „aber

Oswald kann Dein Herz leider eben so wenig annehmen, wie Du meine Seele. Oswald geht fort in die weite Welt, weil er hier nicht länger ausdauern kann. Er will sein Gut verkaufen!"

„Wie?" rief Melitta erstaunt. „Oswald will sein Gut verkaufen? Fides, ist dies nicht eine boshafte Erfindung von Dir?"

„O, nein! Oswald will sein Gut verkaufen — frage nur Deine Tante darnach — sie hat es mir im Aerger verrathen. „Er will fort! Ihn empört die westphälische Königswirthschaft — wahrhaftig, er will fort!" schloß sie eifrig.

„Oswald will fort!" wiederholte Melitta langsam, aber fest und deutlich. „Sein Gut, die feste und sichere Stellung im Leben will er aufgeben?" Ihre Wange wurde wieder bleich, aber ihr Auge glühete in einem seltsamen Feuer. Hochauf richtete sie ihre feine Gestalt, so daß sie größer, als sonst erschien.

„Hat er darum von der Wichtigkeit gesprochen, das Schwanken im Geiste zu besiegen? Hat er deswegen es eine Wahrheit genannt, daß der heilige Zweck auch die Mittel heilige?" Sie stand und schauete ruhig über die Gegenwart hinaus und in die Unsicherheit der Zukunft hinein. Fides betrachtete sie mit stark klopfendem Herzen. Die Reue regte sich in ihr.

„Meine Mittheilung hat Dir weh gethan?“ fragte sie sehr kleinlaut.

Melitta bewegte verneinend ihr Haupt und die vorige Röthe kehrte jähe wieder in ihr blasses Gesicht zurück.

„Deine Mittheilung hat mich nur überrascht, Fides!“ sagte sie ruhig.

„Oswald würde gewiß von seinem Vorsatze abgehen, wenn Du ihm Deine Ansichten darüber mittheilen wolltest.“

Melitta hob stolz ihre Augen und sah wieder in die Ferne.

„Die Hochherzigkeit seines Vorsatzes ist so wenig zu bestreiten, daß jedes Wort dagegen eine Sünde wäre,“ sprach sie nach einer kurzen Pause.

„Du träumst wohl, Melitta?“ fragte das junge Mädchen erstaunt. „Worin findest Du denn eine Hochherzigkeit?“

Melitta lächelte bitter. „Aus Patriotismus einen Herd aufgeben, der durch Zufall einem fremden Herrscher unterworfen ist, findest Du dies nicht bewunderns-würdig?“

„Nein, Melitta!“ antwortete Fides, den wahren Sinn der Frage nicht begreifend, in voller Treuherzigkeit.

„Nun, so mache Dich mit Deinen unpatriotischen Gesinnungen nur gefaßt auf eine begeisterungsvolle

Rüge aus Oswald's Munde!" spottete Melitta in einiger Aufregung. Fides fing an zu begreifen, daß Melitta im höchsten Grade erzürnt war über Oswald's Entschluß. In solcher Stimmung hatte sie Melitta noch nie gesehen, deshalb blickte sie verschüchtert zu ihr auf und sagte treuherzig:

„Wir wollen doch Oswald erst fragen, ob es auch wahr ist, was Deine Tante wieder in Kassel über ihn gehört hat."

„Wir werden Oswald nicht darüber befragen, Fides," sprach Melitta herben Tones. „Wer sein Glück gering achtet und sich dem Elende einer ungewissen Lebensstellung preis geben will, der mag dies mit sich selbst ausmachen."

Sie legte ihre Hand auf den Kopf ihrer Pflegeschwester. Diese Hand war kalt und zitterte. „Nicht wahr, meine liebe Fides, Du thust mir den Gefallen und sprichst nicht ein Wort über diese Angelegenheit, die uns im Grunde nichts angeht. Oswald kann als Mann thun und beschließen, was er will. Uns aber geziemt es nicht sein Vertrauen zu erzwingen. Bevor Oswald es also nicht der Mühe werth hält, uns von seinem Beschlüssen in Kenntniß zu setzen, reden wir nicht davon. Willst Du mir versprechen meinen Wunsch zu erfüllen?" schloß sie mit weicher, bittender Stimme. Fides schlug rasch in die dargebotene Hand ein und blickte feierlich zu ihrer Pflegeschwester auf. Eine geistige Erhebung strahlte aus ihren begeisterten Augen und malte sich in dem raschen Farbenwechsel ihres jugendlich frischen Gesichtes. Mit dieser Erhebung vereinigte sich der Ausdruck einer weichen Hingebung, welcher die tiefe Zärtlichkeit ahnen ließ, deren dies Mädchenherz fähig sei.

In Melitta's Gesicht hingegen zeigte sich nur jene Ruhe und Festigkeit, die sie nach kurzen Kämpfen immer bewies. Sie schauete mit dem Lächeln unerschütterlicher Sanftmuth in das Auge ihrer Freundin, das unstät und forschend auf ihr ruhete. Eine Ahnung der Wahrheit hatte Fides elektrisch berührt, deshalb prüfte sie das Mienenspiel Melitta's, um zu erkennen, ob sie sich nicht getäuscht habe. Es war ihr zu Muthe, als sei jetzt, trotz der früheren Zurechtweisung ihrer weisen Freundin, dennoch ein ganz neuer Bund zwischen ihnen geknüpft, der ein stilles, tief verborgenes Geheimniß heilige und weihe. Die Sanftmuth und Ruhe in Melitta's Gesicht machte sie aber irre. Ihr unversuchtes Herz kannte den Stolz verletzter Liebe noch nicht, der sich trotzig auf den Trümmern aller zerstörten Hoffnungen erhält und jeden Schmerz abzuleugnen versucht. Fides kannte die Stahlkraft des Gemüthes noch nicht, die mit ruhiger Lüge eine blutende Wunde in Abrede stellt, um sich nicht schwach zu zeigen.

„Ich verspreche Dir weder mit Oswald, noch mit

irgend Jemand über das zu reden, was ich jetzt eben mit Dir verhandelt habe," antwortete sie nach kurzem Besinnen. „Und, wenn ich auch eingestehen wollte, daß es mir leid thut, Dich in einer Anwandlung von Uebermuth von den Redereien über Oswald in Kenntniß gesetzt zu haben, so kann ich doch nicht leugnen, daß es mir in anderer Rücksicht ganz lieb ist."

„Warum?" fragte Melitta in stolzer Heuchelei die Stirn emporhebend.

Fides umschlang rasch den Hals der Freundin und schmiegte wortlos die Wange an die ihrige.

„Meinst Du noch immer, ich solle seinen Entschluß zu bekämpfen suchen?" fuhr Melitta fort.

„O nein!" rief Fides naiv, „ich denke nur, es ist gut, das schon zu wissen, was uns schmerzlich überraschen kann."

Melitta fühlte, daß Fides in ihrem Innern gelesen hatte und auf dem Wege war sie zu durchschauen. Schnell nahm sie eine heitere Miene an.

„Du magst recht haben, kleine Tyrnau," erwiederte sie mit erzwungenem Scherze. „Mir ist nichts verdrießlicher, als einem halben Vertrauen zu begegnen. Wäre mir Oswald's Einfall, im Lande lieber herum zu vagabundiren, als sich der unvermeidlichen Nothwendigkeit zu fügen, einem fremden Herrscher huldigen zu müssen, von der Tante mitgetheilt worden, so hätte ich mich vielleicht vom Zorne über solche Pläne hinreißen lassen, bittere Urtheile zu fällen, die mir nachher leid gethan."

„Es kann aber sein, daß Oswald Dir selbst seinen Entschluß heute mittheilen will," sagte Fides sorglos in den veränderten Ton Melitta's eingehend.

„Möglich, sehr möglich!" rief Melitta. „Er versprach ja, ausnahmsweise heute wieder zu kommen. Nun, er findet mich durch Deine Plauderei vorbereitet auf einen Vortrag über die Heiligung der Mittel zu erhabenen Zwecken!" spottete sie. „Ich freue mich auf dies Probestück glühender Beredsamkeit!"

„Und ich freue mich darauf, daß er Dich mit wenigen Worten zu seiner Meinung bekehren wird!" unterbrach Fides sie lachend. Melitta schüttelte den Kopf zum Zeichen, daß sie dagegen gewaffnet sei.

„Wenn Oswald's geistvolle Augen zu leuchten beginnen, bist Du schon bekehrt!" neckte Fides weiter. „Das Herz versteht die Sprache der Augen und der Blick zum Blicke schwebt wie eine Taube mit dem Oelblatte des Friedens in die bewegten Herzen."

Ein Lächeln flog über Melitta's Antlitz und tilgte, wie plötzlicher Sonnenschein, alle Wolken des Ernstes und der Kümmerniß aus ihren Mienen.

„Das hast Du wohl wieder aus den französischen Büchern der Tante gelernt?" rief sie in wahrhafter Heiterkeit. „Du wirst mir zu klug, kleine Tyrnau. — Ich werde ernstlich mit der Tante sprechen, daß sie die französischen Vorlesungen einstellt.“

„Thu' das, Melitta,“ antwortete Fides. „Gelingt es Dir, mich von dieser Marter zu befreien, so bete ich Dich an. Leider zweifle ich an einen günstigen Erfolg Deiner Bemühungen.“

„Verlaß' Dich auf mein Wort, Fides, diese französischen Marterstunden sollen ein Ende nehmen,“ sagte Melitta gütig, indem sie unter das Laubdach der Kastanie zurücktrat und ihre Stickerei wieder zur Hand nahm.

„Du überschätzest Deine Macht — die gnädige Frau Tante läßt nicht ab, mich für die Leiden der großen Welt auszubilden,“ entgegnete Fides altklug. Sie kam allgemach in ihre sorglose Laune zurück, die von der seltsamen Gemüthsbewegung Melitta's unterbrochen gewesen war. Ihre Blumen zusammenraffend, bat sie Melitta um einige Faden Garn zum Kranzbinden und setzte sich dann so kindlich vergnügt, als sei gar nichts vorgefallen, ihrer Freundin gegenüber. Eine lange Zeit blieben beide Mädchen stumm. Fides, die noch keinen klaren Begriff über die Zwecke des menschlichen Daseins hatte, überließ sich ihren Betrachtungen über die Schönheit der einfachen Feldblumen, die sie zu einem Kranze zusammen zu fügen beflissen war. Dabei dachte sie gelegentlich an die Erfahrungen, welche sie so eben gemacht hatte und fand ihren Ideenkreis wesentlich dadurch erweitert.

Melitta aber träumte mehr, als sie dachte. Sie lehnte ihren Kopf an den Stamm des Baumes und blickte mit dem Ausdrucke rührender Klage in das dichte grüne Laubgewölbe, das durch einige Sonnenflecken wie mit Lichtfunken durchwoben erschien. Das junge Mädchen schien dem leisen Gesange der Vögel zu lauschen, aber im Grunde hörte und sah sie nichts. Ihre Phantasie schweifte in die Ferne und richtete Fragen an das Schicksal. Sie war sich schon klar bewußt, daß es ein süßeres Glück auf Erden gäbe, als Blumen zu flechten und allein in der Welt zu träumen. Ihr Herz kannte schon die Unruhe der Liebe und in dem Schmerze, den sie eben muthig bekämpft hatte, war sie sich dessen vollkommen bewußt geworden.

Von dem Standpunkte aus betrachtet, den sie in ihren Mädchenbegriffen einnahm, mußte sie allerdings eine Opferfreudigkeit, wie Oswald empfand, für eine zügellose Schwärmerei erklären. Was kümmerte sie des Vaterlandes Streit, wenn nur Frieden in ihr und um sie herum war, wenn sich die Keime des Glückes ihren Hoffnungen gemäß entwickeln konnten. Ihr Mädchenherz, das in der Liebe sein Heil suchte und zu finden berechtigt war, entflammte sich nicht für das tragische Schicksal eines Gemeinwohles, dem sie stets fern gestanden hatte, und sie beurtheilte danach ohne Schonung die Ruhelosigkeit ihres Vetters Oswald, die ihn in Bahnen trieb, welche seinen völligen Untergang zu beschleunigen drohten. Er vertauschte ein harmloses Dasein mit der Aufregung unsicherer und trügerischer Hoffnungen. Bedurfte es wirklich zur Ueberwindung der politischen Mißverhältnisse eines Opfers, wie dieser junge Mann zu bringen entschlossen war? Konnte der Conflict seiner persönlichen und politischen Angelegenheiten auf keinem andern Wege geschlichtet werden? Mußte er sein Vatererbe verlassen, mußte er es verkaufen, verschleudern und dadurch ganz heimathlos werden? Sollte nicht dieser plötzliche Entschluß aus andern Quellen entstanden sein? Vielleicht um dem einförmigen Leben eines Landjunkers zu entgehen? Vielleicht, weil er die Kette einer einfachen, prunklosen Häuslichkeit fürchtete? Vielleicht, daß er sich geistig zu groß für dergleichen fand?

Melitta warf sehr hochmüthig ihren Kopf bei diesem letzten Gedanken zurück, und wer sie jetzt betrachtet hätte, der würde sich überzeugt haben, daß hinter diesem ruhigen und sanftmüthigen Mienenspiele auch Wallungen böser Art verborgen sein konnten.

„Gehen wir heute zum alten Förster Lukas?“ fragte in demselben Augenblicke Fides, vergnügt ihren fertigen Kranz bewundernd.

Melitta stutzte. Warum bejahete sie denn diese Frage

nicht gleich, da ein Spaziergang nach dem Forsthause sie am sichersten einer unerwünschten Begegnung mit Oswald überhob. Fides warf ihr einen schelmischen Seitenblick zu und sprach weiter:

„Er hat mir sagen lassen, daß seine Aurikeln prachtvoll blüheten. Ich dächte, wir gingen hin, Melitta!“

„Heute nicht!“ preßte Melitta hastig hervor. Sie beugte sich dabei tief auf ihre Arbeit nieder.

„Weil Oswald kommen will?“ warf Fides lächelnd und fragend hin. „Nun, dann Morgen!“

„Ja morgen früh, ehe die Sonne den Thau von den Aurikeln getrocknet hat!“ erwiederte Melitta gelassen. Ihre Fassung behauptete sich wie immer. Aber Fides hatte Erfahrungen gemacht, die ihren Ideenkreis wesentlich erweitert hatten!

„Wie fein Du immer das Rechte triffst,“ rief sie schäkernd. „Ja, wir gehen morgen früh zum Förster und seinen Aurikeln, damit wir die Thauperlen mit den Aurikeln zugleich bewundern können. Ich habe noch niemals Thautropfen auf Aurikeln gesehen, Melitta!“

Melitta erwiederte diese gutmüthige Neckerei nicht. Dies ermuthigte Fides fortzufahren:

„Wenn Oswald aber heute nicht kommt, so wird er sich morgen herbemühen. Gehen wir dann vielleicht erst übermorgen nach den Aurikeln?“

„Quälgeist!“ schalt Melitta, erröthend, aber durchaus nicht unfreundlich. „Du bist ein boshafter Schelm, kleine Tyrnau! Wenn Du fortfährst mich zu necken, so entziehe ich Dir meine Huld. Dann magst Du sehen, wie Du mit den Launen der gnädigen Frau Tante fertig wirst!“ Fides klatschte mit unschuldiger Fröhlichkeit in die Hände, sprang auf den Tisch; der zwischen ihr und Melitta stand und kniete dicht vor dieser nieder, den fertigen Kranz hoch emporhaltend. „Sie zürnt! Sie zürnt — o Ihr Götter, meine süße Königin zürnt,“ jubelte das übermüthige Mädchen, und drückte schnell, ehe sie es hindern konnte, den Kranz auf Melitta's Haupt. „Ha, wie schön! Wie schön! Du gleichst einer Feenkönigin, die im Dunkel der Nacht dem Bekümmerten Trost und Hoffnung in's verzagende Herz strahlt! Du gleichst einer Heiligen im Glorienscheine!“

„O still nur! Deine Schmeicheleien bethören mich nicht!“ sprach Melitta abwehrend, mit der lieblichen Sanftmuth, welche ihr eigen war. Fides griff während dessen nach dem andern Kranze und setzte ihn auf ihren Lockenkopf.

„Sieh mich an, Melitta,“ sagte sie mit komischer Verschämtheit. „Sehe ich nicht neben Dir aus, wie ein armes verlaufenes Waisenkind, das vom Strahlenkranze Deiner Herrlichkeit profitiren möchte?“

Sie wendete zufällig den Blick und sah Herrn von Ettershaiden, der unterdessen den Rasenplatz im Parke erreicht hatte, im Eingange des Laubganges stehen. Sein Lächeln gab ihr Muth. Rasch sprang sie vom Tische und eilte ihm entgegen. Wir bekommen Besuch, Melitta!" rief sie frohlockend.

Melitta zuckte heftig zusammen und richtete ihr Auge scheu und unstät nach der Stelle, wohin Fides lief. „Ah — der gestrenge Herr Onkel!" sprach sie aufathmend und erhob sich in respectvoller Artigkeit.

Fides hatte ihren Vormund kaum erreicht, so fiel ihr ein, daß ihr Empfang die Regeln des vorgeschriebenen Anstandes überschritt und sie blickte mit reizendem Trotze zu dem alten Herrn auf, um sein Mienenspiel zu prüfen. Er nickte ihr so freundlich ermunternd zu, daß sie froh wurde bis in's Herz hinein. Schnell ergriff sie seine Hand und schmiegte sich zutraulich an seine Schulter. Ihre Augen blitzten vor Zärtlichkeit. Sie gestanden ihm ohne Worte, daß sie ihn lieb habe, trotz seiner schulmeisterlichen Strenge und seiner hofmäßigen Etikette. Eine Freude, gleich dem Entzücken eines freigesprochenen und begnadigten Verbrechers, floß durch des alten Herrn Brust. Wie von Irrlichtern der Träume umgaukelt hatte er schon eine Weile dagestanden und die beiden hübschen Mädchen beobachtet, die Gott seiner Fürsorge anvertraut hatte. Jetzt wallte der freudige Gedanke in ihm auf, daß ihm diese beiden Wesen in seinen Lebensweg gesendet sein könnten, um ihm die trübe

Einsamkeit des Alters zu beleben. Er feierte in diesem frohen Momente den Frühlingsanfang des Greisenthums, das sich in den unschuldigen Freuden der Jugend zu verjüngen sucht. Er neigte sein ehrwürdig Haupt und drückte seine Lippen auf die bekränzte Stirn des lieblichen Mädchens, das mit Kindeszärtlichkeit einen Sturm auf die Schranken der Convenienz gewagt hatte.

„Wir bekommen Besuch, Melitta!“ rief abermals das junge Mädchen ihrer Freundin zu. „Sieh nur, der gestrenge Herr Vormund hat seine Galauniform angezogen, um uns Besuch zu machen!“

Ueberrascht hatte Melitta der kleinen Scene zugeschaut. Diese Weihe des Augenblickes war ihrem zarten Sinne weit bedeutungsvoller erschienen, als dem Kindersinne Fides', welche die ungewohnte Liebkosung als einen flüchtigen Ausdruck von Güte nahm. Schüchtern suchte Melitta's Blick das Auge des Oheim's. Sie war zweifelhaft, ob auch sie in den Kreis einer gesteigerten Freundlichkeit treten dürfe. Sie wußte ja längst, daß Fides sich der besondern stillen Zuneigung des alten Herrn erfreute.

Der gütige Blick, welcher sie traf, verscheuchte ihre Zweifel und sie wagte es nun ebenfalls mit liebevoller Zutraulichkeit sich zu nähern.

Herr von Ettershaiden empfand schon jetzt, welcher Lohn ihm werden würde, wenn er den Zwang seiner ceremoniösen Reglements aufheben und sich einem freiern und natürlichern Verkehr im Hause hingeben würde. Eine innige Zufriedenheit leuchtete aus seinem Antlitz, eine neue Lebenslust durchströmte ihn und vollendete die Revolution in ihm, die rasch und entscheidend alle guten Eigenschaften in ihm stählte. Das naturgemäße Wohlwollen für die Jugend bahnte auch schnell den Weg zum Verständnisse ihrer Ansprüche und öffnete zugleich die Schleußen gegenseitigen Vertrauens.

Dieser Augenblick vereinigte ihn mit seinen Pflegetöchtern und riß eine weite Kluft zwischen ihn und seine Gattin, welche herzlos seines Lebens Ende eher berücksichtigt hatte, als es Noth that.

„Sie haben Besuch gehabt, Herr Onkel?“ fragte Melitta, auf seinen Gallaanzug deutend. Verwundert senkte er sein Auge darauf nieder. Er hatte den Besuch des Marquis ganz vergessen.

„Ja wohl!“ antwortete er heiter. „Der Marquis d'Etérais war bei mir. Ein sehr liebenswürdiger Mann!“

„Natürlich! Ein Franzose ist immer liebenswürdig,“ sprach Fides ungewöhnlich vorlaut.

Ettershaiden sah sinnend vor sich hin. „Nein — kleine Tyrnau,“ antwortete er dann, „der junge Mann ist sicherlich kein Franzose. Sein ganzes Wesen verräth den Deutschen.“

„Wie? Er ist doch ein Günstling Jerome's!“ meinte Melitta zweifelnd.

„Das sagte mir Oswald auch, allein trotzdem halte ich den Marquis für einen Deutschen.“

„Oswald?“ wiederholte Fides, ihren Blick über Melitta's Gesicht sendend, das eine bedeutsame Spannung verrieth. „War denn Oswald hier? Heute? Wo ist er denn? Bei der gnädigen Frau etwa?“ fragte sie so hastig, daß sich ihre Fragen gleichsam überstürzten.

„Oswald ist nach Hause geritten. Er fürchtete mit dem Marquis zusammenzutreffen und wollte dies vermeiden,“ antwortete der alte Herr freundlich.

„Melitta — dann können wir zum Förster Lukas gehen und seine Aurikeln bewundern!“ platzte Fides übermüthig lachend heraus.

Melitta's Gesicht war im Nu wie mit Feuergluth überdeckt. Aengstlich blickte sie erst Fides, dann ihren Oheim an. Dieser verstand den Blick falsch. Er glaubte einer Sorge zu begegnen, daß Fides in ihrem Muthwillen sich vergessen könne.

„Laß sie nur schwatzen, Melitta,“ sprach er beschwichtigend. „Es amüsirt mich!“

Im höchsten Grade von diesem Ausbruche humaner Duldung überrascht, sah ihn Melitta groß an und wiederholte innerlich: „Es amüsirt ihn!“

„Es amüsirt ihn!“ dachte, ebenfalls erstaunt, Fides. Die Mädchen wechselten schnell einen Blick und wie ein frischer Lebenshauch flog es über ihre jugendlichen Gesichter.

Melitta hatte die Kraft, ihre freudige Bewunderung zu verbergen. Fides nicht. Wie eine Offenbarung vom Himmel klang es, dies einfache Wort: „Es amüsirt mich!“ Und sie sollte nicht jubeln? Sie sollte dem Lichtstrahl nicht zujauchzen, der in ihre umnachtete Jugend drang.

„Melitta — nun werden wir glücklich!“ rief sie mit holder Natürlichkeit, die Hand des alten Herrn an ihre Lippen drückend.

„Ja, ja,“ erwiederte er mit bewegter Stimme, „ja mein Kind, wir wollen uns bemühen glücklich zu leben, so lange Gott uns Kraft und Gesundheit schenkt!“

Die Schranken waren gefallen. Die Gemüthsbewegung des Herrn von Ettershaiden wurde von beiden Pflegetöchtern desselben richtig aufgefaßt. Was die Veranlassung zu dieser Seelenstimmung gegeben hatte, blieb ihnen freilich noch ein Räthsel, aber eine Ahnung sagte ihnen, daß die bösen Launen der gnädigen Frau Tante sicherlich einen wichtigen Grund gehabt hätten und daß ihr Sieg das vereinsamte Herz zu denen geführt, welche ihm durch die Bande der Dankbarkeit angehörten. Die Schranken wären jedoch nicht so schnell zusammengestürzt, wenn nicht der Zauber der natürlichen und kindlichen Anhänglichkeit sich geltend gemacht hätte in dem schicksalsschweren Augenblicke, wo der Groll über den Abfall eines Herzens, das er für unentbehrlich zu seinem Glücke gehalten hatte, in einen Kampf mit seinem edlern Selbst trat. Er erwachte aus der Stumpfheit einer kalten Ruhe, womit er im alten Schlendrian fortgelebt hatte; er erwachte und sah, daß es anders um ihn her geworden war und daß er, um nicht vorzeitig als lebendig todt beseitigt zu werden, ein neues Leben beginnen müsse. Mit würdevoller Klugheit suchte er alsbald einen Uebergang dazu. Was ihm am meisten im Wege stand, war die Affectation in seinem bisherigen Leben, das Festhalten an gewisse gesellige Formen, die, als ein Abglanz der alten Hofsitte, ihn zum Könige in seinem Hause erhob und ihn auf diesem Throne vereinzelte. Er glich in seinem von Etiketten lächerlich verschanzten Zustande gerade den Herrschern des alten Regime's, die ihrer Macht etwas zu vergeben fürchteten, wenn sie lächelten, wie andere Menschen lächeln und wenn sie ohne Perrücke und Hermelin dem Volke sich zeigten. Die Ereignisse im lieben, deutschen Vaterlande hätten diesen alten steifen Aristokraten längst überzeugen müssen, daß die Gährung des Zeitgeistes begonnen habe und nach vollendeter Abklärung im Stande sei, viele Dinge lächerlich zu machen, die früherhin Respect erzeugten. — Diese Ereignisse hätten ihm längst beweisen müssen, daß Vieles eingerissen sei, was auf Vorurtheile und Aberglauben gebauet war, aber er schloß die Augen dagegen und maßte sich an, dem Zeitgeiste, als einem bösen Dämon, Trotz bieten zu können.

Was sein Verstand anzuerkennen sich weigerte, das vermittelte jetzt sein Gemüth. Und darin glich er guten und rechtschaffenen Herrschern, die lieber Perrücke und Hermelin fallen lassen, um den Wünschen ihrer Unterthanen entgegen zu kommen, als sich auf einsamer Höhe zu halten, umgeben von denen, welche Gründe haben, ihnen zu schmeicheln.

Nachdem Herr von Ettershaiden erst zur Einsicht seines verfehlten Standpunktes im Leben gekommen war, hielt er sich nicht lange bei bloßen philosophischen Betrachtungen auf, sondern er setzte in's Werk, was er durch eigene Erfahrungen gelernt hatte.

Seine Reformen im Hausreglement erregten natürlich ein ungeheures Aufsehen unter der Dienerschaft, aber er hatte sehr bald Gelegenheit zu bemerken, daß er für den Absolutismus seiner Herrschaft ein moralisches Uebergewicht eintauschte, dem sich selbst seine Gattin nicht zu entziehen vermochte, nachdem sie eine Weile vergeblich dagegen angekämpft hatte.

Aber der alte Herr blieb bei diesen Hausreformen nicht stehen. Sein Blick schärfte sich unter den günstigen Erfolgen, die er durch die Lösung alter, verjährter Vorschriften und Gesetze errang und er richtete diesen Blick weiter. Ohne von Staats wegen veranlaßt zu sein, lösete er auch die drückenden Bande der Dorfeingesessenen, welche nicht blind für manche Verbesserungen geblieben waren, die sich mit dem französischen Verwaltungssysteme des neuen Nachbarstaates verknüpften. Er verminderte, für's erste nur provisorisch, da ihm als Besitzer von Lehngütern das volle Recht einer Veränderung nicht zukam, die Frohndienstbelastungen und gab durch Humanitätsvorschriften Freiheiten, die ihm die Liebe seiner Dorfbewohner reichlich vergalt, wenn er dabei etwas an Einnahme einbüßte. Das Alles entwickelte sich überraschend schnell in den nächsten Wochen; es wurde geräuschlos manches in's Werk gesetzt, was erst mit großen Schwierigkeiten verknüpft schien und einige Federstriche genügten oft, barbarische Hausgesetze des Stammes Ettershaiden dergestalt zu modificiren, daß sie den feindseligen Charakter einer Belastung ganz und gar verloren, trotzdem sie fortbestehen mußten.

Mitten in dieser Aufregung einer edlen Thätigkeit erfrischte und verjüngte sich Herr von Ettershaiden ganz merkwürdig. Was an Altersgebrechen auf ihm geruht, das vergaß er in seinem neuen Wirkungskreise. Ueberall war er selbst, um Augenzeuge zu sein, ob man nach seiner Vorschrift verfahre und indem er seine Bequemlichkeit einem neuen Leben opferte, gewann er als Ersatz eine befestigte Gesundheit und eine wahre Lebensfreudigkeit.

VI. Capitel.

Ein Gegenbesuch.

Frau von Ettershaiden beobachtete anfangs mit Erstaunen, dann mit steigender Erbitterung den Eifer, womit sich ihr Gatte seinem neüen Wirkungskreise widmete. Die Dame gehörte nicht zu den großherzigen Frauen der damaligen Zeitperiode, wo der Funke der Begeisterung selbst im Busen derer schlummerte, die unter dem Banne der Weltlichkeit lebten. Sie gehörte zu der Classe vornehmer Damen, die gegen Alles eine gewisse Gleichgültigkeit hegen, was nicht unmittelbar auf sie Bezug hatte. Sie war ehrgeizig, stolz, eitel und herzlos, aber dennoch nicht ränkevoll und muthig genug, um sich dem Urtheile der Welt bloß zu stellen.

Ihre schlimmen Eigenschaften beruheten eben nur im ausgedehntesten Egoismus und in einer maaßlosen

Eitelkeit. Von frühester Jugend darauf angewiesen, ihr liebes Ich allein zur Geltung zu bringen, hatte sie auch weder Mittel noch Wege gescheuet, dies zu bewerkstelligen und sie beschränkte sich, nach errungenem Siege, darauf, ihre Schönheit, dies gefährliche Geschenk der Natur, durch die Künste der Mode und des Geschmackes in's rechte Licht zu setzen. Da sie im Stande war, ihrem Auftreten am Berliner Hofe durch ihre Geistesbefähigung eine gewisse Grundlage zu geben, so gelang es ihr, dort eine Rolle zu spielen, die sie vollkommen befriedigte.

Der Wechsel aller Verhältnisse warf sie jedoch in eine Lage, wo sie, zur Einsamkeit verdammt, langsam zu ermatten und zu verblühen begann.

Sie zehrte von den Erinnerungen an die Glanzperiode ihres Lebens, paradirte mit einer zarten Gesundheit und Nervenschwäche, quälte ihre Hausgenossen mit böser Laune, gewann aber der patriachalischen Ruhe ihrer Lebensstellung nach und nach schon Geschmack ab, als ihr böser Genius sie mit einer Favoritin des Kasseler Hofes zusammenführte, welche ihre Phantasie von Neuem erhitzte und durch Erzählungen aus dem frivolen, glänzenden Hofleben Jerome's reizte.

Von da an trachtete sie darnach, dort eine hervorragende Stellung einzunehmen. Der Geist der Eitelkeit spiegelte ihr vor, daß sie noch keinesweges verblüht sei und Frau von Ettershaiden, obwohl mit klarem Verstande ausgerüstet, war schwach genug, an ihre Unfehlbarkeit zu glauben, wenn es ihr erst gelungen sein würde, am Hofe des westphälischen Herrschers festen Fuß zu fassen. Es erging ihr, wie den großen Schauspielerinnen, die, nach dem Beifalle der Menge dürstend, als Matronen die Bühnen wieder aufsuchen, wo sie in der Jugendblüthe gewirkt haben. Auch diese glauben nicht daran, daß die neuen Lorbeeren, die sie ernten, mit den spitzigen Dornen des Spottes gemischt werden können.

Frau von Ettershaiden entwarf ihre Pläne zur Verwirklichung ihrer Wünsche, mit aller Zuversicht, die ihr ein Rückblick auf den blendenden Glanz ihrer frühern Erfolge zu geben vermochte. Aus diesen vorausgegangenen Triumphen zog sie die Hoffnung auf neue Verherrlichungen, ohne einen richtigen Maßstab für die sinnliche Natur der Lustbarkeiten zu haben, denen sie sich entgegensehnte. Der Widerstand ihres greisen Gatten brachte sie außer sich und reizte sie dermaßen, daß sie blind gegen die Vorzüge ihrer jetzigen Stellung wurde und mit hochmüthiger Gleichgültigkeit den Schmerz desselben erst übersah und dann die letzte Unwandlung seines Wesens mit bitterm Spotte verfolgte.

Sie nannte sich seitdem ein Opfer seiner Barbarei und fühlte sich befugt, ihm in jedem Blicke zu zeigen, daß sie dieser Willkühr überdrüssig sei.

Hätte diese Dame eine richtige Vorstellung von

den Freuden gehabt, in denen der Monarch von Westphalen zu schwelgen beliebte, so würde sie Bedenken getragen haben, unbedingt ihre Vorliebe für seine Feste zu zeigen. Ihr Herz war zu kalt, um den Sinnen eine Macht einzuräumen. Sie belächelte die Hingebung der Liebe als eine vergängliche Thorheit, die nicht des kleinsten Opfers werth sei. Ideale Träume von häuslichem Glücke an der Seite eines geliebten Mannes verspottete sie und schätzte die Pracht des Lebens weit höher, als ein stilles Glück. Da sie selbst einer leidenschaftlichen Neigung gar nicht fähig war, so begriff sie den Schmerz Ettershaidens nicht, der erst fern von den Zerstreuungen der Welt erkannte, wie überflüssig ihr seine tief gewurzelte Liebe erschienen war, nachdem sie dieselbe zu ihren Zwecken ausgebeutet hatte.

Der neuen Hausordnung, die einen ganz freien Verkehr ohne den Zwang alberner Etikette gestattete, widersetzte sich Frau von Ettershaiden mit aller Macht, die ihr zu Gebote stand, aber sie erzwang weiter nichts, als daß sie die Verfügung über ihre eigenen Zimmer und Einrichtungen behielt, während sich das Zusammenleben der andern Hausgenossen höchst gesellig und vertraulich entwickelte. Dadurch isolirte sie sich vollständig und machte ihre Stellung drückend. Selten kam sie zur Mittagstafel, noch seltener zum Abendessen, das zwanglos im Freien eingenommen wurde, wenn das Wetter günstig war. Vom Vorlesen war gar keine Rede mehr. Fides hatte ihrem Vormunde erklärt, daß diese französischen Vorlesungen eine Qual für sie wären.

Dafür ritten die beiden Mädchen täglich mit dem alten Herrn aus und musicirten so viel sie wollten. Es war eine Lust das liebenswürdige Walten zwischen diesen drei Personen zu sehen, die in Liebe und Eintracht die reinen, stillen Freuden der Natur genossen und dabei an Leib und Seele gediehen.

Die Empfindungen der Frau von Ettershaiden, zuerst bis zur Höhe des Grimmes hinaufgetrieben, wechselten allgemach, als sie bemerkte, daß sie zum Glücke ihres Gatten durchaus nicht mehr nöthig war. Es wurde für sie zuweilen ein ergreifender Gedanke, verstoßen zu sein. Schwankungen traten in ihre Ansichten, wenn sie daran die Möglichkeit reihete, nach einem entschiedenen Schritte von ihrer Seite einer gleichen festen Entscheidung entgegensehen zu müssen. Sie wußte aus Erfahrung, wie unerschütterlich Ettershaiden sein konnte.

Im Kampfe mit dergleichen Erwägungen lag sie an einem kalten, unfreundlichen Maitage auf ihrer Ottomane, der Einsamkeit überantwortet und von der Langeweile geplagt, als das Rollen eines Wagens einen Besuch ankündigte und gleich darauf die Meldung gemacht wurde, „Gräfin Ancelot wünsche aufzuwarten!“

Ein finsterer Blick war die erste Antwort der Frau von Ettershaiden. Die Gräfin Ancelot war eine Dame, der sie im Eifer ihrer Verblendung bei ihrer letzten Anwesenheit in Kassel einen Besuch gemacht, weil sie glaubte dadurch der Erfüllung ihrer Wünsche näher zu kommen. Jetzt schämte sie sich einigermaßen dieser Uebereilung, denn die Gräfin Ancelot konnte sich leider keiner tadellosen Vergangenheit rühmen.

Man erzählte sich ganz unverholen in Kassel, daß der Vater dieser Gräfin mit Uhren gehandelt und daß sie selbst eine bedeutende Kunstfertigkeit im Putzmachen gehabt habe. Wodurch es ihr gelungen war, den Rang einer Gräfin zu erobern, war klar.

Sie gehörte zu den schönsten Frauen Kassels und wußte durch ihre Freundlichkeit und Liebenswürdigkeit selbst die kältesten Männer in Gluth zu bringen, obgleich sie die erste Jugendblüthe schon eingebüßt hatte. — Einer solchen Dame hatte also Frau von Ettershaiden das Heiligthum ihres Hauses erschlossen, um durch ihre Vermittelung das Ziel ihrer frivolen Wünsche zu erreichen.

Sie zögerte jetzt ihren Gegenbesuch anzunehmen. Ein kalter Schauder überlief sie bei dem Gedanken, daß ihr Gatte Kenntniß davon erhalten könne. Zum ersten Male zitterte sie vor der Verantwortung ihrer Handlungsweise und war schon im Begriffe die Dame unter einem Vorwande abweisen zu lassen, als ihr böser Geist sich plötzlich regte und sie zur kecken Verfolgung ihres Planes bewog.

„Sehr angenehm!" sprach sie mit leutseligem Tone und erhob sich, um der Gräfin bis zur Thürschwelle entgegen zu gehen.

Nach einigen Minuten erschien dieselbe mit dem Anstande einer gebornen Fürstin.

Sie schien durchaus vergessen zu haben, daß sie nur durch verschiedenartige Avancements bis zu dem Range einer Gräfin gelangt wär, denn sie verneigte sich so stolz, als ehre sie die Schwelle des Hauses, das sie betrete.

Frau von Ettershaiden belächelte diese Anmaßung. In ihren Augen nutzte weder Rang noch Stand, wenn das Vorrecht der Geburt fehlte.

Mit Grazie sich gegenseitig begrüßend und jene lügenhaften Artigkeiten wechselnd, die nothwendig zur Höflichkeit sind, ließen sich die Damen endlich neben einander auf der Ottomane nieder und begannen diplomatisch fein und zurückhaltend ein Gespräch, welches als Einleitung der eigentlichen Zwecke zu betrachten war, die sie gegenseitig zu einander führt n. Sie sprachen französisch, da die Gräfin es nicht der Mühe werth hielt die deutsche Sprache zu erlernen. Frau von Ettershaiden ging um so lieber darauf ein, die Sprache des neuen Reiches zu ihrer Conversation zu wählen, weil sie sich bewußt war, derselben vollkommen mächtig zu sein.

Nach den üblichen Redensarten der Begrüßung, die von beiden Seiten durch Spannung und Neugier gekürzt wurden, war die Gräfin die erste, welche dem Anscheine nach ganz selbstvergessen ausrief: „Wie leben Sie hier, Madame? Gewiß in vollem Frieden, während wir in Kassel mit allem möglichen Ungemach zu kämpfen haben. Unser gnädigster Herr und König ist verdrießlich — Napoleon plagt ihn mit Forderungen, die ihn zwingen, seine geliebten Landeskinder von Neuem zu besteuern. — O mein Gott, es gehört sicherlich eine große Langmuth dazu, um dem großen Napoleon in Allem zu genügen. Seine tyrannischen Befehle werden den armen Jerome ruiniren — es ist eine böse, böse Zeit in Kassel, Madame, und wir müssen ernstlich daran denken den König zu zerstreuen, damit seine Melancholie nicht einen gefährlichen Charakter annimmt.“

„Sollte Ihnen das schwer fallen?“ fragte Frau von Ettershaiden mit etwas frostigem Tone. „Nach meiner Einsicht ist der König Jerome sehr leicht zu erheitern.“

„Ganz recht, Frau Baronin,“ entgegnete die Gräfin sehr lebhaft, „nur dann nicht, wenn so mächtige Gewalten, wie Napoleon, die Königin und der Marquis d'Etérais volle Wirkung haben.“

Frau von Ettershaiden sah sie forschend, mit einem Anfluge spöttischen Zweifels an.

„Sie glauben mir nicht, Madame!“ rief die Gräfin mit koketter Verschämtheit. „Vor diesen Mächten muß ich die Waffen strecken. Der Marquis ist mein schlimmster Widersacher. Er ist ein treuer Verbündeter der Königin und der Spion Napoleons — wahrhaftig Madame!“

„Der Marquis d'Etérais scheint mir überhaupt eine diabolische Rolle auf der Weltbühne übernommen zu haben,“ entgegnete Frau von Ettershaiden spöttisch.

„Lassen Sie das nicht laut werden, wenn Ihnen mit der Freundschaft der Königin gedient ist,“ sprach die Gräfin wichtig. „Er ist in den Augen Ihrer Majestät ein Cherub.“

„Hüten Sie sich nur vor diesem Cherub!“ erwiederte Frau von Ettershaiden eilig. „Sie kennen doch die Heldenthaten des Engel Cherub und wissen, daß er ganz wunderbaren göttlichen Geboten gehorchte, als er mit flammendem Schwerte die Menschen aus dem Paradiese verjagte. Warnen Sie den König Jerome vor diesem Cherub, der doppelzüngig zu sein scheint.“

Die Gräfin lachte und warf graziös den schönen Kopf auf. „Was fürchten Sie, Frau Baronin? Es wäre zu lächerlich, wenn Sie glauben könnten, daß es dem Marquis einfallen sollte gegen die Macht eines Napoleon zu conspiriren! O, mein Gott! Die Deutschen haben

Zeit gehabt zu lernen, daß ein Kaiser Napoleon unbesiegbar ist! Indessen ist Ihr Argwohn völlig unbegründet. Der Marquis ist der Königin zu treu ergeben, als daß er am Sturze ihres Reiches arbeiten sollte. Nein, nein, Madame, einem Mann, den Napoleon sechs Jahre lang zu vertraulichen Missionen benutzt hat, darf man schon trauen!"

„Es sei fern von mir dies Vertrauen erschüttern zu wollen," sagte Frau von Ettershaiden scharf und herbe. „Mir ist es nur sonderbar erschienen, daß dieser Herr sich mit großer Eilfertigkeit in der alten Burg Ettershaiden einzubürgern gedenkt. Was für Gründe könnte ein feiner Cavalier, ein Stern am geselligen Himmel Kassels, dem stark gehuldigt werden soll, wohl haben, sich einen Schlupfwinkel dieser Art zu wählen, wenn nicht Verhältnisse obwalteten, die ihm die großen Räumlichkeiten eines alten, winkeligen Gebäudes wünschenswerth erscheinen ließen."

„Nein, nein!" rief die Gräfin eifrig. „Das ist eine seiner Sonderbarkeiten! Der Marquis ist durch und durch ein Sonderling, Madame. Ein Weltweiser, trotz seiner Jugend! Ein Mann ohne Blut und Herz! Ein Verächter der Frauen! Er möchte den armen liebenswürdigen Jerome auch in Stein und Eisen verwandeln. Wie ein kalter Wasserstrahl wirkt seine Nähe auf jeden belebten Pulsschlag und sein spöttisch tadelnder Blick vereis't jeden Blutstropfen. Ich habe meine ganze Kunst aufgeboten ihn zu fesseln, aber ich habe eine schmähliche Niederlage erlitten," schloß sie mit der leichtfertigen Heiterkeit einer echten Französin.

„Und dennoch spielen Sie eine so eifrige Vertheidigerin?" fragte Frau von Ettershaiden mit spöttischer Schadenfreude. „Der Marquis muß wunderbare Anziehungskräfte in sich haben, daß Sie ihm dies verzeihen?"

„Was läßt sich da thun? Man resignirt! Liebte er eine Andere, so würde ich es als eine Beleidigung betrachten und ihn mit Haß verfolgen! Da er uns Alle, gleich Kunstbildern, von fern bewundert, so trösten wir uns mit der Hoffnung, daß er eines Tages zum Leben erwachen und uns dann beglücken wird!" rief die junge Dame lachend.

„Er soll ein Deutscher sein" — warf Frau von Ettershaiden ein.

„Ein Deutscher?" wiederholte die Gräfin Ancelot. „Daran zweifle ich! Er spricht gut deutsch, aber das beweist nichts. Er spricht auch gut englisch und sogar russisch. Ich halte ihn für einen Franzosen, liebe Baronin. Schon um deswillen, weil er in geheimen Beziehungen zu Napoleon steht. Man bewundert seine Sprachfertigkeit allgemein, sie befähigt ihn zu den Diensten und Missionen, womit er betrauet wird. Jetzt ist er unliebenswürdiger, als je. Seit seiner Rückkehr von

Paris sieht man ihn in keinem Cirkel, aber desto eifriger conferirt er mit dem Könige. Er hat ganz gewiß etwas Besonderes vor. Jerome ist schon ganz philosophisch geworden — wir müssen ihn den Händen des Marquis und der ehrbaren Liebe der Königin zu entreißen suchen und dazu sollen Sie uns helfen, Madame!“ schloß sie, siegesgewiß ihre leuchtenden Augen auf Frau von Ettershaiden heftend.

Mit gemischten Empfindungen hörte diese Dame zu. Ein behagliches Staunen rang sich bei den letzten Worten der Französin aus dem Gewirr ihrer Gefühle hervor. Sollte sie so bald ihre Wünsche gekrönt sehen? Man berief sie nach Kassel, um ihren Einfluß auf den jungen König zu erproben? Man trauete ihr Geist genug zu, um ihn zu erheitern?

„Ich verstehe Sie nicht, meine junge Dame!“ sprach sie nach kurzer Ueberlegung sehr gelassen, indem sie die eitle Wallung ihres Innern niederkämpfte und würdig den Kopf etwas höher hob. Die Gräfin bewegte ihren Fächer mit graziöser Schalkhaftigkeit und benutzte ihn, um beiläufig den Gesichtsausdruck der deutschen, stolzen Edeldame zu mustern. Sie mußte wohl einsehen, daß sie zu plötzlich vorgeschritten sei, denn sie affectirte eine kleine Zerstreutheit und antwortete sehr gleichgültig:

„Es müßte Sie natürlich nicht belästigen, Frau Baronin!“

„Was wünschen Sie, was ich thun soll?“ fragte Frau von Ettershaiden etwas freundlicher. Sie erlag der größeren Schlauheit der intriguanten, jungen Französin, die sie durch diesen scheinbaren Rückzug zu reizen suchte.

„O, wir haben nur eine große Bitte an Sie,“ plauderte die Gräfin, zum vertraulichen Tone übergehend. „Es muß etwas Pikantes erfunden werden, etwas Fremdartiges, etwas deutsch Feenhaftes — Sie sind allbekannt die geistreichste Dame im ganzen deutschen Lande — Deutschland soll reizende Sagen haben von Wassernixen, von Bergkönigen und Waldfeen. — Da wollten wir Sie bitten, uns eine Allegorie zusammenzustellen, worin Sie aber eine Hauptrolle einnehmen müssen, Ihren persönlichen und geistigen Vorzügen angemessen.“

Ein höchst angenehmes Lächeln verdrängte bei dieser Bedingung den Ausdruck geduldiger Artigkeit, der bis dahin das ganz farblose Angesicht der Frau von Ettershaiden charakterisirt hatte.

„Verstehen Sie nun meinen Wunsch, Madame?“ fragte die Gräfin, ihre Augen in koketter Gluth auf sie heftend.

„Vollkommen, liebe Gräfin, und ich fühle mich von der Idee so sehr angesprochen, daß ich geneigt bin auf Ihre Wünsche einzugehen!“

Die Gräfin ergriff ihre Hand und küßte sie. „Es wird etwas Neues für den König sein,“ sagte sie schmeichelnd.

„Wir müssen die ganze Ausstattung überraschend und fesselnd machen. Ein schönes, blondes Mädchen muß als die Göttin Freya — so heißt sie ja wohl — figuriren. — Der König schwärmt jetzt für blonde Mädchen!“ fügte sie leicht hinzu. „Wir müssen Conferenzen halten, Madame — ah — wie freue ich mich auf diese Gemäldestellung, die großartig werden wird!“

Frau von Ettershaiden stand auf und ging zu ihrem Schreibtische, um sich Papier und Bleistift zu holen. Die Gräfin sah ihr mit einem versteckten Lächeln nach.

„Sie wollen mir gleich eine Zeichnung machen?“ fragte sie. „Wie lieb Sie sind, theure Baronin! Aber, ehe wir uns vertiefen in unsern Plan, bitte ich Sie, mir Ihre Kinder vorzustellen — wollen Sie?“

Frau von Ettershaiden kam lächelnd zurück mit einem großen Necessaire und Geräthschaften zum Zeichnen bewaffnet, die sie geschäftig vor sich ausbreitete. Ein Beweis, daß sie nicht unbewandert in der Kunstfertigkeit war, die man von ihr verlangte.

„Meine Kinder soll ich Ihnen vorstellen?“ wiederholte sie zerstreut. „Es thut mir leid Ihnen antworten zu müssen, daß Gott mir das Glück versagt hat Kinder zu besitzen.“

Die Gräfin richtete sich überrascht sehr schnell auf. „Ich hörte doch —“ sagte sie vorsichtig.

„Ja, zwei Pflegetöchter sind in unsere Obhut gekommen. Eine Nichte von mir und eine kleine Bürgerliche räthselhaften Herkommens, die mein Gemahl bevormundet."

„Räthselhaften Herkommens," wiederholte die Gräfin bezeichnend. „Mir flößen dergleichen Räthsel Interesse ein."

Frau von Ettershaiden, beschäftigt mit ihrem Plane zu der verlangten Allegorie, machte eine abwehrende Bewegung. „Hier liegt nichts Romantisches vor!" sprach sie kurz. „Eine Madame Tyrnau, Wittwe und sehr reich, dazu als Katholikin sehr isolirt in Berlin, hatte ihrem Beichtvater aufgetragen, das kleine trotzige Mädchen unter Ettershaidens Schutz zu stellen. Weiter nichts! Bisweilen ist mir freilich der Gedanke gekommen, daß ein gewisser Zusammenhang in dieser zufälligen Vormundschaft liegen könne — die Prinzen unsers königlichen Hauses, vornämlich aber Prinz Louis, liebten die Liaisons mit Bürgermädchen — allein es ist im Laufe der Zeit nichts vorgekommen, was meine Idee hätte bestätigen können. Das ganze Wesen dieses Kindes beweiset eine plebejische Abkunft!"

Ein eigenthümliches Lächeln der Gräfin verrieth, daß sie eine sehr abweichende Schilderung dieses Kindes vernommen hatte. Der Courier, welcher den Marquis d'Etérais angemeldet hatte, gehörte zu den vertrauten Dienern des Königs. Sein Kennerblick war auf Fides gefallen, als sie, ihrer französischen Lesestunde überhoben, in wilder Hast die Freiheit gesucht hatte. Um den König Jerome der ernsten Einwirkung seiner Gemahlin zu entziehen, mußten neue Erscheinungen in der Geselligkeit auftauchen, die ihn zu fesseln vermochten und die Gräfin Ancelot hatte es übernommen, die Fähigkeiten des schönen, wilden Mädchens zu prüfen, welches ihr als ein Wunderwerk deutscher Reize gepriesen worden war. Ein Gegenbesuch bei Frau von Ettershaiden war ganz in der Ordnung. Nur kam es darauf an, daß diesem Besuche gleich von vorn herein eine Bedeutung untergelegt wurde, um die prüden Bedenken der deutschen Edeldame zu ersticken. Triumphirend blickte die schlaue Französin auf Frau von Ettershaiden nieder, die ihrer Arglist unterlegen war. Sie sah sich schon im Besitze eines Mittels, ihren Einfluß auf den König wieder zu befestigen, der flatterhafter, als ein Schmetterling, nur noch durch pikante Schönheiten zu fesseln war. Indem sie der Eitelkeit der deutschen Edeldame Tribut zollte, glaubte sie ohne Schwierigkeit sich der Mitwirkung des schönen Mädchens zu versichern und steuerte nun mit vollen Segeln auf den Hauptzweck ihres Besuches los.

„Die Abkunft des Mädchens thut nichts zur Sache!“ erwiederte sie leichtfertig und vertraulich. „Eine Hauptsache ist ihre Schönheit, Madame.“

Frau von Ettershaiden horchte scharf auf, ließ aber nicht das geringste Zeichen einer gesteigerten Aufmerksamkeit sehen.

„Sie ist schön, nicht wahr, Madame?“ fragte die Gräfin, nachlässig mit ihrem Fächer spielend.

„Sprechen Sie von Fides Tyrnau?“ wendete Frau von Ettershaiden ausdruckslos ein und zeichnete weiter.

„Wohl — ich spreche von der Pflegetochter, die blond und schön ist, wie eine Tochter der Freya! Sie soll eine Rolle in unserm Gemälde übernehmen!“

Frau von Ettershaiden wußte jetzt, woran sie war. Es kostete ihr Mühe, ihre Aufwallung zu unterdrücken, aber sie wurde ihrer Meister.

„Man sagte mir, sie sei Ihre Tochter! Man pries mir ihre auffallende Schönheit! Darf ich dies Mädchen nicht sehen? Mir fehlt es in Kassel an blonden Damen.“

„Und der König schwärmt jetzt für Blondinen,“ warf Frau von Ettershaiden ruhig ein. —

„Wohl — für blonde Mädchen mit feurigen Augen und wallendem Blute. Nur nicht für jene sanften Blondinen mit aschfarbigem Haar und Madonnenaugen!“ Ihre Pflegetochter soll in Wahrheit ein Ideal deutscher Schönheit sein — wollen Sie mir die Freude machen, sie bewundern zu dürfen?“

„Fides ist nicht zu Haus. Sie ist mit meiner Nichte Melitta und mit meinem Gemahle zum Besuche in der

Nachbarschaft," antwortete Frau von Ettershaiden ganz gleichgültig, indem sie ihren Crayon vervollständigte und mit einer hastigen Bewegung vor die Gräfin schob.

„Sehen Sie hier, Frau Gräfin. — Diese Gruppirung haben wir zu jener schönen Zeit, als unsere Königin Luise mit feinem Geiste lebende Bilder ordnete, erprobt. Es sind nur die Costüme zu wählen, um jedes mythologische Gemälde hervorzubringen."

„Ach — vortrefflich!" rief die Gräfin exaltirt, konnte aber ihren Verdruß über Fides' Abwesenheit nicht verbergen, sondern verrieth ihn durch den Zusatz: „Was hilft mir das, wenn ich das schöne, blonde Mädchen, dem Alles dies zur Folie dienen soll, nicht sehen kann!"

„Ich muß dies eben so lebhaft bedauern, wie Sie," entgegnete Frau von Ettershaiden kalt und feierlich, während sie ihr Necessaire wieder ordnete und dann mit der Manier einer Dame aufstand, welche einen Besuch zu beenden wünscht.

Die Gräfin drückte sich aber fester in die Kissen der Ottomane und sagte: „Ich muß sie sehen! Sagen Sie mir, wann Fides zurückkommt! Sagen Sie mir, wohin sie ist!"

Frau von Ettershaiden wechselte die Farbe. Sie überlegte rasch das dafür und das dawider.

Wenn ihr Gatte diese Dame in seinem Hause begrüßen mußte, so war der Bruch vollständig. Sie wollte aber nicht mit ihm brechen! Die Erfahrungen der letzten Stunde hatten etwas in ihr wach geschrieen, was dem fernern Verkehr mit dieser Gräfin Ancelot sehr ungünstig war. Der Stolz auf ihre Geburt und der Hochmuth ihrer Seele verband sich mit einem tiefen Abscheu vor jeder Gemeinheit. Zwar hatte der Durst nach geselliger Auszeichnung ihren Verstand oft schon zu umschleiern gewußt und sie, so zu sagen, zu unedlen Künsten erniedrigt, aber ihr Stolz hob noch immer die Klugheit zur rechten Zeit aus der Verdüsterung empor und brachte ihre Vernunft zur Herrschaft. Eingedenk der Voreiligkeit, womit sie diesen Gegenbesuch herbeigeführt hatte, beschloß sie einen klugen, ganz unbemerkten Rückzug vorzubereiten und antwortete deshalb ziemlich verbindlich und halb scherzhaft:

„Wie leid thut mir's, Ihre Fragen nicht beantworten zu können, liebe Gräfin! Fides ist der erklärte Liebling meines Gemahles und erfreuet sich seines besondern Schutzes. Ich bin seit einiger Zeit mit der jungen Person zerfallen, weil sie sich trotzig geweigert mir französisch vorlesen zu wollen. Man ignorirt mich jetzt im Schlosse! Ich huldige der französischen Politik, ich bekenne mich zu denselben Principien, wie der Welteroberer Napoleon, der die Gunst des Zufalles als eine Vorsehung Gottes betrachtet und seine persönlichen Begierden damit verknüpft. Zufolge dieser Meinungsverschiedenheit meidet man mich!"

„Aber mein Gott, wie kann man jetzt noch anderer Meinung sein, als der Mann, der in kurzem die ganze Welt unter seinem Scepter haben wird!" unterbrach die Gräfin sie mit naivem Patriotismus.

Frau von Ettershaiden zuckte mitleidig die Schultern. „Der Deutsche ist schwerfällig und pedantisch!" sagte sie.

„Giebt's denn noch viele Deutsche im Lande?" fragte die Gräfin mit liebenswürdiger Anmaßung und Unwissenheit.

„Nun —" antwortete Frau von Ettershaiden bedeutungsvoll, „in Kassel mögen die Leute denken, daß es nicht viel Deutsche giebt, die sich gegen den französischen Scepter erheben möchten, aber Sie befinden sich hier auf preußischem Grund und Boden, wo man den Haß so weit treibt, daß man die französische Sprache sogar verpönt hat."

Diese List schlug an. Die Gräfin, wie von Furcht emporgeschnellt, erhob sich eiligst.

„Sie sind preußisch?!" schrie sie entsetzt und trat einen Schritt von ihr zurück.

„Ich nicht, aber mein Gemahl ist sehr preußisch gesinnt!" war die ruhige Antwort der Frau von Ettershaiden. „Er zürnt jetzt ernstlich mit mir und hält seine

Pflegetöchter geflissentlich fern von mir. Doch wird sich das ändern und dann steht unsern Wünschen nichts im Wege. Fides ist durch Schmeicheleien zu gewinnen — alles Andere findet sich!"

„Aber das ist ja entsetzlich, daß uns Preußen so nahe liegt!" rief die Gräfin im vollsten Unmuthe. „Warum duldet Napoleon das, da er doch die Preußen so glühend haßt und sie so fürchterlich verachtet? Warum verjagt Jerome, der den Preußen auch abhold ist, die Preußen nicht von seinen Gränzen? Es ist empörend, seinen erbitterten Feinden so nahe zu sein, daß man ihnen auf der Landstraße begegnen kann!"

„Das ist allerdings empörend," antwortete Frau von Ettershaiden mit klaren, festen Blicken und mit einer merklichen Beimischung von Spott. „Nur liegt in diesem Falle die Schuld nicht an dem Preußen, sondern am Franzosen, Frau Gräfin, denn ich glaube behaupten zu können, daß den Preußen die Nähe eines französischen Reiches eben so zuwider ist, wie Ihnen meine Landsleute. Doch — das findet sich!"

„Wohl! Das wird und muß sich ändern, Madame!" rief die Gräfin prahlerisch. „Ich werde Jerome von der Gefahr unterrichten, der ich mich, seinetwegen, ausgesetzt habe."

„Thun Sie das! Vielleicht verändert Se. Majestät die Gränzlinie um Ihretwillen," antwortete Frau von Ettershaiden mit leichtem Lachen.

„Eher werde ich Sie nicht wieder besuchen, Madame!" sprach die Gräfin anmaßend. „Ich erwarte Sie bald in Kassel zu sehen, doch nicht ohne Ihre reizende Pflegetochter! Ich will die Kleine kennen lernen — vergessen Sie das nicht!"

Frau von Ettershaiden neigte sich stumm. Als sie sich endlich allein sah, warf sie sich in einem Anfalle tiefer, leidenschaftlicher Bewegung auf die Ottomane nieder und verhüllte das Gesicht mit beiden Händen.

Ob sie sich reuig zu Gott wendete und ihn anflehete, mit den Strahlen göttlicher Liebe ihr irrendes Herz zu läutern, damit sie veredelt aus dieser Demüthigung hervorgehe?

Nein! Es waren nur dunkle, verworrene Vorstellungen, die ihre Seele bedrückten und ihren Geist ängstigten. Die Macht sich aufzuraffen und den richtigen Weg zur Ausgleichung aller eingerissenen Mißverhältnisse aufzusuchen, fehlte ihr noch. Sie hatte durch eine lange Reihe von Jahren nur den Vorstellungen ihrer krankhaft aufgeregten Einbildungskraft gelebt und sich nie dem Nachdenken über jene Dinge hingegeben, die Gott näher führen, wie hätte sie jetzt gleich einen Weg zum Troste und zur Erhebung finden können, den sie nie betreten hatte, der ihr ganz unbekannt war. Sie fühlte sich zur Buße verdammt, ohne die Reue zu kennen. Sie fühlte sich gedemüthigt, ohne ihre Schuld zu begreifen.

Der Ursprung ihrer Fehler lag in der frühesten Jugendzeit. Diese Fehler waren durch falsche Begriffe genährt und durch den Stolz des Selbstbewußtseins gehärtet.

Die Liebe, das heißt, eine echte, wahre, zärtliche Liebe, hätte diese Fehler zerstören können, aber sie opferte bereitwillig die Seligkeit des Herzens ihrer Eitelkeit und rang um den Besitz eines Mannes, der ihr einen Platz in der Gesellschaft anbieten konnte.

Dachte sie nicht in diesem schweren Momente einer peinlichen Selbsterkenntniß an jene arme Gattin, die zu früh verblüht und geistig dem Gatten nicht ebenbürtig, ihrer Eitelkeit weichen mußte?

Nein! Sie erkannte kein Unrecht in dem Streite um den Besitz eines Mannes. Die laxen Grundsätze der Zeit wurden von oben herab dem Volke eingeimpft. Man verlachte die Heiligkeit der Ehe, seitdem Preußens Herrscher außer einer rechtmäßigen Gattin noch eine Frau an linker Hand und eine öffentlich anerkannte Geliebte, aus dem gemeinen Volke stammend, hatte. Wie sollte diese Dame, die in der Hofluft groß geworden war, eine Sünde darin sehen, daß ein kräftiger, schöner Mann sich von seiner Gattin lossagte und sie, die blühende, schöne Jungfrau, mit heißer Leidenschaft in die Rechte einer zu alt und unansehnlich gewordenen Frau einsetzte? Sie fand das ganz in der Ordnung und würde erstaunt gewesen sein, wenn man sie deshalb hätte tadeln wollen.

Allein so wenig bußfertig Frau von Ettershaiden auch war, das Licht der Erkenntniß, welches ihr den faulen Fleck im Hofleben des Königs von Westphalen erhellt hatte, wirkte mächtig in ihrem, von Selbstsucht umdunkelten Dasein. Sie durchschauete den fluchwürdigen Eifer, womit man die Sinne des schwachen, gutmüthigen Königs beschäftigte, um freies Spiel zu haben und das Elend der Zukunft trat dadurch in festen Umrissen vor ihre Seele.

VII. Capitel.

In der alten Burg.

Den ersten warmen, frühlingsfrischen Maitagen waren trübe regnerische Wochen gefolgt, worin Alles vernichtet worden war, was geblühet hatte. Aber die schöpferische Kraft der Natur regte sich mächtiger noch als zuvor nach diesen Regentagen und ehe der menschliche Unmuth über die ewigen Regenwolken verflogen war, duftete, grünte und blühete es im Wald, Garten und Flur, zur Freude aller irdischen Geschöpfe.

Melitta und Fides, nie zum Stubensitzen geneigt, flogen wie zwei Waldtauben an dem ersten heitern Morgen hinaus und eilten die Pappelallee entlang, dem Hause des Förster Lukas zu, der stets die schönsten Blumen hatte. Die Aurikeln waren freilich längst verblühet, aber dafür gab es Schneebälle, Pfingstrosen, Stiefmütterchen und Violen in Menge und die beiden flüchtigen Mädchen wollten einen Strauß haben für die Blumenvasen des lieben Herrn Onkels.

O, wie hatte sich Alles verändert in so wenigen Wochen. Fides pries es wenigstens mit voller, ungeschmälerter Freude, doch Melitta sah ernster aus, als sonst, wenn sie auch innerlich des freieren Lebens sich freute.

Melitta hatte Grund zu klagen. Seit jenem Tage, wo der Besuch des Marquis d'Etérais Oswald von Wangera verjagt hatte, war er noch nicht wieder in Ettershaiden gewesen. Die Entbehrung klärte sie über den Zustand ihres Herzens auf, weckte aber zugleich den festen Willen in ihr, allen Hoffnungen zu entsagen, die sie unbewußt in sich genährt hatte. Sie gab sich keine Mühe ihn zu vergessen — das zu bewerkstelligen überließ sie der Zeit — aber sie gab sich Mühe ihre stille Sehnsucht und die bittere Täuschung ihres Herzens zu verstecken. Selbst Fides wurde von ihrer Ruhe getäuscht und übersah die stille Wehmuth, welche in Melitta's sanften Augen nistete.

Fröhlich plaudernd näherten sie sich der alten Burg und wollten eben in den Fußpfad einbiegen, der nach der Brücke des Baches führte, welchen sie passiren mußten, ehe sie zum Försterhause gelangten, als Fides stehen blieb und überrascht das ganze Terrain um die Burg überschaute.

„Sieh doch, Melitta!“ sagte sie, rundum deutend, „ist es nicht, als hätten die Waldgeister hier gehauset und Ordnung gemacht? Wo sind die mächtigen abscheulichen Nesseln hingekommen? Wer hat das Gras so schön geschoren? Wer ordnete die wilden Sträucher so geschmackvoll, daß sie aussehen, wie Ziergewächse?"

Melitta folgte den Andeutungen, die Fides gab, und mußte zugestehen, daß die Veränderung allerdings zauberhaft sei.

„Die alten Mauern sind vom Regen rein gewaschen," fuhr Fides mit gleichem Eifer fort. Ob es vielleicht wahr ist, daß der feine Hofcavalier hieher flüchten will, um philosophische Betrachtungen über den Wechsel des Lebens anzustellen?"

„Du meinst den Marquis d'Etérais?" fragte Melitta. „Allerdings, der will hieher flüchten, wie Du es nennst. Meine Tante sprach davon, daß dem Könige von Westphalen das Recht von der preußischen Regierung zuerkannt ist, über die Burg frei und unbeschränkt verfügen zu können. Der König Jerome hat sie darauf in aller Form dem Marquis geschenkt."

Während dieses Gespräches wenn sie der Burg ganz nahe gekommen und schritten an der Mauer entlang, die das Gebäude umgab. Sie mußten an dem Thorwege vorüber. Zu ihrem Erstaunen führte eine frische Wagenspur in diesen längst geschlossenen Eingang, die sich so scharf in dem vom Regen aufgeweichten Boden abzeichnete, daß man sie bis zum Walde verfolgen konnte. Von dort mußte also der Wagen gekommen sein.

Melitta setzte ihren Weg nach einer kurzen Betrachtung fort, Fides blieb jedoch stehen und untersuchte schüchtern die Thorflügel, die nachlässig angelehnt schienen. Richtig, das Thor war nicht wieder geschlossen und öffnete sich bereitwillig unter der leisen Berührung des jungen, neugierigen Mädchens.

„Melitta!“ rief sie erfreut. „Melitta die Burg ist offen! Bitte, laß uns hinein gehen. Ich brenne vor Neugier, das Innere derselben kennen zu lernen.“

Melitta wendete sich zu ihr herum und deutete mit leichtem Kopfschütteln an, daß sie nicht Lust habe, dieser Aufforderung Folge zu leisten.

„O, Melitta — nur hineinsehen wollen wir! Nur den Hof betrachten, der durch die hohen Pappeln, die über der Mauer hervorragen, reizend sein muß.“

„Nein! Nein! Komm! Unser unbefugtes Eintreten könnte uns in Unannehmlichkeiten stürzen. Komm, Fides!“ Sie schritt eiliger weiter, in der Voraussetzung, daß Fides nun unverweilt folgen werde. Diese beharrte indessen eigenwillig auf ihren Vorsatz und schob mit kräftigerem Drucke die schweren Thore zurück, nochmals den Namen ihrer Freundin rufend. Als sie den Eingang weit genug geöffnet hatte, um hineinblicken zu können, fand sie sich zu ihrem Schrecken plötzlich Aug' im Auge mit einem Manne, der lächelnd zu ihr niederblickte und mit artiger Bereitwilligkeit den Thorflügel ganz zurück warf. Es war der Marquis d'Etérais, der im Hofe gestanden hatte, als die Neugier der jungen Damen sie zu Aeußerungen verleitete, die seine Aufmerksamkeit weckten.

Erschrocken, als sähe sie einen Geist der Vorzeit, starrte Fides den jungen Mann eine Secunde lang an, dann wählte sie den kürzesten und sichersten Weg sich aus dieser Verlegenheit zu retten. Sie lief eiligst ihrer Freundin nach und erzählte mit muthwilligem Flüstern, was geschehen sei.

Der Marquis blickte den jungen Damen sinnend nach. „Melitta!" flüsterte er vor sich hin. „Melitta? Wo habe ich diesen Namen schon gehört. Melitta? Ein lieblicher Name! Wie ein Klang aus fernem Lande und doch so heimathlich bekannt!"

Sein Auge verfolgte die beiden jugendlichen Gestalten, bis sie in dem Hause des Försters verschwanden, das kaum tausend Schritte von der Burgmauer entfernt lag. Wie ein Zauber lag es auf dem Marquis, der in die leere Luft hineinstarrte, als sähe er Lichtgestalten aus dem Dunkel vergangener Zeiten auftauchen. Mit dem Namen Melitta schien seine Seele von einem Traume erlöst zu sein. Gleich einem Verhängnisse trat dieser Name wieder vor seine Phantasie, als sie müde des wirren Weltlebens, sich in einer Einsamkeit ausruhen und erfrischen wollte.

Er durfte dieser Mahnung seines Geschickes nicht widerstreben. Es zog ihn den Mädchengestalten nach mit einer Wallung, wie er sie noch nicht gekannt hatte. Zur Neugier war diese innere Regung zu überwältigend und doch nannte er sie nur Neugier, die ihn trieb dem Wesen nachzuforschen, das Melitta hieß!

Rasch wendete er sich in den Hof zurück, wo ein hübscher Reisewagen angespannt stand und der Diener, seines Einsteigens gewärtig, den Schlag geöffnet hielt.

„Gieb mir die Schlüssel, Gerhard," sagte er zu dem Diener und nahm sie ihm aus der Hand. „Fahrt langsam nach jener Gartenhecke hinauf — ich will dem Förster die Schlüssel selbst bringen und ihn von meinen weitern Anordnungen in Kenntniß setzen!" „Das Thor kann offen bleiben," fügte er zurückblickend hinzu und ging sehr langsam und gedankenvoll denselben Fußpfad entlang, den die beiden jungen Damen kurz vor ihm durchschritten hatten. Noch rang sein Geist mit den unbestimmten Bildern, die sich schwankend vor demselben hin und her bewegten. Aber ehe er die Schwelle des kleinen, hübschen Försterhauses erreichte, klärte sich die Nebelhülle und wie ein Blitz durchspaltete eine Erinnerung die dichten Wolken, die ihn umwogten.

Melitta und Fides waren unterdessen schon nach

dem Garten des Försters geeilt, der sich bis zur Burgmauer heranzog. Sie fanden den alten Mann beschäftigt Rosenstöcke anzubinden und wurden von ihm mit lauter, herzlicher Freude begrüßt. Besonders Fides schien ihm eine liebe und vertraute Besucherin, denn er führte sie sogleich zu einem Blumenbeete, während Melitta sich auf der Bank einer schattigen Laube niederließ und schwermüthig über den niedrigen Gartenzaun in die Pappelallee hineinschauete, die nach Wangerode hinabging.

Bald gesellte sich Fides ihr wieder zu und erzählte lebhaft, daß sie so eben vom Förster erfahren habe; der Marquis sei in der Burg.

„Ob er das war?“ fragte sie begierig, ohne zu bedenken, daß Melitta dies eben so wenig wissen könne, wie sie. „Der Förster sagt, es sei ein seltsames Ding mit diesem Marquis,“ sprach sie rasch weiter. „Der Förster meint, dieser Marquis sei schon früher in der alten Burg gewesen, denn er kenne jeden Winkel darin. Nicht wahr, alter Lukas?“ fragte sie den Näherkommenden, der sich Mühe gab, ein recht schönes Bouquet Blumen zusammen zu suchen. Er blieb vor der Laube stehen und antwortete augenblicklich:

„Ja wohl, Mademoiselle Fides!“

„Woraus schließt Ihr denn, daß der Marquis jeden Winkel kennt?“ fragte Melitta lächelnd, denn sie kannte des alten Försters Manier den Geheimnißvollen zu spielen. „Ei, wer ohne Weiteres auf die verborgene Thür des sogenannten Prinzeßzimmers losgeht und auf die Feder drückt, ohne fehl zu greifen, der muß wohl diese Thür mit dem sonderbaren Schlosse schon oft geöffnet haben. Ich selbst, der ich jahrelang als Diener in der Burg gelebt habe, muß immer erst nach dem Knopfe suchen, der eben so aussieht, wie die andern Goldnägel der Thür."

„Ich möchte die Burg doch gar zu gern einmal besehen," sagte Fides.

„Das wäre leicht zu machen, Mademoiselle Fides," antwortete der Förster schnell.

Fides faßte vertraulich seine Hand und sah ihn schmeichelnd an. „Der Marquis wird sehr bald wieder fortfahren. Sein Diener sagte mir, er wolle nur einige Anordnungen treffen. Wenn er die Burg verlassen hat, führe ich mit gnädigster Erlaubniß die Damen hinüber. Es sieht schon ganz hübsch d'rinnen aus. Seit mehreren Tagen ist drinnen gearbeitet. Gestern sind die Maurer fertig geworden.

„Ah so! Siehst Du, Melitta — deshalb sah die alte Mauer auch aus, als wäre sie gewaschen. Sie ist reparirt, nicht wahr?"

Ein Geräusch im Hause lenkte des Försters Aufmerksamkeit dorthin. Sein Hund schlug an. Gleich darauf knarrte die Pforte und eine Männergestalt wurde zwischen den Bäumen sichtbar.

„Der Marquis!“ flüsterte der Förster und ging ihm ehrerbietig entgegen. Die beiden jungen Mädchen errötheten und wechselten einen Blick, der von der einen Seite vorwurfsvoll, von der andern aber höchst schelmisch ausfiel. In Fides regte sich zum ersten Male das Wohlgefallen an der Huldigung des Mannes, denn sie nahm fälschlich an, daß der Marquis von ihrer Erscheinung überrascht, ihr gefolgt sei. Melitta vergaß jedoch nicht einen Moment, was sie ihrer Geburt schuldig war und sie erblickte in dem hübschen jungen Manne nur den leichtfertigen Franzosen, welcher die Gelegenheit wahrzunehmen trachtete, zwei unbekannte Damen mit seiner Liebenswürdigkeit zu behelligen. Nach diesen Reflexionen fielen die Begrüßungen aus. Melitta neigte sich anstandsvoll, wie eine Dame bei der Hofcour — Fides nickte leicht mit dem Kopfe und zog sich verlegen ein wenig hinter Melitta zurück. Der Marquis aber entsprach keineswegs den vorgefaßten Meinungen, womit er empfangen wurde. Mit dem ruhigsten Anstande näherte er sich den jungen Mädchen und sagte rasch:

„Ich habe sicherlich die Ehre, in Ihnen die Verwandten des Herrn Oberhofjägermeister von Ettershaiden zu begrüßen und da ich von Einer der Damen den Wunsch aussprechen hörte, die Burg besichtigen zu können, so erlaube ich mir, mich zu Ihrem Führer anzubieten. Ich kenne vielleicht besser, als irgend Jemand — diesen würdigen Förster ausgenommen — die interessanten Localitäten. Ziehen Sie es aber vor, meine Gesellschaft abzulehnen, so biete ich Ihnen hiermit die betreffenden Schlüssel zu meinem neuen Eigenthume," setzte er ernster hinzu, als er einem stolzen und kalten Lächeln Melitta's begegnete.

„O, Melitta —" flüsterte Fides bittend und schlang ihre Arme um den Nacken der Freundin. Die junge Dame, voller Standesvorurtheile, wie ihre Tante, wenn es eine äußerliche Stellung zu behaupten galt, dachte einen Augenblick nach. Fides bat — wie hätte sie widerstehen können und schlimmsten Falles übernahm sie mit ihrer Nachgiebigkeit nur eine Verantwortung gegen ihren Onkel, der sich in seinen Gesprächen stets wohlwollend über diesen Fremdling geäußert hatte. Der Marquis war durch die Besitznahme der alten Burg in eine gewisse Beziehung zur Familie Ettershaiden getreten und wenn sie des Anstandes halber den Förster zur Begleitung mit nahm, so waren alle Regeln beobachtet, die zu beobachten ihre strenge und förmliche Erziehung sie gelehrt hatte.

Melitta winkte dem Förster und stand bereitwillig auf, um der Einladung des Marquis ohne große Complimente zu folgen. Fides triumphirte, mäßigte jedoch ihre Freudenbezeigungen und schritt schweigend neben Melitta her, die sich mit dem Marquis in ein Gespräch einließ. Sie erreichten bald die Burg. Unter den Schauern einer kleinen Herzensbeklommenheit betrat Fides den Hof, der sich dunkel wie ein Grabgewölbe erwies, weil die Pappeln, von keiner Menschenhand beschränkt, sich nach allen Seiten, von der Wurzel bis zum Wipfel, belaubt hatten. Ein grüner Moorschleim überzog den mit Fliesen gepflasterten Hof, von dem erst jetzt das Laub entfernt war, welches seit einem Jahrzehnt hier gemodert hatte.

„O die Bäume sind schrecklich," flüsterte Fides ihrer Freundin zu, „und von außen gesehen bilden sie einen Schmuck des Gebäudes!"

„So ist es oft im Leben, mein Fräulein," sagte der Marquis. „Was äußerlich als ein Vorzug erscheint, ist die Qual des Menschen! Die Bäume sollen mir als Beispiel dienen, mein inneres Sein so zu modeln, daß es in Harmonie mit allen Aeußerlichkeiten steht. Wenn Sie eines Tages diese hohen, schlanken Pappeln als einen Schmuck des Hofes betrachten müssen, so denken Sie an meine Worte." Fides lächelte etwas schüchtern. Sie glaubte der Tadel habe den Marquis verletzt.

Der Hof der Burg bildete ein unregelmäßiges Viereck. Von drei Seiten war er mit Gebäuden besetzt, die vierte Seite bildete die dicke Mauer, welche dem Walde zugewendet lag. Hier zeigten sich Spuren vom Versuche eine Pforte einzubrechen. Man hatte aber von dem Vorsatze abstehen müssen, weil das Gestein zusammen zu stürzen drohte.

„Ich wollte mir einen directen Weg zum Walde erzwingen," sagte der Marquis, leicht lächelnd auf diese Stelle deutend. „Aber es geht nicht Alles, was man will."

„Benutzen Sie doch die zugemauerte Pforte in des Försters Garten," rief Fides vorschnell. Der Marquis, eben im Begriff die steinerne Freitreppe zum Wohngebäude empor zu steigen, stand betroffen still. „Eine Pforte —? Wo ist die zu finden? Ha — ich erinnere mich! Neben dem großen Eßzimmer ist ein schmaler dunkler Gang — ich habe nicht begreifen können, wozu dieser Gang gedient haben könne — er führt jedenfalls zur Pforte, die man der Sicherheit wegen vermauert hat."

„Allerdings, gnädiger Herr," berichtigte der Förster, „Mademoiselle Fides fand neulich, als sie Epheu pflückte, die Spuren der frischeren Mauer und meinte, dort seien wohl die Ritterfräulein eingemauert!"

Der Marquis lachte über die Phantasiegemälde des jungen Mädchens, blickte aber fragend und verwundert zum Förster auf, weil ihm auffiel, daß er die Dame als „Mademoiselle" aufführte. Ich freue mich, durch diesen Zufall zur Entdeckung eines Ausganges gekommen zu sein, der meine Bequemlichkeit wesentlich erhöht, sagte er artig, aber merklich ceremoniöser, als bisher, denn er mußte annehmen, Fides bekleide eine untergeordnete Stelle im Hause des ehemaligen Oberlandjägermeisters. Er ging dann rasch voraus und öffnete die schwere Eisenthür, welche den gewölbten Eingang zum Hause verschloß. Ein hoher, unregelmäßiger Vorflur, der nur ein spärliches Licht durch einige kleine Fenster empfing, breitete sich vor ihren Augen aus. Trotz der unsichern Beleuchtung machte dieser Flur einen freundlichen Eindruck. Die weißen Estrichwände, die gleich dem Estrichfußboden, schon gesäubert und neu gestrichen waren, warfen den matten Lichtschimmer zurück und hoben ihn gleichsam bis zu einem gedämpften Glanze. Die dunkeln, reichgeschmückten Thüren und Treppengeländer traten grell hervor gegen die weißen Wölbungen und gaben denselben ein würdig vornehmes Ansehen.

Der Marquis warf eine der Flügelthüren auf. „Dies ist das besterhaltene Zimmer“, sagte er lebhaft, „ich zeige es Ihnen zuerst, um Sie für mein Besitzthum einzunehmen.“ Melitta und Fides waren sichtlich überrascht. „Ich begreife nicht, warum man dieses Gebäude unbenutzt gelassen hat!“ rief die Erstere in ihrer Ueberraschung aus und eilte den großen Bogenfenstern zu, die zwei schöne, gothisch gewölbte Nischen bildeten. Das ganze Zimmer war leer. Nur hier standen Sessel, welche eigens zu den Fensterwölbungen gemacht schienen. Runde Nischen mit Marmorplatten vollendeten dies Ameublement.

Melitta trat an's Fenster. Der Marquis folgte ihr. Fides blieb ein wenig zurück und betrachtete die reichen Tapeten, welche zwar etwas verstaubt, aber sonst noch gut erhalten waren.

„Sehen Sie die prächtige Aussicht, mein gnädiges Fräulein," sprach der Marquis, indem er auf das wirklich reiche und abwechselnde Panorama deutete.

„Mein Gott, Fides," antwortete Melitta, seine Rede mit diesem Ausrufe von sich ablenkend. „Ist das nicht Wangeroda? Wie kommt Wangeroda hieher? Wie ist es möglich, daß man Wangeroda hier sehen kann? Sieh doch, Fides, der Teich mit seinen Pappeln — sieh' doch! Irre ich mich oder ist's Wangeroda?"

„Es ist Wangeroda," versetzte der Marquis. „Ich unterlag durch dies Spiel der Natur der Täuschung, Wangeroda müsse der Burg sehr nahe sein. Aber bei einiger Aufmerksamkeit findet man, daß die wellenförmige Landschaft hier gerade einen bogenförmigen Einschnitt erhalten hat, welcher vielleicht ursprünglich ganz mit Wasser ausgefüllt gewesen ist. Der Erbauer der

Burg hat einen guten Geschmack bewiesen, die Front derselben diesem Einschnitte zuzuwenden. Es macht einen überraschenden Eindruck, plötzlich so weit in's Land hineinsehen zu können."

„Die Anlage der Burg wird einem Raubritter zugeschrieben," erklärte Melitta lächelnd. „Vielleicht scheitert hieran Ihre gute Meinung vom romantischen Geschmacke der Ettershaiden."

„Gefällt es Ihnen daran zu zweifeln, so folge ich Ihrem Beispiele sehr willig," entgegnete der Marquis scherzend, indem er dem hübschen Mädchen ausdrucksvoll in's Auge blickte. Sie erwiederte nichts auf seinen Scherz und senkte ihren Blick mit einer Ruhe, die ein Zeugniß ihres unbewegten Innern gab. Aber befremdet war sie von diesem forschenden Blicke, der nichts von fader Huldigung verrieth, sondern einem tiefen, vergleichenden Schauen ähnlich sah. Ehe sie mit sich einig wurde, was sie darüber denken solle, begann der Marquis sehr beeilt und rückhaltslos: „Sie erlauben mir eine unbescheidene Frage, mein gnädiges Fräulein. Sind Sie jemals in Potsdam gewesen? Das heißt, vor längerer Zeit, vielleicht vor sieben Jahren? Haben Sie vielleicht dort sich aufgehalten?"

Melitta blickte sinnend vor sich hin. Fides schlich ihr unbemerkt näher und betrachtete den fremden Mann, der sich durch diese Frage in ihren Ideenkreis einbürgerte, mit größerer Aufmerksamkeit als bisher. Er gefiel ihr außerordentlich. Sein dunkles, strahlendes Augenpaar mit einem Ausdrucke auf Melitta geheftet, woraus das tiefste Interesse leuchtete, ein sanftes, gewinnendes Lächeln um den Mund, sein ganzes Aussehen denkend, klug und doch so unendlich gütig, — wahrlich, Fides gestand es sich willig ein, sie hatte noch nie einen Mann gesehen, der ihr so überaus wohl gefallen hatte, wie dieser französische Marquis, der so vortrefflich deutsch sprach. Aufmerksam geworden, lauschte sie nun auf jedes Wort, das er sprach, ohne im Anfange die Wichtigkeit dieses Gespräches zu erkennen.

Melitta hatte lange nachgesonnen, ehe sie antwortete: „Ich weiß es nicht genau zu sagen, ob ich mich dort längere Zeit verweilt habe, mein Herr, aber durchgereist bin ich mehrmals und wahrscheinlich auch zu jener Zeit, die Sie andeuten."

„Es wäre ein wunderbarer, fabelhafter Zufall, wenn ich das Vergnügen hätte, in Ihnen eine frühere Bekannte begrüßen zu können — zwar eine Bekannte von nur wenigen Minuten, aber immerhin eine so interessante Erinnerung, daß ich es mir nicht versagen konnte, Sie deshalb im Försterhause aufzusuchen!"

Fides, im Nu von dem Wahne curirt, der schöne Fremde sei ihr nachgefolgt, blickte mit komischem Zorne in sein lebhaft bewegtes Antlitz und warf trotzig die rosigen Lippen auf. Melitta jedoch lächelte huldvoll und schaute gespannt zu ihm auf.

„Sie erlauben mir eine zweite Frage, die mich näher zum Ziele führen kann. Sind Sie in der Garnisonkirche gewesen zur Zeit, als der Kaiser von Rußland zum Besuche derselben nach Potsdam gekommen war?“

„Nein!“ erklärte Melitta fest. „Ich bin niemals in dieser Kirche gewesen —.“

Fides öffnete die Augen groß und weit, als wolle sie eines dunkeln Gegenstandes ansichtig werden.

„Es ist doch die Kirche, welche das großartige Glockenspiel hat?“ setzte Melitta fragend hinzu.

„Ganz dieselbe, mein gnädiges Fräulein,“ antwortete der Marquis mit dem Anfluge eines leichten Mißbehagens. „Die Gruft Friedrich des Großen lockt viele Menschen zum Besuche — sollten Sie nicht damals, als der russische Kaiser einen Treubund mit dem Könige von Preußen am Sarge des großen Friedrich beschwor — sollten Sie nicht bei dieser Gelegenheit in die Kirche gegangen sein?“

„Nein!“ sagte Melitta unverändert sanft und ruhig, während es in dem Gesichte der jungen Fides seltsam zuckte und ein schneller Farbenwechsel ihre innere Aufregung nur allzudeutlich kund gab. Es achtete ihrer nur Niemand. Sie zog sich leise und unbemerkt wieder von dem Stuhle Melitta's zurück, lehnte sich seitwärts an einen andern Sessel, schattete die Augen mit der Hand und blickte träumerisch befangen den Marquis unverwandt an.

„Darf ich mir nun die Frage gestatten, was Sie zu dieser Forschung veranlaßt, Herr Marquis?" sprach Melitta nach kurzem Schweigen.

„Ihr Name — der Name ‚Melitta,‘ erwiederte der junge Mann etwas erzwungen heiter.

„O, es giebt ja der ‚Melitta‘ wohl mehrere," scherzte Melitta, der es nicht entging, daß der Marquis durch seine falsche Voraussetzung verleitet, eine Annäherung an sie versucht hatte, die ihn jetzt drückte. „Aber freilich der Name ist selten genug, um anzunehmen, daß ich die Melitta gewesen sein könne, die Sie damals kennen gelernt haben. Ich zählte aber vor sieben Jahren schon eilf Jahre, mithin befand ich mich in einem Alter, wo die Eindrücke schon fester haften, und ich kann deshalb mit Bestimmtheit versichern, daß ich niemals die Garnisonkirche in Potsdam betreten habe.

Sie hätte an diese Erklärung sehr gern eine weitere Forschung geknüpft, wozu sie eine brennende Neugier trieb, allein sie gestattete sich keine Frage, sondern wartete, bis der Marquis unaufgefordert von Neuem begann:

„Es war ein kleines, reizendes Abenteuer — einer jener Zufälle im Leben, die man späterhin für einen Traum zu halten geneigt ist. — Ich fand eine kleine Melitta schlafend in der Kirche, kurz vor dem Einbruche der Nacht — allerdings stimmt das Alter dieser Kleinen nicht mit dem überein, was Sie mir angaben — dies Kind war höchstens acht Jahr, vielleicht noch weniger, denn es war überaus zart und klein von Körper. —"

Fides hatte bis dahin unbeweglich gesessen und, auf's Aeußerste gespannt, der Erzählung gehorcht. Jetzt erzitterte sie, als würde sie vom Fieber geschüttelt, denn der junge Mann sagte lachend: „Aber sie zeigte Muth, die kleine Dame — sie wollte die Königin und den König sehen — es war ein reizendes Begegniß — ich hatte es längst vergessen — nur Ihr Name, der Name Melitta weckte die begrabene Erinnerung wieder auf und das Kind steht in erschreckender Klarheit vor meinem Geiste!"

Ein Strahl der Erkenntniß fuhr durch das Herz der armen, kleinen Fides, die ganz unbeachtet neben ihrer Pflegeschwester saß, als diese mit stolzem Lächeln die Möglichkeit einer solchen Begebenheit weit von sich wies, da sie in ihrer Jugend nie einen Schritt ohne ihre Bonne oder einen Bedienten des Hauses habe gehen dürfen.

Das Gespräch war hiermit zum Schluß gekommen und man brach auf, um noch flüchtig alle sehenswerthen Räume zu durchschreiten. Dann verabschiedete sich der Marquis. Die jungen Damen verfügten sich wieder nach dem Hause des Försters.

Bei dem flüchtigen, leichtsinnigen Wesen, welches Fides von ihren Kinderjahren übrig behalten hatte, konnte es Melitta nicht auffallen, daß sie ihr pfeilschnell vorauslief und in den Garten hinein stürmte. Es war ihre Manier, Alles übereilt hastig zu thun, wenn es auch mit Gelassenheit und Ruhe eben so schnell zu bewerkstelligen gewesen wäre.

Melitta konnte also nicht ahnen, daß Fides von einem Entschlusse vorwärts getrieben wurde, wie ihn die Aufregung eingiebt;- von einem Entschlusse, den sie bei sorgfältiger Ueberlegung verworfen hätte. Gleich einem Vogel durchflog sie den Garten und stürmte der Laube zu, wo sie vorhin gesessen. Dort war die Einhegung des Gartens von dem kunstsinnigen Förster zu einem Bogen gezogen. Dort konnte man den Wald überblicken und die Landstraße, welche in den Wald hineinführte, ging dicht an dem Laubgewölbe vorüber.

Es währte auch nicht eine Minute, so brauste die Equipage des Marquis heran. Der junge Mann lehnte nachdenklich im Fond des Wagens. Er hatte sich einen kurzen Moment von romantischen Einfällen regieren lassen, die er jetzt schon zu belächeln begann.

Stürmischen Empfindungen von jeher abhold, suchte er, trotz aller Versuchungen, seines Lebens Heil nicht im Umgange mit Frauen. Im Gegentheil, er mied sie, weil er sich consequent in seinem Lebenswege erhalten wollte, was unter der Einwirkung weiblichen Einflusses nach seiner Meinung gar nicht möglich war. Zudem hatte er in der Sphäre, worin er lebte, die Frauen verachten gelernt. Ihr edler Beruf ging dort in dem niedrigen Treiben einer Genußsucht verloren, wie sie nur die Entartung der Seele hervorrufen kann. Seine Vernunft, als Wächterin aller seiner Handlungen, hatte die Wallungen des Herzens fast unmöglich gemacht, indem sie ihm eine Bahn vorgezeichnet, die ihn den Kreisen, wo edle weibliche Anmuth zur Geltung kam, vollständig entfremdete.

Wie ein Strahl aus fernen Höhen war ihm daher ein längst verklungener Name erschienen und willenlos hatte er der Macht seiner aufgeschreckten Phantasie Gehorsam geleistet, als sie sich zum ersten Male als Herrschergewalt beweisen wollte.

Das Bild erlosch aber eben so schnell, wie es in ihm erstanden war, als er sich eines Irrthumes bewußt wurde. Sein Geist schon wieder ernüchtert, verlor sich in prosaischen Zusammenstellungen politischer Gegenstände, während er noch im Bereiche der liebenswürdigen Wesen war, die ihn einige Augenblicke seinen weltlichen Beschäftigungen entzogen hatten.

Nachlässig nur strich sein Blick über den Raum, wo er phantastischen Einbildungen nachgeforscht hatte. Da geschehe etwas, was ihn aufrüttelte aus der Lethargie des Vernunftlebens! War es eine Vision — ein Spuk seiner Phantasie, was sein Auge erblickte, als er an dem Gartengehege des Försterhauses vorüberfuhr? War es ein Luftbild, dem sein Geist nur Leben verlieh? Dort, im Rahmen der grünen Blätter, dort stand das Gebild, das ihn beschäftigt, das seine Phantasie zum Erwachen gebracht hatte — dort, dort — mit denselben anmuthigen Geberden ihm winkend — eine Gestalt voll Reiz und dennoch das Kind mit den beseelten Augen — voller Grazie sich neigend und mit beiden Händen die rosigen Lippen berührend, um ihm einen Herzensgruß nachzusenden.

Er fuhr empor und wollte hin, dies reizende Bild festzuhalten. Elektrisch berührt traf sein Auge mit ihrem Auge zusammen — ein Gefühl tiefen unaussprechlichen Entzückens folgte diesem Blicke — dann war Alles vorüber, Alles verschwunden! Mit dem Lächeln der Seligkeit lehnte er sich wieder zurück. Er wußte nun, daß sein Forschen nicht vergeblich gewesen war. Was er jetzt gesehen hatte, war ein Abbild jener lieblichen Abschiedsscene, die Niemand kannte, als er und das holde, anmuthvolle Kind, das, von ihrem dankbaren Herzen getrieben, ihn scheidend grüßte. Ob er dies Kind Melitta, ob er es Fides nennen mußte? Was änderte ein Name an der Thatsache.

Sein Leben stand seit Kurzem auf einem Wendepunkte. Was er gewollt, das hatte er erreicht. Von den fürchterlichen, politischen Krisen der Weltereignisse begünstigt, schiffte er muthig und umsichtig hinaus in die Wogen des Lebens und jetzt näherte er sich den Gestaden, die ihm Ruhe und Lebensgenuß verhießen. Wollte Gott sein Herz endlich beleben, damit er nicht in Selbstsucht erstarre, nachdem er durch eigene Kraft der Schöpfer eines Wohlstandes geworden war, der ihn ganz ehrenvoll selbständig machte?

Es bedurfte allerdings eines Funkens, um die todtenhafte Ruhe seines Innern, das unter der steten Selbstbeherrschaft verglast war, zu stören, um Licht in seines Herzens Dunkelheit zu bringen und Gluth in die kalten Gesetze der Vernunft. Es bedurfte sogar einer Erschütterung, um diese Ruhe dergestalt zu durchkreuzen, daß sie völlig aus ihrer gewohnten Bahn kam.

Er hatte ein wunderbares Leben geführt, von Grundsätzen geregelt, von Entschlüssen bestimmt und eingeengt. Nicht Amt und Lohn band ihn an die Person des großen Welteroberers. Nicht Ehrgeiz entflammte seine Thätigkeit. Frei diente er, kalt und besonnen, seinen Jahren nach unbegreiflich fest verfolgte er seinen Weg. Er gehörte keinem diplomatischen Corps an, blieb ernst in den Gränzen der Ehrlichkeit und wies ränkevolle Anträge mit einer Art scherzhafter Artigkeit zurück, so daß man ihm nicht feind wurde. Vor allen Dingen war er nur ein Organ der Verständigung zwischen dem Kaiser Napoleon und dem Könige Jerome. Oft hatte er schon den Zorn Napoleons über seines Bruders Schwäche durch liebenswürdige Beredsamkeit entwaffnet und noch öfter war es ihm gelungen, den flatterhaften Sinn Jerome's auf Momente zur Thatkraft zu entflammen. Jetzt aber schienen seine Bemühungen von beiden Seiten ungnädig betrachtet zu werden. — Napoleon hatte ein offenes Wort von ihm mit Mißbilligung aufgenommen und Jerome fand einen unbehaglichen Druck in dem Ernste seiner Meinungen.

Deshalb bereitete er mit Eifer seine Uebersiedelung nach der alten Burg vor. Die fürstlichen Belohnungen seiner Dienste reichten hin, seine künftige Existenz sorgenfrei zu machen.

VIII. Capitel.

Begreifst Du das?

Es war ein schwüler, dunkler Tag gewesen, der sich zu Ende neigte und in jene leichte angenehme Dämmerung überging, welche Frühlingsabenden eigen ist.

Im sogenannten Empfangssalon des Schlosses Ettershaiden weilte Melitta und Fides.

Die Fenster des schönen, großen Zimmers, sonst hermetisch jedem Luftzuge, der Staub einführen konnte, verschlossen, standen offen, und der Duft des Jasmins erfüllte das ganze Gemach, welches in seiner Pracht alle andern im Schlosse überstrahlte.

Es gehörte zu den neuen Hausordnungen, daß dieser Salon nicht mehr dem allgemeinen Gebrauch verschlossen und nur dann schleunigst aller Decken und Behänge entkleidet wurde, wenn Besuch zu erwarten war.

Herr von Ettershaiden hatte ihn zu einem Familienversammlungsorte bestimmt und damit die Erlaubniß gegeben, daß die jungen Pflegetöchter den dortstehenden schönen Wiener Flügel benutzen durften. Bis dahin auf ein altes Clavier beschränkt, das aus einer Polterkammer in ihr gemeinschaftliches Zimmer gebracht worden war, erfüllte sie diese Freiheit mit Entzücken. Besonders glücklich war Fides, die musikalisch begabt, mit Leidenschaft die Gelegenheit wahrnahm, ihre schönen Mozart'schen Sonaten und Phantasien auf dem neuen Flügel hören zu lassen. An diesem Abende saß sie jedoch zerstreut vor dem Instrumente und tändelte mehr darauf herum, als daß sie ordentlich zusammenhängend zu spielen versuchte.

Melitta saß am äußersten Fenster und hielt ein Buch in der Hand. Sie las aber nicht in demselben. Ein seltsames Zusammentreffen. Melitta las nicht und Fides spielte nicht und doch war nichts Besonders geschehen, was sie in ihren liebsten Neigungen gestört haben könnte. Nachmittags war Oswald eine kurze Zeit im Schlosse gewesen. Es war sein erster Besuch seit jenem Tage, wo ihn der Besuch des Marquis d'Étérais verjagt hatte. Vertrauensvoll hatte der junge Edelmann auf einen liebreichen Empfang, wie sonst, gerechnet, da er eine ausreichende Entschuldigung für den verzögerten Besuch anzugeben vermochte. Aber er fand Alles anders, wie er es damals verlassen hatte.

Seine Cousine, die gnädige Frau von Ettershaiden ließ ihn gar nicht vor. Der alte Herr hatte wenig Zeit für ihn, weil er zu einer Conferenz in's Amthaus gehen wollte.

Fides war zerstreut und ernster, als man von ihr gewohnt war. Sie hatte Lust — große Lust — nach dem Forsthause zu gehen, fürchtete jedoch eine Begegnung mit dem Marquis. Melitta aber zeigte sich entschieden wortkarg und zurückhaltend gegen ihren Jugendfreund. Ihre Sanftmuth verbarg freilich die Wunde, welche ihr durch den Vorsatz Oswald's, „seine Heimath zu verlassen," geschlagen worden war, aber der feste Wille, diese Wunde heilen zu lassen, ohne daß eines Menschen Blick sie je bemerkt habe, verlieh ihrem Wesen eine fremdartige Kälte, die geeignet war Aufmerksamkeit zu erregen.

Oswald fühlte sich fremd und verlassen in dem Schlosse, wo er sonst die Vorrechte eines nahen Verwandten genossen hatte und da der Zeitpunkt noch nicht erschienen war, wo er mit den besten Plänen für eine geregelte Zukunft hervortreten konnte, so verließ er das Schloß sehr bald, ohne es versucht zu haben, Melitta's kalte Sanftmuth zu erschüttern.

Sie litt jetzt mehr, als vorher! Ihr Gewissen

regte sich und legte ihr die Frage vor, ob es edelsinnig sei, einen Jugendfreund durch Schweigen zu kränken, während ein Wort der Erklärung den Uebergang zur Freundschaft sanft vermittelt hätte.

Genug — Melitta las nicht und Fides musicirte nicht! Draußen in der Flur wurde es stiller und duftiger. Alle andern Vögel gingen zur Ruhe, nur einige Nachtigallen begannen einen reizenden Wechselgesang. Melitta legte das Buch, das sie träumerisch in der Hand hielt, nieder. Sie preßte ihre Rechte auf das Herz und lauschte dem Wettgesange der Nachtigallen.

Fides schauete hin zu ihr. Der Ausdruck ihres Gesichtes weckte plötzlich die Theilnahme an ihrem Schicksale. Fides erkannte darin Schmerz, Verlangen, Trauer und Entzücken und sie fühlte sich bereit die Wolken ihrer Stirn zu zerstreuen. Ihr Frohsinn entfaltete die etwas matt gewordenen Flügel. Sie begann mit kräftigem Anschlag eine lebhafte, vollstimmige Introduction.

„Melitta?“ fragte sie dann, „warum ist Oswald so schnell wieder fortgeritten?“

Melitta erhob sich und schritt langsam dem Instrumente zu, wo Fides mit Energie ein Melodrama eigner Art zu beginnen Miene machte.

„Bevor ich Dir diese Frage beantworte,“ entgegnete Melitta leise, „muß ich wissen, was Dich neulich im Garten des Försters zu einer Exaltation brachte, die mich für

Deinen Verstand fürchten ließ!" Fides bückte sich neckisch und schlug einige Accorde in Es dur an, ging aber sogleich in Cmoll über und ließ ihre Hände auf einem kläglichen Moll=Accord ruhen.

„O, die Geschichte ist auch angethan, den Verstand zu verlieren!" sprach sie lachend.

„Nun? Ich bin begierig auf diese Geschichte!"

Fides fuhr wild über die Tasten in gebrochenen Accorden, schloß mit dem Septimenaccord und antwortete:

„Es ist lange her, daß ich ein kleines, verlassenes, jämmerliches Geschöpf war, um das sich Niemand kümmerte. Meine Mutter war mir gestorben. Ich hatte an ihrem Sarge, den ich ein schwarzes Bett nannte, so lange gesessen, bis man dies schwarze Bett zunagelte und wegtrug."

„Arme Kleine — schon wieder diese Erinnerung!" sprach Melitta, mitleidig ihre Hand auf Fides' Kopf legend. Das junge Mädchen zog diese weiche, zarte Hand herab und küßte sie.

„Es war also vor der Zeit, ehe Du meine Beschützerin wurdest!" flüsterte sie.

„Das ist freilich lange her, kleine Tyrnau!" scherzte Melitta.

Fides spielte eine sanfte Melodie, traurig und weich, wie eine Klage. Melitta, welche ihre Art kannte, lehnte sich auf ihren Sessel und neigte ihre Wange auf

Fides' Scheitel. Sie wußte, daß sie am sichersten war, alle Geheimnisse dieses jungen Herzens zu erfahren, wenn sie ihrer Eigenthümlichkeit nachgab.

„Aus der Obhut einer langsam sterbenden Mutter kam ich in meines Vormund's Haus, wo man mich den Dienstboten unterordnete. O, wie oft ballte ich trotzig meine Hände und rief meine Mutter an, die rohen Menschen zu strafen, die mich brutal behandelten.

„Arme, arme Kleine!"

„Ich wurde schlimm, sehr schlimm, Melitta! Ich wurde boshaft, ich lernte lügen — natürlich — wenn man wegen der Aufrichtigkeit bestraft wird, so greift man zur Heuchelei!"

„Du übertreibst Deine Fehler, Fides," wendete Melitta sanft und traurig ein.

„Nein, Melitta! Ich war schlau, wie eine Katze — ich lernte mich verstellen und mich verstecken; dabei hatte ich Muth, es mit allen Domestiken unsers Hauswesens aufzunehmen und wenn sie droheten mich einzusperren in ein dunkles Loch, so verlachte ich sie höhnisch und sagte ihnen, meine selige Mama würde dann bei mir sein und mich trösten!"

„Ich weiß, daß dieser Muth Dir eine gewisse Achtung erzwungen hatte," sprach Melitta.

Fides schwieg, in Erinnerungen verloren. Ihre Hände irrten dabei auf dem Instrumente umher und entlockten ihm leise, harmonische Klänge. Dazwischen sprach sie abgerissen, gleichsam phantasirend:

„Aber eines Tages stieg ein Engel zu mir hernieder und rettete mich! Ich wurde mit Dir zusammen gebettet. Wir wohnten von da an in Einem Zimmer und Deine Bonne mußte mich ankleiden und unterrichten."

„Und niemals zeigtest Du die Fehler, deren Du Dich eben angeklagt."

„O, Deine Nähe beseligte und heiligte mich!" sagte Fides schwärmerisch. „Böse Augenblicke gab es noch genug. Ich hatte nur einen heiligen Respect vor dem gestrengen Herrn Onkel und der gestrengen Frau Tante, wie Du damals Deine Verwandten immer gegen mich nanntest. Aber heimlich übte ich viel dumme Streiche, das weiß ich ganz genau: Wenn ich entwischen konnte, so that ich's."

Melitta lachte. „Das muß ich bestätigen!"

„Nun ja — erinnerst Du Dich wohl, daß ich eines Tages nirgends zu finden gewesen bin? Erinnerst Du Dich, Melitta?" fragte sie mit dem Aufblitzen eines eigenthümlichen Muthwillens.

„Es ist öfter vorgekommen, Fides! Eines bestimmten Falles erinnere ich mich wahrlich nicht!

„Auch dessen erinnerst Du Dich nicht, daß ich, nach langem Suchen, in meinem Bette aufgefunden wurde, sauber und niedlich, als hätte eine Fee mich zur Nacht gekleidet und zur Ruhe gebracht?" fragte Fides mit ausbrechendem Uebermuthe sich umwendend und beide Arme um Melitta schlingend, die noch immer dicht hinter ihr stand.

„Ja, ja, dessen erinnere ich mich!" rief Melitta erheitert. „Du erwachtest bei unserm Jubel und warst entsetzlich hungrig!" Fides nickte und schmiegte ihre Lippen an Melitta's Ohr, als wage sie das nun folgende Bekenntniß nicht anders, als ganz leise flüsternd mitzutheilen.

„Siehst Du, wie schlau und verstockt, wie lügnerisch und heuchlerisch ich gewesen bin, Melitta. Ich habe damals mit keiner Silbe verrathen, wo ich gesteckt hatte. Ich wußte es eigentlich wohl selbst nicht ganz genau und dann fürchtete ich die Strafe. Neulich habe ich's erfahren, neulich ist mir ein Licht über die ganze Begebenheit aufgegangen." —

„Neulich?" fragte Melitta gespannt. „Neulich — Fides, Du phantasirst doch nicht wieder?"

„Nein, nein! Als Er davon sprach, als er — o Melitta, Melitta!" Sie barg sich verschämt an Melitta's Hals. Ihre Pulse schlugen und ihr Herz zuckte, als wolle es im Uebermaße des Gefühles stehen bleiben.

Melitta schloß sie erschreckt fester an sich. „Wie? Fides?" sagte sie ahnend. „Der Marquis —"

„Ja, ja!“ flüsterte Fides hastig, als dränge es sie, eine Bürde los zu werden. „Ich bin es gewesen, die der Marquis schlafend gefunden hat.“

„In der Kirche? Wie bist Du in die Kirche gekommen? Fides, Deine lebhafte Einbildungskraft spiegelt es Dir nur vor! Er sprach ja von einer Melitta, Kleine.“

Fides warf schelmisch ihren Blick zu ihr auf. „Wer weiß denn, ob ich mich nicht so genannt habe, um mich vor Verrath zu schützen. O ich war gar zu schlau, gar zu heuchlerisch geworden. — Genau kann ich nichts weiter behaupten, als daß ich zuerst nur von dem Glockenspiele der Garnisonkirche angezogen wurde, daß ich geduldig stehen blieb, um zu erwarten, bis die Musik wieder tönte. Dann kamen Leute, die davon sprachen, daß der König und die Königin in die Kirche gehen wollten. Wahrscheinlich bin ich mit hineingegangen und bin eingeschlafen.“

„Du also — Du bist's wirklich gewesen?“ warf Melitta voller Erstaunen ein. „Wie hast Du aber zu Haus gefunden? Wir waren ja nur immer auf ein paar Tage in Potsdam!“

„O — ich war nicht gewohnt, nur mit einem Bedienten hinter mir auszugehen,“ antwortete Fides schelmisch. „Wer auf der Straße herumläuft, findet sich schon zurecht.“ Ich fand sogleich unser Haus, schlüpfte in unser Schlafzimmer, zog mich rasch und geschickt aus und legte mich in's Bett, um jedem Verhöre und der darauf folgenden Strafpredigt zu entgehen!"

„Wenn es nur keine Phantasien sind," sprach Melitta herzlich lachend. „Warum sagtest Du dem Marquis nicht, daß Du die kleine Schläferin gewesen wärest?"

„Warum ich's nicht sagte? Warum?" fragte Fides sinnend. „Warum?"

„Es würde ihn gewiß erfreuet haben."

„Ich glaube nicht! Er hatte nur Augen für Dich — es würde ihm sehr gleichgültig gewesen sein. Meine prosaische Erklärung hätte vielleicht keinen Glauben gefunden — außerdem entrollte sich der ganze Zusammenhang der Geschichte erst nach und nach vor meinem Gedächtnisse. Jetzt glaubt er mir's gewiß und ich zittere, wenn ich daran denke, daß er uns wieder beim Förster treffen könnte."

„Jetzt weiß der Marquis Dein Abenteuer? Jetzt weiß er es und glaubt Dir? Fides, wie verstehe ich das?"

Das junge Mädchen lächelte triumphirend, erröthete aber wieder und zitterte heftig.

„Ich habe ihn gegrüßt, wie damals," stammelte sie sehr verlegen. „Und in seinem Auge las ich, daß er mich daran erkannte, daß er in mir jene Melitta wiederfand!"

Melitta runzelte leicht die Stirn. „Wie theatralisch,

Kleine! Im Garten hattest Du dies Theaterkunststückchen ausgeführt, nicht wahr? Darum also fand ich Dich mit Thränen im Auge, darum übermüthig und sentimental zugleich? Deine Neigung zu phantastischen Streichen hat Dich wiederum in ein Wirrsal gestürzt. Wie willst Du jetzt diesem fremden Manne entgegen treten, kleine Tyrnau?"

„O, ich mag ihn gar nicht wieder sehen, gar nicht!" rief Fides mit verrätherischer Hast.

„Das wirst Du nicht vermeiden können! Er wird nach Dir fragen!

„O bitte, Melitta — beschütze mich!" bat Fides kindlich. „Ich wäre nicht im Stande, ihn jemals wieder anzusehen! Nein — ich mag ihn nie wiedersehen!"

Melitta, vom eigenen Herzen schon belehrt, daß Furcht und Liebe in sehr naher Beziehung stehen, senkte forschend ihr Auge zu Fides nieder. Der Ton und der Blick, welche diese Worte begleiteten, klärten sie über die Regungen des jungen Wesens auf.

„Du bist doch sonst eine tapfere Heldin, Fides," sprach sie. „Was entmuthigt Dich plötzlich?"

Das junge Mädchen neigte die Stirn und flüsterte: „Melitta — ich fürchte mich vor der Glückseligkeit, die ich empfinden würde, wenn er neben mir weilte!"

„Also eine Warnung vor der Liebe, die Deine Unschuld Dir zuflüstert," sagte Melitta ernst und feierlich. „Dein heißes Herz wird sich aber nicht zügeln lassen. Schade, daß ein Fremdling die erste, süße Regung Deiner Brust erweckt. Eine glückliche Entwicklung dieser Neigung würde uns trennen, meine Fides. Mein Onkel duldet keine Franzosenbraut!“

„Du glaubst noch immer, der Marquis sei ein Kind Frankreichs?“ fragte Fides mit überlegenem Tone, dem eine kleine Spöttelei anhing. „Ich dächte, sein Benehmen in der alten Burg hätte Dir, der klugen Melitta, verrathen müssen, daß seine liebsten Erinnerungen in deutschem Boden wurzeln. Und dann? Wie sollte er als Franzose vor sieben Jahren in die Garnisonkirche Potsdam's kommen?“

„Warum nicht! Stand doch ein Jahr später der Kaiser Napoleon als Sieger in dieser Kirche und suchte die Stätte auf, wo ein großer, preußischer Monarch ruhete.“

Fides, zurückgeschlagen mit ihrem spöttischen Ausfall, machte ein böses Gesicht und spielte blind d'rauf los, als wolle sie sich gegen Melitta's Einwendung betäuben. Melitta wartete geduldig, bis sie des Spielens wieder müde sein würde. Ihr Mienenspiel zeigte, daß sie Erbarmen mit der Herzensaufregung ihrer Freundin hatte.

Fides schien große Lust zu haben, das Gespräch mit Melitta's Entgegnung zu schließen. Sie begann ein Phantasiestück von Mozart und führte es mit einer Virtuosität und mit einem Ausdrucke aus, der Melitta zur Bewunderung hinriß. Plötzlich brach sie mitten im Stücke ab, schloß es durch einige starke, rauschende Passagen und Accorde und stand dann fest und entschlossen vom Flügel auf. Es war mittlerweile die matte Abendbeleuchtung in ein tieferes Dunkel übergegangen. Mit einer raschen Wendung geleitete sie Melitta zum Fenster und sah ihr ruhig in's sanfte Antlitz, während sie sprach:

„Sage mir ehrlich und aufrichtig, Melitta, was kann der Marquis von mir denken nach dem albernen Act, womit ich mich ihm zu erkennen gab?“

„Es kommt auf seinen Charakter und auf seine Lebensansichten an, wie er Dich beurtheilen wird,“ erwiederte Melitta gütig. „Entweder betrachtet er es als den Muthwillen eines Kindes oder er nimmt es als eine Herausforderung der Koketterie.“

Fides stand unbeweglich und schauete in die Dämmerung hinaus. Eine leichte Bläße hatte ihre Wangen überzogen und zwei große Thränen zitterten in den weit geöffneten Augen. Wenn es eine Wahrheit ist, daß ein einziger Augenblick oft hinreicht, um die Erziehung eines weiblichen Wesens zu vollenden und daß ein schonungsloses Urtheil im richtigen Momente den Charakter desselben befestigen kann, so geschah dieses

Wunder unter dem strengen Ausspruche Melitta's. Die Veränderung im Gesichte des lieblichen Mädchens bekundete einen kurzen, aber schweren Kampf. Ihre innere Empörung verleitete sie zu einem flüchtigen Trotze gegen Melitta, zu einem gehässigen Widerstreben, welches sich gegen das treue und freimüthige Wort auflehnte — aber die Spannung ihrer Züge beseitigte sich eben so schnell, wie sie entstanden war und im nämlichen Augenblicke, wo die Thränen sich langsam aus ihren Augen löseten, um als crystallhelle Thautropfen der Liebe, auf ihren Wangen zu verfliegen, drückte sie ihre Lippen auf die Lippen der Freundin und flüsterte:

„Ich will diesen Mann vermeiden um meiner Ehre und um meines Friedens willen, Melitta! Hilf mir diese erste Versuchung besiegen!"

„Du hast schon gesiegt, Fides!" erwiederte Melitta. „Im Geheimniß nur wächst die Qual derjenigen Liebe, welche unsern Frieden gefährdet. Sichere mir Dein Vertrauen, so sicherst Du auch Deine Ehre und Deinen Frieden! Willst Du das? Wirst Du es können?"

„Nur das erste Wort des bekenntnißvollen Vertrauens ist schwer," sprach Fides treuherzig. Nun Du den Anfang weißt, sollst Du auch ehrlich jede Fortsetzung erfahren!"

Sie legte ihre Stirn auf Melitta's Schulter und fragte mit gedämpftem Tone: „Willst Du mir jetzt sagen, warum Oswald so schnell wieder fortgeritten ist?“

„Weil er kein Herz hier fand, dem an seinen Sorgen gelegen war, Fides,“ antwortete Melitta sehr leise. „Wer in thörichter Verblendung seinen Muth immer nur durch die Hoffnung stützt, der ist gewöhnlich so stark egoistisch, zu verlangen, daß Andere diese Hoffnung erfüllen. Du wirst mich besser verstehen, wenn ich Dir einfach bekenne, daß ich unsere gegenseitige Neigung für stark genug hielt, um Oswald zu einer Verbindung mit mir zu veranlassen. Es war eine Täuschung!“

„Glaub' das nicht! Er liebt Dich — aber er weiß es selbst nicht, wie zärtlich er Dir ergeben ist,“ fiel Fides ein.

Melitta bewegte sanft abwehrend ihren Kopf. Sie zweifelte stark an der Wahrheit dieser Behauptung.

„Unser verwandtschaftliches Verhältniß führte ihn zu jenen kleinen Vertraulichkeiten, die Dich zu dieser Ansicht bestimmen!“ sagte sie kühl.

„Wäre er dann heute so eilig davon geritten, wenn ihn Dein Ernst nicht tief verletzt hätte?“ fragte Fides naiv.

Ein geringschätzendes Lächeln war Melitta's Antwort. Es trat eine kleine Pause ein, die Melitta mit der bittern Bemerkung endete: „Ein feiger Mann flieht aus Furcht vor einer Erklärung, die ihn in seinem Egoismus zeigt. Oswald verkauft sein Besitzsitzthum, worauf er sonst die Hoffnungen irdischer Glückseligkeit bauete, womit will er diesen Wankelmuth beschönigen? Er geht deshalb den Erörterungen darüber aus dem Wege. Ich tadle ihn eigentlich nicht, daß er Wangeroda verkauft, sondern ich tadle ihn, daß er mir ein Geheimniß daraus macht."

Fides wollte antworten und ihre Bereitwilligkeit zu erkennen geben, durch eine directe Frage den jungen Mann zur Auseinandersetzung seiner Gründe zu veranlassen, allein sie kam nicht dazu. Ein heller Lichtschein fiel plötzlich auf Melitta's Gesicht. Dies trieb sie an, sich schnell zur Thür zu wenden und ein leichter Schreckensruf war die Folge davon. „O Melitta!" flüsterte sie — Deine Frau Tante in vollem Glanze ihrer Würde! Begreifst Du das?"

Melitta schritt der Frau von Ettershaiden hastig entgegen. Der Diener ordnete schnell eine geschmackvolle Erleuchtung des Salons und stellte sich dann steif an der Thür auf, weiterer Befehle gewärtig.

Frau von Ettershaiden winkte ihm huldvoll, daß er gehen könne. „Ich betrachte mich für heute Abend als einen Besuch in Eurer neuen, republikanischen

Wirthschaft und will sehen, wie mir die Zwanglosigkeit darin behagt," sprach sie lächelnd.

Fides traute ihrem Ohr nicht. Solche Herablassung war unerhört: Ihr Blick schweifte verstohlen zu Melitta hin und fragte in vollster Verwunderung zum zweiten Male: „Begreifst Du das?"

Frau von Ettershaiden nahm Platz in einem Lehnsessel. Sie sah ruhig und gut aus. Ihr weißes, farbloses Gesicht erschien vergeistigt. Der kalte, strenge Ausdruck ihres Blickes milderte sich bei dem leichten Lächeln, welches über ihre Mienen flog, als sie zu Fides gewendet sprach:

„Du spieltest vorhin sehr gut, kleine Tyrnau. Deine Fähigkeiten scheinen sich in den republikanischen Elementen des Hausregimentes glänzend zu entwickeln! Wie ist's denn? Muß ich, nach Euren Gesetzen, Dich bitten, mir das Phantasiestück von Mozart nochmals vorzuspielen, oder würde es hinreichen, wenn ich den Wunsch zu erkennen gäbe, es zu hören?" Fides knixte höchst respectvoll und ging rasch zum Flügel, allein im Vorübergehen ließ sie ihr Auge einen Moment auf Melitta's Augen haften und darin lag wiederum die Frage: „Begreifst Du das?"

Fides spielte. Zuerst befangener als vorhin. Dann aber in einem Anfluge von muthwilliger Begeisterung so schön, wie sie je gespielt hatte. Gehoben durch den

Genius der Kunst, vergaß sie die Demüthigungen, womit Frau von Ettershaiden ihre stolze Seele gepeinigt hatte. Sie wußte, daß sie mit ihrem Musiktalente diese Dame überflügelte und sie glaubte den einzigen Weg, sich ihrer Beurtheilung überheben zu können, nicht unbenutzt lassen zu dürfen.

Frau von Ettershaiden hörte befriedigt zu. Die Ruhe ihres Gemüthes kleidete ihr vortrefflich. Melitta betrachtete sie mit steigender Bewunderung. Was war es, was die eisige Kälte des Hochmuthes von diesem schneeweißen Gesichte gethauet hatte? —

Fides spielte noch, als der alte Herr von Ettershaiden in den Salon trat. Sein Auge traf auf seine Gattin. Dann suchte sein Auge dem Blicke Melitta's zu begegnen. Noch lagerte eine Art starren Erstaunens in seinen Zügen, als Fides ihren gelungenen glänzenden Vortrag endete. Frau von Ettershaiden gab ihrem Beifall freundliche Worte und rief Fides zu sich heran.

„Du hast entschiedenes Talent zur Musik, kleine Tyrnau — komm, daß ich Dir meinen Dank ausdrücke," sprach sie mit einem so gütigen Tone, daß der alte Herr wie träumend die Hand an die Stirn legte. Während dessen war Fides zu der Dame herangetreten und hatte in halber Betäubung gefühlt, daß ihre Stirn geküßt wurde. Ein wunderbares Gefühl überrieselte das junge Mädchen bei der Berührung dieser Lippen, die stets nur kalte und wegwerfende Worte für sie gehabt hatten. Scheu trat sie zurück und setzte sich fern von der Dame nieder. Eine Verlegenheit verrathende Stille trat ein. Herr von Ettershaiden fühlte sich geneigt, in edelmüthiger Schonung die Anwesenheit seiner Gemahlin als eine Annäherung gelten zu lassen, allein sie selbst mußte die starke Gränzlinie, welche sie im Uebermaße der Eigenliebe und Herrschsucht zwischen sich und den übrigen Hausgenossen gezogen hatte, durch nachgiebige Worte vernichten, bevor er darauf eingehen konnte, diese Anwesenheit nicht bloß als einen Zufall oder höchstens als eine gute Laune gelten zu lassen. Es war ein Ehrenpunkt für ihn geworden, seinen Willen aufrecht zu halten, nachdem er eine freiere Verfassung im Hause eingeführt hatte, und so sehr sein Herz, in der Schwäche früherer Gefühle, ihn drängte, gleich bei den ersten Schritten seiner Gattin ihrer Vorrechte zu gedenken, er blieb gehalten und gleichmüthig auf dem Standpunkte, den er sich im Momente einer großen Gemüthsbewegung errungen hatte.

Die gesellige Gewandtheit der Frau von Ettershaiden kürzte die verlegene Stille. Sie wendete sich zu ihrem Gemahle und sagte:

„Musik ist doch wahrlich der einzig reine Quell,

aus dem Begeisterung und Ruhe zugleich in unser Inneres strömt, mein Lieber!"

„Fügen Sie auch noch hinzu, ‚Erheiterung,' meine Beste," antwortete Herr von Ettershaiden so gemessen, als stände er im Coursale eines Königspalastes.

Die Dame neigte beistimmend ihr Haupt und fuhr fort: „Die reinen Freuden des Gemüthes werden wohl immer auch Erheiterung mit sich bringen, denk' ich! Wie hat sich aber das Musiktalent unserer kleinen Tyrnau so rasch und glänzend entfalten können, mein Theurer? Daß Fides musikalischer begabt war, als man im gewöhnlicheu Leben findet, wußte ich längst," setzte sie leiser und mit einem feinen Lächeln hinzu. „Ich hegte dieserhalb schon früherhin Vermuthungen über ihre Abstammung, die Sie aber als sonderbar verwarfen — vielleicht irrte ich dennoch nicht!"

„Diese Vermuthungen sind falsch, Theuerste," antwortete Herr von Ettershaiden kalt und förmlich. „Fides ist ehrlicher Leute Kind. Ich habe die Versicherung eines hochgestellten Geistlichen dafür. Muß denn jedes Geheimniß mit dem Prinzen Louis und seinen Liebschaften zusammenhängen? Und worauf gründen Sie diese Vermuthungen? Nur auf den Zufall, daß mein liebes Mündel der Musik stets leidenschaftlich ergeben war! Als wenn nicht auch andere Menschen, wie Prinz Louis musikalisch sein könnten!"

„Es würde mir aber sehr gelegen sein, nähere Auskunft über Fides' Herkunft erhalten zu können," erwiederte Frau von Ettershaiden sehr freundlich.

„Ich kann sie Ihnen mit dem besten Willen dazu nicht geben!" erklärte der alte Herr mit einem sehr wohlwollenden Blicke auf das junge Mädchen, das längst ihren Winkel verlassen und mit langsamen, stolzen Schritten bis zu den Sprechenden vorgeschritten war. Jetzt trat sie muthig ganz dicht vor Frau von Ettershaiden hin. Bis dahin hatte sie nie davon gehört, daß man ganz im Dunkeln über ihre Abkunft geblieben war und außer dem Abstande zwischen einer adeligen und bürgerlichen Geburt hatte sie noch nichts von weltlichen Unterscheidungen der Art vernommen.

Dennoch verstand sie die Wendungen des Gespräches, und ihre Ehrliebe trieb sie an, das zu enthüllen, was sie von ihren Familienverhältnissen kindischerweise aufgefaßt und im Gedächtnisse treu bewahrt hatte.

„Gnädige Frau irren," sagte sie eilig und innerlich stark aufgeregt. „Gnädige Frau irren sogar sehr stark, wenn Sie meine Musikvorliebe einem Prinzen Louis zu schreiben. Ich habe diese Vorliebe von meiner seligen Mama geerbt. Meine selige Mutter lebte und athmete nur in der Musik. Sie ist sogar darin gestorben, denn ihre Finger erstarrten im Tode, als sie ihrer großen, schönen Harfe noch eben himmlische Töne entlockt hatte. Meiner Mutter ist die Musik vielleicht auch eine Quelle gewesen, aus der sie Trost und Frieden geschöpft hat!"

„Deine Mutter hat also Leiden zu ertragen gehabt?" fragte Frau von Ettershaiden so gütig, daß Fides sich zu ihr gezogen fühlte.

„Ich weiß," sagte sie nachdenklich, „daß sie eines Tages verzweiflungsvoll weinte, sonst habe ich sie stets nur kränklich und ruhig gesehen."

„Und Deinen Vater hast Du nie gekannt?" Fides schüttelte den Kopf.

„Einen alten Herrn im Sammetpelz nannte ich Großpapa," antwortete sie sinnend den Blick emporrichtend. „Er wohnte in einem alten Hause — ähnlich der Burg," fügte sie mit plötzlicher Erinnerung hinzu. „Eine Menge Diener waren stets um ihn beschäftigt — er war krank — lahm vielleicht — denn er saß in einem Rollsessel. Ein Caplan war beständig bei ihm. Dieser Caplan unterrichtete mich auf dem Claviere. Dann kam ich nach Berlin und dort starb meine Mutter."

Frau von Ettershaiden warf ihrem Gemahle einen etwas triumphirenden Blick zu. „Immer genug Romantik in den schwachen Erinnerungen, um meine Vermuthungen aufrecht erhalten zu können!"

„Sie irren, gnädige Frau," nahm Fides das Wort und trat stolz noch einen Schritt näher. „Meine Mutter zeigte mir eines Tages einen ganz einfachen Ring und sagte mir, dies sei ihr Trauring. Sie legte denselben in ein schwarzes Kästchen, das sehr reich mit Gold, Perlmutter und Perlen verziert war, nahm einige Papiere und legte diese dazu. Als sie das Kästchen verschloß, sagte sie mir, darin sei mein Reichthum und meine Ehre enthalten. Auf meine Fragen erklärte sie sich dahin, daß ihre Trauscheine und mein Taufschein, so wie das Testament meines Großpapa's und ein kurzes Tagebuch in dem Kästchen verschlossen seien."

„Wo ist dies Kästchen?" fragte Frau von Ettershaiden begierig.

„Der Caplan des Großpapa's hat es mitgenommen!"

„Um es bis zur Verheirathung meines Mündels in dem Archiv des Klosters zu Herford zu verwahren," vervollständigte der alte Herr lächelnd. „Das ist's, was ich weiß und da mir das Ehrenwort einer sterbenden Dame genügte, so trat ich das Ehrenamt eines Vormundes mit der Ueberzeugung an, die letzten Stunden derselben erleichtert zu haben. Lassen wir uns doch daran genügen bis zu dem Tage, wo Fides von einem ehrenwerthen Manne zur Gattin erwählt wird. Dann tritt sie das Recht an, die Papiere ihrer Familie fordern zu dürfen."

„Eines Auftrittes erinnere ich mich übrigens," fiel

Fides sehr hastig ein. „Mein Großpapa sprach heftig. Meine Mutter blieb ruhig, aber sie bat um etwas. Da sprach der alte Großvater: „Nein, Du sollst nicht! Denk' an Deinen Schwur! Laßt ihn untergehen in dem Hochmuthe seiner Seele! Und wenn er knieend Dir Abbitte leistet —" Ich glaube, diese Worte galten meinem Vater, denn meine Mutter deutete mit der Hand auf mich und sagte: es ist ja sein Kind so gut, wie meines!"

„Die Sache wird immer romantischer," rief Frau von Ettershaiden lebhaft.

„Nehmen Sie dieselbe als ein Räthsel, dessen Lösung Ihre Erwartungen täuschen kann, meine Theuerste," meinte der alte Herr. „Alle diese Kindererinnerungen hätten Sie früher hören können, wenn Sie sich hätten herablassen wollen, Fides freundlich und theilnehmend darnach zu befragen."

„Betrachten Sie diese Fragen nicht als ein Ergebniß müssiger Neugier, mein Theurer," fiel Frau von Ettershaiden sehr beeilt ein. „Es kommen Momente im Leben jedes Menschen vor, wo sich Scheidewege öffnen. Wenn dann eine einzige Handlung, eine richtige und herzliche Theilnahme im Stande ist, das Glück dieses Menschen begründen zu helfen, so sind natürlich Prüfungen nöthig, ob die Verhältnisse desselben dem Zwecke hindernd oder fördernd sein mögen. Wie nun, wenn das Talent der kleinen Tyrnau im Stande wäre, sie in die ersten Reihen bewunderter Virtuosinnen zu stellen und wenn die Bewunderung der Menge die Mängel ihrer Geburt verlöschen und sie auf eine glänzende Höhe führen könnte!"

Frau von Ettershaiden sprach dies so ruhig, so ohne alle Affectation, daß ihr Gatte sie fixirte und nicht zu ergründen vermochte, was dahinter stecke, Scherz oder Ernst.

„Ihr hübsches Aeußere würde ihr behüflich sein, ihr Ansehen wesentlich zu heben," fügte die Dame sehr beiläufig hinzu.

„Aha — Sie haben Vorschläge für mein bürgerliches Mündel, dasselbe in eine Gräfin verwandeln zu können?" fragte Herr von Ettershaiden mit großer Bitterkeit. „Tragen Sie vor, was man der Kleinen für ihre Ehre —"

„Mein Herr —!" unterbrach seine Gattin ihn heftig. „Bedenken Sie, was Sie sagen wollen! Wann hätte ich Ihnen wohl Veranlassung gegeben, meine Tugend in Zweifel zu ziehen? Was ich jetzt im Sinne hatte, sollte nur eine Prüfung für Fides sein. Sie wissen ja nicht, was für Ansichten das junge Mädchen über eine glänzende und durch geistige Befähigung ausgezeichnete Weltstellung hat! Lassen Sie doch Fides sich erklären, ob es nicht einen mächtigen Reiz für sie haben könnte, durch ihre Talente, durch ihre Schönheit und durch günstige Umstände gehoben, einen Gipfelpunkt von Triumphen im Nu zu erreichen!"

„Nun Fides," antwortete Herr von Ettershaiden zu dem jungen Mädchen gewendet, das mit Purpurröthe auf den Wangen da stand und athemlos vor Ueberraschung dem Gespräche horchte, „Du hast gehört, was Dir geboten wird — Glanz und Ueppigkeit in Fülle — vielleicht ein Fürstentitel vom Welten unterjochenden Napoleon Bonaparte; ihm stehen ja viele Mittel zu Gebote, Schönheit mit Talent gepaart, gut zu situiren — sprich mein liebes Mündel, damit ich Deine Wünsche kennen lerne!" Die Stimme des alten Herrn, erst von innerer Bewegung gedrückt, war nach und nach in jenen Klang von Humor übergegangen, der ihm so überaus gut stand bei seiner ernsten Haltung und Würde.

„Ich weiß nicht ganz genau, was die gnädige Frau von mir wissen will," erwiederte Fides, indem sie ihre leuchtenden Augen fest auf Frau von Ettershaiden heftete. „Kommt es bloß auf meine Meinung oder kommt es auf einen Entschluß an?"

„Gut gefragt, meine kleine Tyrnau," sagte die Dame lächelnd. „Du reifst sichtlich unter dem gedeihlichen, republikanischen Leben. Zuerst sage mir nur Deine Meinung über die Freuden eines glänzenden Weltlebens."

Fides blickte zu Melitta hin, die ganz ruhig zur Seite stand. „Begreifst Du das?“ fragte dieser kurze flüchtige Blick.

„Ich verachte den Glanz des Lebens mit dem Zwange „zu sprechen,“ „zu lächeln,“ „sich zu verbeugen,“ „zu gehen,“ „zu essen,“ „zu trinken,“ „zu stehen“ und „zu denken“ nach den Vorschriften und Regeln der Convenienz!“ sprach sie freimüthig und laut.

„Und läge nicht in der allgemeinen Bewunderung, die Du ernten könntest, eine Vergütigung dieses Zwanges?“ fragte Frau von Ettershaiden leutselig.

„Nein,“ entgegnete das junge Mädchen, indem es mit dem reizenden Muthwillen ihrer kindlichen Koketterie auf Herrn von Ettershaiden zuflog und ihn mit beiden Armen fest umschlang. „Mir ist ein gütiger Blick vom lieben Vormund tausendmal lieber, als alle Bewunderung. Wenn ich das Glück, von ihm geliebt zu werden, so leichten Herzens verschleudern wollte, so hätte ich nie verdient von ihm geliebt zu sein!“

Eine athemlose Stille folgte diesen lauten Worten. Frau von Ettershaiden erhob sich. Ihr Auge begegnete dem Auge ihres Gatten. Sie senkte es nicht schuldbewußt, sondern ließ es zerstreut, sinnend und unsicher auf ihm ruhen. Die Schwankungen ihrer Seele verriethen sich in diesem Blicke, sie gab ihnen aber keine Worte, sondern sprach, mit Gleichmuth über das ganze

Gespräch hinweggehend, das sie eben noch mit so großem Interesse verfolgt hatte: „Wenn Du Lust hast, das schöne Musikstück von Dussek „L'invocation“ zu spielen, kleine Tyrnau, so suche Dir es aus meinen Noten hervor. Ich habe es von dem Componisten selbst vortragen hören und werde Dir einige Anleitungen geben, sobald Du die ersten Schwierigkeiten des Einspielens überwunden haben wirst.“

Sie wollte nach diesen Worten den Salon verlassen, wurde jedoch von ihrem Gatten daran verhindert. Er ergriff ihre Hand. „Bella —“ bat er herzlich — „kannst Du Dein stolzes Herz nicht überwinden? Diese ungewohnte Güte — Bella, bleibe heute Abend bei uns!“

Ein flüchtiges Roth überzog ihre Wangen. „Heute nicht, Ottomar,“ flüsterte sie leise, „heute nicht — vielleicht wird später noch Alles gut. Laß mir Zeit! Sie nickte stolz mit dem Kopfe und schritt langsam, gleichsam zögernd, aus dem Zimmer. Herr von Ettershaiden begann rasch im Zimmer hin und her zu gehen. Eine Falte des Unmuthes bildete sich auf seiner Stirn. Ihm war es peinlich, in Gegenwart von Zeugen eine Herzensregung verrathen zu haben, deren er leider noch immer nicht Herr zu werden vermochte.

Der Gedanke an seine edle Uebereilung machte ihm nicht allein Verdruß; noch eine andere Empfindung schlich sich bei ihm ein, so daß es ein sorgenvoller Verdruß war, der ihn zu der Frage drängte: „Wird sie sich an diesem Versuche genügen lassen? Wird sie nicht ihren ganzen Einfluß auf Fides, ihre volle Ueberredungskunst aufbieten, um das zu erreichen, was sie sich vorgesetzt hat?“ Bei diesem Gedanken blieb er vor den beiden jungen Mädchen stehen, die eng an einander geschmiegt, halb verlegen, aber im innersten Herzen theilnahmsvoll der letzten Scene zwischen Ettershaiden und seiner Gattin gelauscht hatten. Er blickte forschend auf Fides nieder, die ernst und gedankenvoll vor sich hin sah und mit einem Entschlusse zu ringen schien.

„Wolken auf der Stirn, meine Kleine?“ sagte er gütig. „Ist Dir Dein Ausspruch von vorhin vielleicht leid geworden?“

„Nein, Herr Vormund,“ antwortete Fides, sich entschlossen aufrichtend und mit frei erhobenem Kopfe dicht an ihn herantretend. „Aber ein schwerer, drückender Zweifel ist in mein sorgloses Herz gefallen. Wer waren meine Eltern, Herr Vormund?“

„Ich weiß nichts weiter von Ihnen, als das, was Du so eben gehört hast.“

„Ich will aber wissen, wer Sie waren,“ sprach sie kühn. „Ich habe das Recht es zu fordern, damit ich die Ehre derselben vertreten kann!“

„Das überlasse mir, meine Kleine! Noch hat es

Niemand gewagt, dem Mündel, welches ein Ettershaiden in seinem Hause eine Freistatt geboten hat, eine ehrenwerthe, wenn auch bürgerliche Abkunft abzusprechen."

„Können Sie aber den Leuten die Gedanken verbieten, Herr Vormund?" fragte Fides mit einem Ernste, den ihr kein Mensch zugetraut hätte. „Ich will auch nicht mit einem einzigen Gedanken meine Eltern beleidigt wissen. Was ich in Andeutungen aus dem Munde der gnädigen Frau vernommen habe, öffnet mir das Verständniß mancher Verhältnisse. So lange ich mich als die Tochter eines ehrlichen und reichen Bürgers betrachtete, hatte ich eine Stütze an dem Glauben dieser Ehrenhaftigkeit, Herr Vormund. Jetzt ist mir dieser Halt genommen und ich finde nirgends Grund und Boden, mich dem Spottlächeln der Leute widersetzen zu können. Ich glaube, daß ich im Namen meiner Mutter eine Aufklärung meiner Familienverhältnisse fordern muß!"

„In Hinsicht auf Deine persönlichen Gefühle gebe ich Dir recht, meine Kleine," erwiederte Herr von Ettershaiden ruhig. „Wenn ein Kind die Achtung für seine Eltern angetastet sieht, so ist es naturgemäß, daß es die Ehre derselben festzustellen sucht. Der Caplan Deines Großvaters lebt noch und steht in hohen Ehren. Ich werde mich mit der Bitte um Aufklärung an ihn wenden — sage Dir aber im Voraus, daß dieser

Schritt eine Entfernung aus meinem Hause nach sich führen kann."

Erschrocken schaute Fides zu ihm auf. „Um Dir diesen Ausspruch verständlich zu machen, muß ich Dich zu jener Zeit zurückführen; wo Du mir übergeben wurdest."

Fides nickte freudig beistimmend. Auch Melitta zeigte eine lebhafte und einigermaßen freudige Spannung. Sie hätte schon längst gern gewußt, in welchen Zusammenhang ihre junge Freundin mit der Familie Ettershaiden zu bringen sein könne.

Herr von Ettershaiden setzte sich in seinen Lehnsessel. Melitta nahm ihm gegenüber Platz und Fides stellte sich so nahe wie möglich, um keine Miene von ihrem Vormunde zu verlieren.

„Ihr hofft auf eine große und weitläufige Erzählung, Kinder," sprach Ettershaiden launig von einer zur andern blickend, „darauf spannt Euch nicht. Es sind kurze, unzulängliche Berichte, die ihre Wichtigkeit erst in der Zukunft entwickeln können. Ich wurde eines Morgens von einem Geistlichen besucht und um eine ganz geheime, ungestörte Audienz gebeten. Es war dieser Geistliche derselbe Caplan, den Du erwähnt hast — Dein erster Lehrer in der Musik, der Freund und Tröster Deiner seligen Mutter.

Als ich ihm versichert hatte, daß er keinerlei Störung zu besorgen habe, sagte er mir ganz einfach: „„Die Trostbedürftigkeit einer Sterbenden führe ihn zu mir.“ Ich mochte ihn mit gerechtem Erstaunen betrachten, denn er beeilte sich fortzufahren, ehe ich ihn unterbrechen konnte und setzte mir entschieden auseinander, daß nur ich im Stande sei, das Ende einer ehrenwerthen Dame leicht zu machen. Auf meine höflich kalte Frage, worauf es ankomme, erfuhr ich weiter nichts, als daß ein übereilter Schwur den Willen dieser Dame binde, daß sie aber Willens sei, meiner Ehre die Lösung eines Knotens anzuvertrauen. Wolle Gott nicht, daß ihr heißester Wunsch in Erfüllung gehe, so müsse sie sich fügen, aber es lasse ihr keine Ruhe, wenigstens den Versuch zu einem versöhnlichen Ende aller Conflicte zu machen.“

Ettershaiden machte eine kleine Pause, die von Fides nicht unterbrochen wurde, obwohl ihr Herz darnach brannte, durch Fragen mehr hervorzulocken, als ihr Vormund ihr gab.

„Der Geistliche war mir nicht bekannt!“ fuhr Ettershaiden fort. „Es giebt in Berlin nur eine geringe Anzahl Katholiken, und ich war deshalb sehr überrascht, als er mir plötzlich bemerklich machte, daß er katholischer Pfarrer sei und auch die Dame sich zur katholischen Confession bekenne. Noch höher stieg meine Ueberraschung, als er mir vertraute, daß die Tochter der

Dame, die ich beschützen solle, in der protestantischen Religion aufgenommen sei und auch darin verbleiben müsse, da es die Religion des Vaters wäre, dessen Willen man dadurch zu ehren gedenke."

„Ah — jetzt begreife ich einen Auftritt, der am Sterbebette meiner Mutter stattfand," fiel Fides mit erstickter Stimme ein. „Ich wurde mit Gewalt fortgeführt, als einige Männer mit Gefäßen, Leuchtern und einem Jesuskreuze kamen."

„Ganz recht, meine Kleine! Deine Mutter war mit den Sterbesacramenten versehen, als ich zu ihr eintrat. Obwohl ich voraussah, daß es mir einigen Kampf kosten würde, wenn ich ein wildfremdes bürgerliches Kind in meinem Hause aufnehmen wollte, so hatte ich dennoch, gerührt von dem Vertrauen, das Deine Mutter in mich zu setzen schien, ohne mich persönlich zu kennen, sogleich beschlossen, Dein Beschützer zu werden." —

„Sie haben also meine selige Mama besucht?" fragte Fides mit weicher Stimme.

„Ein einziges Mal! Als ich zum zweiten Male zu Euch kam, war sie schon gestorben und begraben. Ich holte Dich ab und empfing vom Pater Dameke alle nöthigen Papiere, so weit sie mein Vormundschaftsamt betrafen. Das Vertrauen Deiner Mutter dehnte die Rechte eines Vormundes bis zu den Rechten eines Vaters aus. Sie hatte mich testamentarisch zum Verwalter Deines Vermögens eingesetzt, mit dem Vormerk, daß mir volle Freiheit darüber gestattet werde, ohne Rechenschaft. Nur die Bedingung war festgesetzt, daß Du in meiner Familie bleiben müßtest bis zu Deiner Verheirathung. Ich hatte Deiner sterbenden Mutter meine Hand zum Pfande gereicht. Unser Vertrag war damit geschlossen! Aber der Caplan Dameke handelte nach ihren Instructionen, als er mir mittheilte, daß sonderbare Familienconflicte es nöthig machten, so wenig wie möglich von Dir zu sprechen. Es lebten Personen, die Ansprüche an Dich machen könnten. Um dies zu vermeiden, habe man eine hochgestellte, einflußreiche Person, wie mich, zum Beschützer des Kindes Fides Tyrnau gewählt. Eines Tages würde es keine Gefahr mehr haben, Dich hervortreten und in den Besitz Deines Vermögens kommen zu lassen — so lange aber von seiner Seite keine bestimmte Nachrichten darüber einliefen, müsse Fides Tyrnau im sicheren Schutze verbleiben."

„Das sind aber sonderbare, fabelhafte Geschichten," rief Fides gereizt. „Ich mag nicht länger als unwissendes, unzurechnungsfähiges Kind betrachtet werden!"

„Du hast vernommen, daß ich bereit bin, an den hochwürdigen Bischof Dameke zu schreiben und ihn in Deinem Namen um Aufklärung zu bitten," erwiederte Herr von Ettershaiden. Nun fragt es sich, ob wir genügende Auskunft erhalten, da der hochwürdige Herr damals zu mir sagte: „Sorgen Sie, daß nicht die Neugier wach wird, sonst könnte der Fall eintreten, daß ich selbst das Kind in Obhut nehmen müßte, um es vor Zudringlichkeiten unserer eigenen Kirche zu retten, der eine Seele und ein reiches Erbe in dem Mädchen verloren geht!"

Fides starrte wiederum sehr erschrocken in ihres Vormunds Gesicht.

„Und Sie haben wirklich nicht eine Ahnung davon, warum man meine Person in solche Geheimnisse wickelt?" fragte sie kleinlaut.

„Nicht die kleinste Ahnung!" betheuerte der alte Herr. „Ich halte fest an dem Worte des Mannes, der damals als Vermittler zwischen mir und Deiner Mutter aufgetreten war. Er hat mir auf die Hostie versichert, daß nicht das mindeste von Unlauterkeit in allen Verhältnissen obwalte, sondern daß nur ein übereilter Schwur Deiner Mutter, den er mit dem besten Willen nicht zu vernichten im Stande sei, die Conflicte herbeigeführt hätten, die sie jetzt rathlos machten. Weiter zu forschen erlaubte mir meine Ehre und meine Würde nicht. Ich ersah aus der unbedingten Vertrauensaction, daß man meinen Charakter richtig erkannt habe und ich glaubte demgemäß handeln zu müssen. Nun gieb mir Ruhe, Kleine! Was Du wünschest, soll geschehen, damit Dein kleines, stolzes Herz, welches die Unbescholtenheit höher stellt, als ein gebrandmarktes, glänzendes Dasein, wieder zufrieden wird. Gute

Nacht, Ihr Kinder! Träumt von Glück so lange Ihr jung seid und überlaßt dem Alter die Sorgen." — Er winkte ihnen freundlich zu und verließ das Zimmer.

Fides und Melitta sahen sich bewegt in die Augen. „Sage mir, Melitta, sage mir, begreifst Du das, was wir heute Abend Alles erlebt haben?" fragte Fides leise und heimlich.

„Nein, meine Fides!" antwortete Melitta mit holdem Trostlächeln. „Aber hoffe nur, es wird ein Tag kommen, der alle Schleier lichtet und dann wirst Du vielleicht sehr glücklich sein!"

ALBUM.

Bibliothek deutscher Originalromane.

Herausgegeben
von
Herm. Markgraf.

Neunzehnter Jahrgang.

Eilfter Band.

Die Herren von Ettershaiden.

II.

Wien.

1864.

Die Herren von Ettershaiden.

Roman

von

E. Fritze.

II. Theil.

Wien.

1864.

Inhalt.

Die Herren von Ettershaiden.

I. Capitel.

Ein alter Bekannter.

Oswald von Wangera war während des verflossenen Zeitraumes mit sich einig geworden, daß er ohne Aufsehen seine Heimath verlassen und es Gott anheim stellen wolle, wie er sein Haus und seinen Hof dermaleinst wiederfinden würde. Trotz seiner geheimen Bemühungen, einen Käufer oder auch nur einen Pächter zu finden, zeigte sich noch nicht die mindeste Aussicht dazu. Laut werden durfte sein Vorsatz nicht, sonst lenkte sich der spähende Blick böswilliger Menschen auf sein Thun und Treiben und vereitelte seine Pläne, die er mit ruhelosem Geiste pflegte. Um deswillen verließ er auch sein Haus seltener und vermied jeden öffentlichen Verkehr, der ihn verdächtigen konnte. Aber in der gesicherten Einsamkeit seines Zimmers traf er alle nothwendigen Vorbereitungen, um beim ersten günstigen Zufalle aufbrechen zu können.

Sein letzter Besuch in Ettershaiden hatte eine sonderbare, unruhige Seelenstimmung in ihm erzeugt. Melitta's Ernst erschien ihm wie eine Warnung vor unüberlegten Schritten.

Daß sie sich nicht, wie sonst, liebevoll aussprach, sondern sich wortkarg zurückzog, beurtheilte er falsch, weil in seinem Herzen das Licht der Erkenntniß noch nicht entzündet war. Er hielt sich für berechtigt zu Vertraulichkeiten inniger Art und hatte sich dergestalt in das Familienleben Ettershaidens hineingelebt, daß der leise Uebergang in Melitta's Neigung ganz unbemerkt von ihm geblieben war. Eben so wenig empfand er die Veränderung seines Gefühles. Daß es ihm Bedürfniß war, nach Ettershaiden zu reiten, lag nach seiner Meinung in der Sympathie, die ihn mit dem alten Herrn verknüpfte. Sein Geist war so vollkommen beschäftigt, daß er die Schläge seines Herzens zu beachten vergaß und gänzlich darüber im Unklaren blieb, daß die Freundschaft der Kindheit zur Liebe gereift war.

Erst in der Einsamkeit seines Zimmers traf die leise Mahnung an einen ernsten Abschied sein Herz. Das Bild Melitta's erstand vor seiner Phantasie. In ruhiger Anmuth erschien sie ihm, die Augen voll stiller Zärtlichkeit, lieblich erröthend bei dem Kuß, den er der

Sitte gemäß beim Abschiede auf ihre Hand drückte. Warum erstand gerade dies Bild vor seiner Phantasie? Warum dachte er dabei an den ungleich schwereren Abschied, der ihm, zufolge seiner politischen Entwürfe, nahe bevorstand?

Ein unbeschreibliches Weh durchzuckte ihn. Die friedlichen Träume seiner Jugend dämmerten wieder auf, wo er es als ausgemacht angesehen hatte, daß Melitta Herrin in seinem hübschen, einfachen Haushalte werden müsse. Längst, längst waren diese Träume im Elende seines Vaterlandes untergegangen, warum tauchten sie gerade jetzt wieder auf, wo sich Alles ihrer Erfüllung und Verwirklichung entgegensetzte?

Oswald warf energisch alle entmuthigenden Gedanken aus seiner Seele und versenkte sich in die prosaischen Notizen, die er über sein Hab und Gut gemacht, um sie als einen Ueberblick benutzen zu können. Er war nicht der Mann, welcher sich durch das Klopfen seines Herzens von Entschlüssen abbringen ließ. Geduldig nahm er zu seinen andern Qualen auch die Erkenntniß noch hinzu, daß ihm die Trennung von Melitta wahrscheinlich bei weitem mehr Schmerz verursachen würde, als er bis jetzt geahnt.

Zu derselben Zeit, wo Oswald mit Mannesmuth auch diesem Schmerze zu begegnen sich vornahm, ritt ein Mann im gemäßigten Schritte langsam an dem

See vorüber und sah schon von fern mit sichtlichem Behagen nach dem wohlerhaltenen, aber ganz schmucklosen Herrenhause, das mit seinem offenen Gatterthore förmlich einladend erschien.

Schnurstracks ritt er darauf zu. Oswald, aus seinen Beschäftigungen durch den Hufschlag des Pferdes geweckt, ging zum Fenster und sah noch eben die Gestalt jenes Fremden, den er vor mehreren Wochen auf der Landstraße getroffen, aus dem Sattel gleiten. Gleich darauf erschien sein Diener und meldete „den neuen Besitzer von der Ettershaider Burg!"

„Wie?" fragte Oswald hastig. „Der Marquis d'Etérais?"

„Nein," entgegnete der Diener sehr bescheiden, „der Herr sagte ausdrücklich: Meldet Eurem Herrn den neuen Besitzer der Ettershaider Burg!"

Oswald winkte, ihn herein zu führen. In ihm stürmte es aber. „Dieser Fremde — der Marquis?" Er konnte sich kaum so weit fassen, um ihm ruhig und höflich entgegen zu treten.

Der Marquis ließ ihm nicht lange Zeit sein Benehmen zu regeln. Rasch überschritt er die Schwelle, reichte dem jungen Hausherrn bieder seine Rechte und machte mit einigen Worten zwar nur, aber mit vielem Humor seine Bekanntschaft auf der Landstraße geltend. Oswald, gedankenvoll ihn betrachtend, erwiederte seine Begrüßung artig und bald saßen die jungen Männer neben einander, äußerlich ruhig, aber innerlich von sehr verschiedenartigen Empfindungen aufgeregt.

„Sie sehen, Herr von Wangera," sprach der Marquis im Verfolg des Gespräches, das sich bis dahin auf der Oberfläche gewöhnlicher Redensarten gehalten hatte, „Sie sehen, daß ich nicht verfehle Ihnen meinen schuldigen Nachbarbesuch zu machen, wie ich's Ihnen schon damals verheißen hatte. Ich knüpfe hieran sogleich die Frage, ob Sie wirklich mit dem Gedanken umgehen, Wangeroda zu verkaufen?"

Er sah Oswald bei dieser Frage scharf und prüfend an. Dieser fand eine Herausforderung in dem Blicke und erwiederte denselben mit vollem Mannesmuthe.

„Ja, Herr Marquis!" sagte er mit einer Stimme, die wie tönendes Erz klang.

„Gut! so bitte ich Sie, mich als einen Käufer desselben zu betrachten. Doch möchte ich eine Bedingung vorausschicken, ehe wir näher auf das Geschäft eingehen."

Oswald neigte etwas steif sein Haupt, verweigerte aber dem Marquis die Hand nicht, die er zu fassen Miene machte.

„Ich würde die Bedingung aufstellen müssen, daß der Kauf ganz unter uns bliebe!"

Oswald öffnete sein Auge sehr weit und schauete

mit stolzem Ernste in das Auge des Marquis. Wollte er ihn fangen mit dieser Bedingung? Ein geringschätzendes Lächeln glitt über sein Gesicht und er sagte ziemlich schroff:

„Ihre Gründe für diese Bedingung, wenn ich bitten darf, Herr Marquis!"

„Meine Gründe dafür würde nur der begreifen können, der, gleich mir, gezwungen ist, sich ohne Aufsehen eine bleibende Stätte — eine Heimath — zu schaffen, mein Herr," antwortete der Marquis mit etwas gehobenem Tone. „Es ist der Trotz mit im Spiele, sich dort zu placiren, wo man einst verachtet wurde."

Oswald horchte scharf auf. Sollte er einem jener Parvenu's gegenübersitzen, wie ihn die Drangsale des Vaterlandes so häufig geschaffen hatten? Sollte der Marquis eine Carriere en galop gemacht haben, vielleicht vom Schreiber eines deutschen Amtes bis zum Geheimsecretair Sr. Majestät von Westphalen? Unmöglich war dies nicht!

„Ich zahle baar, was Sie verlangen," fuhr der Marquis gemüthlich fort." Lieb würde es mir sein, könnte ich das ganze Gut mit Allem, was dazu gehört, übernehmen."

„Das könnte mir nur gelegen sein, denn es überhöbe mich der leidigen Auction, wo nichts dabei herauskommt," sagte Oswald.

„Seien wir also aufrichtig gegen einander!" rief der Marquis heiter werdend.

Oswald blickte fest und kühn auf. „Sie haben ‚besondere Gründe' das Gut zu verkaufen und ich habe „besondere Gründe" das Gut zu kaufen. Sie möchten sich ohne Aufsehen Ihres Besitzthumes entäußern und ich habe das innigste Verlangen mich ohne Aufsehen zum Besitzer dieses Gutes zu machen. Gestehen Sie die Wahrheit meiner Bemerkung zu, Herr Oswald von Wangera?"

„So weit diese Bemerkung mich betrifft, gestehe ich sie unbedingt zu!" sprach Oswald mit Freimuth. „In Rücksicht auf Sie begreife ich Sie nicht, da es bekannt geworden ist, daß Ihnen der König von Westphalen statt der alten Burg das Lustschloß Schönthal mit seinen herrlichen Parkanlagen zum Geschenke hat machen wollen."

„Pah —" sagte der Marquis verächtlich. „Der König von Westphalen hatte nicht das Recht, Schönthal zu verschenken, da es Privateigenthum der Prinzeß Wilhelmine ist."

Oswald blickte frappirt auf zu ihm. „War es eigentlich mit der Burg Ettershaiden anders?" fragte er ruhig.

„Ganz anders! Dort handelte es sich um eine prächtig eingerichtete Besitzung, hier um ein verfallendes gänzlich mißachtetes Gebäude ohne liegende Gründe. Außerdem ist das Geschlecht Ettershaiden dem Erlöschen nahe und das alte Haus würde Niemand genutzt haben."

„Gestatten Sie mir eine Einrede, mein Herr Marquis. Es ist bekannt geworden, daß ein Sohn des preußischen Obersten von Ettershaiden noch lebt!"

„Ist der erbberechtigt?" fragte der Marquis seltsam lächelnd. „Arnulf von Ettershaiden ist das Kind einer Mesalliance!" Uebrigens habe ich allen Formen genügt und sogar die Einwilligung des alten adelstolzen Herrn auf Ettershaiden nachgesucht, bevor ich durch die westphälische Regierung bei der preußischen Regierung Schritte thun ließ. Durch königliche Unterschrift bin ich von Rechtswegen Besitzer der alten Burg und denke mein Recht jetzt gegen jeden Anspruch der Familie Ettershaiden gesichert zu haben. Meinen Sie nicht?"

„Ettershaiden ist Lehn von Preußen — hat also der Preußenkönig als Lehnsherr in die Abtrennung der Stammburg gewilligt, so ist die Sache erledigt," sagte Oswald kurz.

„Um alle späteren Einwürfe zu beseitigen, habe ich auch an Arnulf geschrieben und hoffe ihn in wenigen Wochen bei mir zu empfangen," sprach der Marquis mit demselben seltsamen Lächeln. Oswald schien freudig von dieser Nachricht berührt zu werden. Der Marquis ließ ihn jedoch nicht zu Worte kommen, sondern fuhr rasch sprechend fort:

„Um so lieber wäre mir's, könnte ich Wangeroda bis dahin in Besitz nehmen. In der Burg wird mächtig gearbeitet. Aeußerlich ist schon Alles gethan, um ihr Ansehen wieder herzustellen und was in der Eile geschehen konnte, um sie auch innen wohnlich und zierlich zu machen, ist bereits geschehen. Ich wohne seit heute dort und habe die Glückseligkeit eines Einsiedlerlebens in vollen Zügen genossen."

„Wie verstehe ich das?" fragte Oswald im höchsten Grade erstaunt. „Nur wer seines Lebens müde ist, kann nach meiner Meinung daran denken, sich einem Einsiedlerleben auf der alten Burg hinzugeben!"

„Es könnte auch noch einen andern Grund geben, den aber ein Mann, welcher nie sein Brot mit dem Grimme verletzten Stolzes aß und nie Veranlassung hatte, den Hund beneiden zu müssen, der eine privilegirte Stellung in seiner Hundehütte einnahm, nicht begreifen kann," antwortete der Marquis in größter Seelenruhe und ohne alle Bitterkeit.

Oswald fühlte sich dessen ungeachtet tief erschüttert von diesen Worten. Ihm schienen vergangene Schmerzen aus dem philosophischen Gleichmuth hervorzuleuchten, womit sie gesprochen wurden und er gedachte plötzlich seines Entschlusses, sich einer schützenden Heimath zu berauben, mit einem widerstrebenden Gefühle.

„Vielleicht in kurzer Zeit schon lerne ich dies Gefühl kennen, mein Herr Marquis," antwortete er hastig. „Mit dem Verkaufe meines Eigenthumes verliere auch ich eine Heimath. —"

„Aber nicht die Ansprüche Ihrer Geburt," fiel der Marquis lebhaft ein. „Und darin liegt ein ganz absonderlicher Trost, den derjenige erst zu schätzen weiß, welcher diese Vorzüge verloren gehen sah. Es giebt nach meiner Erfahrung nichts Entsetzlicheres, als sich in Kreisen bewegen zu müssen, die uns nur dulden."

„Ich dächte, dergleichen Erfahrungen wären in Ihrer Stellung nicht möglich."

„Und wenn mich diese Erfahrungen in meine jetzige Stellung getrieben hätten?"

„Dann freilich wäre mir Ihre Sehnsucht nach einem Einsiedlerleben in einer sichern Heimath erklärlich!" sprach Oswald mit Wärme. „Sie lieben Ihr besseres Selbst nothwendigen Uebeln und ziehen es, nach erreichten Zwecken wieder zurück. Aber es würde an Wunder gränzen, sollten Sie unverletzt an Leib und Seele aus den Wellen zurückkehren, denen Sie sich anvertrauen mußten."

„Sehe ich aus wie ein Schiffbrüchiger, Oswald?" fragte der Marquis mit sanfter, weicher Stimme. Oswald fuhr überrascht in die Höhe.

„Mein Herr, enden Sie endlich meine Spannung!" rief er erregt. „Schon auf der Landstraße damals ließen Sie Andeutungen fallen, als sei ich ein alter Bekannter von Ihnen. Ich habe aber niemals einen Mann Ihres Namens gekannt."

„Wissen Sie denn meinen Namen schon?" fragte der Marquis mit Scherz, um seine steigende Bewegung zu verbergen.

„Man nennt Sie in Kassel den Marquis d'Etérais!"

„Eine Corruption meines Namens, die sich der Kaiser Napoleon erlaubte!"

Oswald wurde bleich vor Rührung, denn jetzt endlich dämmerte eine Ahnung in ihm auf.

Du bist Thilo von Ettershaiden!" sagte er zitternd. „Allmächtiger Gott, daß ich nicht gleich darauf verfallen bin! Thilo — o, was wird Cousine Bianca sagen, wenn sie Dein Schicksal erfährt! Thilo von Ettershaiden steckte also in dem Marquis d'Etérais, der wie ein Stern am dunstigen, gewitterschweren Himmel vom Königreiche Westphalen glänzte? — Willkommen daheim, mein alter Freund Thilo!" Er reichte ihm beide Hände dar und küßte ihn herzlich auf Mund und Wange.

Diesen Empfang mochte Thilo nicht erwartet haben. Seit langer Zeit dem innigen Verkehr mit Menschen fremd geworden, einsam seine Wege wandelnd, die ein Ziel verfolgten, welches, trotz seiner edeln Tendenz, dennoch im Triumphe der Selbstsucht gründete, mußte ihm ein Wohlwollen so reiner und aufrichtiger Art die Seele bis zur Qual erschüttern.

Er schlug beide Hände vor's Gesicht und weinte! Dann sprang er auf und rief außer sich:

„Und Du fragst nicht nach meiner letzten Vergangenheit, Oswald? Du fürchtest nicht einem Vaterlandsverräther in dem zu begegnen, der seinen Lebensunterhalt bei den Unterjochern seines Vaterlandes suchen mußte? Du trauest mir, Oswald, trotz des bösen Scheines, der auf meinem geheimnißvollen Auftreten ruhet?"

„Ja, ich traue Dir, denn ich weiß, Du bist ein Ettershaiden, der nach der Devise seines Wapppens nimmer wankt in der Treue für König und Vaterland!"

„Gott lohne es Dir!" sprach Thilo mit wiederkehrender Fassung. „Wäre es anders mit mir, so stände ich nicht vor Dir! Halte fest an dem Worte der Erklärung, das ich Dir hiermit gebe: nur für persönliche Interessen, nur in Familienangelegenheiten, die wichtig genug waren, um zu den Depeschen noch mündliche Erörterungen hinzufügen zu müssen, nur um Parteiungen im Kreise seiner nächsten Angehörigen zu schlichten, nur für Befehle, für Warnungen, für Rathschläge, für zornige Zurechtweisungen in seinem weitverzweigten Familienkreise diente ich dem Kaiser Napoleon als Geheim-Botschafter. Nie habe ich mich mit politischen Sendungen befaßt, selbst nicht mit solchen, die meinem Vaterlande fern blieben und in der festen Redlichkeit meines Wesens lag der Grund zu dem unerschütterlichen Vertrauen des Kaisers."

„Wunderbar, daß er dem Deutschen mehr Vertrauen schenkte, als einem Franzosen!" warf Oswald ein.

„Er hat mich wohl erst vielen Prüfungen unterworfen und gerade in meiner Isolirtheit und Selbständigkeit eine Garantie für die Bewahrung seiner Geheimnisse gefunden. Von seiner Familie ahnt Niemand, daß ich ein Deutscher bin!"

„Du hast Dich, darnach zu schließen, also als ein welt- und seelenkundiger Mann bewährt, dessen Weisheit und Klugheit seine Jahre weit überragt! — Laß Dich doch betrachten, Thilo, ob ich wirklich bei einigem Nachdenken aus Deinen Zügen nicht hätte errathen können, wer mich mit so köstlichem Humor nur als langbeinigen und langarmigen, blassen Junker kennen wollte." Er nahm den jungen Mann bei den Schultern und drehte ihn dem Lichte zu. „Ja, sieh!" begann er sogleich wieder, „jetzt ist mir freilich ein Wiedererkennen nicht schwer! Deine Augen, schon früherhin ein Gegenstand meiner Bewunderung, hätte ich unter allen Umständen erkennen müssen, wenn ich nicht ein träumerischer Gesell geworden wäre. Deine glatte Lippe ist allerdings jetzt stark mit Bart besetzt und das wechselnde Spiel Deiner Mienen hat sich zu einer gewissen Unbeweglichkeit ernüchtert; Dein schalkhaftes Lächeln ist vom Ernste der äußern Haltung geregelt und auf der hellen Stirn sind Merkzeichen vom wechselvollen Leben mit dem Ausdrucke stiller Entschlossenheit gepaart, zu finden. Aber Eines hast Du bewahrt und daran eben erkannte ich Dich. Der weiche bittende Ausdruck Deiner Stimme, wenn Dein Herz sich regt — das ist Dir von Deiner verschwundenen Jugend geblieben!"

Thilo nickte lebhaft. „Damit habe ich auch oftmals Löwen bezähmen müssen, wenn sie blutdürstig waren," sagte er leise und geheimnißvoll. „O, wenn ich einen Tag früher zurückkam, so wäre der unglückliche Palm nicht erschossen!"

„Wirst Du Dich aber Deiner Einsiedelei lange erfreuen können?" fragte Oswald nach einer kleinen Pause, die dem Andenken an manche Märtyrer des Patriotismus geweiht wurde, theilnahmvoll.

„Ich habe mein Verhältniß zu Napoleon gänzlich gelöset!" gab Thilo ruhig zur Antwort.

„Sein fürchterlicher Plan zur Weltunterjochung erweckte mir Grauen. Sein Rüsten gegen Rußland erscheint mir als eine Herausforderung Gottes. Ich habe gewagt, ihm dies ehrlich zu sagen, als ich von Schweden zurückkam, wo ich durch den neuen Kronprinzen von Schweden, dem ehemaligen französischen General Bernadotte, eine volle Einsicht in die kolossalen Entwürfe des Kaisers gewann. Er gedenkt mit seinen ehernen Flügeln Alles zu unterdrücken, was Europäer heißt — mir grauete vor diesem unersättlichen Ehrgeiz und ich zog mich empört aus dem Kreislaufe seiner entsetzlichen Herrschsucht zurück!"

„Wird er Dich nicht mit Spähern umringen lassen?" fragte Oswald sehr schnell.

„Bei seinem Hange zum Mißtrauen muß ich, anfangs wenigstens, das erwarten, aber ich habe keine Ursache es zu fürchten, da ich ehrenhalber jede Berührung mit feindlichen Elementen vermeiden werde. Späterhin wird man mich vergessen im neuen Kriegsgetümmel, das verheerend bis in's Herz Rußlands zu dringen schon vorbereitet wird."

Oswald schritt langsam von seinem Jugendfreunde hinweg und durchmaß zwei Mal, sichtlich mit einem Entschlusse ringend, das Zimmer. Dann blieb er vor Thilo stehen und sagte sehr ernst, fast feierlich:

„So mußt Du mich meiden, Thilo, um Deines Wohles willen, um Deiner Ehre willen, denn ich gehöre zu den erbittertsten Gegnern des großen Welteroberers!"

„Das habe ich gar nicht anders erwarten können,

Oswald, also sagst Du mir nichts Neues," antwortete Thilo mit herzlichem Tone. „Es ist etwas Eigenes um Jugendfreundschaft, mein Lieber! Unsere Jugendthorheiten, die wir zusammen getrieben, befähigen uns, die Regungen in des Mannes Brust zu errathen. Das erste Wort, welches mir über Deine Absicht, Wangeroda zu verkaufen, zu Ohr kam, enthüllte mir zugleich Deine Opferbereitwilligkeit für's Vaterland. Ich wußte sogleich, daß Du beschließen würdest, nach Rußland zu gehen, um Dein Blut dem hohen Zwecke zu bieten, Gegenwehr zu leisten nach Möglichkeit. Wäre ich frei, so würde mich dieselbe Begeisterung forttreiben! Da ich durch Ehrenpflichten gebunden bin, so will ich wenigstens dem helfen, der mir ohne Betheuerung, ja ohne Erklärung Vertrauen bewiesen hat. Ich übernehme käuflich Dein Gut, Oswald — kommst Du entmuthigt, in Deinen heiligsten Gefühlen vernichtet, zurück, so weißt Du, wo Du Dein Haupt niederlegen kannst, um auszuruhen! Willst Du meinen Vorschlag annehmen?" fragte er mit jenem unwiderstehlichen Tone, der schon so oft Löwen gezähmt haben sollte.

Oswald schlug in die dargebotene Hand ein. Zu sprechen vermochte er nicht.

„Die Zeit drängt," sprach Thilo weiter. Meine letzte Mission ist leider zum Tagesgespräch geworden durch die Indiscretion der Generale, welche gerade um

Bernadotte, diesem erwählten Kronprätendenten, versammelt waren, daher stehe ich nicht an, sie Dir mitzutheilen. Der Kaiser Napoleon ließ seinem ehemaligen General geradezu verbieten, sich mit dem Kaiser von Rußland einzulassen und um seine Zusammenkunft mit ihm zu verhindern, wurde ich schleunig nach Schweden beordert. Was ich beobachtet habe, bringt mich auf die Vermuthung, daß Bernadotte zwei Karten zugleich ausspielt. Während er dem einen Kaiser Zugeständnisse macht, unterläßt er es doch nicht, dem andern Complimente und Ergebenheitsadressen zukommen zu lassen. Napoleon merkt das sehr gut und ist zornig darüber. Um so rascher wird er seine Entschlüsse in's Werk setzen. Willst Du also fort, so eile!"

„Ich bin bereit!" sprach Oswald fest und entschieden.

„Eine Anzahlung für das Gut habe ich bei mir!" entgegnete Thilo eben so kurz und entschieden.

„Dein Edelmuth würde mich beschämen, wenn ich nicht den Geist Deiner Ahnen darin leuchten sähe," sprach Oswald, während Thilo eine Tasche von seinem Leibe losgürtete und sie ihm übergab. „Wie viel ist es, Thilo?" fragte er gerührt.

„Noch lange nicht die Hälfte des Preises, den Du fordern darfst!" rief Thilo mit glänzenden Augen. „Und nun, mein Freund, rasch ein Lebewohl für lange Zeit.

Wenn wir uns späterhin wiedersehen, so kennen wir uns! Folge meinem letzten Rathe, den ich Dir auf den Weg geben will. Gehe direct in's Lager des Prinzen Eugen von Württemberg. Bitte ihn um eine Audienz. Nenne den Namen Thilo von Ettershaiden. Sein Empfang wird Dir zeigen, daß er mich noch nicht vergessen hat. Wir haben zusammen in Erlangen studirt und treu an einander gehalten. Obwohl der Prinz noch sehr jung war, verrieth er doch einen merkwürdigen Scharfblick bei der Beurtheilung eines menschlichen Charakters. Mich nannte er den Diplomaten! Du magst ihm erzählen, wozu ich meine Anlage zur Diplomatie verwendet habe."

„Thilo — mir ist wie im Traume!" sprach Oswald, seine hastige Rede unterbrechend.

„Dies Geld? — Darf ich ohne Gewissensscrupel Dein Schuldner werden? — Mir schwindelt — es überstürzt mich. —"

„Meinst Du, es klebe eine einzige niedrige That an dem Gelde?" fragte Thilo traurig.

„Nein — bei Gott! Das glaube ich nicht!" betheuerte Oswald. „Aber Du entbehrst es!"

„Du kannst auch darüber ruhig sein. Ich habe gelebt, wie ein Cyniker. Ich habe den Groschen zum Groschen, den Thaler zum Thaler und schließlich das Goldstück zum Goldstück gelegt, um wohlhabend zu werden.

Ich habe Papiere gekauft und verkauft zu meinem Nutzen. Meine Einnahmen waren unregelmäßig — meine Ausgaben regelte ich bis zum Pfennig! Das ist das Geheimniß meines Gelderwerbes."

„Und ich soll die Früchte dieser Entbehrungen genießen?"

„Bewahre! Ich kaufe Dir Dein Gut damit ab! Das heißt, ich lebe vom Ertrag desselben!"

„Welche Sicherheit gebe ich Dir? Rathe mir, denn ich bin betäubt!"

„Nichts leichter, als das! Du passirst Berlin. In Berlin erklärst Du mich für den Käufer Deines Gutes. Dorthin sende ich Dir dann nöthigenfalls auch Geld!"

Er lachte und schüttelte seinem Freunde herzhaft die Hand.

„Sieh, ich lebe unterdeß herrlich und in Freuden, bald in der alten Burg, bald hier in Wangeroda. Mein Bruder Arnulf wird gewiß meine Einladung annehmen und zu mir kommen. Mehr verlange ich nicht! Alles Andere später!"

Wirst Du dem Oberhofjägermeister von Ettershaiden nicht Deinen wahren Namen entdecken?"

„Vorderhand bleibt Alles beim Alten! Mit dem alten Vetter Ettershaiden habe ich überhaupt nichts mehr zu schaffen. Er gehörte stets zu meinen ärgsten Widersachern und ließ es sich sogar noch bei meiner Anstellung als überzähliger Kammerjunker am preußischen Hofe einfallen, dem festen Willen der seligen Königin Luise, die mir wohl wollte, Widerstand zu leisten, weil mein Vater sich durch eine Mesalliance seiner hohen Verwandten unwürdig gemacht hatte. Ich will vom alten Vetter nichts, also habe ich nicht nöthig, mich Ihm vorzustellen."

„Du warst aber bei ihm?" fragte Oswald verwundert.

„Als Marquis d'Etérais," antwortete Thilo lachend. „Ich hielt es für rathsam, die Schenkung des westphälischen Königs auf preußische Manier sicher zu stellen."

„Und er erkannte Dich nicht?"

„Wir kannten uns überhaupt nicht! Wir sind uns, gleichmüthig stolz, stets aus dem Wege gegangen! Den formell angemeldeten Marquis d'Etérais empfing der alte, steife Hofcavalier mit möglichster Gala — dem aus einer Mesalliance entsprungenen Thilo von Ettershaiden würde er die Thür verschlossen haben."

„Du verkennst den alten Herrn!" rief Oswald eifrig.

„Darüber wollen wir nicht streiten! Was ich von seinen Gesinnungen weiß, erfuhr ich durch Deine Cousine Bianca. Lebt sie noch?" setzte er mit Heiterkeit hinzu.

„Sie lebt und sucht noch immer, wie vormals, die Freundschaft berühmter Männer zu gewinnen," antwortete Oswald, ebenfalls einem Anfluge von Frohsinn erliegend. „Es ist die merkwürdigste Enthusiastin, die geboren werden kann."

„Ihr Enthusiasmus schob mich in die Bahn, welche ich seitdem verfolgt habe! Ich gewann des Eroberers Wohlwollen durch die Gewandtheit, mit der ich mich als Cicerone in der Garnisonkirche bewährte und meine Hülflosigkeit nöthigte mich gleichsam, seine Anerbietungen anzunehmen. Ich diente ihm und den damaligen Prinzen Jerome als Dollmetscher im Vaterlande." —

Ein bitteres Gefühl mochte sich dem jungen Manne in der Rückerinnerung an die erste Zeit dieses Verkehres mit dem Vaterlandsfeinde aufdrängen, denn er hielt plötzlich inne und biß krampfhaft die Lippen auf einander. — „Armer Thilo," sprach Oswald theilnehmend. „Es ist kein Rosenlager gewesen, worauf ich mich selbst gebettet," fuhr Thilo, ihn unterbrechend, fort, „und wenn meine Noth nicht durch die Flucht des preußischen Königspaares so groß geworden wäre, daß ich Deine Cousine Bianca um zeitweilige Subsistenzmittel hätte bitten müssen, so würde ich, trotz der glänzenden Anerbietungen Napoleon's nie dahin gekommen sein."

„Warum hast Du Dich nicht an mich gewendet, Thilo!" rief Oswald vorwurfsvoll.

„Es war mein Wille, hieher zu gehen und die geschiedene Frau des Oberlandjägermeisters, die mir wohlwollte, um ihre Fürsprache bei ihren einflußreichen Verwandten zu bitten. Cousine Bianca hatte schon an sie geschrieben. Bevor die Antwort eintraf, verschwand ich spurlos im Weltgetümmel. Meine erste Sendung ging nach Italien. Erst nach der Errichtung eines Thrones für Jerome kam ich wieder in Deutschland zur Ruhe. Da aber hatte die Gewohnheit mich schon für die Staatsumwälzungen unempfindlich gemacht."

„Gestehe es nur," bemerkte Oswald, „Dein Stolz erleichterte Dir Dein Alleinstehen?"

„Ja. Ein Funke des Ettershaider Hochmuth brannte in meinem Hirne. Dieser Hochmuth hielt mich ab, Amt und Würden von dem Usurpator anzunehmen, dessen Vater Advocat in Ajaccio gewesen war. Zuerst hegte ich den hochromantischen Plan, eines Tages dem Auge Napoleons zu verschwinden und in einem abgelegenen Winkel Preußens sorgenfrei fort zu existiren. Diese Idee verflog bei der Nachricht vom Tode der drei Junker von Ettershaiden. Der Platz, welcher durch ihren Tod frei wurde, gebührte nun meinem Hause. Damals tauchte der erste Gedanke an die alte Burg, die den Stammherd unsers Geschlechtes bildet, auf."

„Du hast also die Schenkung derselben herbeigeführt?"

„Allerdings, aber erst dann, als ich von der merkwürdigen Gränzlinie Kunde erhielt, die die alte Burg dem neuen Königreiche von Westphalen einverleibte.“

„Bist Du stets mit Arnulf in Verkehr geblieben?“ fragte Oswald.

„Bewahre! Ich erfuhr erst aus dem Munde des Oberhofjägermeisters, daß er noch lebe.“

„Cousine Bianca hatte uns davon benachrichtigt, daß er sein Amt seit dem schicksalsschweren Tage niedergelegt, wo er dem Könige von Westphalen den Eid der Treue hatte schwören sollen.“

Thilo zuckte leicht die Achseln. „Der alte Herr sagte mir davon und dieser Passus macht es mir ungewiß, ob er sich mit einem Bruder, der aus Noth laxere Grundsätze entwickelte, wird einlassen wollen. Ich habe ihm offenherzig Alles das geschrieben, was ich Dir im Laufe des Gespräches enthüllte und muß nun abwarten, was er beschließt.“

„Der alte Herr hat ihm auch eine Einladung zukommen lassen —“ erklärte Oswald, rasch einfallend, Thilo sah ihn erstaunt an.

„Der alte Herr hat auch schon Schritte gethan, um die Clausel in den Erbrechtsgesetzen Eures Stammes zu moderiren. Arnulf ist vielleicht schon jetzt in der Erbfolge bestätigt.“ Thilo verschränkte die Arme über der Brust und sah düster vor sich nieder.

„Gut!" rief er, nach einer Weile sich aufraffend! „Dann braucht er mich nicht! Will er aber bis zum Ableben des jetzigen Besitzers in meinem Hause wohnen, so wird es mich freuen, daß ich Alles zu seinem Empfange vorbereitet habe. Fast scheint es mir selbst ein Traum, daß in wenigen Wochen aus einem düstern, schmutzigen und unheimlichen Gebäude ein hübsches, einladendes Asyl geschaffen worden ist. Sogar ein Gartenvergnügen habe ich dadurch gewonnen, daß eine alte, längst vermauerte Pforte entdeckt wurde, die unmittelbar in den schönen Garten des Försters führt."

„Ei, dieser Garten ist der ehemalige Burggarten, mein Lieber und der Förster ist Dir leibeigen nach altem Rechte, denn er ist ein Erbgeborner der Burg und als solcher zum Frohndienste der Burgbewohner verpflichtet," erwiederte Oswald eifrig belehrend. Thilo schien erfreut darüber, rief aber plötzlich von diesem Gegenstande abspringend: „Apropos! Wer ist das schöne wilde Mädchen, welches dem alten Förster täglich die Visite zu machen pflegt? Ein wunderbares Interesse bindet mich an die Kleine; sie scheint in sonderbaren Beziehungen zum Hauspersonal zu stehen." Oswald sah ihn befremdet an.

„Meinst Du die kleine Tyrnau?" fragte er unsicher. „Ja? Nun, die ist gar nicht zum Hauspersonal zu rechnen. Sie ist eine Waise und als Mündel des Oberhofjägermeisters in seine Familie aufgenommen."

„Und doch hörte ich sie Mademoiselle nennen?"

„Sie ist eine Bürgerliche. Sonderbare Familienverhältnisse scheinen ihre Mutter gezwungen zu haben, das Kind unter den Schutz eines angesehenen Mannes zu stellen."

„Und der stolze Ettershaiden gab sich dazu her, eine Bürgerliche zu beschützen?" fragte Thilo, höchlichst amüsirt von der Inconsequenz seines Vetters.

„Du verkennst meinen lieben, alten Herrn!" antwortete Oswald. „Ich wette, es vergeht kein Monat, wenn Du sonst nicht halsstarrig bist, und Du liebst ihn gleich einem Vater." Thilo machte eine abwehrende Bewegung.

„Ich habe seine erste Gattin geliebt, wie eine Mutter — daß er diese Frau von sich lassen konnte, vergebe ich ihm nie!"

„Doch! Und am sichersten, wenn Du selbst die furchtbare Macht der Leidenschaft kennen lernen solltest. Seine erste Ehe war eine Convenienzheirath. Wäre meine Cousine Bella ihm nicht in den Weg getreten, so würde er sich, seinem edlen Sinne gemäß, damit begnügt haben, daß er an der Seite einer Frau lebte, die älter war, als er."

„Hat er das nicht von Anfang an gewußt?“ fragte Thilo mit spöttischer Betonung.

„Ja, aber damals schlief sein Herz!“

„Hätte er es vor dem Erwachen gehütet, so blieb er achtungswerth!“

„Man hat ihm seiner Ehescheidung wegen die Achtung nicht entzogen. Er hat dabei als ehrlicher Mann, offen und ohne Rückhalt gehandelt.“

„Ja, wie Napoleon, als er seine Josephine verstieß,“ sagte Thilo mit trüben Blicken. „Ich habe diese Josephine eines Tages in dem Jammer belauscht, den ihr undankbarer Gemahl über sie verhängt hatte. Diese armen, verblühten Frauen!“

„Tröste Dein entrüstetes Herz! — Mein alter Freund empfängt schon auf Erden seine Strafe für die späte Leidenschaft.“

„Ich weiß es! Seine Gemahlin ist eine Kokette und möchte unter Jerome's Frauen glänzen. Man lacht in Kassel darüber. Besonders giebt sich die Gräfin Ancelot alle ersinnliche Mühe, wunderbare Geschichten über sie zu verbreiten.“

„Wer ist das, die Gräfin Ancelot?“ fragte Oswald, sehr unangenehm berührt.

Thilo zuckte wieder leicht die Achseln. „Man

weiß nicht, von wannen sie gekommen ist, mein Lieber! Sie ist schön, leichtsinnig und bezaubernd! Dem rechtschaffenen Manne aber nicht gefährlich, weil sie schamlos ist. Sie rühmt sich der Freundschaft der Frau von Ettershaiden und hat ihr kürzlich Besuch gemacht."

„Um Gotteswillen!" rief Oswald entsetzt.

„Warne also Deine Cousine Bella!" sagte Thilo kurz.

Während er sprach, hatte er allmählig seinen Reitrock fest zugeknöpft und die Reitpeitsche ergriffen. „In diesem einen Punkte werden wir nie einig werden," fügte er dann mit milderm Tone hinzu, indem er Oswald's Hand faßte und innig drückte. „Ich verzeihe dem Manne keineswegs die Schmerzen, welche er einem schwachen Weibe zufügt, die auf seinen Treuschwur gebauet und wenn er auch schon auf Erden Höllenqualen dafür leiden muß! Von der Freundschaft, so wie von der Liebe habe ich ideale Ansichten. Ein Blick schon bindet darin für die Ewigkeit! Der Handschlag zwischen zwei Freunden ist ein wortloser Schwur, — der erste innige Liebeskuß eine heiligende Vereinigung für's ganze Erdenleben! Du siehst mich an, als erstauntest Du über Anschauungen, die so wenig mit meinen frühern Umgebungen harmoniren, als glaubtest Du, nur fern vom Weltgetriebe könnten solche Grundsätze gedeihen. Nein, Oswald! der wahrhafte Mann wird stärker und fester unter den Leichtfertigkeiten des Weltlebens. Nur der Schwächling erliegt denselben!" Er drückte nochmals die Hand, welche er noch hielt. „Bevor Du reisest, sehen wir uns noch ein Mal!"

II. Capitel.

Der Brief des Bruders.

Die Sonne lag mit ihrem letzten Glühen auf dem Walde und den Wiesen, welche die alte Burg umgaben, als Thilo von Ettershaiden am Gartengehege des Forsthauses vorüber ritt und sich auf dem Fußpfade am Bache dem Eingange zuwendete.

Der Purpurschein des Abendlichtes hatte die schlummernde Flur mit jenem heiligen Glanze überwoben, welcher der irdischen Vergänglichkeit den Zauber göttlichen Friedens verleiht. In Thilo's Brust fand das liebliche Gemälde dieser ruhenden Natur einen Widerschein. Eine gleiche, fast überirdische Ruhe hatte Raum in ihm gewonnen, seit er sich von Oswald, dem Freunde seiner Jugend, erkannt und geachtet sah. Im Ernste eines frommen Nachdenkens ritt er langsam seiner stillen, einsamen Wohnung zu und sein Gefühl steigerte sich bis zur Andacht, als er Angesichts derselben der Gnade eines höhern Wesens gedachte, das ihn auf allen seinen schwierigen Wegen behütet hatte. Er war am Ziele aller seiner Wünsche für dies Erdenleben. Sein Fuß wandelte auf der Scholle Erde, wo er sein müdes Haupt einstmals in Frieden senken konnte. Was seiner auch noch warten mochte, er hatte in sich einen Schutz gegen jede Bekümmerniß, denn er war auf seinem einsamen Wege zum festen Glauben an einen gütigen Lenker aller Schicksale gereift.

Indem er vom Gartengehege des Forsthauses nach der Mauer zulenkte, fiel sein Blick in den wohlgepflegten Garten hinein, dessen Blumen einen himmlisch schönen Duft verbreiteten. Der Gedanke, von Oswald angeregt, daß dies kleine Eldorado zu seiner Besitzung gehöre, bemächtigte sich seiner und goß eine gewisse Freude in sein Herz. Er hatte nicht daran gedacht, daß es so sein könne und indem er sich jedes Wunsches dieserhalb entschlug, hatte er den Garten als einen Schatz betrachten gelernt, dessen Besitz sein Wohlbehagen wesentlich erhöhen könne.

Er beschloß mit dem nächsten Tage seine Bemühungen zu beginnen, um die angeregte Möglichkeit bis zur Ueberzeugung zu heben. Ohne der Familienbesitzung Schaden zufügen zu wollen, hielt er es doch für erlaubt, sich dessen zu bemächtigen, was zu seinem Eigenthume gehören sollte. Die vorgefundene Pforte in dem Wohngebäude der Burg bestärkte ihn in seinem Glauben an ein bestehendes Recht. Um sich darüber Gewißheit zu verschaffen mußte er zuerst den alten Förster hören. Dessen Erinnerungsvermögen sollte ihm einen Anknüpfungspunkt bieten, den er dann mit diplomatischer Feinheit bis zu der Rechtmäßigkeit seines Anspruches zu führen gedachte.

Unter diesen Entwürfen hatte er den Hof erreicht und stieg, von einem flinken Stallbuben empfangen, vom Pferde. Es war vielleicht wieder einer jener wohlberechneten Zufälle des Schicksales, der den Blick des jungen Mannes zu den Bäumen emporlenkte, welche in ihrer naturwüchsigen Verwilderung den eng eingeschlossenen Hofraum verdüstert hatten, die aber jetzt, bis zur Höhe der Mauer aller Zweige beraubt, einen Schmuck desselben bildeten und namentlich in diesem verhängnißvollen Momente mit ihren vom Sonnenglühen durchleuchteten Kronen eine überraschende Wirkung hervorbrachten. Der Eindruck, den Thilo davon erhielt, erinnerte ihn plötzlich an jenen Tag, wo er die beiden jungen Mädchen hier eingeführt und die Worte des Tadels über diese Bäume vernommen hatte.

Ein Lächeln schöner Selbstzufriedenheit verjagte den Ernst seiner Mienen, als er dessen gedachte. „Was würde die schöne Kleine jetzt urtheilen," dachte er, dem Hause zuschreitend.

In seinem Zimmer angelangt warf er sich auf einen der Sessel, die in der Fensternische standen und blickte gedankenvoll nach Wangeroda hinab, das er so eben verlassen hatte. Wieder tauchte das Bild des jungen Mädchens in ihm auf und nahm ihn mit seinen Erinnerungen gefangen. Er sah sie in der ganzen Holdseligkeit ihres muthwilligen Wesens am Thore seiner Burg stehen und durch die Spalte lugen. Er sah sie unter den düstern Bäumen stehen — er sah sie hier, verschüchtert von seiner Erzählung, hinter dem Sessel ihrer Begleiterin, ihre Augen träumerisch weit geöffnet — und dann, ja dann sah er sie am Gartengehege und seitdem wußte er, daß sie das schlafende Kind in der Potsdamer Garnisonkirche gewesen war. Nur sie konnte den lieblichen Gruß des Kindes wissen, der von keinem menschlichen Auge weiter erblickt war! Und daß sie gerade diese anmuthige Pantomime zur Erklärung gewählt hatte, das berührte seine Phantasie so merkwürdig heiß und entflammend, wie nichts in der Welt es vermocht haben würde. Die kurzen Bemerkungen über sie, die von Oswald sonderbarerweise mit ihrem Namen „Tyrnau" bezeichnet wurde, genügten ihm noch nicht. Es drängte ihn gewaltsam zu einer Enthüllung aller ihrer Verhältnisse. Ihre Erscheinung hatte schon damals eine Empfindung in ihm geweckt, wie er sie noch nie empfunden. Er verglich sie mit dem Erbarmen und der Zärtlichkeit eines Vaterherzens. Jetzt nannte er diese Empfindung nicht mehr so. Ihm war es seit jenem Tage, wo er sie erkannt hatte, als eine Schicksalsbestimmung erschienen, diesem engelschönen Wesen angehören zu müssen und sein blinder Glaube an Gottes unerforschlichen Rathschluß ließ ihn auch gar nicht zweifeln, daß in ihr der Lohn seiner Mühen erstehen werde, wenn sie einst, gereift an Jahren, ihres Verstandes höher, seine Liebe zu begreifen vermochte. Jetzt sie mit thörichten Bewerbungen zu behelligen, wäre seiner Manneskraft unwürdig gewesen.

Das romanhafte Wiedersehen sollte erst in der Einbildungskraft des holden Kindes verlöschen, ehe er wieder ihren Weg durchkreuzte, damit nicht das stürmische Wallen des Blutes, sondern eine tiefe heilige Liebe den Bund schließe, der von Gott selbst bestimmt und angeordnet erschien.

Die Nacht senkte sich allgemach hernieder, als ein hartes Pochen am Thore den Bewohnern der Burg verkündete, daß ein Fremder Eingang begehre.

Thilo erhob sich schnell von seinem Sitze und schauete gespannt dem entgegen, was sich ereignen werde. Er wußte, daß es der Bote war, den er an seinen Bruder Arnulf gesendet hatte und die Erwartung seiner

Entscheidung, nun sie ihm nahe war, erschütterte seine Mannhaftigkeit. Was Arnulf antworten, was er über sein Handeln im Drange der Noth urtheilen würde, das erhob sich vor seiner Einbildungskraft mit drohender Sicherheit. Er sah einer bittern Demüthigung entgegen, denn er fürchtete von ihm verächtlich zurückgewiesen zu werden. Kannte er doch Arnulf's unbeugsamen Stolz, sein barbarisches Rechtsgefühl und seine rücksichtslose Härte, wenn es galt seine Ansicht geltend zu machen. Bis dahin von den Wogen seiner brüderlichen Zärtlichkeit emporgehalten, die ihm eine gleiche Freude im Herzen des Bruders vorspiegelte, sank er jetzt, niedergedrückt von der Furcht, willenlos zusammen und machte sich auf eine harte und grausame Rüge, auf eine ewig trennende Verurtheilung gefaßt.

Noch einige schwere Minuten und er hielt den Brief seines Bruders in der Hand. Er wagte ihn nicht zu öffnen. Ruhig legte er ihn vor sich nieder zwischen den Armleuchtern, die er entzündet hatte und betrachtete mit überströmender Liebe die Schriftzüge, die ihm ein Zeugniß gaben, daß Arnulf wirklich noch unter den Lebenden weile. Einmal neigte er seine Lippen und küßte die Stelle, wo seines einzigen Bruders Hand geruht hatte — dann aber schämte er sich der Weichlichkeit seines Gefühles und lehnte sich, kalt reflectirend, im Sessel zurück. Er überlegte, ob er irgend einer Härte schuldig sei. Sein Verstand verneinte die Frage. Er hatte sich den Einwirkungen des Zeitgeistes nicht entzogen und war seines Vortheils gewärtig gewesen, als Gottes Hand die furchtbare Willkür eines fremden Herrschers nicht hinderte. Sein Gewissen gab ihm Zeugniß, daß er recht und redlich gewandelt hatte, trotz seiner stillen und geheimen Verbindung mit dem gewaltigen Eroberer. Niemals hatte er durch schwache Nachgiebigkeit seine Ehre entheiligt. Mann dem Manne gegenüber war er seinen Verbindlichkeiten nachgekommen und hatte jede Auszeichnung verschmäht, die ihm eine Rücksicht auf den Herrscher des Tages auferlegen konnte. Von vorn herein ehrlich und ritterlich fest hatte er diesem Manne imponirt. Jetzt waren sie von einander gegangen in derselben Weise, wie sie zu einander gekommen waren. Ehrlich und ritterlich fest hatte Thilo erklärt, daß er bei dem zu fürchtenden, allgemeinen Kriege zurücktrete, um nicht den Schein auf sich zu laden, als seien seine Localkenntnisse benutzt worden. Der Krieg mit Rußland machte verderbliche Durchmärsche durch sein Vaterland nöthig — es hätte sein Inneres empören müssen, Zeuge dieser abscheulich willkürlichen Bedrückungen zu sein, welche die französischen Befehlshaber sich erlauben konnten.

Hoch auf richtete Thilo sich. Es existirte nichts in seiner Laufbahn, was ihm zur Unehre gereichte.

Wollte sein Bruder dessen ungeachtet allen Verkehr mit ihm brechen, so mußte er es als Mann ertragen. Oswald's Bild erstand wie zum Troste in seiner Erinnerung. Von ihm, dem muthigen Streiter, der Hab' und Gut opfern wollte um seiner Vaterlandsliebe willen, von diesem war er freigesprochen, von diesem war er in seiner Ehrenhaftigkeit anerkannt! Gestählt von diesem freudigen Gedanken trotzte er der Aechtung seines Bruders und öffnete den Brief.

„„Mein Bruder, mein lieber unvergessener Thilo,““ schrieb Arnulf, „„Dein Schreiben an mich war ein Trost aus Himmelshöhen!““

Thilo senkte, zitternd vor freudiger Rührung, seine Stirn auf das Papier. O, wie eine Gottesbotschaft erklangen ihm diese Worte. Was Arnulf nun auch an Tadel aussprechen mochte, der Strahl brüderlicher Liebe, der von diesen Anfangsworten ausging, mußte beschwichtigend jedes harte Urtheil durchströmen. Ruhiger geworden las er weiter:

„„Du lebst? Schon in dieser Gewißheit lag eine solche Beruhigung für mich, daß ich fromm und ergeben dem Schöpfer und Vernichter aller Dinge das Weitere meines Schicksals anheim gab. Was sprichst Du doch von trennenden Schranken, die Vorurtheile errichtet haben könnten — was bittest Du doch um eine gerechtfertigte Nachsicht — was stellst Du doch in meinem unbeugsamen Rechtsgefühle ein Uebel auf, das fähig sei unser Glück des Wiederfindens zu vernichten? Nein, Thilo! Du mußt Dich darauf gefaßt machen, in mir einen vom Sturm gebrochenen Baum wieder zu sehen. Meinem Briefe folge ich alsbald. Und meine beiden Kinder empfehle ich schon im Voraus Deiner Liebe. Vor zwei Monaten begrub ich meine Gattin. Sie erlag wohl den ungewohnten Entbehrungen und der Angst vor der Zukunft. Arme Dulderin! Hätte sie doch Deinen Brief erlebt, so wäre sie getröstet heimgegangen! O Thilo — je näher wir unserm Heimgange zu Gott kommen, desto mehr klärt sich unser Blick, und unsere Schwächen und Fehler, die wir stolz als Tugenden betrachteten, erscheinen uns trostlos erbärmlich! Was meinen wir, die wir unsern Stammbaum bis zu den ersten Anfängen christlicher Vervollkommnung zurückzuführen vermögen, vor allen andern Menschen voraus zu haben in der Blüthe der Kraft und in der Würde unseres Standes? Und doch ist's nur ein eitler Wahn! Wir vergehen und werden Staub. Unser Dasein verweht und unser Name ist ein leerer Hauch, gleich allen Namen der Vorzeit. Was wir wollten, das bekrittelt der Neid. Was wir erstrebten, das verhöhnt die Mißgunst, während der einfache Mann des Volkes gewürdigt wird in seinem Wirken und Handeln. Dahin sind meine Ansichten und Vorurtheile gekommen! Also hast Du nichts von dem zu fürchten, was früherhin von Consequenz zur Härte führte. Dein Anblick wird ein Balsam für viele Wunden sein, die mir das Geschick geschlagen. Meine Kinder fühlen instinctmäßig, wie ich, daß ihnen in dem Bruder ihres Vaters ein Hort erstanden ist, denn sie fügen, ohne Aufforderung ihrem Abendgebete hinzu: Und lieber Gott gieb, daß wir zu unserm guten Onkel kommen. O, Thilo! Thilo! Ob ich wohl ganz schuldlos an dem Elende bin, wovon die zarte Jugend dieser beiden Engelskinder heimgesucht worden ist?

Deine Verborgenheit in der Stammburg unserer Vorfahren ist beneidenswerth. Ich komme sie zu theilen und bleibe bei Dir, so lange Gott will! Wunderst Du Dich, daß ich so ganz und gar dem Drange des Ehrgeizes zu widerstehen fähig bin? Sieh mich nur erst, guter Thilo – sieh mich erst, dann fragst Du mich nimmer „warum?“ Wenn wir auf der Bahn unsers Schicksals immer rückwärts getrieben worden sind, so sehnen wir uns nach dem Anhaltspunkte des Lebens, den das Grab bildet! Auf der letzten Station des Weges dahin wird es in uns stiller und ruhiger.

Zu bereuen habe ich manches, mein lieber Bruder, aber nichts, was Deine Mißachtung hervorrufen könnte. Ich verzichtete vor langer Zeit auf ein Glück, das mich in den Augen Anderer erniedrigte. Damals war ich stolz auf meine Selbstbeherrschung — ich floh in den nördlichsten

Winkel Preußens, um mich mit meinem Schmerze zu verbergen.

Jetzt peinigen mich bisweilen Zweifel, ob ich recht gethan. Gut zu machen ist dabei nichts, aber ich will Dir dennoch späterhin an's Herz legen, Nachforschungen anzustellen, die meine selbstgeschaffene Pein heben können. Die Frau, welche ich im vollen Stolze meiner Consequenz verließ, ist längst todt. Dies nur vorläufig, um, wie Du ganz richtig in Deinem Briefe bemerkst, unsere Fremdheit beim Wiedersehen zu erleichtern.

Du hast, nach Deinen Bekenntnissen, gehandelt, wie ein Mensch, der lieber ein schlammiges Wasser durchwatet, ehe er sich dem verzweiflungsvollen Untergange in klarer Fluth weihete — ich hingegen handelte, als sei ich fähig ein Halbgott zu sein. Du hast Dich gerettet aus dem Schmutze der Welt — ich stehe, vom eigenen Willen zerschmettert, in der ganzen Erbärmlichkeit der menschlichen Natur da und erkenne zu spät, daß ich aus demselben irdischen Stoffe bin, wie alle Wesen der Welt. Eine bittere Lehre für diejenigen, welche sich selbst genügen wollen und dabei nach dem Beifalle der Menge geizen. Man erntet nicht Lob und Beifall mit dem, was uns selbstzufrieden macht. In der Gegenwart bespöttelt man, was in der Geschichte des Alterthums groß erscheint. Ich folge diesem Briefe auf dem Fuße, um mich Deiner Sorge anzuvertrauen. Meine beiden Kleinen grüßen den Bruder ihres Vaters, der Dich segnet als einen Tröster und Retter.""

Längst mit einer Bewegung kämpfend, die eine überwältigende Macht hatte, saß Thilo nach der Beendigung des Brieflesens, starr vor sich niederschauend. Es wehete ihn der Ton des Schreibens unheimlich an. Nicht allein von einem zerrissenen, martervollen Geiste zeugte er, sondern auch von Noth und Sorge, von Todeskämpfen und schmerzhaften Niederlagen. Der Brief glich dem Bilde seines Bruders, wie er es in sich hegte, gar nicht. Wo war der Trotz geblieben, mit dem er die Ueberhebungen seines Stammes verspottete, der ihm die Abkunft von einer bürgerlichen Mutter anrechnete? Wo die kühne Zuversicht auf eigene Kraft? Was hatte die Grundlage seiner Lebensphilosophie dermaßen erschüttert, daß er zu Boden geworfen wurde? — Noch kurz vor der langen Trennung, die erst jetzt, nach vollen achtzehn Jahren ihr Ende erreichen sollte, hatte Arnulf dem viel jüngern Bruder Thilo den Grundsatz eingeprägt, sich niemals von seinen Leidenschaften beherrschen zu lassen, sondern dahin zu streben, stets Herr derselben zu bleiben. Thilo hatte die Wichtigkeit dieser Lehre damals verlacht und dennoch späterhin danach gehandelt. Sollte Arnulf weniger klug und weise gewesen sein?

Thilo raffte sich mit Gewalt aus dem Trübsinne

auf, der ihn gefangen hielt und wendete sich dem erfreulichern Theile des Briefes zu. Arnulf hatte Kinder!

An die Möglichkeit dieses Falles hatte Thilo noch gar nicht gedacht. Um so mehr erfreuete ihn dieser Zufall. Er liebte Kinder. Sie erschienen ihm als eine nothwendige Staffage eines Familienbildes. Wenn er bis dahin mit einer gewissen Befriedigung an ein Einsiedlerleben mit seinem Bruder gedacht hatte, so gewann sein Geist eine weit größere Regsamkeit, als er sich den Genuß vergegenwärtigte, zwei gutartige kleine Wesen um sich zu haben, denen er Vater und Freund sein mußte.

Ohne Verzug eilte er Befehle zu geben, die ihrer Aufnahme entsprachen. Schon am frühen Morgen des nächsten Tages wurden Anstalten getroffen, ein Kinderzimmer in Stand zu setzen. Thilo hatte sich nur mit männlicher Bedienung versehen. Jetzt hielt er eine weibliche Hülfe für nöthig. Sein Koch mußte schleunig eine ältere Frau herbeischaffen zur Aufsicht und Pflege der Kinder seines Bruders.

Von diesen Dingen in Anspruch genommen, hatte Thilo seinen Vorsatz, zum Förster zu gehen, um Erkundigung über die Eigenthumsverhältnisse zwischen der Burg und dem Garten einzuziehen, fast vergessen. Als er endlich daran dachte, erschien es ihm, in Rücksicht auf die zu erwartenden Kinder, wichtiger als je, seinem

Rechte auf den Garten nachzuspüren. Rasch beschloß er ans Werk zu gehen und verließ in großer Eile die Burg.

Es war ein schöner Morgen. Ein starker Thau lag auf den Gräsern und die Sonne strahlte in voller Glorie über der schönen Ebene. Thilo hatte es vorgezogen, nicht durch die neu aufgebrochene Pforte zu gehen. Er kam, wie er lächelnd bemerkte, officiell zum alten Förster Lukas, und dabei mußten Hinterpforten vermieden werden.

Der alte Mann, stets mehr Gärtner als Jägersmann gewesen, stand vor einem Moosrosenstocke und säuberte ihn von den häßlichen grünen Blattläusen, die sich so gern im Moose einnisten. Freundlich grüßend — denn er liebte den Herrn Marquis, wie Thilo natürlich noch hier hieß — machte er ihn sogleich aufmerksam auf die prächtige Entfaltung der Moosrosen, dabei bemerkend, daß Mademoiselle Fides sich alle Tage einen Zweig hole, um ihn im Wasserglase abblühen zu lassen.

„Fides ist selbst eine der wundervollsten Moosrosen,“ entgegnete Thilo scherzend. „Man thäte gut, sich dies Moosröschen nach der Burg zu holen, um es aufblühen zu sehen.“

Ueberrascht blickte der Förster den jungen Mann an. Das seelenvolle Mienenspiel desselben schien ihm zu gefallen. Er nickte drei Mal langsam und gewichtig mit dem weißhaarigen Kopfe, antwortete jedoch nicht eine Silbe.

„Davon später!“ fuhr Thilo fort. „Jetzt sagt mir erst

vor allen Dingen, mein Alterchen, wie komme ich wohl am besten zum Besitz dieses Gartens?“ Der Förster ließ vor Schreck sein Messer fallen und sah Thilo beweglich in's heitere Gesicht. Dieser hatte erreicht, was er durch die schlaue Ueberstürzung erreichen wollte. Die Ueberraschung hatte das Geheimniß an's Tageslicht gezogen. Was er geahnt, erwies sich als richtig. Der Förster wußte recht gut, daß sein Recht am Garten von dem Tage an aufhörte, wo die Burg wieder bewohnt wurde, aber er war listig genug gewesen, dem Marquis nichts davon merken zu lassen. Daß sich der Oberhofjägermeister von Ettershaiden wenig darum kümmern werde, wer sich des Gartens bemächtige, wußte er im voraus. Nun brach das Eis so plötzlich unter seinen Füßen, daß er mit allen seinen Gartenfreuden rettungslos unterzugehen drohete, wenn die wahre Beschaffenheit der Verhältnisse aufgedeckt wurde.

„Herr Marquis —“ stotterte er verlegen. „Zum Besitz des Gartens? Herr Marquis — der Garten gehört ja zur Burg! Wissen Sie denn das nicht?“

Thilo schlug ihm sanft auf die Schulter. „Nur nicht ängstlich, Alterchen! Ich erfuhr es gestern von Oswald von Wangera und ich wollte Euch heute nur sagen, daß Ihr keinerlei Beschwerde von mir haben sollt, nun ich den Besitz beanspruche. Ihr hättet mir das Sachverhältniß gleich mittheilen sollen.“

„O, Herr Marquis —“ stammelte der alte Lukas.

„Ich dachte, Sie würden des Spaßes bald überdrüssig werden hier zu wohnen.“

„Nein, alter Lukas. Ihr werdet mich nicht wieder los. Ich werde im Geiste der alten Ritter von Ettershaiden hier hausen und das Land brandschatzen. Aber Euch soll das nicht beeinträchtigen. Ihr bleibt in Euren Vorrechten, die ihr Euch, durch Zeit und Gelegenheit begünstigt, genommen habt. Nur bin ich von jetzt ab Herr des Gartens und kann ihn benutzen, so viel ich will! Versteht Ihr?“

„Ei ja wohl, gnädiger Herr!“ sagte der Förster zufriedengestellt. „Es wird mir ja eine große Ehre sein, unter dero Herrschaft zu dienen —“

„Pah — nicht dienen. Ihr wohnt hier als freier Mann und erweist als solcher mir die Gefälligkeit, meinen Garten unter Aufsicht zu behalten. Daß von nun an die Pforte von der Burg stets offen bleibt, versteht sich von selbst. Nun ist's abgemacht! Gebt mir einen Rosenzweig — ich will mir beim Anblicke desselben ein liebes Bild vergegenwärtigen!“

Bei diesen Worten wendete er sich, vielleicht von einem leichten Geräusch aufmerksam gemacht und sah nur noch den letzten Zipfel eines wehenden Florshawls hinter einem Bosket verschwinden. Trotzdem wußte er, daß Fides, die eingetreten war, ihn floh. Eine wilde, glühende Jugendlust schlug ihre schweren Fittiche um das Haupt des jungen Mannes, so daß er der Gestalt folgte, die vor seinem unerwarteten Anblicke geflohen war.

Mit der Tactik eines gewandten Feldherrn winkte er dem lächelnden Förster „schweigen zu sollen" und strich leise zwischen dem Gesträuche dahin, wohin Fides sich retten wollte. Ein leichter Schrei verrieth, daß sein Manöver gelungen war. Hochroth, mit pochendem Herzen stand Fides vor Thilo, der hell auflachte, ihre beiden Hände ergriff und leidenschaftlich bewegt sagte:

„Glaubst Du, Du wildes süßes Kind, daß Du mir wieder entfliehen willst, wie in der Kirche zu Potsdam? Ha! Jetzt halte ich Dich fest und wehe mir und Dir, wenn wir uns trennen lassen!"

Schüchtern sah Fides zu ihm auf. „Und Sie verachten mich nicht?" fragte sie schelmisch.

„Verachten? Warum soll ich Dich verachten?"

„Weil ich mich so kokett zu erkennen gab!"

„Kokett? Liebe Kleine, wer hat sich die Blasphemie erlaubt, Dich kokett zu nennen."

„Nun?" meinte Fides zögernd, aber ziemlich von ihrem Schreck kurirt, „ich hätte es Ihnen ganz ehrbar enthüllen sollen, daß nicht Melitta, sondern ich die Schläferin in der Kirche gewesen war, Herr Marquis!"

„O, Du holde, liebe Schläferin! flüsterte Thilo von seiner Erinnerung an diese Scene ganz übermannt. „Ist es nicht Gottes Fügung, daß ich Dich wiederfinden mußte?

Findest Du es nicht wunderbar, meine Kleine? Nach sechs wechselvollen Jahren — im ersten Momente langersehnter Ruhe — mit dem vollen Bewußtsein glückseligen Friedens! Welch' ein Verhängniß, daß sich mir der Name Melitta eingeprägt hatte, daß mit dem fremdartigen Namen meine Denkkraft erwachte und daß ich, von einer unerklärlichen Macht getrieben, Euch hier aufsuchte."

„Sie suchten aber nicht mich, sondern Melitta, Herr Marquis," flüsterte Fides mit schäkerndem Uebermuth.

„Ich suchte Dich — ich suchte Dich, Du theures Kind. Was nennst Du mich Marquis? Wie? Weißt Du nicht, daß ich Thilo von Ettershaiden bin? — Nein? Du wußtest es nicht? Nein! Du sollst es jedoch zuerst erfahren. Du sollst mich Thilo nennen. —"

Fides war leichenblaß vor Ueberraschung geworden, allein das Blut kehrte um so gewaltsamer zu ihren Wangen zurück und färbte sie mit dem glühendsten Roth. Sie schlug ihre Hände zusammen und starrte den jungen Mann mit komischem Entsetzen an.

„O, mein Gott — Thilo von Ettershaiden steckt in dem Marquis d'Étérais!" rief sie jauchzend vor Muthwillen. „Das muß ich dem Vormund sogleich verkündigen!"

„Still, Du Kobold!" sagte Thilo lachend und umfaßte sie mit beiden Armen. „Schweigst Du nicht so lange, bis ich Dir zu sprechen erlaube, so sperre ich Dich in meine Burg!"

„O, ich fürchte mich nicht!“ rief Fides keck. „Das wissen Sie gewiß noch von damals, daß ich des festen Glaubens bin: Gott ist bei uns, wenn wir artig sind!“

„Wenn wir artig sind —“ wiederholte Thilo sanft und ließ das junge Mädchen frei. „Fides — ich will gut sein — nicht so stürmisch, wie jetzt — Fides entziehe mir Deinen Anblick nicht! Komm zuweilen hieher — ich muß Dich sehen, wenn ich nicht traurig werden soll — und dorthin nach dem Schlosse, dorthin kann und will ich nicht gehen!“

„Warum nicht?“ fragte Fides ganz sanft, ganz ernsthaft.

„Frage mich nicht! Heute wenigstens nicht! Später will ich es Dir sagen. Willst Du zuweilen hieher kommen, meine süße Kleine?“

Thilo mochte wohl mit dem Ausdrucke gesprochen haben, womit er Löwen bezähmt, denn Fides reichte ihm die Hand und sagte: „Ich komme!“

„Nicht wahr, Du gehörst mir?“ fragte er weich. Sie sah ihn groß an.

„Ich habe Dich ja gefunden, Fides!“

„O, das Gefundene muß ehrlich zurückgegeben werden,“ antwortete sie wichtig.

„Ich habe Dich aus einer Gefahr errettet?“

„O, ich wäre nicht darin umgekommen!“ meinte sie höchst weise.

„Ich habe Dich aber gleich so lieb gehabt, so sehr lieb!"

„Das ist schon sechs Jahr her," erklärte sie altklug.

„Also Du willst mir nicht gehören?"

„Nein! Nicht eher bis es Melitta erlaubt!" sprach sie mit komischem Ernste.

Jetzt fingen sie Beide, wie ein paar glückliche Kinder, laut zu lachen an.

„Ich muß fort!" sprach dann Fides. „Ich komme morgen wieder und bringe Melitta mit, nicht wahr, Thilo?"

Thilo sah ihr ernst in's schelmische Gesicht. „Bring' Melitta nur mit! Ich muß noch warten, bis die liebliche Blume erblühet ist und des Lebens Lust und Liebe begreifen kann. Vergiß meine Thorheit, Fides! Ich war so über Alles glücklich, daß ich nicht recht weiß, was ich gesprochen habe. Geh' mein liebes Mädchen — geh'! Verlaß den thörichten Mann!"

„Sind Sie böse, Herr Marquis?" fragte Fides, mit unbeschreiblicher Anmuth ihr Gesicht zu ihm aufhebend. Ihr Auge traf mit dem seinigen zusammen, das in der verhaltenen innern Gluth doppelt gefährlich leuchtete. Das junge unversuchte Herz erlag dieser wortlosen Bestürmung. Fides neigte sich näher zu ihm. Er umfaßte leise ihre Gestalt. Er hätte sie küssen mögen für dies zärtliche, kindliche Anschmiegen, das weit mehr Innigkeit verrieth, als ihre lebhaften Augen ahnen ließen. Gewaltsam seine Bewegung bekämpfend sagte er: — „Gott bewahre mich vor dem Unrecht, eine Fessel über Dein Kinderherz zu werfen, ehe Du verstehst, was eine solche Fessel bedeutet! Lassen wir der Zeit ihr Recht —. Ich will warten, bis meine Rose sich entfaltet hat!“ — Fides hatte ihn unverwandt angesehen, während er sprach, sie war auch unverändert in ihrer Stellung verblieben, trotzdem er seinen Arm zurück zog und sie dadurch frei gab. Sie konnte gehen. Thilo hielt sie nicht zurück. Aber sie ging nicht. Sie zögerte, als müsse sie ihr Leben aufgeben, wenn sie den Mann verließe, der seit jenem Tage bedenklich ihr Herz beschäftigt hatte. Der Feuerstrahl, der sie aus seinem Auge getroffen, war für sie die Fessel geworden, welche Thilo verwarf ihrer Jugend wegen. Wäre er der stürmische, wilde, unbesonnene Mann geblieben, so würde sie das rechte Wort für ihn gefunden haben. Jetzt fehlte ihr jeder Gedanke und ihr Uebermuth erstarb in der Furcht, daß die Seligkeit ihres Herzens vorbei sein werde, wenn sie von ihm gehe.

Thilo war Menschenkenner, aber die zarten Regungen einer so kindlich reinen Mädchenseele verstand er doch nicht zu ergründen. Von seiner Gluth genesen, hatte er sich wieder zum Herrscher seiner Phantasie aufgeschwungen und das Unpassende seiner leidenschaftlichen Werbung eingesehen. Um sich vor seinen innern Vorwürfen zu retten, trat er in die Rolle eines gewandten Mannes zurück, ohne zu ahnen, daß er dadurch das Urtheil des jungen Mädchens unsicher machte.

Schmerzlich betroffen senkte endlich Fides ihr Auge und trat aus seiner Nähe hinweg.

Thilo nahm ihre Hand und drückte leicht seine Lippen darauf. Sie wendete sich und schritt sehr langsam den Weg hinauf, der zu den Rosenbüschen führte. Was sie fühlte, glich eher einer zornigen Verlegenheit, als einer Herzenswallung und doch pochte ihr Herz fürchterlich!

Thilo folgte ihr nicht. Nur seinem Auge gestattete er dies. O, hätte das arme, junge Wesen nur ein Verständniß für die Geisteskraft gehabt, womit Thilo seine Sinne zu zügeln wußte, aber, während er mit voller, tiefer Sehnsucht ihr nachschauete, beugte Fides ihre Stirn unter dem Bewußtsein, wieder nicht recht gehandelt zu haben. Melitta's spöttischer Ernst stand drohend vor ihrer Einbildungskraft und dennoch eilte sie ohne Verzug, um am Herzen ihrer Freundin das Leid auszuklagen, was ihr, nach ihrer demüthigen Selbstverurtheilung, verdientermaßen angethan sei.

Thilo verließ erst lange nach ihr den Garten. Ihm that es wohl, auf der Stelle zu weilen, wo er von Gefühlen beherrscht worden war, die er noch nicht hatte kennen lernen. Sein unstätes Leben hielt ihn von der Gesellschaft bedeutender Frauen fern.

Er hatte das weibliche Geschlecht bei gelegentlichen Beobachtungen nicht achten gelernt. Um so überraschender war ihm selbst seine plötzliche, glühende Hingebung an ein Wesen, das ihm noch nicht einmal zum Lieben gereift genug erschien.

„Es ist und bleibt eine Gottesfügung," sagte er mit glückseligem Lächeln, als er seiner Burg wieder zuschritt und in die Ferne spähete, um Fides nochmals zu erblicken.

Sie war aber längst verschwunden! Statt ihrer kam sein kleiner Stallbube ihm entgegengesprungen mit der Nachricht: „Es sei ein Wagen voll Reisender angelangt — ein Herr — zwei Kinder! —"

Weiter hörte Thilo nichts, denn er eilte vorwärts und kam athemlos beim Thore der Burg an. Hier stand er still. Eine tiefe Bangigkeit ergriff ihn. So lange hatte seine Beschäftigung die bösen Ahnungen eingeschläfert. Jetzt erwachten sie wieder und zwar vermischt mit der lebhaftesten Besorgniß. Eine volle Minute blieb er am Eingange stehen und schauete über die schönen, üppig grünen Fluren hinweg, die sich vor seinen Blicken ausbreiteten. Seine Knabenjahre mit ihren Illusionen standen lebendig vor seiner Seele, nun der ihm nahe war, der seine schuldlosen Freuden damals mit ihm getheilt hatte.

Schmerzend hell erkannte er in diesem kurzen Ueberblicke die ganze Trübseligkeit seines Daseins, in welchem er einsam einem materiellen Ziele zugestrebt hatte. Aber, er athmete freudig auf, denn sein Bruder war da, das errungene Wohlleben mit ihm zu theilen. Stürmische Freude im Herzen trat er nun näher.

„Möge Gott seinen Eingang segnen, mir zur Freude — ihm zum Glücke!" flüsterte er vor sich hin. Ein leises Rauschen, wie Geisterwehen, lief durch die hohen Wipfel der Pappeln, als er den Hofraum betrat.

Sein erster Blick traf auf einen Knaben, der auf der Freitreppe stand und in Betrachtungen seines neuen Wohnortes vertieft schien.

Thilo rief ihm mit der Leutseligkeit und heitern Beweglichkeit seines Temperamentes, das sich von jedem angenehmen Eindruck hinreißen ließ, ein liebkosendes Wort zu.

Schnell sprang der Knabe ihm entgegen und blickte zutraulich an dem Bruder des Vaters in die Höhe.

„Ei, ei! Bist Du da, mein Junge?" fragte Thilo und küßte den Neffen zärtlich auf Mund und Wange. „Wie heißt Du? Wo ist der Papa?"

Der Knabe sah ihn verwundert darauf an, daß er nicht einmal seinen Namen wußte.

„Ich heiße Ottmar!" erwiederte er bereitwillig und freundlich. „Mein Papa ist im Zimmer!"

„So komm Ottmar!" sprach Thilo, erbebend vor dem nächsten Augenblicke, der ihm eine wichtige Erklärung der Vergangenheit versprach.

Noch einige Momente und Thilo stand vor Arnulf, der still und matt im Divan ruhete.

„O mein Gott!“ murmelte der arme junge Mann, „kann dieser bleiche Mann mein lebenskräftiger Bruder sein?“

Arnulf erhob sich stumm und langsam. Stumm ergriff er die beiden Hände Thilo's und blickte ihm lange in's Gesicht. Es lag eine feierliche Beredsamkeit in diesem schweigenden Anschauen — es lag ein kummervoller Gruß darin, der sich mit der Freude eines Wiedersehens nach so langer Zeit nicht vertrug. Fast schien es, als wage keiner von ihnen das erste Wort zu sprechen, welches ihren Bruderbund von Neuem weihen sollte.

„Mein armer Arnulf!“ rief Thilo endlich, indem er ihn umfaßte und sein Gesicht liebkosend an die todtenbleiche Wange des Bruders drückte.

„Gott sei gelobt, daß ich da bin!“ antwortete Arnulf mit geisterhaft leisem Tone. „Nun kann ich ruhig sterben, denn Du, mein geliebter Bruder, Du wirst meine Kinder nicht ohne Schutz lassen!“

„O, sei getrost, Arnulf — Du wirst nicht sterben!“ rief Thilo mit liebevollem Eifer. „Meine Pflege und Sorgfalt soll Dich dem Leben wiedergeben!“

„Täuschen wir uns nicht, Thilo! Mit jedem Pulsschlage trete ich näher an das Ende meines Lebens.

Laß uns deshalb sparsam mit der Zeit umgehen, denn ich habe Dir viel zu sagen, mein treuer Bruder!"

„Sage mir nur, seit wann Du krank bist," bat Thilo bewegt.

„Seit Jahr und Tag —" erläuterte Arnulf, indem er leicht hustete und gleich darauf Blut auswarf.

Thilo betrachtete ihn mit zunehmender Besorgniß und ließ ihn wieder in seine bequeme Lage zurücksinken.

„Ich bin Dir noch manche Mittheilungen schuldig —" flüsterte der Kranke — „ich habe Bitten an Dich. Wir wollen bald zu alle dem schreiten, denn mein Lebensfaden könnte jähe zerreißen!"

„Fürchte das nicht! die Anstrengungen der Reise haben Dich erschöpft! Du bist übermäßig schnell gereist, in einer Tour eine solche Entfernung ist selbst für den gesunden Menschen zu viel. Gönne Dir nur jetzt Ruhe, dann wird sich Deine Kraft wieder heben!"

Arnulf lächelte und sein Auge blickte friedlicher Ruhe voll zu dem Bruder auf. „Ja, ich mußte eilen. Sehnsucht nach Dir und die Sorge um meine Kleinen trieben mich zur Hast. Was ich noch besaß an Hab und Gut, überließ ich meinem Wirthe, um damit meine Verpflichtungen gegen ihn zu lösen. Er besorgte mir noch willfährig einen Wagen — Du siehst hieraus, daß der Gipfel aller Erdennoth erreicht war!"

Thilo begann nun die fürchterliche Qual dieses

armen Vaterherzens einzusehen. Er neigte sich zu seinem Bruder nieder und küßte seine trockenen Lippen.

„Sei getrost! Sei getrost!“ flüsterte er bittend.

„Sieh nur erst meine Kleinen,“ bat Arnulf. „Ottmar heißt der Knabe, er ist sechs Jahr alt — Irmgart ließ ich die Kleine taufen — Du siehst, daß der stolze Ettershaiden damals noch in mir lebte. Ich wählte die Namen unserer Stammeltern für die Kinder! Es war eine Herausforderung des Schicksales, Thilo.“

„Vielleicht nicht, denn zur selben Zeit wurde das Lehn für Dich frei!“

„Meinst Du wirklich, daß es Dir glücken werde, meinen Ottmar zum Besitze der Güter zu bringen?“ fragte Arnulf fast feierlich ernst.

„Gewiß! Der alte Oberhofjägermeister hat sich dafür ausgesprochen!“

Arnulf faltete seine magern, todtenhaft weißen Hände. „Vor der Pforte des Glückes und dennoch dem Verhungern nahe!“ sagte er tonlos.

„Sei getrost, mein lieber Arnulf!“ bat Thilo nochmals. „Wo ist Deine Irmgart?“

Arnulf zeigte auf einen der tiefen Sessel, die in der Fensternische standen. „Dort! Sie schläft. So lange hat die Freude an der Fahrt, die Blume am Wege, das Zwitschern der Vögel und die Erwartung, sie wach gehalten, aber nun Alles erreicht ist, nun schläft sie!“

Thilo, von einer seltsamen Neugier getrieben, schlich leise zu dem Sessel und hob die leichte Hülle, welche Arnulf in Vatersorge über sie gebreitet hatte.

Vorsichtig hob er das Tuch und bog sich zu der schlafenden Kleinen nieder. Gleich darauf fuhr er erschrocken zurück und strich mehrmals über seine Stirn. Mein Gott! Berückte denn ein Traum seine Sinne? Wiederholte sich denn das Schauspiel, welches vor sechs Jahren seine Einbildungskraft aufgeregt und sein Gefühl geweckt hatte? Da lag die Tochter seines Bruders, ein getreuer Abdruck jener lieblichen Schläferin in der Garnisonkirche — da lag sie und schlummerte so tief und süß, als würde sie von Engeln gewiegt. Gleich jener Kleinen umgaben hellblonde Löckchen die hochgewölbte, klare Stirn — der Mund leicht geöffnet, ließ hinter den rosigen Lippen die kleinen weißen Zähne sehen. Die vollen, runden Aermchen hielt sie über der Brust gekreuzt und ihre Gestalt hatte sie eben so bequem in die Polster geschmiegt, wie jene Schläferin, die er jetzt mit der ganzen Gluth seines unentweiheten Herzens liebte.

Thilo stand sprachlos vor Irmgart. Immer tiefer neigte er sich zu dem reizenden Kinde nieder und drückte endlich, von seiner steigenden Bewegung getrieben, einen Kuß auf die weiße Stirn desselbeu. Im Nu erwachte Irmgart und richtete sich mit hellen, groß geöffneten

Augen elastisch in die Höhe. Ein süßes Lächeln auf den rosigen Lippen starrte sie ihn eine Secunde lang an und fragte dann kindlich sanft und seelenvoll:

„Bist Du des Vaters Bruder?“

Ueberwältigt senkte Thilo sich auf's Knie nieder vor dem holden kleinen Wesen, das ihm jene himmlisch sanfte Regung zurückrief, welche er beim ersten Erblicken von Fides empfunden hatte. Unaufgefordert schlang Irmgart ihre Aermchen um seinen Hals und küßte ihn wiederholt, als er sprach: „Ja, ich bin Deines Vaters Bruder — ich bin Dein Vater, Dein Beschützer für's ganze Leben und Du sollst mein Kind heißen, mein liebes, liebes Kind —“

„Ottmar aber auch!“ fiel Irmgart mit Wichtigkeit ein. Thilo lachte unter Thränen. Es war ihm zu Muthe, als höre er Fides sprechen mit der altklugen Weise, die ihren fünfzehn Jahren so allerliebst stand.

„Ja wohl! Ottmar auch!“ rief er. „Komm her, mein Knabe — komm zu uns — wir wollen einen Bund stiften für's Leben!“

Ottmar, der bis dahin ernst und sinnend beim Vater gestanden, kam eilig näher. Er war zwei Jahr älter als Irmgart und ein sehr verständiger, aufmerksamer Knabe, der sich sofort in Alles schickte, was noth that.

„Ihr seid also meine Kinder!“ fuhr Thilo fort,

indem er Beide mit seinen Armen umschloß, und ich bin Euer zweiter Papa, den Ihr aber Onkel nennt — wollt Ihr mich aber auch lieb haben, gleich einem Vater?"

„Ja! Ja!" riefen die Kinder fröhlich. Irmgart fügte aber sogleich hinzu: „Aber nicht ganz so lieb, wie unsern ersten Papa!"

„Das muß ich mir gefallen lassen," entgegnete Thilo, heiter zu seinem Bruder hinblickend, der sich wieder aufgerafft hatte und fast aufrecht sitzend die Scene scharf beobachtete, als wolle er darin des fremdgewordenen Bruders Inneres prüfen.

„Wo hast Du aber unsere zweite Mama?" fragte Irmgart plötzlich. „Wo hast Du Deine Mama?" Thilo schauerte seltsam zusammen. Es war wieder derselbe Ton, womit Fides damals gefragt hatte: „Wo hast Du Deine Königin?"

Ein glühendes Roth überstürzte dann sein Gesicht, als er daran dachte, daß dies junge reizende Mädchen Mutterwürde bei den Kindern seines Bruders zu vertreten haben werde. Ein Kind zwischen Kindern, dachte er belustigt.

„Ich habe keine Mama," sagte er dann beschwichtigend, „aber ich will Euch eine Bonne geben, die Euch pflegt und Euch bedient, wie eine Mama!"

Irmgart wendete getäuscht ihr Köpfchen zur Seite.

Wahrscheinlich hatte sie die Mutter schmerzlich entbehrt und konnte sich keine Glückseligkeit auf Erden ohne Mutter denken. Thilo sah die Wolke auf ihrer Stirn und küßte sie voller Erbarmen.

„Nun aber wollen wir frühstücken," rief er heiter, „und dann holt Ihr die eingebüßte Nachtruhe nach. Wenn Ihr ausgeschlafen habt, führe ich Euch in den Garten und in den nahen Wald und dort könnt Ihr Rehe laufen sehen und Vögel singen hören!"

O, wie leicht ist ein Kinderherz beschwichtigt! Irmgart jauchzte vor Lust und hatte die Sehnsucht nach einer Mutter eben so schnell vergessen, wie die Anstrengung ihrer Reise.

Thilo aber dachte mit gesteigerter Liebe an Fides „und an die Erfüllung seiner Wünsche.

Was hatte er zu fürchten, wenn er sie in das frische, belebende Element seines neuen Lebens verpflanzte? Er sah sie walten, gleich einem erheiternden Sonnenstrahle, seinem Bruder zur Pflege, den Kindern zur Gesellschaft und ihm? Nun ihm zur Lust! Sein Auge hob sich dankbar zum Lenker seines Geschickes. Wie glücklich war er geworden! Wie glücklich in der Liebe und Sorge um die Menschen, die ihm angehörten!

III. Capitel.

Zum letzten Male!

Während dieser Ereignisse in der Burg und ihren Umgebungen wurde über Melitta, die schon längst mit sich im Streite lag, ein harter Kampf verhängt.

Oswald war unvermuthet im Schlosse eingetroffen und hatte sich unverzüglich zu seinem würdigen, alten Freunde, der in seinem Zimmer weilte, verfügt.

Mit hochklopfendem Herzen wartete Melitta auf das Ende dieser geheimen Unterredung. Ihre Brust, von traurigen Ahnungen geschwellt, drohete zu zerspringen, als endlich die beiden Herren in's Besuchzimmer traten und der alte Herr mit festem, gefühlvollem Tone sagte: „Nun, Gott geleite Dich, mein braver Oswald! Es ist zwar nur ein Tropfen Wasser im Meere —“

„Das wäre es,“ fiel der junge Mann schnell in

seine Rede, „wenn ich eine persönliche Tapferkeit entwickeln wollte; allein was ich beabsichtige, soll nicht in einer Einzelthat bestehen, sondern bedächtig überlegte Ideen geltend machen.“

Herr von Ettershaiden wiegte bedenklich sein schneeweißes Haupt. „Gegen die kolossalen Ideen eines Machthabers wie Napoleon läßt sich eigentlich nichts Erfindbares stellen.“

Oswald antwortete nicht, sondern schritt hastig auf Melitta zu, die sich schwankend erhoben hatte und nur mühsam ihre Fassung beibehielt.

„Er will fort, Melitta!“ sagte Herr von Ettershaiden leise.

„Laß uns hinaus gehen in den Park!“ bat Oswald, die zitternden Hände des Mädchens ergreifend. „Dort, unter dem grünenden Dache, wo wir in ruhiger Seligkeit geträumt haben, dort will ich zum letzten Male zu Dir reden, meine Melitta!“

„Zum letzten Male!“ wiederholte das junge Mädchen und ein leichtes Lächeln des Hohnes schlich sich über ihr sanftes, liebes Gesicht. Aber sie folgte mechanisch, als Oswald sie mit dem Arme umfaßte und stürmisch nach dem Garten zog.

Der alte Herr blickte ihnen traurig nach. „Durch seinen Entschluß geht mir ein schöner Traum verloren,“ murmelte er vor sich hin. „Sie sollte seine Gattin werden — was ich ersparen konnte, sollte ihnen zu Gute kommen, um seine Lage zu bessern — der Plan geht unter in diesem Abschiede. Wie sollte er, Angesichts eines solchen Krieges mit dem Leben davonkommen! Selbst seine Ideen können ihm einen schmählichen Untergang bereiten. Gott geleite ihn!"

Oswald wartete nur so lange, bis sie unter dem schützenden Laubdache angekommen waren, dann sprach er mit sehr bewegter Stimme:

„Wie ganz anders gestaltet sich doch das menschliche Leben, wenn man zum Bewußtsein seiner Menschenpflichten gelangt!"

Melitta hatte sich während des kurzen Zeitraumes wieder gesammelt und entgegnete kühl, aber sanft:

„Oft aber verwechselt der Mensch auch das, was sein unruhiges Herz ihm vorschreibt, mit dem, was er seine Pflicht nennt."

Oswald blickte auf. Von ihren Worten betroffen, prüfte er den Ausdruck ihrer Mienen und fand nicht die geringste Spur von Sympathie mit seiner Begeisterung, die ihn beinahe überfüllte. Ihm fiel nicht ein, daß Melitta nicht in seine Pläne eingeweihet war.

Hastig und mit den flammenden Blicken innerer Entrüstung machte er sich frei von ihr und vertrat ihr den Weg.

„Du theilst meine Opferfreudigkeit nicht, Melitta?“ fragte er mit bedrückter Stimme.

„Deine Opferfreudigkeit?“ wiederholte sie kaltsinnig. „Ich weiß nicht, wie sich eine Opferfreudigkeit mit einer bestimmten Dankbarkeit gegen Gott vertragen kann, wenn wir das aufgeben, was seine Güte für uns bereit gehalten hat.“

„Soll darin ein Tadel meiner Handlungsweise liegen?“ fragte Oswald sehr ernst.

„Zum Tadeln habe ich kein Recht, Oswald,“ fiel Melitta etwas belebter ein. „Meine Worte sollen nur meine Ansicht darthun, daß ich es für einen größern Beweis von Dankbarkeit gegen Gottes Güte halte, wenn wir seine Gaben werth halten, als wenn wir sie verschleudern um einer Idee willen!“

„Und wenn diese Idee nicht anders in's Leben treten kann, wie durch eine Opferwilligkeit?“

„Dann müßte man den Nutzen des Opfers immer erst reiflich in Erwägung ziehen,“ sprach sie frostig, indem sie vorwärts schritt. „Ich ehre und erkenne den Edelsinn einer Königstreue, Oswald,“ fuhr sie ruhig fort, „aber wenn der Einzelne seinen Trotz gegen das Schicksal, das ihn unter eine Fremdherrschaft brachte, so weit treibt, daß er einen Güterbesitz aufgiebt, um derselben zu entfliehen —“

„Sprich nicht weiter, liebes Mädchen,“ unterbrach

Oswald sie lebhaft. „Es ist meine Schuld, daß Du in diesen Irrthum verfielest, der in Hinsicht auf meine wahren Beweggründe kleinlich erscheint. Nein Melitta, die innere Stimme, die mich treibt, hat mit diesen Weltverhältnissen nichts zu thun. Ohne daß ich Dich einweihen kann in meine Ideen, sollst Du doch wenigstens einen Ueberblick darüber erhalten, was mich unaufhaltsam forttreibt.“ —

Melitta erröthete unter diesen Worten und die lässige Nichtachtung verlor sich allmählig aus ihren Mienen, als Oswald nach einer Pause fortfuhr:

„Die Lage Deutschland's wird mit jedem Jahre drückender und wir gehen jetzt einer vollständigen Vernichtung entgegen, wenn die großartigen Pläne Napoleons gelingen.“

„Ich glaube, so hat es schon oft geheißen,“ warf sie flüchtig ein, „und dennoch fand sich immer wieder eine Brücke, welche der Verzweiflung einen Uebergang zur Geduld bot.“

„Diesmal möchte sich schwerlich eine bloße Geduldsprobe für uns herausstellen, wenn der Plan des Kaisers glückt!“ rief Oswald sehr ernst. „Er rüstet mit Macht gegen Rußland. Es sind Verträge dieserhalb mit Preußen und Oestreich zum Abschluß gekommen, die das letzte Mark aus unserm Vaterlande saugen und uns sogar zwingen, als Feinde gegen unsere natürlichen Verbündeten zu ziehen. Auch ich müßte dem allgemeinen Aufgebote meine Kräfte weihen, als westphälischer Unterthan! Darin liegt der erste Grund, mich von der Pflicht gegen die Fremdherrschaft zu befreien."

„Aber Oswald — Du, als Edelmann?" fragte Melitta ungläubig.

„Napoleon kennt Mittel und Wege, um eine Ehrensache aus seinen Anforderungen zu machen! Die Kriegsheere in Frankreich setzen sich bereits in Bewegung. In Preußen, Oestreich und Westphalen geht man stark an's Werk. Am Rheine sollen die französischen Truppen mit Feindesübermuth hausen, trotzdem die Herrscher aller Lande als Freunde in Dresden conferiren. Napoleon soll mit entsetzlichem Ingrimm die Zurüstungen zu diesem Feldzuge gegen Rußland betreiben, weil er den edlen, stolzen Kaiser Alexander für den Spott zu demüthigen gedenkt, womit dieser seine Anmaßungen zurückgewiesen."

„Warum verbindet sich Preußen und Oestreich nicht mit Rußland?" fragte Melitta mit erwachendem Interesse. „Warum werfen diese Herrscher nicht das Joch der Unterwerfung ab?"

„Warum?" fragte Oswald schmerzlich. „Weil sie in blinder Demuth an die Unfehlbarkeit Napoleons glauben! O, es ist schrecklich, an der Kette liegen zu müssen, die von der Schwäche eines Herrschers geschmiedet ist! Ehe der Winter hereinbricht, soll die Expedition nach Rußland fertig sein. Napoleon gedenkt Winterquartier daselbst zu nehmen und in dem letzten, unangetasteten Reste Preußens, in West- und Ostpreußen, eine Truppennachhut zur Sicherheit und Deckung cantonniren zu lassen. Die Verzweiflung der dortigen Einwohner ist groß. Diese Kriegssteuer ruinirt das Land vollends."

Melitta war stehen geblieben. Ihr Auge hing fest an Oswald, während er sprach, aber nicht ein Laut entrang sich ihren Lippen. Der junge Mann fuhr fort:

„Die Idee eines allgemeinen Aufstandes tauchte auf! Lieber Gott, wenn die Herrscher geneigt sind, unsern Freiheitsdrang als Verbrechen anzusehen, so ist ein Aufstand wirkungslos! Wir sahen dies ein und besprachen andere Auswege zur Abhülfe. Es blieb beim Sprechen, wie häufig in der Welt, wo die Männer das Wort führen, die sehr weise, aber nicht klug sind. Nur Einige unter uns fühlten beim Herannahen der Gefahr den Muth, durch Energie, durch Forschen und Grübeln nach einem Hülfsmittel weiter vorzuarbeiten. Wir sind nur Wenige, aber wir sind ausgerüstet mit zureichenden Kenntnissen über Charaktere und Verhältnisse, um dem Werke eines Widerstandes zu dienen. Dazu war es jedoch nöthig, selbstständig auftreten zu können, Jeder für sich zum Ziele zu schreiten und seine Subsistenzmittel mit sich zu führen.

Ich beschloß das Opfer nicht zu scheuen! Ich verkaufte mein Gut!"

Melitta legte die Hand auf seinen Arm. Der Ausdruck einer wahrhaften Hochachtung hatte alle bösen Schatten in dem sanften, lieblichen Gesichte verdrängt.

„Dein Entschluß ist edel, Oswald — verzeihe mir!" bat sie mit erstickter Stimme.

„Ich kannte ja meine Melitta —" erwiederte Oswald herzlich.

„Aber wenn Dein Opfer vergeblich ist?"

„Dann habe ich es mit meinem Glücke bezahlt, das weiß ich!" sprach er wärmer.

Melitta legte ihre Hände flach zusammen und hob sie so gegen ihn auf. „Oswald — willst Du mir gestatten, daß ich Dich bitte, Dich nicht in so vergebliche Gefahren zu stürzen?"

„Meine Selbstachtung fordert, daß ich nicht in meinem Entschlusse wanke! Beklage mich nicht, selbst wenn der Tod mein Loos sein sollte!" sprach er in frommer Begeisterung.

Melitta schauerte sichtlich zusammen.

Der Tod sein Loos! Ihr war es, als wenn eine klagende Stimme aus den Wolken tönt und ihr verkündige, daß dies das Ende aller der Träume sein werde, die sie, — das fühlte sie jetzt mit stummer Verzweiflung — allein geträumt hatte!

Trotzdem wehrte sie ihrem Blicke die tiefe, innige Theilnahme nicht, als sie jetzt schmerzlich ergriffen zu Oswald emporschauete. Ihre Blicke tauchten in einander. Ein süßes Gefühl, zu rein für leidenschaftliche Liebe und dennoch zu heiß und zärtlich für ruhige Freundschaft, durchschlich die Brust Beider. Melitta fühlte plötzlich den Schmerz in sich weichen und Oswald schauete im Geiste über die herben Prüfungen einer edlen Pflichterfüllung hinweg und sah sich wieder in friedlichen Besitze Wangerodens, neben diesem Mädchen, das ihm ein Lohn für schwere Leiden werden konnte.

Traulich neigten sie sich zu einander. Oswald umfing sie wieder mit seinem Arme, während ihres Weiterschreitens und Melitta schmiegte sich mit ihrer frühern Innigkeit fest an seine Brust. Was trennend zwischen ihnen gestanden hatte, war verschwunden. Ein einziger Blick hatte hingereicht zur Verständigung. Sie gehörten einander an. Ob im Leben, ob erst nach dem Tode. — das gaben sie Gott anheim. Eines Gelöbnisses bedurften sie nicht. Die Liebe von Jugend auf verbürgte die Treue und nachdem das Vertrauen wieder zwischen ihnen waltete, sahen sie fast heiter auf die Nothwendigkeit ihrer Trennung hin, die ihre Seelenvereinigung nicht zu stören vermochte.

Melitta, beschämt ihrer Launenhaftigkeit gedenkend, womit sie dem Handeln Oswald's entgegengetreten war, warf in diesem schönen Momente der Selbsterkenntniß allen Egoismus aus ihrer Seele und ließ das Verlangen nach einem schönen Liebesleben an Oswald's Seite, womit sie ihre dämmernden Träume von Glück ausgefüllt hatte, in jener reinen Seelenliebe aufgehen, die in frommer Demuth nur das Leben des Geliebten von Gott erbittet und gern seinem Besitze entsagen will. Je fester sich ihr Herz in dieser letzten Unterredung den phantastischen Gebilden ihrer Liebe verschloß, desto reifer wurde ihr Geist, die Geistesgröße dessen zu erkennen, welcher das Einzige, was er dem Vaterlande opfern konnte, bereitwillig auf den Altar der Vaterlandsliebe legte.

Schweigend zuerst gingen die beiden jungen Menschen in dem duftigen, schattigen Wege dahin. Ohne ein Wort darüber zu verlieren, wußten sie, daß ihre Gedanken gleichmäßig beschäftigt waren und Melitta verstand den Ausruf ihres Freundes, als er mehr zu sich selbst als zu ihr sagte:

„Wenn die Gebote Gottes uns zur Verleugnung unsers Selbst's auffordern, so kann es keine Sünde sein, unser Wohlsein großen Plänen zu opfern!“

„Nein, Oswald! Nur die Begierde nach Ruhm und eitler Ehre würde solche Opfer entheiligen können,“ antwortete Melitta, mit himmlischer Freudigkeit in sein umflortes Auge blickend.“ Und Dein Bestreben hat sich einen stillen und unbeachteten Weg zum Kampfe erwählt! Warum hast Du mich nicht für würdig gehalten, die Vertraute Deiner Gedanken zu werden?"

„Wer kann gährende Gedanken mittheilen, ohne sich dem Anscheine einer Geistesverwirrung auszusetzen, Melitta!" rief der junge Mann belebt." Die Entschlüsse reifen gewöhnlich erst an den Ereignissen und diese überstürzten sich im Laufe der letzten Tage. Ohne die Hülfe eines Mannes, den Du unter dem Namen eines Marquis d'Etérais kennst, hätten mir die Mittel gefehlt, meine Pläne in's Werk setzen zu können." Melitta fuhr erschüttert zusammen bei dem Namen, der sich in ihrer Phantasie mit der Macht des Kaisers Napoleon vereinte.

„Der Marquis!" rief sie ängstlich." Bist Du sicher, hier nicht einem Verrathe zu erliegen?"

„So sicher, wie mein Geheimniß bei Dir ruhet, so sicher liegt es in der Brust dieses Mannes," entgegnete Oswald mit Lächeln.

„Dann theile mir zu meiner Beruhigung mit, was Du damit schon halb und halb verrathen hast, daß Du sagtest, „den Du unter den Namen eines Marquis d'Etérais kennst" — bat das Mädchen. „Wer ist der Mann, der sich die Achtung der Menschen, trotz seiner Beziehungen zu dem Eroberer zu erhalten wußte?"

Oswald zögerte einen Augenblick, dann blickte er,

mit heller Freude im ganzen Gesichte, Melitta an und flüsterte: „Es ist Thilo von Ettershaiden, ein Spielgefährte der armen Junker, welche eine Beute des Todes wurden. Dadurch war er in der Burg eingebürgert, als Deines Onkels erste Gemahlin hier lebte. Er ist ein edler, guter, braver Mann geblieben!“ Sprachlos vor Erstaunen hörte Melitta dieser Erläuterung zu. Thilo von Ettershaiden! Der Mann, welcher das Thema zu Cousine Bianca's excentrischen Klagen bildete. Daß bis jetzt niemand auf diese Möglichkeit verfallen war, fand sie unbegreiflich!

„Und er half Dir — gegen den, welcher sein Wohlthäter ist?“ fragte sie noch immer ungläubig.

„Er half mir dadurch, daß er Wangerode kaufte und durch eine bedeutende Anzahlung meine Abreise möglich machte, ehe sie zu spät wurde. Seine Verbindung mit dem Kaiser beruhete auf gegenseitiges Vertrauen. Thilo hat sich ohne Weiteres zurückziehen können, weil er nie ein bindendes Amt bekleidete. Die jetzigen Pläne des Kaisers empören ihn, weil sie zum Ruin seines Vaterlandes mitwirken. Er sieht bangend der Zukunft entgegen und benutzt die Gelegenheit, sich als Privatmann in Besitz zu bringen.“

„Bist Du seiner Treue ganz sicher? Hat er nicht seine Gabe der Beredsamkeit, die ihm eigen ist, angewendet um seines Vortheiles willen?“

„Melitta, Du hast ihn kennen gelernt und kannst solche Zweifel aufstellen?“ fragte Oswald vorwurfsvoll.

„O, wenn das Herz um Jemand bangt, den man lieb hat, so erwacht das Mißtrauen,“ klagte Melitta.

„Gegen Thilo von Ettershaiden — Mißtrauen!“ rief Oswald mit einem Tone, der dem jungen Mädchen durch Mark und Bein drang. Sie schmiegte sich fester an ihn und legte beschwichtigend ihre Wange an seine Schulter. „Gottlob, Verrath und Tücke ist nicht das, was im Geschlechte dieses Stammes nistet,“ fuhr Oswald feierlich fort. „Wohl aber Härte, Festigkeit und spröder Wille!“

„Ich fürchtete für Dich, Oswald,“ betheuerte Melitta, „nur darin suche mein Mißtrauen. Auch kann ich mich dem Gedanken noch nicht mit voller Freudigkeit hingeben, in dem Marquis einen Ettershaiden sehen zu müssen. Er ist dem König Jerome zu nahe, als daß er nicht von ihm beeinflußt werden könnte.“

„Jerome ist nicht der Schlechteste im Buonapartischen Kreise,“ sagte Oswald beruhigend. „Gerade in seinen Fehlern beruht sein Gutes für seine Unterthanen. Schädlich wird er nur, wenn er schlechte Rathgeber findet. Er spielt wie eine Motte um das Licht, das ihm angezündet ist. Im Grunde ist er dem ganzen Reiche eine Null. Das Schöpfungsfieber seines gewaltigen Bruders hat ihm ein Königreich construirt und ihn, als Puppe mit dem Hermelinmantel, hineingesetzt. Die Elemente, worin er sich wohlgefällt, sind die Lehren des Epikur, dem Wohlsein das höchste Glück ist. Daß er dabei keinen Unterschied zwischen dem sinnlichen Wohlsein des Menschen und des Thieres macht, liegt gleichfalls in der Philosophie dieses Weisen von Griechenland."

„Aber ist nicht der genußsüchtige Mensch gerade derjenige, welcher viel Unheil stiften kann? Ist er nicht gefährlicher, als irgend ein anderer? fragte Melitta schüchtern.

„In der Einzelheit vielleicht, aber nicht in allgemeiner Verbreitung. Da sind die Begierden des Geistes mehr zu fürchten, als die Begierden der Sinne. Um Napoleon's Gelüsten zu genügen, gehen ganze Völker zu Grunde — Jerome kann höchstens störend in das Glück einzelner, schwacher Familien eingreifen."

Melitta mußte dies einräumen. Ihre Gedanken wurden dabei auf das Glück ihres Onkels zurückgeführt, das von der Eitelkeit ihrer Tante gefährdet war.

„Weiß unser alter Herr schon, daß er in dem Marquis den verschollenen Thilo suchen muß?" fragte sie abspringend.

„Nein und ich wollte Dich bitten, dergleichen Erklärungen ihm selbst zu überlassen!" Melitta nickte beistimmend. „Hast Du Thilo ganz in Deine Pläne eingeweiht?“ forschte sie weiter.

„Nein. Er ahnt sie aber in der Sympathie unseres Gemüthes.“

„Wohin richtest Du Dein Augenmerk?“

„Nach Rußland! Thilo hat mir ein Formal mitgegeben, das mich dem Prinzen Eugen von Würtemberg empfehlen wird. Der Prinz ist sein Studiengenosse in Erlangen gewesen. Jetzt ist dieser junge Prinz ein Held, worauf sich viele Hoffnungen stützen. Ihm will ich mich mit vollem Vertrauen nahen und ihm meine Dienste anbieten.“

Melitta senkte tief betrübt die Augen. „Nach Rußland!“ wiederholte sie mit einem innerlichen Schauder. „Oswald, muß es denn sein, daß Du gehst?“

„Ja mein Mädchen! Ich muß gehen!“

„Wäre es nicht rathsamer, Napoleon's Pläne erst abzuwarten?“

„Damit es, wie im Jahre 1806 zu spät würde mit allen guten Rathschlägen?“

„Was im Schooße der Zeit liegt, muß doch erst reifen, ehe es vom Menschenverstande begriffen und beurtheilt werden kann,“ wendete sie ein. „Will Gott den Triumph der jetzt mächtigen Nation über uns Deutsche nicht zulassen, so wird er schon ein Mittel finden, die Siegesbahnen Napoleons vernichtend zu durchkreuzen.“

„Du entwickelst eine bequeme Vaterlandsliebe, Melitta,“ rief Oswald heiter. „Diese Ansichten würden uns zu faden Träumereien oder höchstens zu der theologischen Schwärmerei führen, täglich Gott zu bitten, bis er die Feinde verjagt.“

„Ich meine nur, alle die Opfer, die von edlen, kühnen Männern bis jetzt gebracht worden sind, haben so gut wie gar nichts genützt. Die Masse muß es thun, wenn der Widerstand von Erfolg sein soll und die Masse weicht feige den Aufforderungen kühner Einzelhelden aus.“

„Und wenn die Zeit dennoch käme, wo die Massen, durch eine tiefe und gründliche Erbitterung entzündet, endlich im Eifer der Vaterlandsliebe aufständen, Melitta? Wenn dann Alles vorbereitet wäre, wenn Einverständnisse angebahnt und Führer der erbitterten Schaar vorgebildet sein könnten? Napoleons jetzige Beschlüsse, seine gewagten Maßregeln führen ihn einer Katastrophe entgegen. Das Geschick wird ihn um so sicherer ereilen, je rücksichtsloser er jetzt seinem entsetzlichen Ehrgeize fröhnt. Seine schlaue Politik hat bis dahin Berge von Schwierigkeiten überwunden, sehen wir nun danach, daß er vom Gipfelpunkte seiner Macht bergab- und in seinen eigenen großartigen Ideen untergehe. Einem gedemüthigten Feldherrn wendet das Volk eher den Rücken, als einem siegreichen Helden, auch wenn er des Volkes Feind ist."

Melitta's Auge hing verklärt an dem Antlitze des Jugendfreundes. In ihr erhoben sich mächtige Stimmen für seine Begeisterung, die nicht in Phantomen Nahrung empfing, sondern aus der Ueberlegung des Vorstandes entsprang.

„Gehe mit Gott, lieber Oswald," sagte sie in unbeschreiblicher Seelenerregung. „Gehe mit Gott an das Werk — der Allerbarmer wird mit Dir und mit denen sein, die im heiligen Eifer der Sache zu dienen bereit sind. Gedenke meiner, wenn Du Hilfe und Pflege brauchst! Es soll mich nichts abhalten, zu Dir zu eilen mit Schwesterliebe und Schwestertreue, wenn des Krieges furchtbare Grausamkeit Dein Leben gefährdete."

Oswald nahm ihre Hand und führte sie an seine Lippen. Worte des Dankes fand er nicht, auch keine Worte für die Empfindung, welche sein Herz durchzuckte. Worte würden auch das himmlisch reine Gefühl entheiligt haben, welches ihn beseligte. Aber trotz des Schweigens verketteten sich ihre Seelen, zum ersten Male von Flammen berührt, die einer verwandtschaftlichen Liebe nicht eigen sind, fester und unauflöslicher, als durch Schwüre. Sie gehörten einander an. Scheidend reichte das Mädchen dem Manne beide Hände und bekämpfte heldenmüthig die Erschütterung, welche ihr ganzes Wesen in Aufruhr brachte. Ihr Blick zum Himmel hinauf sagte ihm, auf wessen Beistand sie hoffe — dann noch ein Blick, Aug' in Auge, und Oswald schritt fest dem Schlosse zu, während sie bleich und zitternd durch den Laubgang schwankte, der sie zum Kastanienbaum führte. Hier sank sie erschöpft nieder und betete!

Was war es, daß nach dem heißen Ringen mit ihrem Schmerze ihre Stirn mit einer göttlichen Heiterkeit umzog? Die Gewißheit, von dem geliebt zu sein, der ihr ganzes Sein erfüllte, diese Gewißheit erhob sie und überschleierte den Trennungsschmerz, der von ihr würdig getragen werden mußte, wenn sie sich der Liebe eines solchen Mannes werth halten sollte. Sie erkannte an, daß sie nicht mehr allein sein eigen, sondern daß auch er mit allen Fasern seines edlen Herzens ihr angehörig war. Darin lag ein Trost, der ihr tragen half, was sie tragen mußte!

IV. Capitel.

Einkehr und Umkehr.

Oswald war geschieden! In dumpfer Betäubung saß Frau von Ettershaiden nach seinem Abschiede da. Er hatte mit kurzen, herben Worten Abschied von ihr genommen und jedes Wort, das der junge Verwandte gesprochen, war wie mit Widerhaken in ihr Inneres gefahren.

„Wenn in den Annalen der Weltgeschichte mein Name mit unverlöschbarem Griffel eingezeichnet werden sollte, so mag Gott es nur verhüten, daß nicht auch anderweit derselbe Name mit bezeichnendem Spotte genannt werden darf!“ So lautete sein Abschiedswort, das sich in sie eingrub, wie ein Gottesurtheil.

Es war im Laufe der letzten Wochen eine bedeutsame Veränderung mit Frau von Ettershaiden vorgegangen, die sich in verschiedenen Phasen bemerklich machte und ganz zweifellos als eine Umkehr zu betrachten war.

Die ersten Zeichen einer Sinnesänderung datirten vom Tage des Gegenbesuches, den die Gräfin Ancelot in ihrem eigenen Interesse für nothwendig gehalten hatte. Die schmerzhafte Demüthigung, womit dieser Besuch endete, veranlaßte sie zu einem Nachdenken ernsterer Art, als sie bis dahin für nöthig befunden. Das Resultat davon war eine kurze und entschiedene Ablehnung jeder Betheiligung an einem Festin, wozu man Jugend und Schönheit zu requiriren für nöthig fand, um dasselbe für den König von Westphalen piquant zu machen. Ihre Ablehnung hatte die Gräfin stark aufgeregt und dermaßen zum Zorne gereizt, daß sie das Absagebillet dem Ettershaider Diener, der es überbracht, vor die Füße geworfen hatte. Eine sehr belehrende Erfahrung! — Auf dem Wege zur Umkehr begriffen bereitete ihr das ausdrucksvolle Clavierspiel ihrer jungen Pflegetochter Fides eine zweite, sehr dienliche Erschütterung. Von Natur mit einem besonderen Kunstsinn begabt, wurde sie dermaßen hingerissen, daß sie dem Zuge ihres bewegten Gemüthes folgte und den Salon, ganz ihrer Gewohnheit zuwider, betrat. Die kleinen Momente, wo sich ihres Gatten unveränderliche Liebe und Güte zeigte, wirkten in ihrer selbstgewählten Einsamkeit nach und beschleunigten ihre gänzliche Umkehr, die jetzt nach dem ganz unvorgesehenen Abschiede Oswalds eintrat. Wenn sie im ersten Stadium ihrer Bußfertigkeit von dem quälenden Gedanken heimgesucht wurde, daß es dahin kommen könne, von ihrem Gemahle verstoßen zu werden, so schreckte sie vor jedem entscheidenden Schritte, der seine Drohung wahr machen konnte, zurück. Sie wollte nicht von ihm verstoßen sein!

Bei diesem Ausspruche war ihr Herz nicht betheiligt! Sie entschied sich meistentheils aus oberflächlichen Gründen dafür, daß sie die Stellung als Gattin eines Ettershaiden nicht unbedingt aufgeben wolle.

In der zweiten Phase ihrer Sinnesänderung spielte ihr Gefühl schon eine bessere Rolle. Sie fand sich entbehrlich zum Wohlsein des Gatten und sie wollte ihm nicht ganz entbehrlich sein. Sie fand, daß sie seine herzliche Güte, seine Liebe mit ihren Pflegetöchtern theilte und wollte seine Neigung nicht getheilt wissen. Was sie entbehrte, gewann an Reiz und was ihr entzogen wurde, stieg im Werthe.

Aus diesem schwankenden Gemüthszustande schreckten die mahnenden Worte Oswald's sie auf und wiesen sie auf eine andere Bahn, wie diejenige, die ihr Eitelkeit und Glanzsucht verlockend bezeichnet hatten.

Sie erhob sich mit dem Vorsatze, sogleich die ersten Schritte zu einer friedlichen Vereinigung mit denen zu thun, die ihrem Gatten jetzt näher standen, als sie.

Unruhig schritt sie im Zimmer auf und ab, mit dem letzten Reste von Hochmuth und Eigenwillen ringend, der sie seit ihrer frühesten Jugend beherrscht hatte. Die Oede ihres Lebens in der letzten Zeit war eindringlich genug gewesen, um sie einer Familienfröhlichkeit zugänglich zu machen. Ihre Nerven, so oft lügenhaft zum Schreckbilde des ganzen Hauses gemacht, hatten sich wirklich auf eine Weise verschlechtert, daß sie krankhaft gereizt waren. Die Dame, sonst nur krank, um einen Vorwand zu eigensinnigen Einfällen zu haben, war wirklich kränker, als sie wußte. Ihr Herz war krank. Es sehnte sich nach Theilnahme, nach Mitleiden, nach Güte, nach freundlichen Worten!

Immer wieder durchmaß sie ihr Zimmer, ohne den Entschluß auszuführen, den sie gefaßt hatte. Endlich trat sie zum Fenster und blickte in den Garten hinaus.

Da kam Fides gegangen. Sie sah verstört aus und schien Melitta zu suchen, die noch unter dem Kastanienbaume saß und mit ihrem Schmerze kämpfte.

Rasch durchschritt das junge Mädchen die Gartenanlagen und eilte durch die nächsten Bosket's, die Ruheplätze verbargen. Ihr ganzes Wesen zeigte eine große, innere Bewegung. Daß sie im Försterhause gewesen war, bewies der Moosrosenzweig, welchen sie noch in der Hand hielt.

O, wie beneidete die stolze Frau das flüchtig dahinschwebende Mädchen um die Kindlichkeit ihres Sinnes, der sie fest in den Gränzen festhielt, welche ihre Verhältnisse um sie gezogen. Darüber hinaus gab es nichts Reizendes für sie.

Jetzt suchte sie Melitta mit einer Begier und Hast, als hinge des Staates Wohl daran, sie zu sprechen. Und was hatte sie ihr schließlich Wichtiges zu erzählen? —

Ein Lächeln, selten genug auf diesem schneeweißen, steinernen Gesichte, zuckte über die Mienen der Dame. „Sie ist glücklich!“ flüsterte sie vor sich hin. „Worin aber gründet ihr Glück? In der Zufriedenheit ihres Gemüthes! Sie kann sich über das Sonnenlicht, das über das wallende Korn schweift, eben so herzlich freuen, wie sich die kokette und gefallsüchtige Dame über einen Diamantschmuck freuet, der ihre Schönheit erhöhen soll. Sie ist glücklich, weil sie sich des lebensvollen Daseins in der Natur freuet.“

Seufzend begann Frau von Ettershaiden ihren einsamen und trostlosen Weg durchs Zimmer auf's Neue. „Was hilft mir alles Grübeln — des Lebens Mai blüht ein Mal und nicht wieder — mein Mai ist längst verblüht und die Früchte des Sommers haben ihren Reiz eingebüßt! Vergebliches Bemühen, Geschmack an Freuden finden zu wollen, die nie nach unserm Sinne gewesen sind. —“ Sie stand still und horchte. Der

Schritt ihres Gatten wurde hörbar — mit plötzlichem Entschlusse öffnete sie die Thür.

Herr von Ettershaiden war schon vorübergeschritten. Er blickte jedoch zurück und kehrte artig wieder um, als sie ihn mit einer Handbewegung einlud, näher zu treten. Da standen sie wieder vor einander, ohne Zorn und Widerwillen, wie einst in guten Tagen.

„Bella!“ — rief der alte Herr bestürzt, als er Thränen in den Augen derjenigen sah, die selten weinte.

„Ich bin wohl krank, Ottmar,“ sagte sie wehmüthig. „Oswald's Abschied hat mir weh gethan — ich war so allein mit meiner Trauer, als wäre Alles todt um mich herum, nur ich nicht!“

Waren dies Beweise eines Erwachens aus den Träumen der Selbstsucht?

Herr von Ettershaiden nahm es dafür. „Ich will bei Dir bleiben,“ sagte er leise. „Ich will Dir vorlesen! Komm, lege Dich nieder — ich will Dein Gesellschafter sein, so lange Du es wünschest.“

Sie nahm hastig seine Hand. „Ja, ja! Bleibe hier! Aber nicht vorlesen, mein Freund — wir wollen zusammen plaudern von Freude und Leid, von guten und bösen Tagen.“

Herr von Ettershaiden blickte seine Gattin staunend an. Solche Worte hatte er nicht erwartet! Er trauete seinem Ohr nicht und waffnete sorgfältig sein leichtgläubig Herz, damit es sich nicht wieder täuschen lasse. Er hatte aber nichts zu fürchten!

Sie hatte entbehrt und wollte ferner nicht mehr entbehren. Sie wollte versuchen, ihre Freuden in dem beschränkten Familienkreise, der nur durch wenige gleichgestimmte Freude vermehrt werden konnte, zu suchen. Wenn sich junge Herzen, wie die ihrer Pflegetöchter heimisch im idyllischen Frieden fanden, nun, warum sollte sie, die schon den Zenith ihres Lebens überschritten hatte, nicht versuchen im stillen Daheim ihre Freuden zu finden. Es mußte doch etwas Befriedigendes, etwas Beglückendes darin liegen und sie war noch dazu hinreichend begabt von der Natur, um die Zeit edel ausfüllen zu können! Es war eine Umkehr zur rechten Zeit, wozu ihr besseres Selbst sie angetrieben!

Mit dem traulichen Du hatte sie stets das Herz Ettershaidens zu öffnen gewußt, aber in der Härte ihrer Selbstsucht war sie dann auch stets wieder zu der alten Hofsitte übergegangen, die das fremdthuende Sie anständig fand, wenn sie sah, daß sie ihren Willen nicht durchzusetzen vermochte. Seit langer Zeit zum ersten Male blieb sie an diesem Tage der traulichen Benennung getreu, welche ganz unvermerkt auch zur freundschaftlicheren Hingebung führte.

Herr von Ettershaiden, durch seine letzten Erfahrungen belehrt, hielt eine weise Beschränkung dieser ersten Friedensscene für zweckdienlich. Nachdem er eine Zeit lang sich mit wahrem Genuß der gemüthlichen Unterhaltung mit seiner Gattin hingegeben hatte, brach er auf, indem er ihr erklärte, daß er einen Brief vom hochwürdigen Bischof Dameke empfangen habe, den er noch heute zu beantworteten bedenke.

„Betrifft der Brief unsere Fides?“ fragte Frau von Ettershaiden aufmerksam.

„Allerdings! Ich habe um Aufklärungen über ihre Herkunft gebeten und die will der hochwürdige Herr nur bedingungsweise geben. Er verlangt die Gründe zu wissen, weshalb diese Aufklärung gewünscht wird und läßt durchblicken, daß er das Verlangen von Fides unbegreiflich finde, da ihre Erinnerungen unmöglich so weit reichen könnten, um aus freien Stücken einen Zweifel an ihre bürgerliche und ehrenwerthe Abkunft aufzustellen. Ich gedenke dem hochwürdigen Herrn zu antworten, daß ein aufgetauchtes Gerücht sie als eine Tochter des Prinzen Louis bezeichnet und ihre Entrüstung erweckt hätte.“

Frau von Ettershaiden erhob sich schnell. „Nein, Ottmar,“ sagte sie mit einem Anfluge von Würde, „nein, schreibe dem Hochwürdigen die Wahrheit, verhehle ihm den Antheil nicht, den ich daran habe, aber,“ setzte sie mit gehobener Stimme hinzu, „erkläre ihm in meinem Namen, daß ich es für gut gehalten habe, eine Prüfung mit dem lieben Mädchen anzustellen, um seines edlen Kernes sicher zu sein. Die Creaturen des Königs von Westphalen haben dies schöne Wesen gut genug gefunden, seine Sinne zu beschäftigen. —"

„Bella!" rief Ettershaiden aufflammend. „Und man wagte —"

„Ruhig, mein Theurer! Man wagte mich bloß für thöricht und einfältig genug zu halten, um mir Schlingen zu legen, worin mein schönes Pflegekind mitgefangen werden sollte," fiel Frau von Ettershaiden beschwichtigend ein.

„Der Besuch der Gräfin Ancelot —"

„Zielte darauf hin —" Ich habe darauf jede Beziehung zum Kasseler Hofe gelöst, ich habe gebrochen mit der, die mich vor mir selbst erniedrigte."

„Bella, ich danke Dir für dies Vertrauen," sagte der alte Herr, warm ihre Hand fassend. „Ich danke Dir für diese Garantie einer bessern, heiteren Zeit. Denn das Licht der Erkenntniß kann nur läuternd auf Dich wirken und diese Läuterung verbürgt mir unsern Frieden. Vielleicht tagt noch ein Morgen für uns nach der schweren, dunkeln Nacht, die uns trennte."

Frau von Ettershaiden nahm seine Hand, die er ihr darbot, sanft lächelnd zwischen ihre beiden Hände und behielt sie so während der Zeit, daß er noch bei ihr war.

„Es muß ein besonderes Geheimniß sein, mein Lieber," begann sie nach einer kurzen Pause, „es müssen besondere Gründe obwalten, daß sich ein katholischer Geistlicher mit solcher Toleranz einer Sache widmet, die seiner Kirche ein Beichtkind entzieht."

„Ich glaube nicht, meine Gute," sagte der alte Herr freundlich. „Mir ist erinnerlich, daß der hochwürdige Herr als Grund anführte, der Vater von Fides habe zur Bedingung gemacht, seine Kinder müßten in seiner Religion erzogen werden."

„Nun, wenn nicht ganz besondere Gründe zur Bedingung aufforderten, so möchte es wohl ersprießlich gefunden sein, nach dem Tode des Vaters davon abzugehen!"

„Dieser Einwand läßt sich hören! Ich habe überdies fest beschlossen, auf eine Erklärung zu dringen, selbst wenn mich dies Verfahren der Gesellschaft des lieben Mädchens berauben sollte. In dem Briefe des hochwürdigen Herrn sind vielerlei Andeutungen, die mich stutzig gemacht haben. Zum Beispiel fragt er darnach, ob eine bestimmte Person auf Fides Spur gekommen sei."

„Dann lebt also noch Jemand, der ein gerechtfertigtes Interesse an Fides nehmen kann?"

„Unbedingt! Er bittet mich dringend, ganz ehrlich zu sein und ihm zu sagen, wie dem Kinde nachgeforscht sei und wer den ersten Anlaß dazu gegeben habe. Ich werde ihm natürlich den Argwohn benehmen, daß andere Rücksichten, als gerade Fides Wünsche mich zu der Aufforderung gebracht hätten und werde ihm erklären, daß ferneres Geheimhalten den Ruf der Eltern nicht allein gefährden, sondern auch Fides in eine schiefe Stellung bringen könne. Ich werde die Auslieferung jenes Kästchens, dessen sich Fides noch mit der größten Genauigkeit erinnert, beantragen und ihm zu beweisen suchen, daß ich eine offene Darlegung aller Verhältnisse jetzt verlangen müsse."

„Ich pflichte Dir vollkommen bei, Ottmar!" sagte Frau von Ettershaiden lebhaft. „So lange Fides selbst im Dunkeln gewesen, waren dergleichen Maaßregeln nicht nothwendig. Jetzt, wo ihr der unbestimmte Argwohn Thor und Thür geöffnet, ist's Schuldigkeit, sie zu belehren, ehe sich ein bitteres Gefühl in ihr ausbildet. Fides ist lebhaft bis zum Exceß! Sie ist schön genug, um allgemeine Sensation zu erregen. Sollen wir ruhig zu schauen, wie sich in dieser herrlichen Blüthe, die sich ganz unbeachtet zwischen uns entfaltete, ein Wurm einnistet, der die kindliche Harmonie ihres Wesens stört?"

„Du bist Fides also wirklich geneigt? Du erkennst ihre Vorzüge an?" fragte der alte Herr im Sturme freudiger Ueberraschung.

Die Dame lächelte schwach, sagte aber mit eigenthümlicher Offenheit schnell, als müsse sie eilen, damit ihr das schwere Zugeständniß nicht leid werde: „Das Mädchen hat mir imponirt! Naturen, wie Melitta, sind mir nicht fremd geblieben. Solche Charakterbildungen finden sich häufig unter uns Frauen. Sanftmuth mit Festigkeit gepaart erleichtern die Siege über alle Versuchungen! Aber, daß dies frisch naturwüchsige, sprudelnde Wesen, welches eine hinreichende Portion Eitelkeit mit Weltsinn vermischt, in sich trägt, über dem Wellenschlage der Weltlichkeit sich zu halten verstand, das frappirte mich und gab mir einen Maßstab ihres innern Gehaltes. Seitdem liebe ich das Mädchen!"

Ettershaiden entfernte sich mit freudepochendem Herzen. Seine Zukunft hatte sich wesentlich gelichtet unter diesen kurzen Unterhaltung, aber sein Gewissen regte sich leise und im Rückblicke auf seine Vergangenheit fragte er sich: „Habe ich ein friedliches Alter verdient? Nein! Aber ich will Alles thun, um desselben werth zu sein."

Und seine Gattin sprach zu sich selbst: „Sollte es wirklich wahr sein, daß uns Frauen tausend Wege zum freudenvollen Dasein offen stehen, wenn wir mit vernünftiger Resignation aus den Blüthentagen der Jugend in's reifere Alter treten? Mir ist zu Muthe, als werde mir ein schönes Glück aus den trüben Tagen der Selbstquälerei erblühen!“

Sie trat wieder an's Fenster und schauete hinaus. Wie leicht war ihr um's Herz, nun sie den ersten Schritt zur Umkehr gethan und aus ihrer an Unempfindlichkeit gränzenden Gemüthsstimmung herausgetreten war. Ursprünglich für das Hofleben bestimmt, hatte man sie frühzeitig angehalten, die Regungen des Herzens dann zu besiegen, wenn sie die Gränzen der Selbstbeherrschung bedrohen könnten. Dadurch beeinträchtigte sich die Wärme ihrer Empfindungen zwar nicht, aber sie hielt sich so lange streng im Zaume, bis ihr Mitgefühl vom Eishauche der Convenienz krystallisirte und die geringste Aufthauung ihr unbequem wurde. Jetzt war der Zeitpunkt bei ihr eingetreten, daß sie von innen heraus aufzuthauen begann und das wonnige Gefühl der Selbstzufriedenheit über ihr Herz schlich, als sie sich zum ersten Male zu einem Bekenntnisse herabließ, welches ihre Trauer beim Alleinstehen in einem Schmerze ihr erpreßte.

Sie bereuete das, was sie früherhin als eine unwürdige Schwäche belächelt haben würde, durchaus nicht, sondern gelobte sich, auf dem jetzt betretenen Wege versuchsweise fort zu gehen.

Ihr Blick, erweitert durch die eingetretene Wärme des Herzens, traf in diesem Momente auf Fides und

Melitta, die eng verschlungen aus dem Bosket traten und dem Schlosse zuschritten. Sie sah auf der Stelle, daß es in dem Busen dieser beiden lieblichen Mädchen stark gewogt haben mußte. Noch jetzt hoben sich die Augen thränenschwer und ein Zucken um die feinen Lippen erinnerte bedeutsam an ein schwer bekämpftes Leiden.

Aufmerksam prüfte Frau von Ettershaiden die Gesichtszüge Melitta's, die schwerer noch vom Wetterstrahle des Kummers getroffen erschienen. Sie verrieth, daß der Abschied Oswald's hier ein armes schlummerndes Herz geweckt habe. Sie errieth, daß diese Thränen dem herben Schmerze einer ewigen Trennung galten und ein unendliches Erbarmen durchzog ihr weich gewordenes Gemüth. „Wie wird Melitta diese schwere Prüfung ertragen?“ fragte sie sich.

Da wendeten sich die jungen Mädchen und gingen wieder zurück in die Gebüsche, wo die mannigfachen Blüthen des Gartens ihren würzigen Duft, gleich einem Balsam über sie ausschütteten. Sinnend blieb Frau von Ettershaiden stehen, erwartungsvoll ihrem Anblicke entgegensehend.

Aber sie kamen nicht wieder zum Vorschein. Sie wählten ein anmuthiges Versteck zwischen dem Gesträuch, wo nicht einmal das Blau des Himmels und der Glanz der Sonne auf ihre trübsinnigen Gesichter scheinen konnte.

Hier ließen sie sich nieder. Melitta legte den Arm um ihre Freundin und zog sie fest an ihr Herz.

„Du weißt nun, meine Fides, wie traurig es ist, jemand so fest und treu zu lieben, daß der ganze Himmel um uns einzustürzen droht, wenn der scheidet, dem wir uns auf ewig geweihet haben. Hüte Dich, meine Kleine, hüte Dich vor dieser Liebe, sie zerstört unsern Frieden und überliefert uns traurigen Kämpfen!“

„O, es würde besser sein,“ erwiederte Fides muthig, „wenn Ihr Euch für den Fall einer glücklichen Heimkehr verlobt hättet.“

Ein lichtes Roth überflog Melitta's Gesicht. Sie warf einen schwärmerischen Blick auf Fides und flüsterte: „Ob ausgesprochen oder nicht — ich bin ihm verlobt und er gab mir scheidend den Schwur zum ewigen Bunde.“

„Ohne zu sprechen?“ fragte Fides altklug. „Darin kann kein Trost liegen. Ich meine eine Verlobung mit Kuß und Wort, worin die Seligkeit der tröstlichen Hoffnung ruhen kann. Mit solchem Troste im Herzen lebt es sich in der Erinnerung sowohl, als in der Erwartung himmlisch leicht.“ Melitta sah sie erstaunt an. Fides legte schelmisch ihren Finger auf ihr klopfendes Herz und sagte sehr leise: „Ich rede aus Erfahrung!“

„Du?“ fragte Melitta, auf der Stelle von ihrem bittern Grame abgezogen. „Du? Aus Erfahrung.

Zufolge der französischen Lectüre oder muß ich glauben, daß der Marquis versucht hat, Dein kleines Herz zu erobern?“

„Ja! Es folgt wirklich eine Fortsetzung, Melitta!“ sagte Fides gravitätisch.

„Ich bin neugierig auf diese Fortsetzung,“ schaltete Melitta etwas schroff ein.

„Höre nur! Zuerst ändert der Held seinen Namen in meiner Liebesgeschichte und tritt unter einem wunderhübschen, wunderlieben Namen auf. Er nennt sich plötzlich Thilo von Ettershaiden!“

Melitta fuhr nicht vor Ueberraschung in die Höhe und fiel auch nicht in Ohnmacht vor Schreck. Beides hatte Fides erwartet und es verdroß sie, daß nichts dergleichen geschah. Getäuscht sah sie Melitta an und fragte: „Nun, was sagst Du zu dieser Metamorphose?“

„Nicht viel! Erst war der Mann ein deutscher Franzose, jetzt ist er ein französischer Deutscher! Ich kannte diese Fortsetzung schon durch Oswald!“ sprach Melitta ernst. „Er ist ein Jugendgespiele Oswald's gewesen und hat sich ihm vor dem Abschiede entdeckt, aber wovon weißt Du das, was noch Geheimniß bleiben soll?“

„Thilo hat mir's auch entdeckt,“ antwortete Fides eben so ernst und sichtlich verstimmt durch Melitta's untheilnehmenden Ton.

„Hat er Dir noch mehrere Entdeckungen gemacht?“ fragte Melitta.

„Ja. Er hat mir gesagt, daß ich ihm angehöre, weil er mich aus einer Gefahr errettet habe. Darauf habe ich kurzweg erklärt, daß ich ohne Deine Erlaubniß ihm kein Recht auf mich geben würde und daß Du von jetzt an mich stets begleiten solltest, wenn ich ihn im Förstergarten zu besuchen käme. Aber dann, Melitta, dann hat er mich so kühl und vornehm entlassen, als ob ich's mir zur Ehre rechnen müsse, daß er so gut und lieb gegen mich gewesen. Ich gehe nie wieder nach dem Forsthause, darauf gebe ich Dir meine — —“ Sie stockte und blickte vor sich hin. „Nein meine Hand will ich Dir doch nicht darauf geben,“ setzte sie leise hinzu, „denn wenn mein Herz so schwer werden sollte, wie Deines, dann laufe ich hinab nach dem Förster und warte geduldig, bis Thilo kommt — und dann sage ich ihm, daß ich ihm angehören wolle ohne Deine Erlaubniß! Den Schluß kannst Du Dir denken! Ich werde Thilo's Frau!“

Melitta betrachtete die eifrige Erzählerin mit mitleidigen Blicken. „Kleine Thörin,“ erwiederte sie. „Dein Roman entwickelt sich zu schnell, um für ein ganzes langes Leben Stich zu halten. Ich werde Dich nie wieder allein gehen lassen!“

„Still! —“ flüsterte Fides und schauete beklommen

in's Dickicht hinein, das sich regte, als schritte Jemand zwischen demselben näher. Es war die Zofe der Frau von Ettershaiden, die sich respectvoll vor den jungen Mädchen verneigte und sie im Namen ihrer Herrin um einen Besuch im Zimmer derselben bat.

Melitta und Fides blickten sich bedeutsam an, als die Zofe nach ihrer Zusage das Bosket wieder eilig verließ.

„Bringt's Leid oder Freud'?" fragte Fides. „Was will Deine Frau Tante von uns?"

„Was es auch sei — wir verrathen uns nicht!" antwortete Melitta, mit Gewalt ihre Mienen erhellend.

„Merkwürdig —" meinte Fides aus einem leichten Sinnen auffahrend. „Seit Deine Tante mir die weiße, kalte Hand auf die Stirn gelegt und ihre Lippen diese Stirn dann berührt haben, ist es mir, als sei ich geweihet! Ich glaube, daß ich diese Frau schwärmerisch lieben könnte, wenn sie es mir erlauben wollte!"

Melitta zog sich hastig ein wenig von Fides zurück. „Du scheinst ein großes, weites Herz zu haben, denn Du liebst Viele!" sagte sie scharf.

„Gönne mir diese unaussprechliche Wonne, Euch Alle zu lieben!" rief Fides feurig. „Ich verlange ja keine Gegenliebe!"

Von diesem Ausrufe bezwungen, wendete sich Melitta ihr wieder herzlich freundlich zu und sie traten einig ihren Weg zu dem Zimmer der Frau von Ettershaiden an. Der Empfang dieser Dame entsprach ihren Erwartungen, die, wie Fides ganz bezeichnend gesagt hatte, zwischen Leid und Freud' schwebten, nicht. Sie wurden ruhig und kühl, wie immer, von ihr aufgenommen. Die Schritte, womit sie gewaltsam den Conflict zwischen sich und ihrem Gemahle, geendet hatte, waren hier nicht nöthig. Sie glaubte ein Verständniß langsamer entwickeln lassen zu können und begnügte sich damit, für's erste den Abschied Oswalds und die Besitznahme der Burg zum Gegenstand eines leichten vertraulichen Gespräches zu machen.

Fides, in der Lebhaftigkeit ihres Temperamentes, gab sich Blößen. Sie verrieth in einzelnen unbedachtsamen Äußerungen, daß sie Kenntniß von der Umwandelung der Burg und von der Persönlichkeit des jetzigen Besitzers erhalten habe. Ihr Interesse an denselben brach aus jedem Worte hervor und hätte nicht ein wirkungsvoller Wink Melitta's sie getroffen, so wäre die Enthüllung, daß der Marquis d'Etérais kein anderer, als der verschollene Thilo von Ettershaiden sei, unausbleiblich gewesen. Melitta, erfahrener in der Kunst, Offenheit mit Zurückhaltung paaren zu können, hielt sich tapfer bis zu dem Momente, wo ihre Tante mit unverkennbarer Aufrichtigkeit die jähe Abreise Oswald's beklagte und sich selbst die Schuld beimaß, daß er seine Pläne darüber streng geheim gehalten hatte.

„Er ist fort," sagte sie mit einer Stimme, so leise und gütig, wie man sie nicht von ihr zu hören gewohnt war. „Er ist fort und indem er sich entschlossen hat, dem voraussichtlich heißen Kampf der Russen gegen Napoleon seine Fähigkeiten zu widmen, geht er dem Tode entgegen. Wohl dem, der ihn ohne Reue beweinen kann — mir ist dies Glück nicht vergönnt, denn ich habe ihn durch Verkennung gekränkt!"

Da brach Melitta's mühsam behauptete Fassung zusammen und sie sank mit einem leichten Schrei, überströmt von Thränen in ihren Sessel zurück. Frau von Ettershaiden stand auf und drückte den Kopf ihrer Nichte leise an sich. „Auch ich, liebe Tante — auch ich habe Oswald gekränkt durch Egoismus," flüsterte sie kaum hörbar.

„Ich dachte es wohl," sagte diese. „Und Dein schmerzdurchkrampftes Gesicht verrieth mir, daß Du den Trost einer erfahrenen Frau gebrauchtest. Vertraue mir, Melitta — ich bin bereit Alles zu thun, was zu Deiner Erleichterung, was zu Deinem Troste geschehen kann!" Melitta trocknete rasch ihre Thränen.

„Nichts kann geschehen! Es ist Gottlob keine Verständigung nöthig, denn Oswalds Edelmuth hat mir meine Launenhaftigkeit verziehen!" sagte sie wieder gefaßt.

„Wohl Dir," antwortete Frau von Ettershaiden. „Wenn die Lehren solcher Erfahrungen in ein jugendliches, weiches Gemüth fallen, so steht der Trost der guten Vorsätze sogleich zur Seite und erleichtert die Besserung. Aber schwer ist es im Stolze des gereiften Verstandes eine tadelnswerthe Uebereilung einzugestehen, weil die Beschönigungen der guten Vorsätze da eine Lächerlichkeit sind und die Rechtfertigungen ohne Demüthigungen unmöglich erscheinen. In dem kleinen Mißverständnisse zwischen Dir und Oswald liegt die Lehre, daß man niemals den, welchen man lieb hat, durch Wort und Blick kränken sollte, da eine ewige Trennung die Reue darüber unauslöschlich macht."

V. Capitel.

Der Stolz im Staube.

Thilo von Ettershaiden betrachtete sein jetziges Leben als einen Vorschmack jener Seligkeit, die des Guten harren soll in himmlischen Höhen. In der eigenen Genügsamkeit entfaltete sich sein Glück täglich schöner und was ihm zur Vollkommenheit desselben noch fehlte, das erwartete er mit dem vollen Feuer der Zuversicht von der Zeit.

Arnulf's Zustand beunruhigte ihn zwar stark, aber die Ruhe der Erschöpfung täuschte ihn dennoch über die Nähe einer Lebensgefahr. Nachdem er sich erst an die verfallene Gestalt, an das erloschene Auge und an die Blässe seiner Wangen gewöhnt hatte, sah er in der sanften Freundlichkeit, womit der arme Kranke seine

Sorgfalt zu belohnen strebte, einen Fortschritt der Genesung. Willig folgte Arnulf den Vorschriften, die ein herbeigerufener Arzt ihm machte. Er weigerte sich auch nicht, wenn Thilo den prächtigen Sonnenschein im Garten als heilsam pries und ihn hinaus zu geleiten Anstalt traf. Dort in der freien Gottesluft hob sich dann sein gesenktes Haupt zu einem freien Athemzuge und er ließ sein Auge frisch belebt dem lebhaften Spiele seiner Kinder folgen, die, fern von aller Noth, hier aufblüheten gleich den Rosen des Gartens.

Hier im Garten, umgeben von dem Hauche süßer Erinnerung, hier erfaßte Thilo oft ein tiefes, heiliges Sehnen nach dem Anblicke des jungen Wesens, das sein Herz gewonnen hatte. Hier fühlte er die Entbehrung stärker, die Fides im Mißverstehen seines Benehmens ihm streng auferlegte. Hier wurde die Stimme lauter, die im Sorgen und Schaffen des häuslichen Verkehres gedämpft erschien.

Schon mehrmals hatte Arnulf angedeutet, daß er seinem Bruder ein klares Bild seiner Vergangenheit schulde. Thilo war jedoch bemüht gewesen, seine Eröffnungen zu verhindern.

„Du mußt mich endlich hören, Thilo," sagte Arnulf eines Morgens, wo sie allein im Zimmer waren. Thilo blickte ihn an mit dem Lächeln unsäglichen Vertrauens.

„Was wirst Du mir sagen können, was ich nicht schon errathen habe," erwiederte er.

„Du irrst! Es stehen mir peinliche Geständnisse bevor. Im Rückblicke auf die Vergangenheit belastet noch manches mein Herz, was Du wissen mußt. Meine eigene Ehre fordert mich auf Dir zu enthüllen, was aus anderm Munde Dein Urtheil über mich verändern, ja ungerecht machen könnte. Es ist sogar möglich, daß bei den guten Aussichten meines Söhnchens auf die Erbfolge eine schwere Verantwortung auf mich fiele, also laß mich reden, auch wenn es mich entkräften sollte."

„Wenn Du fürchtest, daß der alte Oberhofjägermeister Einwendungen gegen Deinen Sohn machen wird, so irrst Du. Betreffen daher Deine aufregenden Mittheilungen die Abstammung seiner Mutter, so überlaß dem Zufall diese Enthüllungen."

„Meiner Kinder Mutter war eine Gräfin Warrleben, lieber Thilo," sagte Arnulf verwundert. „Habe ich Dir das nicht gleich geschrieben? Nein? O, so verzeihe mir die Nachlässigkeit! In diesen Verhältnissen liegt kein Geheimniß, nur eine erdrückende Reminiscenz. Zuerst das reinste, schönste Glück! Dann die fürchterlichste Noth! Ich ließ mein theures Weib aus dem Erlös unserer Trauringe begraben! So sehr ich sie geliebt habe, Thilo, der Gedanke an sie ist's nicht, der mich beständig aufregt und bis zur Qual martert. Deine Liebe versüßte dieser Gattin die letzten Augenblicke — mein frohes Lächeln, das die Qual meines Innern vortrefflich verdeckte, half ihr die Todesqual überwinden, aber — Gott sei mir gnädig — wie ist meine erste Gattin gestorben? Hat sie mir geflucht mit dem letzten Hauche ihres Mundes? Hat sie in Verzweiflung nach mir gerufen, den sie liebte, wirklich liebte?"

„Arnulf —" unterbrach ihn Thilo erschrocken, „Du phantasirst wohl! Du sprichst von einer ersten Gattin? — Du eröffnest mir, daß Deiner Kinder Mutter eine geborene Gräfin Warrleben gewesen sei und doch erinnere ich mich, daß unser würdiger Lehensvetter dort im Schlosse Ettershaiden von einer seltsamen Heirath geredet hat, die aus Rücksicht auf Reichthum von Dir geschlossen sein sollte? In Rücksicht hierauf glaubte ich, mit einiger Besorgniß, Eröffnungen hören zu müssen."

„Siehst Du, daß meine Geständnisse nöthig sind," rief der Kranke lebhaft.

„Im Angesichte des Todes sieht man des Lebens Vorzüge mit Mitleiden an," fügte er leise hinzu. „Ich war stolzer, als der Stolzesten Einer, weil man meinen Stolz verletzt hatte von Jugend auf. Doch nun höre, mein Bruder." — Er athmete einigemale recht tief und schmerzlich beklommen, ehe er fortfuhr: „Du erinnerst Dich, daß ich nach einem Winkel Schlesiens geschickt wurde. Der Landesdistrict, wo ich als Dirigent eines kleinen Landgerichtes wirken sollte, lag zwischen Mähren, Böhmen Polen und Ungarn eingekeilt, und ich hatte mit allen Nationallastern dieser Völkerschaften zu kämpfen, weil sie auf meine Kreiseingesessenen influirten. Der dortige Landedelmann war in der Cultur weit zurück, er fröhnte denselben Lastern, wie der gemeine Mann, nur in andern Kreisen und unter glänzenderen Verhältnissen. Schmuggeln gehörte zur Tagesordnung. Mord und Todtschlag bei Zänkereien wurde als ein Beweis von Muth betrachtet. Trunksucht überall und falsches Spiel! Wer sich darin auszeichnete, war der Matador der Zeit. Gleich nach meiner Ankunft bezeichnete man mir einen Herrn von Uklanki als denjenigen, welcher mit der größten Frechheit schmuggeln ließe und mindestens mit eigener Hand schon vier Gränzjäger zur Ewigkeit befördert habe. Ich ließ darauf eine Drohung fallen: er möge sich vor mir hüten, wenn seine Ehre ihm lieb sei, denn ich würde ohne Ansehen der Person die Pflichten meines Berufes walten lassen nach Ausübung eines Verbrechens.

Ob ihm diese drohende Aeußerung zu Ohr gekommen, wußte ich anfangs nicht. Ich sollte in einem fürchterlich schweren Augenblicke zur Gewißheit kommen, daß ich mit dieser Drohung mein Schicksal heraufbeschworen habe.

Im Allgemeinen lebte ich zurückgezogen, vermied aber die Geselligkeit nicht gleich einem Misanthropen. Auf einem Balle sah ich ein Mädchen von unbeschreiblichem Liebreiz. Fortgerissen von einer Gluth und Leidenschaft, wie ich sie mir selbst nie zugetrauet hatte, näherte ich mich ihr und schon am ersten Abende fühlte ich, daß ihre Neigung der meinen gleich. Sie war eine Waise. Ihr Großvater lebte als reicher Starost auf seinen Gütern nahe an der Gränze von Ungarn. Sie selbst hielt sich zum Besuch bei einer Freundin ihrer verstorbenen Mutter auf.

Erlaß mir die Details dieser Lebensperiode, Thilo. Ich lebte wie in einem Rausche. Drei Wochen nach meiner ersten Bekanntschaft war Mirra von Polenz mit Bewilligung ihres Großvaters meine Braut und noch drei Wochen später meine Frau. Jetzt erst ersah ich aus der glänzenden Einrichtung meines Hauswesens, daß ich eine reiche Erbin gewählt hatte. Das aber glaubte mir niemand.

Meine Dienstwohnung befand sich in dem linken, wohlerhaltenen Flügel eines alten ehemalig fürstlichen Schlosses. Das Gerichtslocal war im rechten Flügel. Im Mittelgebäude, das weit älter, als die Flügel war, lagen öde unbenutzte Räume und die Gefängnisse derjenigen Verbrecher, die sich noch in Untersuchung befanden.

Eines Tages, vielleicht fünf Monate nach meiner Verheirathung, die mir im unsäglichen Glücke verflogen waren, fuhr eine glänzende Equipage, bespannt mit sechs Schimmeln, vor, und einige reich gekleidete Cavaliere verließen den Wagen und begaben sich ohne Weiteres in meine Wohnung. Ich beobachtete dies von meinem Arbeitszimmer und fühlte schon ein gelindes Grauen beim Anblicke der wüsten Gesichter, die aus der Eleganz ihrer Costüme hervorsahen, wie ein Spott auf Geburt und Bildung. Ich mußte annehmen, daß es Verwandte meiner Gattin waren, die ich bis dahin noch nicht hatte kennen lernen, obwohl unser Hochzeitsfest eine Versammlung derselben herbeigeführt hatte.

Nicht eine Minute später stand mein Diener vor mir und bat mich im Namen meiner Frau, hinüber zu kommen. Ich willfahrte ihr und stand in Kurzem den drei reich gekleideten, verdächtigen Gestalten gegenüber, die mit überdreister Miene in dem Zimmer Mirra's Platz genommen hatten. Der Empfang, der mir von ihnen wurde, empörte mich und nur die verstörten Gesichtszüge meiner Frau bewirkten, daß ich mich gewaltsam faßte und artig bei dem wiehernden Gelächter blieb, womit sie mich begrüßten.

Der Aeltere der Herren trat mir nahe, faßte mich frech an's Kinn und schrie dann, abermals lachend: „Der

Junge hat noch nicht 'mal einen Bart und will Uklanki drohen!"

Du wirst errathen, daß ich die Matadore der Gegend vor mir hatte, die mir in wenigen Worten enthüllten: Mirra von Polenz sei ihre leibliche Cousine und Uklanki sei mit ihnen verschwägert."

Der Kranke hielt erschöpft inne. Es trat eine lange, trübe Pause ein. Thilo unterbrach sie mit keinem Worte. Verschiedenartige Ahnungen belasteten bereits sein Herz und der erregte Zustand seines Bruders vermehrte die Qual seiner Erwartung.

„Jetzt war es mit dem Frieden meines Hauses vorbei," begann Arnulf von Neuem und seine Stimme klang dumpf und matt, wie die eines Sterbenden. „Ich kämpfte eine Zeitlang gegen die feindlichen Gewalten, die uns bedrohten, aber bald ermattete mein Widerstand bei den erfolglosen Kämpfen, als ich bemerken mußte, daß das Wesen, welches ich abgöttlich liebte, nicht die Kraft hatte, sich der Uebermacht ihrer männlichen Verwandten zu entziehen. Durch Erziehung und Gewohnheit dem wüsten Leben derselben mehr vertraut, ließ sie mich fühlen, daß sie mir unrecht gäbe, wenn ich mich stolz und kräftig in meiner Geistesbildung über ihre Cousins erhöbe und im Eifer des Gespräches verrieth sie mir endlich, daß wir denselben unsere Vereinigung verdankten, denn eine Wette habe ihren Großvater veranlaßt, sie mir in den Weg zu bringen und durch eine Verheirathung mit ihr meine Niederlage anzubahnen. Ein Blitzstrahl aus blauem wolkenlosen Himmel hätte nicht die Wirkung haben können, wie diese Erklärung, die mir einen Schauder erregte. Aber mein Stolz erwachte. Was war mir ein Glück, welches untergraben werden und meinen Sturz vollenden konnte. Mit der Kraft meiner Seele bezwang ich die Wallungen des Herzens und blickte nun, wie von einem Rausche erwachend, in die Zukunft. Sie war düster. Sie drohete aber noch düsterer zu werden, denn Herr von Uklanki begann ein so freches Ueberschreiten aller gesetzlichen Verordnungen, daß selbst seine wilden Genossen stutzig wurden. Ich entschloß mich rasch. Mit kurzen Worten berichtete ich dem Ministerium meine Stellung zwischen der Familie meiner Frau und bat um eine beschleunigte Versetzung, so fern wie möglich vom Schauplatze dieser Thaten. Zwei Wochen später traf meine Ernennung zum Director des Gerichtes in Insterburg ein. Offen und ehrlich gestand ich meiner Gattin die Maßregeln ein, welche ich zur Abhülfe meiner Drangsale ergriffen hatte. Meine deutsche Ehrlichkeit trug mir schlechte Früchte — ich gestehe es Dir, mein Herz erkaltete unter den Vorwürfen, die Mirra mir machte, und als sie mir heftig erklärte, lieber zu ihrem Großvater zurückkehren zu wollen, als mit mir in die Fremde zu ziehen, da stellte ich ihr dies frei. Aber sie liebte mich! Sie wollte mich nicht verlieren, deshalb erneuerte sie täglich mehrmals Scenen, worin Thränen, Bitten und Verwünschungen wechselten. Ich blieb fest und traf Anstalten zur Abreise. Mich widerten die leidenschaftlichen Auftritte an. Mein Herz war kalt geworden. Selbst als Mirra die Vermuthung aufstellte, daß sie Mutter zu werden hoffen konnte, selbst da hielt mich mein tief gekränkter Stolz ab, ihr irgend ein Wort der Liebe und des Trostes zu bieten. Ich stellte es ihr anheim, ob sie mir nach Insterburg folgen wolle oder nicht. Mirra entschloß sich zu ihrem Großvater zu reisen, um dessen Rath zu hören. Ich habe sie aber nie wiedergesehen! Meine Consequenz erlaubte mir keine weitere Annäherung und sie selbst hat niemals versucht, sich mir wieder in Erinnerung zu bringen.

Es kamen Leute vom Gute ihres Großvaters und räumten mit roher Hast und Willkür meine Wohnung aus. Kaum daß man mir meine Kleidung und Wäsche ließ. Ruhig fügte ich mich dieser Brutalität. Aber mit welchem Gefühle ich dann in den öden, leeren Räumen umherging, das zu beschreiben übersteigt jetzt meine Kräfte. Erlaß mir also die Schilderung meines damaligen Seelenzustandes. Ich war ein Opfer grober Intriguen gewesen und als ich stolz meine Manneskraft bewies, da zogen die Andeutungen meiner Freunde den Schleier von meinen Augen. Indem sie mit dem Lächeln des Unglaubens meine ruhige Erklärung aufnahmen, daß ich bei einiger Kenntniß von Mirra's Familienverhältnissen nie an eine Verbindung mit ihr gedacht haben würde, zeigten sie mir, daß mich eine einzige Frage davon unterrichtet hätte. Ich verließ meinen Wirkungskreis mit leichtem Herzen. Dem Gram bot ich eine eisenfeste Stirn. Ich hoffte von der Zeit Ruhe. Aber so leichten Kaufes sollte ich nicht davon kommen. Das Gerücht schlich mir nach und verwandelte mit der Lügenbereitwilligkeit der Menschen mein Unglück in eine Schmach! Ich floh abermals und dies Mal in eine Einöde dicht an Rußlands Gauen. Dort lebte ich wie ein Einsiedler. Ich sprach mit Niemand, um nur nichts hören zu müssen, was mich kränken konnte. Nach vieljährigen Opfer verließ ich mein selbst gewähltes Exil und nahm wieder eine günstigere Stellung ein. Ich konnte hoffen, daß das Hohnlachen meiner Standes- und Berufsgenossen aufgehört hatte. Meine Gesundheit hatte gelitten. Ich war vor der Zeit alt geworden. Im stillen Hader in der Welt hatte ich die Anforderungen derselben geringschätzen gelernt und die äußere Eleganz meiner Persönlichkeit bis zur ärmlichen Einfachheit heruntergedrückt. Kaum in dem Orte angelangt, wo ich versuchen wollte, der Cultur wieder näher zu kommen, begegnete mir auf einem Berufswege derselbe Geistliche, welcher meine Ehe mit Mirra eingesegnet hatte. Meine Fassung drohete zu schwinden, deshalb verließ ich das Local, wo ich einer Begrüßung nicht ausweichen konnte. Er war feinfühlend genug, meinen Weg nie wieder zu durchkreuzen. Aber als mir kurz darauf durch die Post eine sehr bedeutende Geldsumme zuging, da wußte ich, daß ich sie ihm zurückzusenden hatte. Meine Erscheinung mochte ihn zu dem Glauben großer Armuth verführt haben. Nie habe ich wieder von ihm gehört. Aber ich irre gewiß nicht, wenn ich behaupte, daß mir auf seine Veranlassung vor acht Jahren der Todtenschein meiner Frau übersendet wurde."

„Deine erste Gattin ist also todt!" rief Thilo sichtlich erleichtert.

„Ja. Lebte sie noch, so hätte ich nicht heirathen könrathen können. Ich würde nie an eine Scheidung gedacht haben. Mirra's Bild war in mir gänzlich verlöscht. Ihr Tod berührte mich nichts weniger, als schmerzlich. Im Gegentheil, ich empfand ihn als eine Erleichterung. Erst jetzt, nach dem Tode des sanften, zärtlichen Weibes, das mir Gott, wie zur Vergeltung aller schwerer Leiden, gegeben hatte, erst jetzt tritt dies Bild oft in erschreckender Klarheit vor mich hin und mahnt mich an eine Pflicht.

„Eine Pflicht?" fragte Thilo verwundert. „Welche Pflicht könntest Du versäumt haben?

„Die Pflicht eines redlichen Vaters, Thilo!" antwortete Arnulf mit feierlichem Ernste. „Ich habe nie danach geforscht, ob Mirra einem gesunden Kinde das

Leben gegeben — nie ist es mir eingefallen, daß dies Kind leben könne, berechtigt zu dem Vatersnamen, berechtigt zu den Ansprüchen an meine Vaterliebe. Jetzt, wo die Hoffnung winkt, daß meine Kinder mit den einträglichen Gütern des Stammes belehnt werden können, jetzt erwacht der Gedanke an meine Pflicht, das Kind Mirra's, wenn es ein Knabe ist, als den rechten Erben eintreten zu lassen. Jetzt erwacht auch bisweilen mächtig die Sehnsucht, das Kind Mirra's zu sehen — mein Herz macht mir Vorwürfe, daß ich meine Kinder so über Alles liebe und nicht eine Faser meines Herzens dem ersten Kinde geweiht habe, das doch unschuldig an dem schweren, mir zugefügten Leide ist."

„Beunruhige Dich nicht mit solchen Scrupeln, mein lieber Bruder," tröstete ihn Thilo. „Wäre das Kind am Leben, oder wäre Dir überhaupt ein Kind geboren, so hätte man es Dir eben so gut gemeldet, wie den Tod Deiner Frau."

„Du argumentirst falsch. Das Kind ist geboren und lebt, sonst hätte man mir's angezeigt!" sprach Arnulf mit Nachdruck. „Du weißt nun, was Du wissen mußtest, um Gerechtigkeit üben zu können. Mirra's Sohn ist mein Erbberechtigter! Mein lieber kleiner Ottmar muß sich seines Lebens Unterhalt zu verdienen suchen."

Thilo seufzte schwer. Er kannte die Trübseligkeit eines solchen Lebens und das prächtige Bild der Zukunft erlosch nach dieser Eröffnung. Er stand lebhaft bewegt auf und schritt einige Male im Zimmer auf und ab. Dann blieb er stehen und blickte betrübt auf seinen Bruder hinab. „Arnulf, es geht nicht anders, das sehe ich ein. Unsere Ehre verlangt es, daß wir dem Kinde nachforschen und demselben, wenn es ein Knabe sein sollte, das Erbrecht, welches wir erst selbst schwer errungen haben, überlassen. Es ist mir jedoch ein entsetzlicher Gedanke mit dem Sprößlinge der jämmerlichen Creaturen, die Dein Dasein vergifteten, in nähere Gemeinschaft zu treten. Was kann man von dem Abkömmling so entarteter Edelleute erwarten? Mein lieber Arnulf, höre meinen Rath — mißdeute ihn nicht — laß uns lieber jeden Anspruch an Ettershaiden und den dazu gehörigen Vorwerken aufgeben — laß die Güter an den Fiscus fallen, damit wir nur die Berührung mit denen vermeiden, die in gottloser Verblendung ihre angestammten Rechte bis zum Verbrechen ausdehnen.

Arnulf richtete sich fest und stark in die Höhe und sah seinen Bruder mit leuchtenden Augen an. „Ich habe von Tag zu Tag gezögert mit meinen Geständnissen, um sie Dir heiliger zu machen. Nur am Rande des Grabes sind wir sicher, daß unsere Wünsche Befehle für den Ueberlebenden sind! Du wirst thun, was ich von Dir verlangt habe!“ Thilo neigte sich betroffen zu dem Kranken nieder.

„Mit diesem Opfer meines ganzen zukünftigen Eigenthumes an den Sohn Mirra's würde ich den klarsten Beweis liefern, daß nicht die Berechnungen der Habsucht und Armuth, wie man mir hämisch nachsagte, sondern Liebe und zwar innige, heiße und allzustürmische Liebe den Bund geschlossen, der mich so fürchterlich elend gemacht. Mögen die, welche mich in den Staub traten, noch den letzten Hoffnungsanker der Familie Ettershaiden hinnehmen und im Ueberflusse schwelgen, während wir stolz im Schweiße unseres Angesichts unser Brod essen. Es soll dies meine Genugthuung auf Erden sein. Des Himmels Segen wird meine Kinder nicht verlassen!"

„Es soll geschehen, wie Du willst, lieber Bruder," rief Thilo laut und feierlich. „Der Druck der Armuth soll Deine Kinder nie treffen. In genügsamer Ruhe wollen wir zusammen unser Leben beginnen — Gott hilft weiter!"

Ein sanftes Lächeln verklärte Arnulf's Angesicht. Sein Stolz, den er für gebrochen gehalten hatte, erhob sich siegreich und schwang sich triumphirend empor, mit seinen schweren Fittichen die glücklichen Träume Thilo's berührend, die unter dem Gifthauche dieses Stolzes zu welken begannen. Thilo, obgleich mit seinem Sinne für Ehre und Recht, verwarf im Grunde seines Herzens doch die gespannten und übertriebenen Anforderungen eines Stolzes, der eher hungert, als sich beugt. Daß sein Bruder in krankhafter Ueberspannung das zeitliche Wohlbehagen seiner Kinder auf's Spiel setzte, um seinem gekränkten Stolze Genugthuung zu schaffen, konnte er freilich nicht tadeln, aber es betrübte ihn, weil er die Folgen dieser großmüthigen Gerechtigkeitspflege bedachte. Um ihm die bewölkte Stirn nicht sichtbar werden zu lassen, stand er unter einem Vorwande auf, um sich dann unbemerkt aus dem Zimmer zu entfernen. Die Zeit eignete sich nicht zum Widersprechen und er hegte im Stillen die Hoffnung, daß gar kein Kind aus dieser ersten Ehe vorhanden sei.

Noch ehe er aber die Thür erreicht hatte, sagte Arnulf mit klarem, bedächtigen Tone: „Es giebt noch einen Ausweg für die Hoffnungen unserer lieben Kleinen, Thilo. Du weißt, daß das Hausgesetz der Ettershaiden nur einem Protestanten das Erbrecht zuspricht. Meine erste Gattin Mirra war katholisch. Ich habe derselben zwar ausdrücklich im heiligen Momente unserer Trauung das Versprechen abgenommen, die Kinder unserer Ehe protestantisch erziehen lassen zu wollen, allein es ist fast als gewiß anzunehmen, daß Mirra dieses Gelöbnisses späterhin gar nicht wieder gedacht hat. Findet sich ein Sohn aus unserer Ehe, der katholisch ist, so hebt dies unsere Verpflichtung gegen ihn auf.“

„Du giebst mir das Leben wieder!" rief Thilo ordentlich frohlockend. „Wie würde der Beichtvater Deiner Frau wohl zugegeben haben, seiner Kirche ein Lamm entführen zu lassen! Und eigentlich hätte er recht. Was sollte ein protestantisches Kind in einer durchweg katholischen Familie? Dieser Umstand wird uns retten vor Entsagungen."

„Aber, Arnulf," begann er dann nach kurzem Nachsinnen wieder, nach alledem, was ich heute von Dir vernommen habe, wird es doch nothwendig sein, den alten Lehnsvetter im Schlosse von unserm Hiersein zu unterrichten. Was meinst Du — ob ich zu ihm gehe und das Incognito aufhebe, worunter ich mir die Besitzergreifung der Burg zu erleichtern suchte?"

Als Arnulf ihn sehr verwundert ansah, fügte er verlegen hinzu: „Ich führte den Namen d'Etérais, nach einer Corruption, die vom Kaiser Napoleon ausging, und unter diesem Namen habe ich Besitz von der Burg genommen. Nur wenige Menschen kennen mich unter meinem wahren Namen."

„Dann bitte ich Dich, Deine Erklärung gegen den Oberhofjägermeister bis nach meinem Tode zu verschieben," antwortete Arnulf. „Ich wünsche ihn nicht wieder zu sehen. Melde ihm bei meinem Ableben, wer gestorben ist. Sollte er meiner Leiche einen Platz in dem Familiengewölbe versagen, so laß mich im Garten, dicht an der Grundmauer unserer Stammburg begraben. Dort ruhen zu können, ist auch ein Glück, welches ich vor vier Wochen nicht hoffen konnte zu erlangen. O, mir ist wohl und leicht nach meinem Geständnisse, das meinem Stolze sehr schwer geworden ist! Laß mich hinaus in den sonnigen Garten! Ich möchte Gottes Himmel und Erde — seine Ewigkeit und seine nimmer rastende Güte — bewundern. Laß mich hinaus! Mit meinen lieben Kleinen will ich fröhlich den Glanz der Sonne belauschen und das üppige Grün der Pflanzen betrachten." Er erhob sich in einem Anfalle merkwürdiger Unruhe und wollte zur Thür schreiten.

Thilo drückte ihn sanft wieder in die Polsterkissen des Divans. Es hatte früh geregnet. Er sollte noch einige Stunden zögern — dann wollten sie Alle zusammen hinaus.

„Noch einige Stunden!" sagte der kranke Mann, mit göttlicher Ruhe den Blick aufwärts hebend. Sein Haupt sank dann müde hinab auf die Brust.

„Ich muß hinab nach Wangeroda," sprach Thilo, gemüthlich das Lager seines Bruders ordnend. „Schlaf unterdessen! das anhaltende Sprechen hat Dich ermattet. In zwei Stunden bin ich zurück. Ruhe Dich aus, nachher wollen wir, allen Harm vergessend, im Schooße der Natur schwelgen!"

„Noch einige Stunden!" wiederholte der Kranke

sanft und ergeben. „Wer acht Jahre auf die Beruhigung eines furchtbaren Schmerzes gewartet, dem werden einige Stunden der Erwartung nicht schwer. Und wer da hofft, bald im Sonnenglanze der Ewigkeit zu wandeln, der legt das müde Haupt gern zur Ruhe nieder.“ Er hob seine Hand, um sie Thilo zu reichen. Sie fiel matt auf die Decke nieder, womit er umhüllt war. Thilo aber neigte sich und küßte ihn zärtlich. Als er einige Minuten später nochmals zu ihm trat, athmete er tief und leicht. Ein sanfter Schlummer umhüllte sein Erinnerungsvermögen und goß Ruhe in seine gequälte Seele.

VI. Capitel.

Voreilige Feldzüge.

„Was ist das mit der Burg?" sprach Frau von Ettershaiden, lebhaft von einem Briefe aufblickend zu ihrem Gatten, der am Fenster saß und Zeitungen las.

Melitta und Fides schauten sich erschrocken an. So bereitwillig sie auf das Entgegenkommen der Frau von Ettershaiden eingegangen waren, ihr volles Vertrauen hatten sie ihr vorenthalten, weil sie sich nicht sicher einer so plötzlichen Sinnesänderung hingeben zu können glaubten. Nach dem ersten Erguß einer wahrhaft mütterlichen Zärtlichkeit war Frau von Ettershaiden in die Gränzen eines gewöhnlichen, freundlichen Verkehrs zurückgetreten und hatte es der Zeit anheimgegeben, für ein weiteres Einverständniß zu sorgen. Ihre Milde verfehlte denn auch nicht, den gewünschten Eindruck zu machen. Die jungen Mädchen fühlten sich angezogen und schlossen sich täglich enger an die Frau, welche gleichsam um ihre Liebe warb; aber in ihrem Herzen gab es doch kleine verborgene Falten, die sie ihr zu verhehlen suchten. Dazu gehörte vor allen Dingen das Geheimniß der Burg. Weder der alte Herr, noch seine Gattin ahnete, daß der Marquis d'Etérais kein anderer sei, als der oftmals besprochene Thilo von Ettershaiden, und es war anzunehmen, daß sie alle Beide nicht sehr erfreut über diesen Umstand sein würden; deshalb vermieden die Mädchen jede Bemerkung darüber und erschracken nun nicht wenig, als Frau von Ettershaiden mit dieser herausgestoßenen Frage, die ängstlich und argwöhnisch zugleich klang, an dem schwer behaupteten Geheimniß rüttelte. Sie schwiegen jedoch wohlweislich und schärften nur ihre Aufmerksamkeit. — Herr von Ettershaiden legte sogleich seine Zeitung nieder und fragte gütig:

„Was soll's sein, Bella? Ich verstehe Deine Frage nicht, meine Theure!“

„Hört doch nur um Gottes willen, was mir die Oberhofmeisterin der Königin von Westphalen schreibt,“ rief Frau von Ettershaiden, die unterdessen den Brief, den sie so eben erhalten, flüchtig überflogen hatte. „Meine liebe Freundin, nur einige Zeilen voller Unruhe. Gott gebe, daß sie nicht zu spät kommen, wenn Sie etwa mit der Geschichte in der Burg in Verbindung stehen sollten. Hier in Kassel herrscht eine große Bestürzung. Man ist einer weit verzweigten Verschwörung gegen den guten König Jerome auf die Spur gekommen, worin Ihr Name genannt wird. Es ist jetzt Allen ein Licht aufgegangen, weshalb der Marquis sich statt des schönsten Lustschlosses im Reiche eine alte halb verfallene Burg ausgebeten hat. Die Majestät ist auf's Aeußerste erzürnt und will ein hartes und strenges Strafgericht halten. Ich habe standhaft für Ihre Unschuld gestritten, aber ich bin den Beweisen der Gräfin Ancelot erlegen. Ich muß danach fürchten, daß Sie sich an einer abscheulichen Verschwörung betheiligt haben und um das Leben und Treiben in der Burg Bescheid wissen. Meine Liebe für Sie treibt mich zu dem guten Rath: Halten Sie sich mindestens einige Tage entfernt von dem Aufenthalte des schrecklichen Verräthers, der gegen das Leben seines Freundes und Wohlthäters conspirirt. Ueberlassen Sie ihn seinem Schicksale — er hat es verdient!"

„Verstehst Du das, mein Theurer?" fragte Frau von Ettershaiden, als sie den Brief gelesen hatte, mit dem Tone des höchsten Erstaunens.

„Es wird ein Cabalenstückchen von der Gräfin Ancelot sein," sagte Ettershaiden sehr gleichmüthig. „Man glaubt wahrscheinlich, unser Verkehr mit dem

Marquis sei intim und da wir preußisch sind, so betrachtet man uns als feindlich gesinnt."

„Sollte Oswald's Abreise und der Verkauf seines Gutes an den jetzigen Besitzer der Burg nicht damit in Zusammenhang zu bringen sein?" fragte Melitta bescheiden.

„Das ist sehr möglich — ja, das ist sogar wahrscheinlich, denn man spricht davon, daß plötzlich eine Gesellschaft junger Männer, die einen Freundschaftsbund geschlossen hatten, verschwunden seien," erwiederte Ettershaiden. „Oswald gehörte zu diesem Club."

„Aber der Marquis doch sicherlich nicht!" sprach seine Gattin, indem sie den Brief nochmals überlas. „Es ist eine wunderliche Geschichte, die mich stark aufregt, obwohl ich durchaus nicht dabei betheiligt bin."

„Es ist am besten, wir nehmen gar keine Notiz davon. Uns kann von Seiten Westphalens nichts geschehen. Eine Denunciation der Gräfin Ancelot schreckt mich nicht, auch wenn mein Name darin genannt ist. Beruhige Dich also, Theure!"

„„Halten Sie sich mindestens einige Tage entfernt von der Burg,"" schreibt die Oberhofmeisterin," sprach Frau von Ettershaiden sehr gedankenvoll. „Was mögen die Leute gegen die Burg vorhaben?"

„Sicherlich nichts weiter, als eine Verhaftung des Marquis," meinte der alte Herr. „Er thut mir leid!

Ich wüßte mich nicht zu erinnern, daß jemals ein Mann einen so guten Eindruck auf mich gemacht hätte, als dieser junge Mann. Aber ihm ist nicht zu helfen! Hat er sich wirklich in Verschwörungen eingelassen, so ist dies nicht ganz ehrenwerth und kann nur aus Habsucht geschehen sein. Vielleicht, daß sich seine ganze Schuld auf den Ankauf der Güter beschränkt, die ihm politischer Zwecke wegen für einen Spottpreis angeboten sind."

„Nein, Herr Onkel," sagte jetzt Melitta hochroth im Gesichte vor innerer Pein. Was mir Oswald darüber mitgetheilt hat, stellt den Mann als einen Ehrenmann auf."

Fides sprach gar nicht. Ihr ganzer Körper zitterte von der Bewegung ihres Gemüthes, aber sie hielt sich tapfer, denn es galt einen Vorsatz auszuführen, der längst in ihr gereift war. Sie mußte Thilo warnen. Und hätte es ihr Leben gekostet — sie mußte ihn zu retten suchen. Sie gehörte ihm an! Was kümmerte sie jetzt alles Andere. Nur an ihn dachte sie. Nur für ihn zitterte sie. Sie wußte sich den Brief besser zu erklären, als die Dame, an die er gerichtet war und sie sah die Schicksalsfügung darin, daß sie Kenntniß davon erhielt, ehe es zu spät geworden war.

Melitta las in ihrer Seele. Ein unendliches Bangen ergriff sie. Sollte sie schweigen und das junge, unerfahrene Kind einen Weg verfolgen lassen, der sie in's Verderben stürzen konnte. Wie? Wenn Fides mit verhaftet wurde, weil sie als Warnerin ihren Antheil bethätigte? Ein Schauder durchlief Melitta, denn sie hatte Kenntniß von den Plänen der frivolen Gräfin Ancelot erhalten. Sie benutzte den Moment, wo Frau von Ettershaiden sich entfernte, um den Boten, welcher den Brief gebracht, abfertigen zu lassen und flüsterte Fides zu: „Keine Uebereilung — ich beschwöre Dich!" Fides schauete auf und in ihr Auge hinein. Was Melitta dabei in ihrem Blicke las, schlug alle Hoffnung auf ihren Einfluß nieder. Ehe sie nur eines andern Gedankens fähig war, verschwand Fides aus dem Zimmer. Melitta schlug betend ihre Hände zusammen. Ihr Herz pochte fürchterlich — das Geheimniß Thilo's drängte sich gewaltsam aus der Tiefe ihrer Brust herauf: „Onkel —" schrie sie mit dem Ausdrucke der höchsten Angst, „es ist Thilo, der in der Burg wohnt — Thilo von Ettershaiden!"

Der alte Herr sprang auf. Frau von Ettershaiden, die eben wieder eingetreten war, wankte und hielt sich am Thürpfosten fest.

„Dann ist er verloren," sagte sie tonlos, „denn der Bote hat erzählt, daß ein ganzes Regiment Soldaten aufgeboten ist die Burg zu besetzen und ohne

Schonung mit denen zu verfahren, die man dort finden wird!"

„Thilo von Ettershaiden!" wiederholte der alte Herr ganz betäubt. „Melitta, wovon weißt Du es?"

„Oswald hat mir's vertraut," gestand das junge Mädchen. „Thilo hatte gebeten zu schweigen, bis er Ihnen selber eine Erklärung geben könne. Die Angst um ihn entriß mir dies Geheimniß. Thilo ist sicherlich schuldlos — Oswald's Worte über ihn bürgen mir dafür."

Ettershaiden sah gedankenvoll in die Vergangenheit zurück. Die Wahrscheinlichkeit einer Sache, wie sie hier sich enthüllte, trat immer lebendiger vor ihn hin. Er selbst hatte die Abkömmlinge des Husarenobersten von Ettershaiden stets mißachtet und ihre Bekanntschaft zu machen vermieden, aber Oswald konnte Thilo kennen, denn Thilo war eine Zeitlang nach dem Tode seines Vaters von seiner geschiedenen Gemahlin hier im Schlosse aufgenommen gewesen. Auf der Stelle tauchte nun der Zusammenhang der ganzen räthselhaften Besitznahme einer Burg, die zum Abbruch reif war, in ihm auf. Zwischen dem Staunen darüber stahl sich eine Art Freude hervor. Sein Ahnenstolz, der die Blutsverwandtschaft mit den beiden Brüdern am liebsten verleugnet hätte, war durch den Umsturz vieler socialen und staatlichen Verhältnisse unterwühlt worden, die Erfahrungen der letzten Jahre hatten sein Gemüth in den Grundfesten erschüttert und seinem festen Charakter Beimischungen von Güte gegeben, die beschwichtigend auf sein Urtheil wirkten. Das Alter mit seiner Hülfsbedürftigkeit kam dazu — genug dieser Augenblick entschied zu Gunsten Thilo's, den er von einer Seite hatte kennen lernen, die ihn ansprach.

Aber helfen konnte er ihm dessen ungeachtet nicht. Er weihete ihm sein Mitleid, sein Bedauern und seine Theilnahme bei dem Schlage, der das ganze mühsam erworbene Lebensglück, den Frieden und die Ruhe einer sichern Stellung mit einem Male erdrückte, allein hülfreich einschreiten durfte er nicht, so sehr ihn auch sein eigenes Gefühl und die bittenden Blicke Melitta's dazu aufforderten.

Frau von Ettershaiden hoffte späterhin ihren Einfluß geltend machen zu können. Für den Augenblick etwas zu thun hielt sie auch nicht für rathsam, da, nach dem Berichte des Boten, die commandirte Truppenabtheilung schon im Walde dicht hinter der Burg, des Oberbefehlshabers gewärtig stand, der mit jedem Augenblicke von Kassel eintreffen konnte. Melitta übergab trostlos die Sache Gottes Barmherzigkeit und betete in stiller Verzweiflung um Schutz für Fides, die bis jetzt von Niemand vermißt worden war. Im Fluge war das junge Mädchen die Allee hinabgeeilt, nicht achtend der blinkenden Bayonnette am Waldrande. Sie erreichte den Garten des Försters in dem Momente, wo sich mit drohender Stille die Mannschaft aus dem Dickicht entwickelte und organisirt zu einem vernichtungsvollen Angriff geräuschlos den Mauern der Burg sich näherte.

Fides fragte athemlos den alten Förster, welcher arglos längst die Soldaten bemerkt und beobachtet hatte, ob er nicht den Marquis herbeirufen könne.

„Ei wohl," antwortete der alte Mann freundlich. „Die Pforte ist jetzt immer offen — Sie sind lange nicht hier gewesen, Mademoiselle Fides. — Sehen Sie, da kommen unsere Kleinen." Fides betrachtete ihn sehr verwundert, wendete aber die Augen dann nach der Stelle, wohin er zeigte. Wahrhaftig! Da kamen zwei Kinder den Blumengang hinauf.

„Es sind des Herrn Bruderkinder," erläuterte der Förster geheimnißvoll und wichtig. „Ein paar liebe, muntere Vögel, die gewiß lange eingesperrt gesessen haben!" scherzte er, den Kindern zunickend.

Die beiden Kleinen traten unbefangen näher. Fides Augen wurzelten an ihnen. Ein mächtiges Interesse fesselte ihre Aufmerksamkeit dermaßen, daß sie darüber den Zweck ihres Hereilens vergaß. Sie kniete zu ihnen nieder und ihr Auge glitt von einem zum andern, als wolle sie mit der Gluth ihres ausdrucksvollen Blickes die Zärtlichkeit der Kinder wecken. Dann bot sie ihnen die Lippen zum Kusse. Schmeichelnd hing sich das kleine Mädchen an ihren Hals, aber der Knabe fragte gemessen:

„Wer bist Du denn, daß Du mich küssen darfst!“

Fides lachte. So lange hatte sie stumm eine Bekanntschaft gemacht, die ihrem Herzen nahe stand. Jetzt fing sie an zu sprechen. Schäkernd, tändelnd, und doch im Grunde ernst gemeint, suchte sie das Vertrauen des Knaben zu gewinnen. Es wollte ihr erst nicht gelingen. Der Knabe war in den Zeiten der Noth über sein Alter hinaus bedächtig und bedenklich geworden und das angeborene Temperament der Ettershaiden mochte es ihr auch erschweren, in dies kleine verschlossene Herz zu dringen. Erst als sie, ihrer Mission wieder eingedenk, nach seinem Onkel Thilo fragte, und ihn bat, den Onkel zu rufen, erst da verklärte sich sein kleines Gesicht, und er sagte freundlich:

„Wenn Du meines Vaters Bruder kennst, dann komm nur mit in's Haus! Der Onkel ist ausgeritten, kommt aber bald zurück! Willst Du mit meinem Vater sprechen?“ fragte er altklug und zog sie an der Hand vorwärts. Fides blickte zögernd zum Förster auf. Der winkte mit den Augen und verrieth durch einige sprechende Pantomimen, daß er im Geheimniß sei und Fides, als die künftige Erwählte des Herrn Thilo, mit zur Familie rechne.

„Gehen Sie immer mit, Mademoiselle —“ sagte er, unterbrach sich jedoch und schattete die Augen mit der Hand, um nach dem Walde hin zu spähen. Fides folgte der Richtung seines Blickes und ein leichter Schrei entrang sich ihrer Brust. Da waren die Soldaten schon, die zum Rächeramte ausgesendet die Burg umzingeln sollten. Sie hatte es von dem Boten aus Kassel auch erfahren, aber die Truppen nicht so nahe geglaubt.

Alle Unschlüssigkeiten hatten nun ein Ende. Sie mußte eilen, den Bruder Thilo's zu unterrichten, wenn er Veranlassung hatte vor den westphälischen Soldaten zu flüchten. Der Himmel schien es bestimmt zu haben, daß sie von den kleinen Händen dieser Kinder zu dem Lager Arnulf's geführt werden solle. Von ihnen geleitet stand sie vor dem bleichen Manne, der eben aus seinem Schlummer erwacht, langsam die Augen aufschlug, als die kleine Irmgart mit ihrem lieblichen Stimmchen sagte:

„Papa, wir bringen Dir eine schöne, schöne Dame, die Dich sprechen will!“

Mit klarem Bewußtsein, wenn auch schwach und machtlos, wendete Arnulf das Gesicht zu Fides herum, die sich erschrocken, einem todtkranken Manne gegenüber zu stehen, leicht verneigte und mit Schüchternheit um Vergebung bat ihn gestört zu haben.

Arnulf hielt das weit geöffnete Auge, das sich mit einem geisterhaften Feuer füllte, fest auf das junge Mädchen geheftet. „Meine Phantasie täuscht mich —“ murmelte er, „ich sehe immer ihre Gestalt.“

„Rechnen Sie es mir nicht als Unbesonnenheit an,“ flüsterte Fides eilig. „Soldaten umzingeln das Haus — man spürt einer Verschwörung nach — ich wollte Thilo warnen; er ist aber nicht da!“

Arnulf schien nichts von den Worten verstanden und begriffen zu haben.

„Man hat sich ein furchtbares Unrecht mit uns erlaubt,“ sagte er noch leiser, aber Fides verstand jedes Wort, weil sie angsthaft lauschte. Der Ausdruck seines Auges wurde träumerischer. Er griff mit der Hand nach dem Händchen Irmgart's. Die Kleine schmiegte den blonden Lockenkopf an des bleichen Vaters Brust. Ein friedliches Lächeln legte sich um seine Lippen. „Wie liebte ich dies blonde Köpfchen!“ sprach er mit halb geschlossenen Augen. „Um Deinetwillen — Um Deinetwillen! O die erste Liebe ist so süß!“ Fides hatte sich, um ihn verstehen zu können, immer tiefer zu ihm geneigt. Jetzt sank sie auf's Knie nieder und legte selbstvergessen ihren Kopf dicht neben den des kleinen Mädchens. Ihr wurde so wohl und wehe um's Herz. Diese flüsternde Stimme, halb gebrochen, gleich wie von einem Schlafenden, der noch mit Träumen kämpft und doch schon weiß, daß er nur träumt Diese weiche Liebe in den Worten, welche nicht für sie bestimmt, aber doch an sie gerichtet waren! Der Knabe Ottmar stand ernsthaft betrachtend am Divan. Sein Blick verrieth Besorgniß, denn er allein sah, daß sein Vater bleicher wurde, er allein hörte, daß seine Athemzüge krampfhaft aussetzten. Der Knabe hatte seine Mutter vor einigen Monaten sterben sehen. Er wußte, daß sein Vater auch sterben werde. Für ihn war aber das Sterben nur ein Schlaf auf ewig, darum grauete es ihm nicht, sondern ein Drang kindlicher Liebe erfaßte ihn, er richtete sich an dem Vater in die Höhe und küßte furchtlos die schon kalt werdenden Lippen. Da regte sich Arnulf noch ein Mal, da öffnete er seine Augen voll und groß und wie eine Stimme der Offenbarung klang es geisterhaft leise und deutlich durch's Zimmer: –

„Verzaget nicht! Dort oben sehen wir uns wieder! Mein Segen wird auf Euch ruhen! Verzaget nicht! —“ Darauf wurde es heilig still im Zimmer. Es war Fides zu Muthe, als seien alle übrigen lebenden Wesen durch einen Zauber von der Erde vertilgt und nur sie mit den kleinen Kindern allein zurückgelassen, auf daß sie, mit mächtiger Gewalt an einander gekettet, in unlösbarer Vereinigung den Weg durch's

Leben antreten sollten bis zu jenem Ziel, wo Alles sich wieder sehen sollte, nach Gottes heiligem Beschluß.

Ein furchtbarer Lärm, der sich außerhalb des Zimmers erhob, machte diese Illusion erlöschen. Entsetzt fuhr Fides aus ihrer knienden Stellung auf und warf einen Blick auf den Kranken. Er schlief!

Sie erhob sich vollends. Die Kinder schmiegten sich furchtsam an sie. Der Lärm dauerte fort. Fides erkannte an dem Aufstampfen der Gewehre, daß die Soldaten eingerückt waren und ihre Eroberung der Burg mit Spott und Gelächter feierten.

Dann wurde es still da draußen. Eine feste wohltönende Stimme ertheilte Befehle in französischer Sprache. Fides nahm unwillkürlich eine festere Haltung an und stellte sich muthig neben dem Divan auf. Schritte näherten sich. Die Thür wurde aufgerissen und ein Officier höhern Ranges erschien auf der Schwelle mit den Worten:

„Im Namen des Königs von Westphalen gebiete ich, daß sich Niemand von der Stelle rühre, sonst hat er die schlimmen Folgen sich selbst zuzuschreiben!"

Erst nach diesen Worten trat er weiter vor und erblickte mit sichtlicher Ueberraschung nichts weiter, als einen bleichen, schlafenden Mann und drei Kinder, wovon die beiden Kleinsten ängstlich, Fides hingegen ruhig und gleichmüthig ihm entgegensahen.

Rasch schritt der Officier ganz nahe heran an die Gruppe. Fides deutete mit der Hand auf Arnulf und sagte bittend: „Er schläft!“

Rathlos stand der Officier, der das Zimmer voll Verräther zu finden geglaubt hatte.

Da tönte eine helle, bekannte Stimme von draußen herein. Es war Thilo, der auf den Flügeln der Liebe zurückkam, um mit seinem Bruder in den Armen der Natur zu schwelgen. Nur zwei Stunden war er fort gewesen und während dieser kurzen Zeit hatte sich Alles auf's Entsetzlichste verändert.

„Was ist hier geschehen?“ fragte er gebieterisch. „Was soll das heißen? Wer hat Euch hieher commandirt? Wo ist Euer Commandeur?“

Gleich darauf stand er mitten im Zimmer vor dem Officier, der noch immer in starrem Schweigen verharrte.

„Was haben Sie vor, Colonel Mericourt?“ fragte Thilo mit flammenden Blicken.

„Es thut mir leid, Marquis — Sie sind mein Gefangener!“ sprach der Colonel mitleidig und theilnehmend.

„Und weswegen? Und auf wessen Befehl?“ fragte Thilo kalt und ruhig geworden.

„Auf Befehl des Königs von Westphalen — wegen Verrätherei!“ antwortete der Officier leise, indem er einen Blick auf den schlafenden Kranken warf, der ganz unberührt von dem Zwiesprach weiter schlief. Thilo folgte seinem Blicke. Eine furchtbare Ahnung durchzuckte sein Herz. Er eilte an Arnulf's Lager:

„Er ist todt!“ schrie er im Entsetzen des ersten Schmerzes laut auf. Die Kinder begannen zu weinen — Fides wankte und sank machtlos zur Erde.

Jetzt erst bemerkte Thilo das junge Mädchen. Er hob sie auf und trug sie zu dem Sessel in der Fensternische. Dort beruhigte er sie mit liebkosenden Worten, berief die Kleinen zu ihr und kehrte erst, als Fides mit rasch wiedergewonnener Besinnung die ganze schwere Bedeutung dieser Scene begreifen konnte, zu dem Officier zurück.

„Wir haben dergleichen vorausgesehen, mein lieber Colonel,“ begann er besonnen und kaltblütig, „und wir haben uns dagegen zu sichern gesucht!“ Er schritt an einen Schreibschrank, schloß ihn auf und nahm ein großgefaltetes Papier heraus.

„Werden Sie dies respectiren, mein Herr?“

Der Officier warf nur einen einzigen Blick darauf und machte sogleich die militairischen Honneurs. Thilo fuhr mit gehobener Stimme fort:

„Ich denke, das felsenfeste Vertrauen des Kaisers Napoleon wird eine hinreichende Bürgschaft für meine Ehre sein. Dieser Schutzbrief verleiht mir die Macht, mich nur Aug' gegen Aug' rechtfertigen zu brauchen. Ihnen rechne ich diesen Ueberfall nicht an! Ich werde mich dem Könige stellen, so wie die heilige Pflicht gegen diesen Todten erfüllt sein wird. Gehen Sie hin und verkündigen Sie es laut, daß dieser Feldzug gegen eine Leiche und gegen zwei unmündige Kinder gerichtet gewesen ist!

Der Todte ist mein einziger Bruder Arnulf von Ettershaiden, welcher gekommen war, um sein müdes Haupt hier zur Ruhe zu legen!"

Was nun weiter geschah, kümmerte Thilo nicht. Betäubt von dem raschen Wechsel der Ereignisse warf er sich in denselben Sessel vor dem Lager seines Bruders, wo er vor zwei Stunden begierig seiner Erzählung gelauscht. Jetzt war er todt! Verstummt auf immer! O welch' ein Jammer lag für ihn in dem Bewußtsein, den einzigen Menschen, mit dem ihn die Bande der Natur geheimnißvoll verkettet, verloren zu haben! Er verfiel machtlos in eine Träumerei, die dem Stumpfsinn nahe war, wo Welten hätten einstürzen können, ohne ihn aus seiner Unempfindlichkeit aufzurütteln.

Er beachtete es gar nicht, daß sich noch drei Wesen in einer traurigen Verfassung, mit dem unklaren Gefühle eines tiefen Wehe, vermischt mit dem Schauder, welchen ein ungeahnter Tod in das weiche und ungestählte Herz der Jugend drückt, im Zimmer befanden, des Augenblickes schmerzlich harrend, der ihnen das tröstliche Wort Thilo's bringen sollte. Ohne Vorahnung dieses Unglückes war Fides mit hineingerissen.

Sie hielt standhaft darin aus, eine Stütze der armen kleinen Waisen, die sich instinctmäßig an sie schmiegten.

Still und gesammelt erhob sich Thilo nach langer Zeit. Seine Betäubung wich und sein Auge öffnete sich endlich für die qualvolle Lage der jungen Wesen, die alle drei in einem Sessel, dicht am Fenster, ergebungsvoll der Erlösung warteten.

Thilo ging langsam diesem Fenster zu. Sinnend, wie das Alles so eigenthümlich gekommen sein möchte, was Fides hieher geführt, nachdem sie mehrere Wochen ihn streng vermieden hatte. Alle Gedanken auf diese Fragen richtend, bemerkte er nicht, daß seit einer Minute ein anderer Gast, befremdender als das junge Mädchen, im Zimmer erschienen war, der mit Bestürzung die Stille daselbst wahrnahm, dem sich nach einem raschen Blicke der Tod des ruhenden Arnulf feststellte und der dann die bange, traurige Ruhe begriff, die hier herrschte.

„Allmächtiger Gott, was ist hier vorgegangen?" fragte dieser unbemerkte Gast mit schmerzlich bewegtem Tone. Thilo wendete sich und stand vor dem alten

Herrn von Ettershaiden, der ihm beide Hände entgegenstreckte.

„Es ist Arnulf!“ sagte Thilo, mit der Hand nach dem Todten deutend, ganz accentlos. „Ich glaubte ihn dem Leben erhalten zu können — aber die Noth hatte ihn innerlich zernagt. — Das sind seine Kinder!“ schloß er, als Fides sich eilig mit den Kleinen näherte und ihr Antlitz, das bleich vor Erschütterung war, zu dem Vormund erhob.

„O, mein Gott! Mein Gott!“ sprach Ettershaiden mit leisem, erschütternden Tone. Sein Haupt senkte sich auf seine gefalteten Hände — er betete zu dem Gotte, den er anrief, um Vergebung seiner Sünden. Thilo wußte, daß er dies that.

„Sage mir Thilo, was kann ich thun, um Dir diese fürchterliche Stunde zu erleichtern?“ fragte der alte Herr traurig. „Ich habe keine Ahnung davon gehabt, daß zwei Ettershaiden mir so nahe waren. Die Nachricht von der drohenden Gefahr für Dich öffnete Melitta's Lippen — wir vermißten Fides — wir sahen die Soldaten aus dem Walde kommen und eben so schnell zurückweichen — die Sorge um Dich und um Fides trieb mich hieher, wohin ich niemals wieder zu kommen gedachte. Sprich! Was kann ich zu Deiner Erleichterung thun!“

„Nichts! Gar nichts! Was hier in meinem Herzen wühlt und brennt, muß die Zeit lindern, was mir der Tod Arnulf's, der so furchtbar unerwartet eintrat, für Pflichten auferlegt, muß ich selbst durchkämpfen — es ist nicht das Schwerste, was mir vom Leben auferlegt wurde! Ich danke Ihnen, Herr Oberhofjägermeister!"

„Du richtest mich strenger, als mich Gott richten wird," entgegnete der alte Herr würdevoll. „Ich biete Dir in Reue die Hand zum Frieden, stoße sie nicht hinweg!"

„Nein," sprach Thilo. „Ich werde diese Hand nicht verschmähen — nur jetzt, Angesichts dieses bleichen Todten, der unversöhnt gestorben ist, kann ich sie nicht annehmen."

Traurig wendete der alte Herr sein Auge von ihm. „So komm', meine Fides," sagte er mild, komm', damit die Herzen, die in Kümmerniß um Dich sind, beruhigt werden! Also die Maßregeln gegen den Herrn dieser Burg waren übereilt, man fand statt einer Verschwörung gegen den Staat nur zwei Brüder vom Stamme Ettershaiden! Das sind die Werke der französischen Intriguantinnen!" Thilo verrieth durch eine Geberde, daß ihm ein Licht über die ganze Tragödie aufging, die hier gespielt werden sollte. Die Gräfin Ancelot? Er hatte sie mit ihrem ganzen Anhange verachtet und verschmähet. Freilich, dafür mußte sie Rache nehmen. Der König, obwohl nicht mehr in ihren Banden, war schwach genug gewesen, ihren Einflüsterungen Glauben zu schenken. Ein spöttisches Lächeln glitt über Thilo's blasses Gesicht, indem er dem alten Herrn verständnißvoll zunickte.

Dann fiel sein Blick auf Fides und die Kinder, welche sich krampfhaft an das junge Mädchen schlossen.

„Werden Sie meinem Bruder eine Stätte in der Familiengruft gewähren?“ fragte er schnell, des Wunsches gedenkend, den Arnulf ausgesprochen hatte.

„Unbedingt!“ sagte der Oberhofjägermeister sehr bereitwillig. „Ich werde die üblichen Anordnungen zum Begräbnisse treffen, wie sie dem prädestinirten Erbherrn gebühren.“

Thilo neigte befriedigt sein Haupt und sagte weich und versöhnlich gestimmt durch diese Worte: „Lassen Sie Fides die Kleinen mit sich nehmen, Herr Vetter! Was sollen die armen Waisen hier im Trauerhause, wo sie ihre Verlassenheit schmerzlich fühlen würden. Es ist das sicherste Mittel, meinem Herzen zu gebieten, den Stolz zu überwinden, der Mauern zwischen diese Burg und dem Schlosse dort ziehen möchte. Die Liebe, welche Sie den Kindern erweisen, gewähren Sie dem Todten und diese Liebe wird, wie eine Sühne, die Erinnerung an die Vergangenheit löschen und das Werkzeug zu einer schönen Zukunft werden.“

Der alte Herr beugte sich gerührt zu dem Knaben

Ottmar, der mit seinem ernsten Blicke furchtlos zu ihm aufschaute und fragte: „Willst Du mit mir gehen und mich ehren, als sei ich Deines Vaters Vater, berechtigt Ehrfurcht, Liebe und Gehorsam zu fordern?“

„Ja ich will!“ antwortete der Knabe. „Aber meine Schwester muß bei mir bleiben, denn ich habe meiner Mutter, ehe sie starb, gelobt, Irmgart nicht zu verlassen und wenn man mir wer weiß was böte.“

„Du bist ein Ettershaiden!“ rief der alte Herr, wie begeistert seine Hand auf den Kopf des Knaben legend. „Wie heißt Du? Da Du Deiu Schwesterchen Irmgart nennst, so kann ich nichts Anderes erwarten, als daß Du Ottmar getauft bist.“

„Er heißt Ottmar,“ antwortete Thilo, von dem Benehmen des alten Herrn ergriffen. „Möge er der Gründer eines neuen Geschlechtes — möge er der Schöpfer einer neuen Aera im Stamme und Hause der Ettershaiden werden!“

„Amen!“ sagte der alte Herr feierlich. „Kommt! Nehmt Abschied von Eurem Vater! — Ist er als ein Opfer seines Stolzes, des Erbtheils der Familie, gefallen, so soll es mein Bestreben sein, Dich in Gottesfurcht und Menschenliebe heranzubilden zum Wohle Deiner Familie und Deiner Mitmenschen! Nimm meinen Schwur, Du Verklärter,“ fügte er hinzu, indem er seine Rechte auf die Stirn

Arnulfs legte, „nimm meinen Schwur, daß ich Deinen Sohn von heute ab als einen Sohn meines Sohnes betrachten will!"

Und es war Allen, als glitte ein Friedenslächeln, gleich einem Verklärungsschimmer über des Todten starres bleiches Antlitz!

Thilo geleitete sie hinaus bis zur Einfahrt der Burg.

Von dort schauete er ihnen nach, bis sie das Schloß erreicht hatten und durch die grüne Umhegung desselben seinen Blicken entzogen wurden.

Sein Geist erhob sich an dem Bilde der Hoffnung, welche sich hiermit eröffnete.

Das Schicksal wurde den Kindern gerecht, nachdem es den Vater hart und unerbittlich verfolgt hatte.

Und trotzig wendete sich sein Blick nach Osten, wo ihm ein Nachkomme aus jener unseligen ersten Ehe drohete. „Ich will meine Macht und meinen Einfluß anwenden, um diese Brut von der heiligen Schwelle unsers Stammhauses fern zu halten. Noch wehen die Banner Napoleons! Unter ihrem Schutze will ich einen Feldzug gegen die Uklanky's und Consorten beginnen, der dem Stolze meines Bruders Genüge leisten soll, ohne seine Lieblinge ihres Eigenthumes zu berauben!"

Mit der Zuversicht eines Sterblichen sprach er diesen Schwur. O, daß er hätte in die Zukunft schauen können!

VII. Capitel.

Vom Grabe zur Wiege!

Der Morgen brach hell und schön an. Die leichten Thauschleier der Nacht wichen der Macht des Tages und zogen sich in die waldigen Höhenzüge zurück, die das breite Thal umgaben.

Langsam glitt der Trauerzug, welcher die Ueberreste Arnulfs von Eltershaiden nach der Familiengruft geleitete, unter den Bäumen entlang. Ein leiser Wind schüttelte die Kronen der hohen Pappeln, daß sie rauschten wie lindes, trauriges Klagen um den Todten, der in der Blüthe der Jahre dahinging, wo nur das Alter, fortgerafft von den unausbleiblichen Schwächen, sich betten sollte. Eine würzige Luft durchwogte die Fluren, und der Schmuck des Sarges, wozu Fides und Melitta Hunderte von Rosen verwendet hatten, verbreitete einen Frühlingsduft über die Begleitung desselben.

Es lag ein gewisser Pomp in den Begräbniß-feierlichkeiten, womit dieser arme, hart vom Schicksal mitgenommene Erdenbürger nun endlich zur Ruhe gebracht wurde — ein Pomp, der dem Geiste Arnulfs vielleicht als eine irdische Genugthuung erschienen sein würde, während Thilo mehr als je die Erbärmlichkeit der menschlichen Natur darin erkannte und diese Förmlichkeit als einen Spott auf ihr bisheriges Leben hinnahm.

Der ganze umwohnende Adel betheiligte sich auf den Wunsch des alten Herrn von Ettershaiden an diesem Begräbnisse und die Dorfbewohner der Ettershaider Besitzung waren aufgeboten, in üblicher Trauertracht zu erscheinen, um die Leiche Desjenigen, der einst ihr Herr geworden wäre, von der Burg bis zur Familiengruft zu begleiten. Dazu läuteten die Kirchglocken des Dorfes in ihrer monotonen Feierlichkeit und eine Reihe glänzender Carossen, mit Trauerflören behangen, folgten im Trauerschritt dem zahlreichen Gefolge.

Auch der König Jerome hatte eine Trauerdeputation gesendet mit einem Handschreiben sehr reumüthiger Art, worin er Thilo seine unwandelbare Anhänglichkeit betheuerte und ihm eine glänzende Satisfaction dadurch zu bereiten hoffte, daß er die Gräfin Ancelot in Ungnaden von Kassel entfernt hatte.

Thilo belächelte diese Maßregel. In seinem tiefen

Schmerze erschien ihm die Erde mit ihren Nichtigkeiten nicht der Rede werth. Was nützte ihm das Wortgepränge nach den Thatsachen, die seine Ehrenhaftigkeit bezweifelt hatten.

Was nützte ihm auch das Weltgepränge, womit seine Standesgenossen seinem Bruder eine letzte Ehre erzeigten, nachdem sie ihnen Beiden, als den Söhnen eines braven Mannes die Ebenbürtigkeit bestritten, weil ihr Vater ein armes, schönes Mädchen französischer Herkunft und dem Bürgerstande entsprossen, als Gattin heimgeführt. Die Weltansichten hatten sich freilich geändert, seitdem in der nächsten Nähe eines französischen Reiches, dessen Herrscher eines corsischen Advocaten Sohn, der Adel in hofmäßiger Etikette sich bücken mußte, wenn dieser Herrscher in ihrer Mitte erschien. Napoleon hatte, gleich einem Simson, die Säulen des Hochmuthstempels, die aus Stammbäumen gebildet waren, eingestürzt. Das Ungerechtfertigte der Geburtsvorzüge war niemals heller an's Tageslicht getreten, als in der letzten Zeitperiode, wo gerade Männer aus den ältesten Adelsfamilien in feiger Furcht vor einem niedrig Geborenen, der die Welt in Staunen versetzt, die Waffen früher gestreckt, als nöthig gewesen wäre. — Unter dem Trauergeläute zog der Leichenzug Schritt vor Schritt Arnulfs letzter Behausung entgegen. Thilo, geleitet von dem alten Herrn und dem Geistlichen des

Ortes, ging dicht hinter dem Sarge, tief versenkt in traurige Reflexionen, die nirgends ein festes Ziel fanden, sondern wie im Kreislaufe immer auf denselben Gedanken zurückkamen, daß er hiermit das letzte Wesen verloren habe, welches durch die Bande des Blutes ein angebornes Recht auf seine Liebe gehabt hatte." Das Vorhandensein der kleinen Kinder war ihm für den Augenblick kein Trost. Die verwandte Seele war ihm genommen, und was ihm in Arnulf geraubt war, das konnten kleine Kinder mit aller Liebenswürdigkeit nicht ersetzen. Trauriger und immer trauriger stand die Oede vor ihm, welcher er nun in seinem Asyle entgegensehen mußte. Da hob der leichte, frische Morgenhauch die Blüthenkelche der Rosen und die Blättchen löseten sich und wurden vom Lufthauche fortgetragen, daß sie wie ein Blüthenregen auf Thilo niederfielen, sich spielend, wie Frühlingsgeister, auf seinen Wangen und seiner Brust bettend.

Ein lieblicher Gedanke erstand augenblicklich in Thilo. War es nicht ein Gruß von Fides, der ihn mit diesen Blüthenblättern aus dem Trübsinn weckte, um ihm frohere Bilder der Zukunft zuzuführen?

War denn sein Glück vernichtet? War seine Freude am Leben auf ewig verloren? Blieben ihm nicht Schätze zurück, die ihn trösten konnten, wenn die Zeit ihr Amt geübt und Linderung dem ersten Schmerze gebracht hatte?

Der Leichenzug hatte die Ringmauern des Kirchhofes erreicht. Der Sarg wurde vom Wagen gehoben und nach dem Altar getragen, wo der letzte Segen der Kirche ihn zur Ruhestätte heiligen sollte.

Thilo sah Melitta und Fides an den Stufen des Altares stehen. Melitta schauete voll tiefer Theilnahme diesem letzten Acte des Erdenglaubens entgegen. Fides aber schien erschüttert, als beweine sie in diesem Manne, der ihr fremd im Leben gewesen war, einen unersetzbaren Verlust.

Melitta schrieb diese leidenschaftliche Trauer ihrem reizbaren Temperamente zu und versuchte sie durch leisen, gütigen Zuspruch aufzurichten. Es gelang ihr nicht. Von einem Impuls getrieben, den sie niemals hat erklären können, wankte sie zum Sarge und warf sich vor demselben nieder, als die Träger den Deckel abgenommen hatten und Arnulf in der Erhabenheit des ewigen Friedens allen Anwesenden sichtbar wurde. Hier blieb sie kniend liegen, während des Segens, welchen der Geistliche sprach, und als sie sich erhob, nahm sie einen blühenden Myrthenzweig von ihrer Brust, küßte ihn unter heißen Thränen und legte ihn dann auf das Herz, welches unter Todesschauern sie so unendlich liebevoll angeredet hatte.

Nachdem sie dem Entschlafenen diesen Zoll dankbarer Liebe für die wenigen Worte, die er ihr geweihet, entrichtet hatte, ließ sie sich willig von Melitta hinwegführen. Eng verschlungen gingen sie Beide in das Schlafzimmer der Kleinen, denen der schaurige Eindruck des Begrabens erspart werden sollte. Gefaßt weckten sie die schuldlos lächelnden Kinder, die den Vater gar nicht betrauerten, weil er nur ihrer Mutter gefolgt sei, was er schon lange vorher den Kindern vorausgesagt hatte. Ernst und bedächtig redete der kleine Ottmar von dieser Reise in den Himmel, von der er schon eine leise Ahnung haben mochte. Heiter und froh aber fragte Irmgart des Tages wohl zehn Mal, wann der liebe Vater wohl im Himmel ankommen und ob er wohl gleich die liebe Mutter finden werde. Aus diesem Grunde sagte Fides, die das kleine Mädchen weit inniger liebte, als den gravitätischen Knaben, zu Irmgart:

„Jetzt ist Dein Vater im Himmel angekommen, meine Kleine und er hat gewiß Deine Mutter gleich wieder gefunden, denn er lächelte so selig, wie ein Glücklicher!“

Die Kleine sah sie ernst und erstaunt an. „Hast Du es gesehen, Fides, daß er meiner Mutter einen Kuß gegeben?“ fragte sie. Fides drückte das Kind mit ausbrechender Wehmuth an sich.

„Ja, ich habe gesehen, daß er glücklich ist. Ich habe ihm einen Kuß von Dir und Ottmar mitgegeben. Weißt

Du Irmgart — den Myrthenzweig, den Ihr Beide gestern Abend küssen mußtet?

Die Kleine lächelte in voller Heiterkeit. „Ach wie ist das gut!“ sagte sie herzlich.“ „Nun weiß die Mutter, daß wir nicht verlassen sind?“

Melitta hatte der Scene von fern gelauscht. Sie liebte den Knaben Ottmar wegen seines festen und ernsten Wesens mehr als das kleine wetterwendische Mädchen, das bald sanft, bald lustig, bald launisch oder zärtlich war.

„Sieh Fides,“ sagte sie etwas spöttisch, „Irmgart ahmt Dein Lächeln nach. Es ist ein kleines, närrisches Ding, aus dem man nicht recht klug werden kann!“

„Gerade wie bei mir, als ich so alt war!“ scherzte Fides, die Kleine zärtlich küssend. Ich war stets am liebenswürdigsten, wenn man mich mit Schmeicheleien und Liebkosungen verzog. Drum will ich Irmgart auch so zärtlich lieben, wie mich selbst!“

Frau von Ettershaiden war während der letzten Worte eingetreten. Lächelnd blieb sie in der Nähe der Thür stehen, um dies Gespräch zu belauschen. Diese Dame erschien seit der Anwesenheit der Kinder im Schlosse wie neu belebt und neu beseelt. Auch sie liebte den Knaben mehr, als Irmgart und diese Liebe schien wunderbarerweise gegenseitig zu sein. Schon in der ersten Stunde ihrer Bekanntschaft hatte sich der kleine Bube dicht vor Frau von Ettershaiden hingestellt und sie unverwandt angesehen.

Sein Blick war so sonderbar ausdrucksvoll gewesen, daß die Dame, seltsam davon berührt, ihn plötzlich liebevoll gefragt hatte: „Wirst Du mich denn lieb haben, Ottmar?"

„Ich habe Dich schon lieb," war seine feste, ruhige Antwort gewesen. „Ich habe Dich deswegen lieb, weil Du so blaß bist, wie meine Mutter und eben solche Augen hast, aber Deine Augen sehen nicht so gut aus, sie lachen nicht. —"

Seitdem glänzten die kalten Augen der Frau von Ettershaiden in Liebe und Güte und der Knabe wich nicht von ihrer Seite.

Sie hatte schon vor dem ersten Trauergeläute ihr Lager verlassen, um zeitig bereit zu sein, wenn die Kinder wach werden sollten. Jetzt kam sie, um nach ihnen zu sehen. Ein Fall, der zu den unerhörten Ereignissen zu zählen gewesen sein würde vor einigen Monaten, der aber, vorbereitet durch die Veränderung ihres Benehmens, jetzt nur eine frohe Begrüßung von Seiten der jungen Mädchen veranlaßte.

„Du hast Dir vorgenommen, Irmgart gründlich zu verziehen?" fragte die Dame, indem sie das Kind aufhob und einen Kuß auf ihre Stirn drückte.

Fides küßte ihr die Hand zum Morgengruße, als sie die Kleine wieder hingesetzt hatte. „Es ist ein so himmlisches Glück, verzogen zu werden, liebe gnädige Tante," flüsterte sie dabei und sah so verführerisch bittend zu Frau von Ettershaiden auf, daß diese begriff, was sie damit andeuten wollte.

„Ja, ja — ich merk' es schon, daß ich wieder ein strengeres Hausregiment einführen muß," sprach sie. „Was hast Du wieder für Dinge in der Kirche gemacht, Fides? Thilo war noch jetzt außer sich!"

„Thilo?" wiederholte Fides schwärmerisch. „Tadelte er, daß ich seinem Bruder des Versprechen in jene Welt mit hinüber gab, für seine verlassenen Kinder Sorge tragen zu wollen, als wenn es meine Geschwister wären?"

„Laß Dir's von ihm selbst sagen, ob er Dich tadelt, Fides," erwiederte die Dame ausweichend. Sie hatte mit feinem Frauensinne beim ersten Blicke das bestehende Verständniß dieser beiden jungen Menschen begriffen und es war ihr, zufolge eines Planes, den sie mit sich herum trug, sehr genehm.

„Thilo hat sich dem allgemeinen Frühstücke entzogen und wartet unserer in dem Pavillon," erläuterte die Dame, indem sie dem Knaben Ottmar die Hand reichte und mit ihm das Zimmer verließ. Sie hatte mit dem Wechsel ihrer Gesinnungen auch zugleich einen neuen Schauplatz der Thätigkeit betreten und ließ es sich sehr angelegen sein, bei den verschiedenen Mahlzeiten des Tages als Wirthin zu präsidiren. Ein Vergnügen, welches durch das Behagen ihres Gatten täglich erneut wurde. Sie war schon dahin gekommen, sich einzugestehen, daß der Mensch ein Thor sei, der sich nicht durch Leutseligkeit im geselligen Leben unentbehrlich mache. Indessen trieben an diesem Tage noch andere Beweggründe sie zur eiligen Rückkehr nach dem Pavillon, wo sie Thilo wußte. Mit einer gewissen Staatsklugheit wollte sie erst diesem jungen Manne das Anerbieten machen, die Kinder unter ihrer Obhut zu lassen, auf unbestimmte Zeit, um dann nach und nach Gelegenheit zu finden, ihren Wunsch, Ottmar ganz ausschließlich als Pflegesohn anzunehmen, hervortreten zu lassen. Sie ahnete durchaus nicht, daß ihre Wünsche mit den Plänen ihres Gatten Hand in Hand gingen, da er auf keine Weise eine Vorliebe für den Kleinen blicken ließ, die darauf hindeutete, daß er ihn als sein Eigenthum erwerben mochte.

Thilo hatte jedoch längst durch Rücksprache mit dem Herrn von Ettershaiden den Entschluß desselben kennen gelernt, durch eine förmliche Adoption Ottmars allen Weitläufigkeiten ein Ende zu machen und durch einen königlichen Machtspruch dem Sohne Arnulf's schon jetzt das Erbrecht zu sichern. Nach diesen Beschlüssen hatten sich die lieblichsten Bilder eines beschleunigten Glückes vor Thilo's Seele gedrängt, die nur unter dem Drucke der Trauer gewichen, jetzt in vollem Verklärungslichte wieder erstanden und eine heiße Sehnsucht nach dem holden Wesen in ihm erweckten, das ohne Schwierigkeit sein eigen werden konnte.

Vor allen Dingen fragte es sich um die Erlaubniß des Vormundes zu der Verheirathung seines Mündels, das eben das fünfzehnte Jahr angetreten hatte.

Thilo zweifelte, weil er gar zu tief innig wünschte!

Fides sein Weib — eine Wonne ohne Gleichen durchschauerte sein Herz, wenn er sich diese Gestalt als seine Gefährtin, als seine Sonne im Leben, als seine höchste Erdenfreude neben sich dachte, die himmlischen Augen in strahlender Heiterkeit ihm leuchtend, ihr liebliches Lächeln als Lohn seiner unermüdlichen Thätigkeit — er, nur für sie — sie nur für ihn in dem großen, großen Raume des Weltall's, das für ihn bis dahin keine feste Heimath gehabt hatte. Nein! das Glück schien ihm zu groß! Er zweifelte, weil es eben zu groß und zu überwältigend vor ihm stand.

Frau von Ettershaiden empfand instinctmäßig diesen Druck des Zweifels. Sie wollte ihn ermuthigen zum freien Worte der Werbung, um sich seiner Hülfe bei ihrem Vorhaben zu versichern.

Darum eilte sie mit dem Knaben Ottmar zum Pavillon; sie wollte die erste Gelegenheit mit diplomatischer Feinheit benutzen, um die Ansichten Thilo's zu prüfen; die Rechtlichkeit ihrer Absichten mußte die Eigennützigkeit ihrer Handlungsweise entschuldigen. Sie hatte den Keim einer Liebe im Herzen, die veredelnd auf die weibliche Natur zu wirken pflegt. Die Liebe der Mutter zum Kinde regte sich, als sie Ottmar's ernste Augen so fragend und forschend auf sich gerichtet fand, die Liebe einer Mutter zum Kinde, das sie zwar nicht selbst geboren, das sie aber sich zu eigen machen wollte, machen mußte, wenn sie ferner glücklich leben sollte. Die Gluth dieser ersten Mutterempfindung weckte alle guten Geister in ihrem Herzen, das zuerst vernachlässigt und verschlossen, jetzt aber schon für einen Wirkungskreis vorbereitet war, welcher mit den Pflichten für diesen Knaben unendlich erweitert und erwärmt werden würde. Ihr Leben gewann einen nie geahnten Reiz, indem sie ihrem Herzen freien Spielraum gab und die Neigung dieses Knaben zu gewinnen strebte!

Thilo war dem Gewühl der Begräbnißgäste entflohen. Es litt ihn nicht unter den Männern, die ihn ohne wahre Theilnahme ihrer Freundschaft versicherten, im Grunde jedoch nur ihrer Neugierde fröhnten, wenn sie nach seinem frühern Leben und nach den Schicksalen seines Bruders Arnulf fragten.

Thilo hatte zu lange, ganz auf sich beschränkt, seinen Lebensweg verfolgt, um solcher oberflächlichen Freundschaft zu bedürfen. Nur einem festen, starken und reinen Gefühle öffnete sich willig sein Herz und das war die Achtung, welche ihm der alte Herr von Ettershaiden einflößte. Schon bei dem ersten Zusammentreffen von dem wohlwollenden und ehrlichen Tone dieses Mannes angezogen, den er hassen zu müssen meinte, verstärkte sich der gute Eindruck während dieser letzten, schweren Tage, wo der alte Herr mit rüstigem Wesen alle Anordnungen zur Leichenfeier übernahm und verwandelte seine Abneigung in ein vollkommen kindliches Vertrauen. Die warme Güte seiner Natur und die unbestechliche Rechtlichkeit seiner Grundsätze, die aus allen seinen Handlungen hervorleuchtete, nahm ihn Wunder. Er hatte sich von diesem alten Hofcavalier ein anderes Bild gemacht und die Vorgänge in seinem Eheleben waren nicht geeignet gewesen, dies durchaus nicht fleckenlose Bild zu bessern. Allein er begriff jetzt Oswald's Urtheil über ihn und fand es natürlich, daß dieser eingenommen von einem Manne war, dessen lebhaftes Temperament die Situationen der Zeit mehr zur Lehre genommen, als man hätte denken sollen. Was ihm auch als Schwäche angehangen, seine feste, würdige Haltung machte dies jetzt vergessen.

Daß unter solchen Sinnesänderungen der junge Mann sehr bereit war, nun den Stab über die Gattin dieses Cavaliers zu brechen, und ihr den größten Theil der Schuld aufzubürden, die einen Schatten auf sein Leben geworfen, lag nahe. Aber auch hier stieß er zu seinem eigenen Erstaunen auf Entschuldigungsgründe, die er aus vollem Herzen unterschreiben mußte. Jedenfalls war der Herr von Ettershaiden bei der Wahl seiner ersten Gattin mehr den Eingebungen der Vernunft gefolgt oder hatte sich von einer jugendlichen Neigung irre führen lassen, denn nach seinen Knabenerinnerungen war diese Dame so steril einfach, so matronenhaft und altverständig, daß sie zu der geistigen Lebendigkeit des Hofcavaliers nicht gepaßt haben konnte und daß es ganz erklärlich wurde, wenn er diese wenig begabte und früh gealterte Frau ihrem Hange zur ländlichen Ruhe überließ und an der Seite einer jüngern Gefährtin die Glückseligkeit des Erdenlebens nochmals durchkostete. Solche Dinge gehörten damals zur Tagesordnung und verloren sich erst, als der Nimbus einer reinen und glücklichen Häuslichkeit das junge Königspaar umzog und die Unterthanen, hoch und niedrig, zur Nachahmung reizte.

Thilo fand sich zu seinem Erstaunen geneigt, auch dieser noch immer schönen Frau von Ettershaiden ihr Unrecht nicht zu hoch anzurechnen, obwohl er ihr nicht die Achtung weihete, die ihr Gatte ihm abzwang. Freilich sah er sie in dem günstigen Lichte ihrer Gemüthserweichung und hatte keine Idee von ihrer kürzlich erst überwältigten Kälte des Egoismus, der mit seinem eisigen Hauche das ganze Hauswesen bis zur Trostlosigkeit durchweht hatte. Jetzt zierte nur eine planvolle Ruhe, ein zornloser Ernst und eine milde Strenge ihr Wesen. Somit hatte sich das, was ihm früherhin ganz unvereinbar mit seinen Ansichten schien, allmählig einander genähert, hatte sich in vielen Stücken ausgeglichen und schritt nun der gänzlichen Lösung aller Familienconflicte mit starken Schritten entgegen.

Thilo erkannte in dem Gange des Geschickes die Macht eines guten Gottes und er verschloß nicht eigensinnig sein Herz gegen das Walten der Naturkräfte, die nach dem Tode seines Bruders auf eine dauernde Vereinigung der Gemüther hinzuarbeiten Miene machten. Er ehrte das Band, welches heiligend die Familie an einander zu knüpfen pflegt und er wollte durch keine trüben Erinnerungen, an die Ungerechtigkeiten, an den Hochmuth früherer Zeit seine Handlungen regeln lassen. Die Verbitterung, womit Arnulf's gekränkter Stolz sein Lebelang gerungen, war ihm fremd geblieben. Er nahm von vornherein das Leben leichter und war in seinem Urtheile über die menschlichen Schwächen toleranter. Sein Geist hatte im Weltverkehre etwas freiere Richtungen verfolgt und sich bis zum kaufmännischen Scharfsinne verstiegen, als er seine gelegentlichen glänzenden Einnahmen so anlegte, daß sie sich im Werthe verdoppeln und verdreifachen konnten. Die Geburt war ihm längst kein Hemmschuh mehr, obwohl er die ehrenhafte Abstammung würdigte und hoch hielt. Er hielt es schon längst für recht und billig, alle Lebenserfahrungen so zu verwerthen, daß sie Vortheil brachten und hierauf gründete sich sein Wille, unbedenklich in die Vorschläge des alten Herrn einzugehen, die das spätere Heil des kleinen Ottmar in sich schlossen.

Von diesen Gesinnungen beherrscht fand ihn Frau von Ettershaiden, als sie mit dem Knaben in den Pavillon trat, der durch einen Laubengang mit dem Schlosse verbunden, stets ein ausschliesßliches Eigenthum der Dame gewesen war.

Zum ersten Male heute dem allgemeinen Gebrauche geöffnet, betrachtete Frau von Ettershaiden diejenigen, welche sie darin empfing, speciell als ihre Gäste und übernahm von diesem Gesichtspunkte betrachtet die Pflichten, die ihr dabei oblagen, mit einem gewissen Eifer.

Thilo wußte davon nichts, also glaubte er in der besondern Zuvorkommenheit dieser Frau eine freundschaftliche Annäherung finden zu müssen. Er küßte ihr wärmer die Hand, als es sonst geschehen wäre.

Frau von Ettershaiden begann ihre Conversation mit der Besonnenheit der Weltdame, die im Auge hat Zerwürfnisse auszugleichen. Erst nach und nach ging sie auf besondere Gegenstände über, woran sie dann die Frage über seine Absichten betreff der beiden verwaiseten Kinder knüpfte. Sie hatte Thilo's diplomatische Fassungskraft unterschätzt. Er verfolgte mit innerer Belustigung den Faden ihrer Unterhaltung; nur wußte er nicht, wohin sie damit wollte, ob dieser Faden in ein Labyrinth hinein- oder herausführen werde. Gespannt wartete er des Schlagwortes, das Aufklärung darüber geben konnte. Wollte diese Dame dem Vorhaben ihres Gatten intriguant entgegenarbeiten, oder wurde sie von eigenen Wünschen geleitet, ihn willfährig dafür zu machen.

Eben war Frau von Ettershaiden auf die eigentliche Ursache ihrer Verhandlung gekommen, als ein Geräusch an der Thür sie störte und gleich darauf ihr Gemahl mit allen Anzeichen einer großen Verwirrung im Pavillon erschien.

Seine seltsame Verstörtheit wurde nur von Thilo bemerkt, da Frau von Ettershaiden mit einer sichtlichen Bekümmerniß ihr Gespräch gerade auf einem Punkte abgebrochen sah, wo eine Anknüpfung nur mit Schwierigkeiten wieder zu bewerkstelligen war. Sie wendete sich mit leichtem Unmuthe ab, sah also nicht, daß der alte Herr sich ganz außer aller Fassung zu Thilo wendete, ihn bei der Hand nahm, zu sprechen versuchte und doch nichts weiter hervorbrachte, als die Worte: „O, mein Gott! Mein Gott!“

Thilo sah ein, daß nur etwas ganz Außergewöhnliches den alten Herrn in diesen Zustand versetzt haben könne. Er legte wohlwollend seine Arme um ihn, geleitete ihn zu einem Sessel und sah der Erklärung über den Grund dieser überwältigenden Bewegung mit jener apathischen Ruhe entgegen, die keine Betheiligung daran fürchtet.

Frau von Ettershaiden war ahnungslos in die Fensternische getreten und zeigte dem Knaben die schönen Pfauhähne, welche eben aus ihren Hütten hervorstolzirten und höchst gravitätisch den sonnigen Rasenfleck betraten, um den prächtigen Schweif im Sonnenlichte zu präsentiren.

Gleichzeitig erschienen im Laubgange, der zum Pavillon führte, die Gestalten der Pflegetöchter, die Irmgart in der Mitte hatten.

Ehe noch Herr von Ettershaiden seine Sinne vollständig gesammelt hatte, standen sie alle drei in anmuthiger Freundlichkeit vor ihm und boten ihm einen guten Morgen.

Er erwiederte ihren Gruß nicht. Wie gelähmt blickte er vor sich hin. Regungslos starrte er auf einen Fleck. In der Hand hielt er einen Brief, den er so krampfhaft fest umfaßte, daß er vollständig zusammengeballt erschien.

Melitta trat zuerst heran zu ihm. Sie hielt seinen Zustand für eine Erschöpfung, herbeigeführt von dem ergreifenden Begräbnißacte.

Fides, aufmerksam diese starren, mehr Ueberraschung als Kummer verrathenden Gesichtszüge betrachtend, legte ehrerbietig ihre weiche Hand auf seine Schulter und suchte in seinen Augen nach der Veranlassung zu diesem gestörten Seelenfrieden zu forschen.

Erst Frau von Ettershaiden war es vorbehalten, Aller Gedanken auf die richtige Spur zu bringen. Sie sah sich beim Eintritte der Mädchen um und schritt dann hastig auf ihren Gatten zu, als sie Fides' bedächtiges Forschen gewahrte.

„Was ist Ihnen, Ottmar?“ fragte sie, Ruhe und Gelassenheit heuchelnd, denn ein Schauder durchflog ihre Seele, als sie den alten, kräftigen Mann so hinfällig sitzen sah, als sei seine Kraft plötzlich gebrochen.

Herr von Ettershaiden blickte auf. „Mein Gott, wie kommt das Schlag auf Schlag!“ murmelte er. „Sollte diese Kette von Ereignissen vielleicht schon längst im Rathe Gottes beschlossen sein?“

„Schlag auf Schlag!“ wiederholte Melitta leidenschaftlich. „O, sagen Sie es nur — ich bin darauf vorbereitet — man spricht von einer Schlacht bei Riga — Oswald ist todt!“

„Beruhigen Sie sich —“ fiel Thilo lebhaft ein. „Ich habe gestern einen Brief vom Prinzen Eugen erhalten — Oswald lebt! Er ist im Hauptquartiere der Russen und wird sich mit dem Generalstabe vorerst zurückziehen,, wenn das Unglück die russischen Armeen eben so verfolgen sollte, wie die österreichischen und preußischen vormals. Prinz Eugen ist entzückt von Oswald's Einsicht und Klugheit. Er verspricht sich ungeheure Erfolge von den Plänen, die sie zusammen entwarfen. Ein russischer Courier brachte mir gestern spät in der Nacht diesen kurzen lakonisch gehaltenen Brief, der nichts speciell berührt, aber in seiner ganzen Abfassung verräth, daß Oswald mit ganzem Herzen seiner Freunde gedenkt. Wir müssen uns für jetzt, wo die Feindseligkeiten zwischen Rußland und Frankreich beginnen, damit begnügen!"

Melitta hatte mit voller Spannung diesen Worten gelauscht und war dann hinter Fides zurückgewichen, beschämt über ihre Uebereilung, womit sie ihr Herz verrathen.

Der alte Herr aber wartete nur das Ende von Thilo's Bericht ab, um sogleich die Frage daran zu knüpfen:

„Ist Dir bekannt, Thilo, daß Dein Bruder schon früherhin verheirathet gewesen ist?"

„Ja!" antwortete der junge Mann bestimmt, aber sichtlich von der Frage überrascht.

Der alte Herr legte seine Hand in einer Wallung, wie man sie beim Alter selten sieht, auf Thilo's Arm und fragte mit vibrirendem Tone:

„Weißt Du auch, daß ihm ein Kind aus dieser Ehe lebt?“

„Nein!“ rief Thilo bestürzt. Alle seine Hoffnungen für den kleinen Ottmar stürzten bei dieser unerwarteten Frage zusammen und die Energie, womit er das Besitzthum für ihn gegen jeden Angriff zu wahren gelobt hatte, schmolz in der zagenden Erwartung dahin, was sich aus dieser Frage ferner entwickeln werde. Mehr um seine große Erschütterung zu verbergen, als aus Interesse daran fügte er schnell hinzu: „Die erste Nachricht einer sonderbaren Verheirathung meines Bruders gaben Sie mir selbst, Herr Vetter, aber mir konnte nicht beifallen, daß schon längere Zeit über den Tod seiner Frau verflossen war — daß mein Bruder eine zweite Ehe geschlossen hatte. Darum überraschte es mich merkwürdig, von Arnulf Geständnisse darüber hören zu müssen, die schmerzlich und erschütternd waren. Eines Kindes erwähnte er nur, indem er es als eine Möglichkeit andeutete. Was wissen Sie davon, Herr Vetter?“

Herr von Ettershaiden beantwortete die Frage nicht, sondern sagte nur vor sich hin:

„Wie ein einziger Blick in die dunkeln Regionen eines Geheimnisses Alles aufzuklären vermag! Was jahrelang geruhet, steigt dann mit Macht empor und wir wundern uns, daß wir nicht früher sehend geworden sind.“

Frau von Ettershaiden, im Ganzen unberührt von dieser Sache, bat jetzt um aufklärende Mittheilungen. Ihrem scharfen Verstande war die sichtliche Betroffenheit Thilo's ein Leitstern geworden und wenn sie auch nicht den ganzen Umfang seiner Befürchtung errieth, so war doch das festere Umschließen ihres kleinen Schützlings ein Zeichen, daß sie alle Lust hatte, für dessen Rechte eine Lanze einzusetzen.

Herr von Ettershaiden ermannte sich. Seine Verwirrung löste sich. Sein Unbehagen schwand. Mit einem Blicke voll inniger Zärtlichkeit auf den Kreis seiner Lieben, die ihn umringten, hob er das Schreiben, das er noch immer zusammengeknüllt in der Hand hielt, empor, glättete es und legte es bedächtig auseinander.

„Ich habe hier ein kurzes, aber inhaltvolles Schreiben des hochwürdigen Bischof Dameke zu verlesen, das geeignet ist unsere Herzen gemeinsam zu erschüttern.“

Fides drängte sich unwillkürlich näher. Thilo warf einen sehr erstaunten Blick auf das junge Mädchen. Er schrieb es ihrer gewöhnlichen Exaltation zu als sie sich neben dem alten Herrn auf's Knie senkte und beide Arme auf seine Knie stützte. Ihr Auge ruhte auf dem Papiere, als wolle sie es mit ihren Blicken durchbohren und sie bemerkte, daß auch ihr Vormund so bewegt, wie nie, einen Blick in ihr Auge senkte, der sie auf eine wichtige Ueberraschung vorbereiten zu sollen schien.

„Der Brief des hochwürdigen Herrn ist kurz. Er lautet: „Ihren dringenden Vorstellungen weichend und außerdem einsehend, daß eine längere Geheimhaltung unnütz wäre, eröffne ich Ihnen hiermit, daß das junge Mädchen, welches unter dem Namen Fides Tyrnau Ihrer Erziehung überantwortet wurde, die eheliche Tochter der Frau Helena Mirra von Ettershaiden auf Tyrnau und des Herrn Ottmar Arnulf von Ettershaiden ist. Weiteres besagen die Papiere in dem beifolgenden Kästchen, welches die edle Frau von Ettershaiden, geborene Freiin Helena Mirra von Polenz auf Tyrnau Ihrer Tochter Fides hiermit durch meine Hand übersenden läßt. Die edle Frau ruhet in Gott! Mit dem letzten Hauche segnete sie ihren Gatten und ihr Kind und vergab denen, die sich ein ruchloses Spiel mit ihrem unerfahrenen Herzen erlaubt hatten!“

Starr, bewegungslos, nicht begreifend und den auftauchenden Gedanken bezweifelnd, so war der Ausdruck aller der Gesichter, die sich auf den alten Herrn richteten, als er langsam den Brief sinken ließ und mit unendlicher Liebe auf Fides niederschauete. Kein Laut unterbrach die Stille. Ja man möchte behaupten, jeder Athemzug stockte, bis Thilo, vom Sturme der Ueberraschung genesend, unbeschreiblich innig ausrief:

„Fides — Fides — Du meines Bruders Kind?“

Das junge Mädchen sah ihn an, zuerst abwesenden

Geistes, dann vom Wetterstrahle der vollen Erkenntniß getroffen. Sie sprang auf. Sie rief mit einem Wehelaute, der Allen durch Mark und Bein ging:

Mein Vater! Mein Vater!“ Und fort stürzte sie, fort, als gälte es den Entschlafenen einzuholen. Thilo folgte. Er wußte, wohin sie ihre Schritte lenken würde.

VIII. Capitel.

Ein Tagebuch.

Das Morgenlicht des neuen Tages fand Fides gefaßt, aber auch gleichzeitig erschöpft von den Aufregungen des verflossenen Tages.

Sie saß allein in ihrem Zimmer. Frau von Ettershaiden hatte mit weiser Vorsicht angeordnet, daß sie ganz ungestört die Enthüllungen ihrer Mutter in sich wirken lassen und ihre Entschließungen durchkämpfen sollte, damit sie späterhin unwandelbar mit sich selbst einig bleibe.

Thilo hatte Tags zuvor das arme, bis in's Herz hinein erschütterte Mädchen richtig am Grabgewölbe gefunden, dessen Gitterthür sie im wahnsinnigen Schmerze rüttelte. Durch seinen Zuspruch gesänftigt war sie mit ihm zurückgegangen, aber der ganze Tag verging unter leidenschaftlichen Schmerzensäußerungen und der sehr gerechten Klage, warum man ihr bis dahin verhehlt, daß sie noch einen Vater auf Erden habe. Endlich war sie jedoch inne geworden, daß sie durch diese zu späte Entdeckung auf alle Fälle bereichert sei. Sie hatte ja nun Geschwister!

Darauf begann denn ein Kosen eigener Art mit den Kindern Arnulf's, welche erst nach einigen Widerreden begreifen lernte, daß Fides Mutter zuerst nach dem Himmel gereist sei und daß sie daselbst die zweite Mutter, und nun auch den Vater erwartet habe.

Es war rührend zu beobachten, wie die beiden Kleinen zuerst mißtrauisch gegen diese Belehrungen, die sie als Vorspiegelungen betrachteten, jeden Einzelnen befragten, ob es auch wahr sei, daß Fides ihre Schwester bleibe, dann mit voller Seele dem Jubel reinster Freude sich hingaben und es tausend Mal wiederholten, daß Fides von ihrer lieben Mutter gesendet sei, damit sie nicht verlassen wären.

Die Glücklichen widmeten sich an diesem ersten Entdeckungstage so ausschließlich ihrer neuen Schwester, daß diese des inhaltreichen Kästchens, welches ihr späterhin mit einer gewissen Feierlichkeit von ihrem Vormunde übergeben wurde, kaum gedachte. In der Stunde, als die Kinder zur Ruhe gelegt wurden, öffnete sie dasselbe.

Es enthielt einige Documente, einige beschriebene

Blätter und einen prachtvollen Diamantschmuck, dem ein einfacher Trauring beigefügt war.

Sie hatte die Blätter gelesen und mit ihren Thränen bethauet.

Jetzt saß sie vor dem geöffneten Kästchen und las diese Blätter mit wiedergewonnenem Lebensmuthe zum zweiten Male. Ihr angeborner Frohmuth hatte schon die finstern Wolken der tiefen Herzenstrauer überwältigt und der Eindrück, den die kurzen Aufzeichnungen ihrer Mutter auf sie hervorbrachten, war heute ihrem Wesen mehr übereinstimmend, als die thränenreiche Ueberwältigung des vorigen Tages.

Ihr Gesicht war bleicher als sonst, ihre Augen sahen müde aus, aber um ihre Lippen spielte schon das Glück der Zukunft und die liebevollen Worte, die sie eben zu lesen begann, weckten nicht mehr die Trauer, sondern angenehme Erinnerungen, welche ihr dumpfes Bewußtsein von der Vergangenheit mit hellen Lichtstrahlen durchwoben.

Die Blätter trugen die Aufschrift: Für meine kleine Fides.

„Ach Mama, Deine kleine Fides ist unterdeß groß und recht artig geworden!“ flüsterte das junge Mädchen mit zärtlichem Lächeln. „Ich möchte Mama könnte mich jetzt sehen!“

Sie las weiter: „Nach menschlicher Voraussicht

erhält meine kleine Fides diese Blätter erst dann, wenn sie begreifen kann, daß durch die Erziehung des Menschen seine Schwächen zu Fehlern und seine Meinungen zu Weltgesetzen heranwachsen können. Daran allein scheiterte das Glück ihrer Eltern. Es ist nöthig, daß meine Kleine dies erfährt, damit sie die Verhältnisse ihrer Familie richtig beurtheilen kann, wenn sie eines Tages von den Schicksalen derselben Rechenschaft geben soll. Gelingt mein gut und fest entworfener Plan, den ich mit Hülfe des treuesten und liebevollsten Freundes auszuführen gedenke, so bist Du, meine kleine Fides, beim Lesen dieser Blätter nicht verlassen, sondern geliebt und behütet von einem edlen Manne, der den Namen Deines Vaters trägt. Der Segen einer Mutter wird vom Throne Gottes herab das Haus vor jeglichem Schaden bewahren helfen, worin ihr liebes Kindchen sich des Wohlseins und Gedeihens erfreuet."

Fides legte das Blatt nieder, faltete die Hände und blickte beweglich in die klare Morgensonne hinaus. „Ach, Mama," flüsterte sie, „ohne Melitta wär's Deiner kleinen Fides aber dennoch schlecht ergangen. Oder — solltest Du mir „vom Throne Gottes aus," Melitta's Herz zugeneigt haben, daß sie mich vor Schaden behütete?" Es verging eine gute Weile, ehe das junge Mädchen wieder zum Lesen überging. Ihre Gedanken hatten die ganze Zeitperiode überflogen, wo sie unverantwortlich vernachlässigt worden war. Zu dieser Zeitperiode gehörte aber die Kirchenepisode — und bei der Erinnerung überstrahlte das anmuthigste Lächeln ihr blasses Gesicht. Sie war sehr geneigt, Thilo's erste Bekanntschaft dort als eine Veranstaltung ihrer seligen Mutter „von Gottes Thron herab“ zu betrachten und ihr innig dafür zu danken. Dann las sie eifrig weiter.

„Jetzt red' ich zu Dir Fides, als seiest Du erwachsen und ein verständig' Mädchen. Ich will zu den Erinnerungen und Gedanken meiner Jugend zurückkehren. Meine gestillten Schmerzen fachen sich dabei von Neuem an und meine erloschene Liebe steht wieder in Flammen. Aber es ist nur ein Uebergang, der mich von der Erdenseligkeit in die der Ewigkeit führen wird. Darum Geduld, meine Fides! Ich werde mich kurz fassen! Belehrungen wirst Du hoffentlich nicht nöthig haben, denn die Cultur Deines Geistes bewahrt Dich vor den Irrbahnen meiner naturwüchsigen Phantasie. Mein Jugendleben verfloß nicht im Kreise feingebildeter Menschen. Ich sah mich von lustigen, heitern, aber rohen Männern umgeben. Mein Großvater, ein Freiherr von Killan, stand an der Spitze dieser Verwandten. Seine zweite Tochter war meine Mutter gewesen und von Jugend auf erzählte man mir, daß mein Vater diese Tochter nur ihres Besitzthumes wegen geheirathet und nach ihrem Tode nie wieder sich habe blicken lassen. Als ich denken und begreifen lernte, war er schon todt. Mir fiel das Erbtheil meiner Mutter zu. Es war eine ergiebige Besitzung. Das Dorf Tyrnau mit reichen Waldungen gehörte dazu. Nach dem Tode meines Großvaters habe ich dies Gut an einen Vetter verkauft. Der Caplan Dameke hat sich auch hier als ein treuer, einsichtsvoller Freund bewährt. Er wird Deinem Verlobten Rechenschaft über Dein Vermögen geben, denn nicht eher, als bis Du Dich verheirathen willst, sollen Dir diese Papiere zu Gesicht kommen — es müßte denn sein, daß Du es, aus besondern Rücksichten, fest verlangtest, Aufklärungen über Deine Herkunft zu haben. In diesem Falle soll der Caplan Dir das Kästchen ausliefern!"

Fides hielt inne und seufzte beklommen. „O, hätte ich dies Kästchen acht Tage früher gehabt!"

„Sieh, meine Fides, wir lebten auf unserm Schlosse wie in einer Wildniß. Ringsum Wald. Begränzt von Bergkuppen, über die wir nie hinaus verlangten. Schlesien war an Preußen gefallen. Was kümmerten uns aber Könige und Kaiser? Was ging uns Preußen an? Was fragten wir nach Oestreich? Wir lebten fort im alten Schlendrian und verlachten des Preußenkönigs Gesetze. Wir verspotteten seine Beamten! Jeder Zwang war uns unerträglich und reizte unsern Trotz. Nach unsern Begriffen geschah uns Unrecht. Ich denke noch jetzt, nach der bittersten Erfahrung meines Lebens, mit Entzücken an die Irrfahrten unserer Vettern, die einen Beigeschmack von wilder Romantik hatten. Bald brachten sie Wagen voll Wild, das sie geschossen hatten, wo es ihnen gerade einfiel. Bald fuhren ganze Reihen Karren, beladen mit nützlichen und angenehmen Gegenständen, die versteuert werden sollten, unversteuert in unsern Schloßhof und wurden mit gränzenlosem Jubel begrüßt. Ohne Blutvergießen ging das freilich nicht ab. Aber das erhöhete nur die Siegesfreude. Jetzt, wo ich, fern von der Heimath, zu sterben bereit bin, jetzt sehe ich ein, wie wenig ritterlich dergleichen Auflehnungen gegen das Gesetz sind. Die preußischen Beamten fühlten sich sehr unbehaglich in diesem Landesdistricte. Besonders aber klagten die Gränzbeamten. Fast Alle starben in der Ausführung ihrer Berufspflichten. Das heißt mit andern Worten, sie wurden erschossen, wenn sie sich einfallen ließen zu spioniren und die Schmuggelei zu stören.

Plötzlich hieß es, ein preußischer Edelmann aus alter Familie sei in unsere Gegend geschickt, um „scharf auszukehren!"

„Der muß unser werden, ehe er die Augen aufthun kann!" jubelten die Vettern. Mein Großvater war schon gelähmt, aber seine ganze Seele glühte noch im Jugendfeuer. Er betheiligte sich mit Wort und Rath bei den schlimmen Händeln, die zur Tagesordnung gehörten, als er nicht mehr zur That schreiten konnte. Bei der Nachricht, die eben von allen anwesenden Vettern durchsprochen wurde, saß er still zusammengekauert in seinem Rollstuhle. Ich fühlte, daß sein Blick auf mir ruhete. Die Bedeutung dieses Blickes sollte mir erst später erklärt werden.

„Er muß verheirathet werden!“ sagte er ohne sich zu regen.

Mit tollem Jubel nahmen Alle diesen Vorschlag auf. Es wurden Wetten auf das Gelingen dieses Planes eingegangen. Ich blieb gleichgültig bei dieser Scene. Meine Vorstellungen von preußischen Beamten gränzten an's Abenteuerliche. Ich sah in jedem von ihnen einen alten bärbeißigen, griesgrämlichen Mann, der kein Herz im Busen trug und würde es dreist geglaubt haben, wenn mir Jemand erzählt hätte, die preußischen Beamten trügen Hörner auf der Stirn.

Kurze Zeit nach dem Gespräche, das durch allerlei muthwillige Bemerkungen über die Armuth des altadeligen Preußen gewürzt wurde, kam ich auf die Einladung einer uns bekannten, aber nicht verwandten Dame zum Ball nach einer großen Provinzstadt. Dort haftete mein Auge sogleich auf einen Mann, der die edelste und schönste Erscheinung war, die ich jemals gesehen hatte.

Auch er bemerkte mich. Ich vergaß jede gesellschaftliche Regel, die mir Zurückhaltung vorgepredigt hätte. Großer Gott, war es denn eine Sünde, diesen Mann zu lieben?“

Fides neigte ihre Stirn auf das Papier. Zwei große Thränen perlten darauf nieder, als sie flüsternd diese Frage ihrer Mutter wiederholte und dabei an Thilo dachte. Zögernd ergriff sie nach einer Weile das Blatt. Ihr Herz pochte, denn sie kannte ja das Ende dieser tiefen heftigen Liebe schon.

„Unsere Liebe war gegenseitig nicht schüchtern, nicht verzagt, sondern flammend und überwältigend. Ich vernahm kaum aus seinem Munde die verrätherischen Worte voll Gluth, so gab ich ihm mein ganzes Herz zu eigen. Eine unaussprechliche Seligkeit folgte dem ersten Tage unserer Bekanntschaft — es war ein einziger wonnevoller Traum von Stunde zu Stunde, von Tag zu Tag, von Woche zu Woche, von Monat zu Monat — und dann erwachten wir Beide am Rande des ewigen Unglückes.

Meine Vettern trafen zum Besuch bei mir ein. Zuerst erschreckte mich ihr lärmendes Auftreten, denn ich war innerhalb der fünf Monate meiner Verheirathung merkwürdig veredelt und gezähmt. Jetzt erst erfuhr ich, daß mein Arnulf jener preußische Beamte sei, welcher dem tollen Treiben, so weit es gesetzliche Ueberschreitungen betraf, einen Hemmschuh anlegen sollte.

Jetzt erst begriff ich, daß er durch mich, durch eine Verheirathung mit mir, in unsere Interessen verflochten werden sollte. Zuerst betäubten mich diese Eröffnungen. Dann nahm ich die Sache leicht. Meine Anschauungen von Recht und Gesetz erleichterten meinen Vettern den Sieg über die Scrupeln, welche mein geschärftes Ehrgefühl und meine stolze Liebe zu Arnulf erhoben.

Die Verachtung, womit Arnulf meine Vettern behandelte, that mir weh.

Laß mich kurz sein, meine Tochter! Es ist gar zu schwer, einer Tochter gegenüber die Thorheit des gereizten Gemüthszustandes einzustehen. Genug, Dein Vater faßte den Entschluß, sofort die Gegend, wo seine Ehre und seine Liebe bedrohet wurde, zu verlassen und man willfahrte unverzüglich seinen Bitten.

Es war jedenfalls der beste Ausweg, unser eheliches Glück wieder herzustellen und zu sichern. Ich wollte ihm aber nicht folgen!

Ich war bis dahin noch nie hart getadelt. Mir war niemals ernst widersprochen worden. Kein hartes Wort hatte mich getroffen, trotz der wilden Gemüthsart meiner Vettern. Der chevalereske Ton gegen die Frauen ihres Cirkels hatte mich verwöhnt. Daher kam es, daß mich jedes stolze und befehlende Wort aus dem Munde meines Gatten verletzte, tödtlich verletzte und bis zum Grimme reizte.

Die Abgötterei, die wir gegenseitig mit einander getrieben, endete im ersten bittern Wortwechsel. Meine Begeisterung für Arnulf erlosch plötzlich — ich haßte ihn eben so rasch aufflammend, wie ich ihn geliebt hatte. Ich floh vor seinen anmaßenden Zurechtweisungen und ging zu meinem Großvater zurück, im Stillen darauf bauend, daß seine Liebe die stolze Härte seines Charakters nach und nach schmelzen und schließlich unsere Vereinigung wieder herbeiführen werde.

Dies geschah nicht! Als Arnulf fortging, ohne auch nur den Versuch zu machen, das heilige Band zwischen uns zur Geltung zu bringen, da entflammte ich in wildem Zorn. Dies gehässige Gefühl besänftigte sich erst, als ich durch die Länge der Zeit und durch Gewohnheit eine ewige Trennung von ihm erträglich fand. Es mochte indessen die leise Hoffnung auf ein endliches Wiedersehen und Wiederfinden viel dazu beitragen, daß ich nicht so schmerzlich litt, wie ich es im Anfange gefürchtet hatte.

Wenigstens ist es mir erinnerlich, daß ich, trotz alles Zornes, beständig darauf dachte, die Beziehungen zu meiner Sippschaft zu lockern und mich dergestalt von ihnen fern zu halten, daß meiner Entfernung aus der Gegend nichts in den Weg gelegt werden konnte. Geschah dies auch unbewußt, so bin ich mir doch des festen Willens sehr bewußt gewesen, nur nach den Gewohnheiten, nach dem Willen und den Meinungen meines Gatten zu leben. Ich zog mich nach meinem eigenen Besitzthume zurück, verschönerte das einfache, kleine Wohnhaus nach meinem Geschmacke und verließ dies klösterlich einsame Asyl nur zeitweise, um meinen alten Großvater zu besuchen.

Fünf Monate nach der gewaltsamen Trennung von Deinem Vater wurdest Du mir geboren. Ich war damals noch zu sehr in den Banden meines Trotzes gegen den harten Mann, als daß es mir eingefallen wäre der Verpflichtung zu gedenken, die mir Dein Dasein auferlegte. Ich nahm Dich, meine kleine Fides, als ein Geschenk des Himmels an und war selbstsüchtig genug, diesen Trost für mich zu behalten, obwohl ich durch die Verheimlichung Deiner Geburt Deinem Vater eine Freude entzog und gegen Dich sündigte. Auch hier handelte ich aber unbewußt und ohne klaren Willen zu böser That. Dies zeigte sich, als unser Caplan kam das Kind zu taufen. Entschieden wies ich ihn zurück und machte ihn auf den Schwur aufmerksam, den ich nach der Trauungsfeierlichkeit in seinem Beisein und mit seiner Bewilligung meinem Gatten geleistet hatte. Arnulf war Protestant. Wir waren von Geistlichen beider Confessionen eingesegnet, aber wenn ich auch nicht Willens war, meine Religion des geliebten Mannes wegen zu wechseln, so hielt ich seine Forderung für gerechtfertigt, daß unsere Kinder in seiner

Religion auferzogen werden sollten. Ich versprach ihm feierlich Gewährung seines Wunsches und forderte jetzt, daß mein Töchterchen von einem benachbarten protestantiichen Geistlichen getauft werde.

Im tiefsten Herzensgrunde schlummerte also bei mir immer noch die Hoffnung, meinem Gatten beweisen zu können, daß mir sein Andenken heilig geblieben sei. Unser Caplan zürnte mir deshalb nicht. Sein weiches, gutes Herz fühlte Mitleid mit meiner Lage, in die mich der Uebermuth meiner nächsten Verwandten gestürzt hatte. Er hegte dieselben Hoffnungen, wie ich, und hielt den Tod meines Großvaters, der fünf Jahre später eintrat, für einen geeigneten Zeitpunkt, um einige Schritte zu meiner Erleichterung zu thun. Schon früher hatte er zu erforschen gesucht, wo Dein Vater lebe. Man hatte ihm einen Winkel, nahe der russischen Gränze bezeichnet. Die weitern Nachrichten lauteten schrecklich — man hielt den jungen, kräftigen Mann für unrettbar verloren — seine Gesundheit erliege dem ungewohnten Klima, aber er weise alle Menschen von sich, er verschmähe jede Hülfe, jeden Trost, jede Theilnahme. Er begnüge sich mit der kärglichen Einnahme, lebe in fürchterlicher Abgeschiedenheit und verzehre sich sichtlich in einer vollkommen menschenfeindlichen Stimmung.

O Fides, Fides — wenn Du Deinen Vater nach der Aufklärung Deiner Herkunft auffuchst, so sage ihm, daß von diesem Tage an die Reue in mir einkehrte. Mein Herz blutete. Ich eilte zu meinem Großvater und enthüllte ihm mit bittern Selbstanklagen das Gemälde des Jammers, das mich gewaltsam aus meinen selbstsüchtigen Träumereien aufgeschreckt hatte. Der alte Mann wurde zum ersten Male böse auf mich, drohete mir mit seinem Fluche, wenn ich mir einfallen lassen wollte, eine Annäherung an den Gatten zu bewerkstelligen, der mich beinah fünf Jahre vernachlässigt hatte. Er nahm mir das feierliche Versprechen ab, mich nie wieder mit Arnulf zu vereinigen.

Fides hielt, wie von einer Erinnerung getroffen, inne mit Lesen und legte sinnend die Hand an die Stirn. „Mein Gott, könnte das jene Scene gewesen sein, deren ich mich lebhaft erinnere? Es lag etwas Ergreifendes in diesem ganzen Auftritte, dem ich unbeachtet beiwohnte, dadurch prägte er sich meinem Gedächtnisse so scharf ein. Ja, ja! Ich weiß es ganz genau, daß meine Mutter um etwas bat — ich weiß, daß ich mich an ihre Knie schmiegte, daß sie sagte: „Es ist sein, wie mein Kind!“ Arme Mutter! Armer Vater! Und doch kann ich Euch Beide nicht freisprechen von Schuld. Die wirkliche, wahre Liebe mußte Euch wieder zusammenführen — Ihr habt Euch nicht so wahr und heiß geliebt, wie ich den Mann lieben würde, der mich sein eigen zu nennen berechtigt wäre!“

Dann las sie weiter:

„Als mein Großvater gestorben war, bot ich Schloß Tyrnau, wie man bei uns zu Lande das kleine Haus mit seinen Wirthschaftsgebäuden zu nennen beliebte, zum Verkaufe aus. Der Caplan hatte eine Anstellung angenommen. Ohne ihn mochte ich nicht in meiner Einsamkeit leben. Ohne seinen trostreichen Umgang wäre ich in Elend versunken. Ich begann zu kränkeln. Ein schleichendes Uebel, von einer starken Erkältung zurückgeblieben, zehrte an mir. Ich dachte zum ersten Male an meinen Tod und an die hülflose Abhängigkeit meines Kindchens von denen, die an meinem Unglücke schuld waren. Meine kleine Fides soll nicht in solchen Verhältnissen aufwachsen, daß sich ihr Vater einst zu schämen hätte, wenn er sie als seine Tochter anerkennen muß.

Dieser Gedanke wurde zu einer fixen Idee bei mir. Der ersten fixen Idee gesellte sich bald eine zweite zu. Ich verkaufte Tyrnau bald und gut. Meine innere Unruhe, ganz sicher der Stachel zu später Reue, trieb mich zu einer Reise nach Berlin, wo der Caplan für kurze Zeit stationirt war. Dort in Berlin unter den Linden begegnete mir ein Herr in reicher Hoftracht. Mein Blick wurzelte an ihm. Die Bildung des Gesichtes, die Gestalt und ein nicht zu beschreibendes, nicht zu enträthselndes Etwas brachte mir, wie durch Zauberei, das Bild meines Gatten vor Augen. Der Hofherr war alt. Aber ich wußte, daß Arnulf verwaist sei, sonst hätte ich seinen Vater dahinter vermuthet. Zwei Tage später begegnete mir der Herr wieder. Dies Mal war der Caplan bei mir und ich fragte ihn, ob er den Herrn kenne. Er kannte ihn nicht. Um mir gefällig zu sein, wendete er sich zu einem Manne in Livree und erkundigte sich nach demselben. Ich war langsam mit Dir, meine Fides, fortgeschritten. Als ich mich fragenden Blickes dem Caplan wieder zuwendete, da sah ich an seinen bewegten Mienen, daß es wirklich ein Herr von Ettershaiden sei, wie ich schon vermuthet hatte. Jetzt gesellte sich die zweite Idee zu der ersten. Dieser Mann sollte mein Kind beschützen! Dieser Mann sollte es erziehen — er sollte es den Ansprüchen seiner Familie gemäß zum Leben heranbilden. Aber das Versprechen, das ich meinem Großvater an Eidesstatt gegeben, machte es nöthig, meinen Namen zu verbergen. Es war mir sogar lieb, dazu gezwungen zu sein. Ich glaubte übrigens noch lange Zeit zur Ueberlegung zu haben, allein das Geschick fügte es anders. Mein Uebel griff rasend schnell um sich. Ich konnte nicht wieder in die Heimath zurück, ohne Gefahr zu laufen, unterwegs zu sterben. Der Caplan odnete meine Geschäfte. Er nahm meine Angelegenheiten in die Hand. Ich bezog unter dem Namen Madame Tyrnau ein schön eingerichtetes Quartier.

Hier will ich nun meinen Tod ruhig erwarten. Umgeben von treuen Menschen, in Hoffnung auf Gottes Gnade und mit dem Bekenntniß, daß ich einsehe, Arnulf von Ettershaiden konnte nicht anders handeln, wie er gehandelt hat, wenn er seine Mannesehre und seine Berufswürde aufrecht erhalten wollte, schließe ich diese Blätter, die ich nur für meine kleine, herzigliebe Fides schrieb. Mir zum Troste und theilweise zur Entschuldigung und Beschönigung füge ich hinzu, daß es zu keinem rechten Einklange zwischen uns Gatten gekommen wäre, nachdem der grelle Mißton die himmlisch schöne Harmonie unserer Herzen gestört hatte. Wir waren Beide erwacht! Wir hatten die Seligkeit des Lebens traumhaft durchlebt — ein solches Glück ist nicht für die Kämpfe der Wirklichkeit — es unterliegt denselben. Wandle getrost Deinen Lebensweg, meine Fides, mein Segen wird auf Euch ruhen!"

Diese Schlußworte, so ähnlich den letzten Worten, die ihr Vater geflüstert, übermannten abermals die Fassung des jungen Mädchens. Sie verhüllte die Augen und überließ sich der Trauer über die Zerstörung eines Lebensglückes, das Ansprüche auf eine Dauer bis zur Gränze der Ewigkeit gehabt, wenn die menschliche Schwäche es nicht untergraben hätte.

Von ihr unbemerkt hatte dieser kurze, stille Gram einen theilnehmenden Beobachter. Thilo war schon längere Zeit im Nebengemache gewesen. Seine unruhige Liebe hatte ihn angetrieben leise einzutreten. Als Fides von schmerzlichen Gefühlen durchwogt, ihr Haupt senkte, da stand er hinter ihr und ließ seinen Blick flüchtig über die letzten Zeilen des mütterlichen Tagebuches gleiten. Wunderbar besänftigend wirkten sie auf sein aufgeregtes Gemüth. Diese wenigen und doch so vielsagenden Worte „Wir waren erwacht — wir hatten die Seligkeit des Lebens traumhaft durchlebt — ein solches Glück ist nicht für die Kämpfe der Wirklichkeit — es unterliegt denselben!“ —

Sanft umschloß Thilo die geliebte Gestalt. „Fides,“ flüsterte er leise und feierlich — „Fides, warum trauerst Du? Dort, wo die Geister derer, welche der Tod auf Erden getrennt hat, sich vereinen, dort hören die Kämpfe der Wirklichkeit, welche die Seligkeit des Lebens bedroheten, auf! Sie sind glücklich, Fides! Deines Vaters Bruder kann Dir mit voller Ueberzeugung verkünden, daß sein irdisches Wallen Qualen eigener Art in sich barg. Selbst Deine Kindesliebe hätte sie nicht zu bannen vermocht. Gönne ihm die Ruhe!“

„O, Thilo — Du weißt nur nicht, was Kindesliebe vermag!“ sprach Fides mit bewegtem Tone.

„Doch! Ich weiß, daß sich Kindesliebe opfern kann und doch einen unheilbaren Schaden nur unschädlich macht, ohne die Macht dieses Uebels zu entkräften," sprach Thilo entschlossen.

„Du würdest anders urtheilen, hättest Du die reiche Liebe gesehen, womit mein Vater, entweder von Visionen oder von der Aehnlichkeit verleitet, zu mir, als zu meiner Mutter sprach," fuhr Fides mit gesteigerter Lebhaftigkeit fort.

„Und dennoch bleibe ich bei meiner Behauptung!" sagte Thilo noch entschlossener.

Fides bewegte langsam, aber entschieden ihren Kopf. Dabei hob sie ihre Augen zu Thilo empor, unschuldig und kindlich, aber ihre Augenlider senkten sich schüchtern vor dem Blicke des jungen Mannes und ein tiefes Roth schlich langsam über ihre bleichen Wangen, Thilo's Herz begann leidenschaftlich zu pochen. Er legte seinen Arm fester um Fides und neigte seinen Kopf näher zu ihr nieder. In dieser Stellung blieb er, als er sprach: „Der Geist meines Bruders war furchtbar mächtig— sein Charakter durch Jugenderfahrungen gestählt. Der Nerv seines Daseins war ein Stolz, wie man ihn selten findet! Daß Deine Mutter eine Anerkennung in diesen letzten Zeilen ausspricht, ist mir ein Beweis ihres innern Werthes, und daß mein Bruder es trotzdem über sich vermochte, sie auf immer zu verlassen, muß Dir den Beweis liefern, wie unheilbar der Schaden seiner Seele war. Als er Dich sah, waren die Kräfte seines Geistes gebrochen, daher die Weiche seines

Herzens, welches er, neu belebt und beseelt, mit ungeschwächter Macht tyrannisirt haben würde, seines Stolzes wegen. Wohl Dir, du Tochter meines Bruders, daß er Dir in schwindender Kraft begegnete, daß er im Traume seines Herzens mit dem letzten Lebenshauche Dich segnete!"

„Meinst Du, daß es nicht geschehen wäre, wenn er bewußtvoll sein Kind erkannt hätte?" fragte Fides zitternd.

„Nein!" sagte Thilo feierlich. „Sein letzter Auftrag für mich ging dahin, das fragliche Erbtheil der Ettershaiden den Verwandten Deiner Mutter zuzuwenden, wenn das Kind Deiner Mutter ein Knabe sein sollte. Damit glaubte er seinem Stolze genug gethan zu haben, seinem Stolze, Fides, der ihn, gleich einem Stachel, immerfort reizte. Preise also Gott, daß er in seiner letzten Herzenswallung Dich gesegnet hat."

Fides verhüllte ihr Gesicht. Thilo athmete tief auf. Das schwere, anklagende Geständniß, dessen Wirkung entscheidend für sein Lebensglück war, hatte sich von seiner Brust gewälzt und mußte nun erst zerstörend in der Seele des jungen Mädchens walten, bevor er Heilung ihrer Wunden erwarten konnte.

Er fühlte mit Wonne, daß sie sich fester an ihn lehnte, daß sie in ihrer Hülfsbedürftigkeit zu ihm flüchtete, daß sie, die Wahrheit der Wirklichkeit gegen die Verklärung der Phantasie abwägend, mit unverkürztem Vertrauen eine Zuflucht an seinem Herzen suchte.

„Du tadelst also die Strenge Deines Bruders?“ fragte sie nach langem Schweigen sehr leise und schüchtern. Aber trotzdem lag in ihrem Stimmenklange ein Glück, nur dem Ohr der Liebe verständlich.

„Ja, ich tadle seine Consequenz, die ihn von einem Lebensglücke trennte,“ antwortete Thilo mit Bestimmtheit. „Ich würde jeden Mann tadeln, der das Weib seiner Liebe aus irdisch nichtigen Gründen verlassen und aufgeben kann. Das Wesen, das durch den Kuß der Liebe unser eigen geworden ist, das müssen wir als geheiligt betrachten, das müssen wir beschützen, das müssen wir an unserm Herzen fest zu halten suchen bis zum Rande der Ewigkeit. Es ist ein Schwur der Ehre, es ist ein Eid unserer Religion, den wir brechen, wenn wir gleichgültig gegen das Wohl und Wehe dieses Wesens werden, wenn wir nicht Alles versuchen, dasselbe auf den Weg zu leiten, der für ein gegenseitiges Glück nothwendig ist! Mein Bruder ist sich dieser Pflicht nicht klar bewußt geworden, sonst hätte er die Fesseln seines Stolzes gebrochen und einen andern Weg eingeschlagen. Ihm waren die heiligen Bande der Liebe Blumen auf seiner Lebensbahn — mir sind sie die theuersten und schönsten Pflichten.“

Seine Stimme sank bis zum Flüstern bei den letzten Worten. Fides fühlte, daß sie tief aus seinem übervollen Herzen kamen! O wie wünschte sie ihm sagen zu dürfen, daß sie schon längst sein eigen sei! Sie sah, zwar verschämt, jedoch so süß verlangend und verlockend zu ihm auf daß sein fester Wille dazu gehörte, um nicht seine Liebe mit dem heiligenden Kusse zu besiegeln. Aber es waren erst noch nothwendige Auseinandersetzungen noch zu heben, die früherhin keinen Einfluß auf sein Verhältniß zu Fides Tyrnau hatten, jedoch wesentlich wichtiger wurden, als sich Fides in eine Tochter seines Bruders verwandelte, anerkannt von dem Aeltesten der Familie Ettershaiden. Fides mußte seine letzte Vergangenheit durch ihr Urtheil sanctioniren, bevor er es für gut fand, um sie zu werben. Ihr Vater hatte ihn freigesprochen von jeder Versündigung am Vaterlande, denn er hatte erkannt, daß er nicht um Ehre und Ansehen gebuhlt, sondern seinen Lebensunterhalt gesucht habe. Er war aber nicht ganz sicher, wie der alte Herr darüber dachte und ob nicht das Gift der Verdächtigung im Stande sein würde, sein Liebesglück zu stören.

„Dein liebes Auge verräth mir, daß Du die Wahrheit meiner Worte nicht bezweifelst, Fides," sagt er liebevoll, indem er gewaltsam seines Herzens Wallungen dämpfte.

„Ist niemals im Kreise meiner Verwandten ein Urtheil über mich laut geworden, welches Dir Mißtrauen gegen mich einflößen konnte?"

„Niemals!" sagte Fides zuerst mit jener Gelassenheit, womit man gleichgültige Fragen beantwortet. Dann aber erkannte sie die Wichtigkeit dieser Frage und sprach mit dem Ausdrucke der Betheuerung: „Niemals, Thilo selbst damals nicht, als man Dich für den Marquis d'Etérais hielt."

„Auch späterhin nicht? Auch jetzt nicht, wo man meine Stellung zu dem Manne kennt, der als ein Feind unsers Vaterlandes betrachtet werden muß?"

„Auch jetzt nicht!" betheuerte Fides mit leuchtenden Augen. „Ich würde dies auch nicht geduldet haben! Der Name Thilo von Ettershaiden klingt mir noch aus meinen wilden Jugendjahren heraus. Ich hörte stets mit gespannter Aufmerksamkeit den elegischen Klagen des Fräulein Bianca von Wangera zu, wenn sie Deinen Tod bedauerte und ich weiß auch noch, daß ich ihre schwärmerische Sentimentalität einstmals garstig durch die naive Frage störte, „ob sie denn Thilo von Ettershaiden hätte begraben sehen."

Thilo lächelte. „Bianca von Wangera!" wiederholte er mit einem gewissen Pathos. „Merkwürdig, daß sie jetzt wieder auftaucht, wie ein nothwendiger Geisterspuk! Bianca hat an Deinen Vater geschrieben. Der Brief traf erst nach seinem Tode ein, weil man in Magdeburg nicht hatte erfahren können, wohin Herr Arnulf von Ettershaiden mit seinen Kindern gegangen war!"

„Was wollte Bianca von meinem Vater?" fragte Fides gespannt.

„Ihm beistehen, Fides, sie wollte ihm die Wirthschaft

führen und ihm durch ihre kleine kärgliche Einnahme die Sorgen um seine Existenz erleichtern. Das gute excentrische Mädchen sitzt nun in Magdeburg, wohin sie mit dem alten Fritsche, der dort Verwandte hat, gereiset ist. Ich will Bianca den Tod meines Bruders melden und ihr freistellen, ob sie hieher zu mir kommen möchte. Ich bezweifle es, denn sie liebt ihre Cousine Bella viel zu wenig, um ihr bewegtes Leben gegen ein stilles Landleben aufgeben zu mögen. Sie hat übrigens dort schon wieder ein Feld für ihre Begeisterung gefunden. Sie pflegt einen alten Freund ihres Vaters."

Fides lachte. Es war dem jungen Manne bei diesem Lachen zu Muthe, als bräche der Sonnenschein durch Nebelwolken.

„Möge Dir Gott Deine Heiterkeit nur erst wiedergeben, mein liebes Lieb," sagte er innig. Sieh, wir wollen nun mit dem kurzen Abriß aus meinem Leben diese Trauerzeit schließen und zu einem neuen Lebensabschnitte übergehen. Du weißt also schon, daß ich, so zu sagen, von der Erde verschwunden war und Du hast meine Auferstehung von den Todten selbst mit erlebt. Was dazwischen liegt, ist zweifelhaft geblieben und ich muß Dein festes Vertrauen in Anspruch nehmen, wenn ich Dir versichere, daß mich die Noth und nicht eine frivole und unlautere Absicht verleitete, meine Fähigkeiten dem Welteroberer zu widmen."

„O, höre auf Thilo!“ rief Fides mit edler Entrüstung. „Du thust mir wehe mit solchen Betheuerungen. Hast Du schon die Erfahrung gemacht, daß die Liebe ohne Verehrung und ohne Vertrauen gedeihen kann? Bedarf der Mann eines Ablaßbriefes für sein äußeres Leben, wenn er mit dem Herzen voll Liebe in eine Einsamkeit flüchtet? Nein Thilo — thue mir nicht so wehe, daß Du mir Mißtrauen unterlegst — ich könnte nie an dem zweifeln, den ich liebe!“

„Fides!“ rief Thilo, seiner Vorsätze vergessend, leidenschaftlich.

Sie kam jetzt erst zum vollen Bewußtsein dessen, was sie gesprochen hatte. Beschämt neigte sie ihre Stirne an die Brust des Mannes, der ein Bruder ihres Vaters war. „Mein Glück ruht in Deinen Händen, Fides,“ fuhr dieser fort. „Ich fordere es einst von Dir. Du weißt das ja längst, Du theures, liebes Kind. Aber es wird mir furchtbar schwer, Deinem lieblichen Wesen, das mich beständig reizt und lockt, zu widerstehen. Ich muß Dir fern bleiben, wenn ich Dich nicht mit glühender Liebe an mich reißen und das Wort der Treue von Dir heischen will. Du bist so jung — ich will, ich muß ja warten. —“

Sie richtete sich auf und umklammerte mit beiden Händen seinen Nacken.

„Nein Thilo — nimm mich mit Dir!“ bat sie

mit weicher klagender Stimme. „Mein Herz weilt ja doch stets bei Dir seit jenem Tage, wo ich Dich fand. Gieb mir meine Ruhe, meine Freudigkeit, meine Heiterkeit wieder! Laß mich bei Dir sein — bitte — laß mich bei Dir sein!"

Thilo wankte in seinen Entschlüssen. Er preßte sie feurig an sich. Er sah in ihre strahlenden Augen. „Als mein Weib, Fides?" fragte er leise. „Als mein Weib?" Eine namenlose Wonne durchzitterte das glühende Mädchen. Halb bewußtlos schaute sie auf — er neigte sich zu ihr und legte seine Lippen mit heißem Drucke auf ihre Lippen.

„Nun bist Du mein eigen!" flüsterte er. „Was auch in der großen, weiten Welt geschehen mag, wir tragen Alles zusammen."

„Und der Segen meiner Eltern beschützt uns!" fiel Fides begeistert ein. „Lies nun das Tagebuch der Mama! Thilo, ich will anders leben mit Dir, als meine Mutter mit Deinem Bruder! Nicht im Traume des seligen Glückes, nein im vollen Bewußtsein unserer Liebe, im vollen Bewußtsein unserer gegenseitigen Pflichten, im vollen Bewußtsein der Wahrheit und Wirklichkeit beginnen wir unsere Verbindung, und wenn ich glücklich den rechten Weg darin finde, so verdanke ich es Melitta, meinem Schutzengel, meiner Schwester, meiner Freundin!"

Schlußcapitel.

Zwei Märztage.

Die beiden glücklichen Menschen säumten nicht ihr Einverständniß der Familie bekannt zu machen. Es erregte weder Erstaunen noch Mißbilligung. Der alte Herr verheimlichte gar nicht, daß er seine kleine Fides niemand lieber anvertraue, als dem jungen Vetter Thilo. Der gnädigen Frau Tante kam die schnelle Verlobung sehr gelegen. Sie brachte damit sogleich zur Sprache, daß sie den Sohn Arnulf's am liebsten sofort adoptirt sähe und sie traf zu ihrer Verwunderung auf keinen Widerspruch. Man fand diese Vorsichtsmaßregel ganz in der Ordnung und schritt unverzüglich zur Ausführung.

Melitta war längst über den Herzenszustand ihrer Pflegeschwester im Klaren. Sie hatte von den Erschütterungen der Begebenheiten erwartet, was wirklich erfolgt war. Nur überraschte sie die Beschleunigung der Verheirathung, die unmittelbar nach Ablauf des Trauervierteljahres in aller Stille vor sich gehen sollte.

Fides als Hausfrau in der Burg sich denken zu müssen, war für sie fast peinlich und nur das unaussprechliche Glück in dem anmuthig verklärten Gesichte ihrer Freundin versöhnte sie nach und nach mit diesem Gedanken.

Das Leben im Schlosse zu Ettershaiden gewann plötzlich eine andere Gestalt. Die Regsamkeit Thilo's beeinflußte dasselbe. Was sich schon im Laufe der verflossenen Monate vorbereitet hatte, das brach wie eine Frühlingssaat hervor und weckte ein geistiges Gedeihen, ein Blühen der Gemüthlichkeit, wie man es noch vor kurzer Zeit nicht für möglich gehalten. Jeder Einzelne that dazu, was er vermochte. Im Stillen erklärte man es für ein Wunder, daß eine solche Harmonie möglich geworden sei, aber äußerlich gab sich Jeder das Ansehen, als habe man dergleichen erwarten können. Der Grundton in diesem harmonischen Beisammenleben lag in der Selbstzufriedenheit jedes Einzelnen. Man fand sich an seinem Platze und man fand seine Ansprüche nirgends beeinträchtigt.

Die Tage verflogen beinahe spurlos, selten unterbrochen von äußeren Begebenheiten. Nur einige Briefe von Oswald trafen auf geheimnißvolle Weise ein. Sie lauteten erfreulich, so weit es seine persönlichen Angelegenheiten betraf, aber ernst und auf eine drohende Zukunft deutend, in Rücksicht auf die näher rückenden Kriegsereignisse. Das Interesse an diesen Briefen wuchs aber erst späterhin, als der Herbst mit seinen mächtigen Winterfrösten eintrat und manches zeitigte, was erst vom Januar des russischen Klima's geleistet werden sollte. Unter dem Flügelschlage der nächsten Zeit entwickelte sich gleichzeitig das Glück Thilo's von Ettershaiden mit dem Geschicke der Völkerschaften.

Während dieser junge Mann sein Geschick klugerweise von dem labyrinthischen Wege Napoleon's sonderte, als der Kaiser auf den Fittichen des Ehrgeizes bis zur glänzendsten Höhe der Macht getragen war und in dem Uebermuthe seiner Macht mit der Unfehlbarkeit seiner Herrschsucht das ganze Europa zu tyrannisiren suchte, während dessen schlich verderbenschwer die Nemesis hinter den neuen Plänen zur Demüthigung Rußlands her. Langsam wälzte sich die furchtbare Heeresmacht durch die deutschen Gauen dem russischen Reiche zu.

Muthlos ergab sich Alles dem Befehle des Weltbeherrschers. Man sah in dumpfer Verzweiflung dem Treiben eines Mannes zu, der von Gott begnadigt schien, Alles zu erreichen, was er erstrebte.

Bis zu den Glücklichen im Schloße Ettershaiden drangen diese schrecklichen Streifzüge nicht. Nur die

Nachrichten darüber beunruhigten sie. Gleich einer Völkerwanderung überfluthehen die Heereszüge alle Provinzen, die ihnen wegsam lagen und gleich die ersten Schlachten erwiesen wiederum das ungeheure Kriegsglück Napoleons. Schon im September war er tief in Rußland eingedrungen und seine Absicht, bis Moskau zu gehen, um dort Winterquartier zu machen, entwickelte sich auf's deutlichste. Was kümmerten diese Absichten aber das glückliche Brautpaar, welches vor dem Altare einem Herzensbunde die Weihe geben ließ, der über alles Irdische hinaus zärtlich und edel zugleich war. Thilo und Fides reichten sich mit vielsagendem Blicke an derselben Stätte die Hände und wechselten das Gelübde ewiger Liebe und Treue, wo der Sarg Arnulf's gestanden, wo Fides im letzten Abschied von dem Todten eine so wunderbare Erschütterung gezeigt hatte.

Sie war jetzt getröstet. Ihr rosiges Gesicht leuchtete voll Heiterkeit. Früh gereift von den letzten Ereignissen hatte ihr Frohsinn dennoch nichts verloren und es ließ sich, nach Melitta's weisen Behauptungen, fast mit Sicherheit erwarten, daß aus der Würde der Hausfrau das thörichte Kind noch oftmals hervorspringen werde.

Als Thilo's Frau ging sie inmitten ihrer Geschwister ehrbar der Burg zu, während Melitta mit wehmüthiger Freude ihre Schritte nur von fern verfolgte und dann still dem Kastanienbaume zuschlich, der mit seinem dunklem Laube auch nicht mehr so fröhlich aussah, wie im Frühlinge, wo Fides in seinem Schatten Kränze flocht. Melitta fühlte die Veränderungen in ihrem Leben sehr tief. Ihre Gedanken durchirrten die kurze Zeitperiode vom Frühlinge bis zum Herbste. Wie die Blumen des Frühlings waren ihren Hoffnungen auf ein stilles Glück gewelkt. Jetzt stand sie nun einsam dem fernen Geschick preisgegeben. Eine Thräne stahl sich aus ihrem Auge.

Bald darauf kamen die Kinder von der Burg wieder heim. Sie blieben für's Erste im Garten bei der traurigen Melitta und an diesem Tage war es, wo Irmgart an die Stelle von Fides trat und eine Quelle des Trostes für sie wurde. Mit der Zärtlichkeit einer Mutter suchte sie die Aehnlichkeiten auf, die zwischen Fides und der Kleinen entschieden obwalteten. Die friedliche Gemüthsstille, nur auf Momente gestört, kehrte wieder ein bei ihr und geduldiger noch als sonst sah sie ihrer Zukunft entgegen.

Das Schicksal säumte nicht, sie zu prüfen! Napoleons Geschick wurde mit dem ihrigen verflochten, als Gott über diesen Mann zu Gericht saß! Napoleon erlitt die fürchterlichste Niederlage durch den Brand von Moskau. Noch erhob er zwar kühn und hoch sein Haupt und schauete den kommenden Tagen getrost in's Auge, aber er vermochte sich nicht in dem Lande zu halten, das er zu demüthigen und zu unterjochen gedrohet hatte. Seine Macht zerschellte an der Macht eines höhern Richters! Der große Kaiser floh gedemüthigt, entblößt von allen Bequemlichkeiten, gejagt von dämonischen Gewalten, zurück nach Paris, während seine große Armee, mit Kälte, Hunger und Durst kämpfend, armselig der Heimath sich näher betteln mußte. Dem Kampfe mit feindlichen Elementen sind auch die gewaltigsten Sieger nicht gewachsen, ihr Widerstand gegen die Natur ist ein vergeblicher.

Als die Herbststürme, welche ein gränzenloses Elend über Tausende von Menschen heraufbeschworen, die Blätter von den Bäumen gefegt hatten, war es nirgends behaglicher und lieblicher, als in der alten Burg.

Fides regierte dort mit allerliebster Würde. Ihre Gemächer waren vom alten Förster Lukas, dem die neue Herrschaft über Alles lieb geworden, mit Topfgewächsen ausstaffirt, so daß es, wie mitten im Sommer, dort blühete und duftete.

Wie war es so prächtig bequem durch die Pforte in den Garten schlüpfen und einen kurzen Spaziergang durch die Taxusgänge machen zu können. Wie einladend winkte danach das warme Zimmer, wie wohlthätig wirkte dann der heiße, dampfende Thee. Wahrlich es ging nichts über die Burg, wo es so himmlisch friedlich war, daß es die Herrschaften vom Schlosse tagtäglich magnetisch dort hinzog.

„Ich hätte nie geglaubt, daß es in dem alten Gebäude so hübsch werden könne!“ sagte Frau von Ettershaiden, als sie mit Pelz und Muff versehen, dem ersten Froste muthig Trotz geboten hatte, um den Thee bei Fides zu trinken.

„Ja, das macht nur, weil ich darin hause,“ gab Fides mit drolliger Gravität zur Antwort. „Mir stehen die Geister der Burg zu Gebote! Habt Ihr nicht gesehen, daß unsere Pappeln Euch zu Ehren weiße Kronen aufgesetzt haben und daß der Wald hinter uns wie mit weißen Flittern überzogen ist? Nun seht Ihr! Als gestern die Nebelgeister ihr schauriges Tuch über Alles gebreitet hatten, da schalt ich sie und sie flohen, indem sie mir schnell noch die Bäume mit Silber und Edelsteinen bewarfen.“ „Eine schnell schwindende Herrlichkeit,“ spottete der alte Herr, indem er seine kalten Hände flach gegen die Kaminwände legte. „Ergreift man sie, so ist sie verschwunden.“ „Wie alle Erdenfreuden,“ antwortete Fides schelmisch. „Will man sie fesseln, so entfliehen sie. Darum genieße ich meine jetzige Seligkeit, ohne ihre Dauer zu berechnen!“

Thilo faßte verstohlen ihre Hand und küßte die weichen Finger derselben. Fides deutete auf ihn, ein

Lächeln zwischen Wehmuth und Scherz umzuckte ihren Mund.

„Es überschauerte ihn heute plötzlich die Furcht, unser entzückendes Glück könne ein Ende nehmen!“ sprach sie. „Melitta, meinst Du, daß der große Geist dort oben, den wir Gott nennen, so fürchterlich unbarmherzig sein könnte, das zu trennen, was er durch seine weisen Wege erst vereinigt hat?“

Melitta verneinte die Frage. Sie allein kannte Fides so genau, um zu wissen, daß hinter dieser Sorglosigkeit ein banges Fürchten lauschte.

„Siehst Du Thilo!“ rief die junge Frau mit auflodernden Uebermuthe. „Nicht wahr, gnädige Frau Tante, ohne des Himmels Bestimmung wäre ich nie Thilo's Frau geworden! Warum hätte mich sonst das Schicksal in das Haus meines lieben Vormundes, warum in die Garnisonkirche geführt! Warum wären wir hieher verschlagen? Warum hätte Thilo die Burg geschenkt erhalten? Warum wäre der Name Melitta wie ein Stern in seine dunkle Nacht gefallen — sagt nur selbst, warum alle diese Vorbereitungen, wenn nicht unser Glück ein dauerndes sein und bleiben sollte!“ schloß sie eifrig.

„Ich sehe auch keinen triftigen Grund zu Befürchtungen,“ sprach der alte Herr lächelnd.

„Der Grund zur Furcht liegt in dem zu großen Glücke," erwiederte Thilo schwärmerisch.

„Wenn man gelebt hat, wie ich, heimathlos, freudlos, einsam im Weltall nur selbstischen Zwecken huldigend, so fragt man sich mit Recht, ob eine solche Heimath, wie ich hier finde, ein verdientes Glück ist." Frau von Ettershaiden reichte ihm die Hand. Ihr Gewissen sagte ihr, daß sie weit unedleren Zwecken gelebt habe und dennoch wieder glücklich geworden sei, als sie des Lebens würdigere Bedeutung erkannt habe.

„Wißt Ihr, was Schuld an Thilo's Aufregung ist?" fragte Fides mit komischer Feierlichkeit. „Ein großartiges Schreiben der Tante Bianca. Sie predigt Sonnenschein und Sturm in diesem Briefe. Ihr Geist scheint von den Steppen Rußland's eben heimgekehrt zu sein, denn sie verwünscht die Schutzgeister Napoleons, die ihn auch diesmal bei seinen Unternehmungen zu geleiten schienen."

„Ich denke, Bianca vergöttert Napoleon?" fragte der alte Herr erstaunt.

„Jetzt haßt sie ihn mit derselben Exaltation, womit sie eine Ursache wurde, daß ich in seine Bahn trat," sprach Thilo. „Mich berührte diese wahnsinnige Exclamation unangenehm, weil ich in dem Wechsel ihrer Gesinnungen eine Verurtheilung meiner Handlungsweise sah. Obwohl ich die Verwünschungen des französischen Kaisers ganz naturgemäß finde, so empörte mich doch Bianca's Fluch, da es mir schien, als könne meine jetzige Existenz darin begriffen sein. Die Liebe und das Glück macht abergläubisch."

„Bianca hat Deiner gar nicht dabei gedacht," versicherte der alte Herr heiter.

„Dies seltsame Frauenzimmer spukt förmlich in unserer Familie. Immer war ein besonderes Ereigniß im Anzuge, wenn Bianca in den Vordergrund trat und ihr mysteriöser Einfluß auf Familienbegebenheiten datirt sich von ihrer frühesten Kindheit. Als damals im Sommer ihr Brief mit der Nachricht kam, daß Arnulf noch lebe, da wußte ich schon im Voraus, daß sich etwas Wichtiges ereignen würde."

„Es ist uns zum Glücke geworden," fiel Fides ein. „Mag es diesmal auch zum Guten sein, daß sie sich uns nähert."

Frau von Ettershaiden, welche wenig Theil am Gespräche genommen, weil sie, wie immer, fast ausschließlich mit dem Knaben Ottmar beschäftigt gewesen war, lachte jetzt hell auf.

„Was seid Ihr thöricht!" rief sie. „Ihr legt Gewicht auf die Einwirkung einer unruhigen, abenteuerlichen, von ihren Einfällen hin und her getriebenen Person? Ihr habt Lust, sie als ein Werkzeug des Schicksals zu betrachten? Viel Ehre für meine überspannte Cousine. Sie wird sehr glücklich sein, wenn sie erfährt, was für eine Geisterrolle sie in Eurer Phantasie spielt. Wo lebt sie denn? Noch in Magdeburg?"

„Nein. Sie ist bei einer Freundin, die an einen Gutspächter in der Nähe von Gommero verheirathet ist," berichtete Thilo. „Das Gut muß dem Prinzen Louis gehört haben, denn sie spricht mit Entzücken von den Erinnerungen, die ihr aus jedem Winkel entgegentreten und citirt den Geist des Prinzen, der noch auf der ganzen Einrichtung des Hauses ruhe. Sie scheint für den Prinzen Louis auch begeistert gewesen zu sein," schloß er ironisch.

„Bianca hat es sich, wie viele Berlinerinnen, zur Lebensaufgabe gemacht, alle hervortretende Männer zu lieben und anzubeten," spottete der alte Herr. „Schade, daß die Männerwelt im Allgemeinen solche Abgöttereien mit Hohn betrachtet!"

„Ich denke mir, solche Damen beten sich selbst an und wollen nur Aufsehen erregen!" rief Fides. „Was mir imponirt, das macht mich eher stumm und schüchtern, als beredt."

„Weise gesprochen!" sagte Frau von Ettershaiden, wohlgefällig die kleine Frau betrachtend. „Nun aber hoffe ich nichts mehr von Bianca zu hören, sondern Musik. Du kennst meine Lieblingsstücke, „L'invocation" von Dussek und die „Phantasie" von Mozart!"

Fides eilte zum Flügel und spielte.

Das war einer jener Tage, wie sie jetzt oft in der Burg vorkamen Wie verschieden stellte sich dies friedliche Leben gegen die äußere Zerrüttung des Landes auf. In Kummer und Noth, in Angst und Sorge schleppte sich überall die Zeit hin. Das Ende des Jahres näherte sich, ohne die geringste Aussicht auf Abhülfe zu bringen.

Von dem schon eingebrochenen Elende in Rußland wußte man nichts. Napoleons fluchtähnliche Rückreise nach Paris kam nur Wenigen zur Kenntniß. Diese Rückreise wurde beschönigt, durch Lügen bemäntelt, von den Anhängern des Kaisers oft gerade zu bestritten und als Verleumdung behandelt. Im Reiche Westphalen herrschte eine tiefe, aber stumme Bestürzung, weiter ließ sich nichts behaupten.

Der erste Schnee legte sich weich und duftig auf die herbstliche Flur und hüllte die Burg mit ihren Insassen ein. Fides freuete sich wie ein Kind auf eine Schlittenpartie nach Wangeroda und lud Melitta zur Begleitung ein.

Es war der jungen Frau schon lange kein Geheimniß mehr, daß der Verkauf dieses Gutes nur zum Schein eingeleitet sei und daß Thilo mit redlichem Eifer die Aufsicht darüber führe. Auch Melitta wußte dies schon. Sie hatte einen Trost in diesem Umstande gefunden und verfehlte niemals sich Fides anzuschließen, wenn diese ihren Thilo dahin begleitete.

Eng aneinandergeschmiegt saßen die beiden holden Wesen vor Thilo im Schlitten, den er sicher von der Pritsche aus fuhr. O, war das eine Lust auf der glatten Schneebahn dahin zu gleiten! Fides hätte laut aufjauchzen mögen vor Freude!

Vielleicht hätte es ihr Thränen des Mitleids erpreßt, hätte sie in diesem heitern Momente gewußt, daß unter der Wucht des Schnees zu derselben Zeit ganze Reihen von starken, kräftigen Männer erlagen, daß sie ihr Haupt darauf betteten, um zu sterben!

Fröhlich kamen die Lustfahrenden in Wangeroda an. Thilo war unruhiger, als bisher. Kaum daß er sich Zeit gab, Fides und Melitta in ein schon durchwärmtes Zimmer zu geleiten. Böse Gerüchte hatten ihn ereilt und er sah der Minute, die ihn darüber versichern konnte, mit Spannung entgegen.

Rasch schritt er zum Fenster eines kleinen Cabinettes, das die Ecke des Herrenhauses bildete. Er vergaß in seiner gesteigerten Aufregung die sonstige Vorsicht und beide Freundinnen sahen durch die offen gebliebene Thür, daß er dicht unter dem Fensterbrett einen Nagel auszog und dann ein dünnes, schmales Brettchen, darunter hervorhob. Er legte das Brettchen aus einander und nahm ein Blatt Papier hervor.

Mit Erstaunen verfolgte Fides und Melitta jede seiner Bewegungen. Sie bemerkten die Aufregung seines Innern, womit er las.

„Es betrifft Oswald!" flüsterte Melitta hochaufgerichtet ihm entgegentretend.

„Du hast Geheimnisse, Thilo?" fragte Fides mit zärtlichem Vorwurfe.

„Es drängte mich längst Euch damit zu belasten," sprach Thilo ganz leise. „Aber der Frieden Eurer Jugend stand dabei auf dem Spiele. Mit solchen Geheimnissen ist Angst verknüpft, Ihr Lieben. Hört, was hier steht. — Gelungen! Fürchterliche Zerstörung! Entsetzliche Niederlage! Aufgerieben durch Kälte und Hunger, was dem Tode in den Kämpfen entgeht. Unaufhaltsam zur Gränze zurück. Ehe die Jahreszahl wechselt, beginnt die Jagd. Glück auf! —

Thilo ließ die Hand mit dem Blatte sinken, seine Wange war bleich geworden, aber sein Auge strahlte wie in Siegesfreude. „O, daß ich nicht hinkann, Oswald in seinem Werke beizustehen," sprach er traurig. „Aber wenn mich auch die Ehre zwingt, mein Schwert ruhen zu lassen — was ich zur Befreiung meines armen bedrückten Vaterlandes thun kann, das soll, bei Gott, geschehen!"

„Lebt Oswald?" fragte Melitta ernst.

„Es ist seine Handschrift!“ erklärte Thilo bestimmt. Sie ergriff das Blatt.

„Ueberlasse es mir,“ bat sie mit erstickter Stimme. Thilo erschrack.

„Melitta, es muß vernichtet werden! Bedenke die Gefahr!“ sagte er warnend.

„Die Gefahr träfe nur mich,“ antwortete sie begeistert und schob zitternd vor Aufregung das Blatt unter ihres Kleides Gürtel, wo es von dem Pochen ihres Herzens berührt wurde.

„Melitta — ich darf dies nicht zugeben,“ sagte Thilo flüsternd. „Du weißt nicht, was für Folgen sich daran knüpfen können. Tod und Verderben vieler unglücklicher Männer, die heimlich ihr ganzes Dasein einem Plane geweihet haben. Du kennst die Feinheit der französischen Spionage nicht. Ein einziger Buchstabe würde hinreichen, ganze Dörfer und Städte dem barbarischen Spürsystem Napoleons auszusetzen. Das war es, was mich von ihm trennte, das war es, was mich seine fernere Gemeinschaft fliehen hieß, was den Werth dieses Mannes in meinen Augen gleichsam vernichtete. Die Furcht erweckte seine Grausamkeit — er wurde Despot, als seine Sicherheit zu wanken schien. Melitta, vernichte dies Blatt um Deines Heiles willen und um der Sicherheit dieses ganzen Landstriches willen!“

„Nein!“ sagte das junge Mädchen mit jener Beharrlichkeit, die unter ihrer sanften Miene verborgen lag. „Eine Ahnung sagt mir, daß dieses Despoten Macht mit Hülfe Gottes gebrochen ist. Dies Blatt soll mir ein ewiges Zeugniß sein, daß es Männer gegeben hat, die des Herdes friedliches Glück opferten, um geräuschlos dem Tiger Fallen zu legen. Dies Blatt soll mich aber auch täglich an meine kalte Selbstsucht erinnern und mir ein Sporn werden, edler denken und handeln zu lernen. Dies Blatt soll aber auch meines Lebens Trost sein — ich werde es bewahren gleich einer Reliquie.*) — Der junge Mann wendete sich voller Unmuth ab.

„Thilo — gieb nach!“ bat Fides, ihn umschlingend. „Sie liebt Oswald so tief und innig — gieb nach — laß ihr das Blatt, welches bei ihr wohl sicher ist.“

„Du bittest um etwas, dessen Verantwortung auf meine Ehre zurückfällt,“ sprach Thilo.

„Fürchte nichts!“ sagte Melitta bewegt. „Deine Ehre ist mir so theuer, wie Oswald's Leben. Ich kämpfe um den Besitz dieses Blattes und setze Dir mein eigenes Leben zum Pfande, daß nie eines Men-

*) Im Jahre 1837 existirte es noch.

schen Auge es erblicken soll! Es ist mir ein geheiligtes Document — Oswald's Hand hat darauf geruht."

Thilo warf einen wilden, verzweiflungsvollen Blick auf das hartnäckige Mädchen. „Melitta — ich verletze einen Schwur" — flüsterte er dumpf.

„Die Folgen dieser Schwurverletzung mögen auf mein Haupt zurückfallen!" sprach Melitta feierlich.

„Gieb nach!" bat Fides. „Heiliges Schweigen zwischen uns Drei sichert uns!"

Thilo seufzte. „Möge es mir nicht angerechnet werden, wenn ich mich Euren Bitten schwach zeige. Der Jammer der ersten Verfolgung, die ich dadurch verschulde, wird mir ein Todesruf sein! Dessen seid eingedenk!"

Das Wort klang schwer und gewichtig. Es klang von nun an täglich in dem Herzen Fides' wieder und störte sie, so wie Melitta, aus dem ruhigen Frieden und Gleichmuthe auf, womit sie bis dahin die Weltereignisse betrachtet hatten. Jetzt, wo ihr Interesse geweckt war, wo es mit ihrem persönlichen Wohlsein sich verbunden hatte, jetzt achteten sie mit Spannung auf jede Veränderung nah und fern. Ihre Seelenruhe wurde vielleicht dadurch beeinträchtigt, aber es entwickelte sich eine Kraft in ihnen, die sie bis dahin nicht gekannt hatten. Die Liebe zur Heimath verwandelte sich in Liebe zum Vaterlande. Opferfreudigkeit wuchs aus der Begeisterung heraus, womit sie die Kriegsthaten der Helden beleuchteten, die schon im Beginne des neuen Jahres einzeln, wie leuchtende Vorbilder, hervortraten.

Immer sicherer verbreiteten sich die Kriegsnachrichten aus Rußland durch's ganze Land. Aber die Erbitterung der deutschen Bevölkerung war so groß, daß sie kein Mitleid bei dem gränzenlosen Elende fühlten, das sich in Rußland entwickelte, sondern dies Elend als ein Gottesgericht ansahen und es als eine Vermittelung erkannten, das schauderhafte Joch abzuschütteln. Immer stärker wogte es in den Herzen der Preußen, die zunächst dem Schauplatze dieses Elendes waren.

Der Frühling nahete. Schon war der Saft und die Kraft zum neuen Leben in der Natur sichtbar. Aber auch die Hoffnung auf Erlösung schwellte sichtbar die Herzen der Menschen! Schon lösete sich das Eis von den Gewässern — aber auch das Eis der Furcht von der Seele der Menschen!

Da rief der König von Preußen, gedrängt von guten Rathgebern, ermuthigt von edeln Feldherren, sein ganzes Volk zum Kampfe gegen den Bedrücker auf und verbündete sich mit Alexander, Kaiser von Rußland.

Es war am 15. März des Jahres 1813, als die beiden Monarchen, die im November des Jahres 1805 einen heiligen Freundschaftsbund geschworen hatten, sich Aug' im Auge gegenüberstanden und mit übervollem Herzen der Nacht gedachten, wo sie zum Schutz und Trutz gegen die gewaltige Macht Napoleons an der Gruft des großen Friedrich den Bruderkuß getauscht. Was war seitdem nicht Alles geschehen? Wirkungslos war dieser Schwur geblieben. Gedemüthigt hatte der edle Preußenkönig seinen Thron wanken — schmerzerfüllt hatte er seine schöne Gattin dem Grame endlich erliegen sehen müssen. Der verklärte Geist der Königin Luise trat in diesem verhängnißvollen Momente der schmerzlichen Rückerinnerung zwischen die festentschlossenen Monarchen und als hörten sie die Stimme wieder, die schon damals sprach:

„Die göttliche Vorsehung leitet unverkennbar neue Weltzustände ein und es soll eine neue Ordnung der Dinge kommen, da die alte sich überlebt hat und in sich selbst als abgestorben zusammenstürzt. Wir sind eingeschlafen auf den Lorbeeren Friedrichs des Großen, der, als Herr eines neuen Zeitalters, eine neue Zeit schuf. Wir sind mit derselben nicht fortgeschritten, deshalb überflügelt sie uns.

Der französische Kaiser scheint dazu ausersehen, uns als Wegweiser zu dienen. Von ihm können wir Vieles lernen und es wird nicht verloren sein, was er jetzt schon gethan und ausgerichtet hat. Aber ich halte, es dennoch für eine Lästerung, zu sagen: Gott sei mit ihm! Er ist nur ein Werkzeug in der Hand des Allmächtigen, um das Alte, welches keine Stätte mehr hat, aber mit allen Einrichtungen verwachsen ist, zu begraben. Gewiß wird es einst besser werden, das verbürgt mir der Glaube an das vollkommenste Wesen. Da es aber nur gut in der Welt werden kann durch die Guten, so glaube ich nicht, daß der Kaiser Napoleon fest und sicher auf seinem, jetzt freilich glänzenden Thron sitzt. Fest und ruhig ist nur allein Wahrheit und Gerechtigkeit und er ist nur politisch, das heißt klug, indem er sich nicht nach ewigen Gesetzen, sondern nach Umständen richtet, wie sie ihm gerade vorkommen. Ich glaube aber zu fest an Gott und also auch an eine sittliche Weltordnung, um nicht auch an ein Ziel dieser Zeitbewegung zu glauben." *)

Die Stimme, die das gesprochen, war verhallt, war gebrochen im Todeskampfe, aber das geistige Wehen dieser Offenbarung traf mahnend die Herzen Alexanders und Friedrich Wilhelms. Sie gedachten des Segens, womit sie damals den Freundschaftsbund geheiligt hatte. „Gott sei mit Euch!" und sprachen wie von Einem Gedanken beseelt: „Gott sei mit uns!"

---

*) Aus einem Briefe der Königin Louise.

Die Zurüstungen zum ernsten Kampfe begannen. Das Licht der neuen Hoffnung entflammte den Enthusiasmus der ganzen Nation. Der patriotische Eifer übertraf alle Erwartungen. Alles drängte sich zu den Panieren, die ihnen Freiheit versprachen. Es war die Blüthe, es war der Kern des Volkes, von jedem Alter, von jedem Stande, der sich sammelte, bereit, Gut und Blut, Leib und Leben zum Opfer darzubringen.

Thilo durch sein Ehrenwort von diesem allgemeinen Kampfe ausgeschlossen, legte den größten Theil seines Vermögens, das er mühsam im Dienste des Kaisers gesammelt, auf den Altar des Vaterlandes und war nicht zu stolz, sich von dem Vermögen seiner Fides erhalten zu lassen.

Während dieser gewaltig aufregenden Zeit waren die Nachrichten aus dem russischen Lager auf dem mysteriösen Wege, den Melitta hatte kennen lernen, immer siegesfroher und bestimmter geworden. Obwohl ihr nie wieder ein Blatt davon zu Gesicht kam, so betrachtete sie Thilo's gelegentliche Aeußerungen doch immer als Orakelsprüche und zitterte nach jeder Schlacht, bis sie eintrafen. Es waren diese Nachrichten gleichsam Bescheinigungen über Oswald's Leben und Gesundheit.

Die stete Unruhe und Spannung prägte das sanfte und stillgeduldige Gefühl der Liebe weit unauslöschlicher und leidenschaftlicher in Melitta aus, als es jemals ein ruhiges Beieinanderleben vermocht hätte.

Plötzlich hörten die Mittheilungen Oswald's auf. Man vernahm Gerüchte von einem Zusammenstoß der Verbündeten mit französischen Truppen in der Gegend von Magdeburg. Man bezeichnete die östlich von dieser Festung belegenen Städte Gommera, Möckern und Leitzkau als das Terrain eines harten Kampfes, der zum Vortheil der Verbündeten ausgeschlagen sein sollte. Daß russische Truppen dabei betheiligt gewesen, stellte sich nach und nach fest, aber da selbst Thilo niemals erfahren hatte, unter welchem russischen Feldherrn Oswald stand, so blieb es fraglich, ob er schon der Heimath so nahe sei.

Melitta zeigte sich unruhiger, als je. Täglich bat sie Thilo um Untersuchung des wunderbaren, geheimen Briefkastens. Es war vergebens. Der Brettverschluß blieb leer. Anfangs tröstete Fides die Freundin damit, daß ja nicht Oswald, sondern nur sein Vermittler durch veränderte Verhältnisse verhindert sein könne, die Zuschriften zu befördern. Nach und nach neigte indeß selbst diese leichtblütige Trösterin sich dem Glauben zu, daß Oswald irgendwo dem Schicksale eines Kriegers erlegen sei. Eine ahnungsvolle, schwüle Stille herrschte seitdem in der Burg.

Melitta suchte dort Trost und Erheiterung, fand

Beides aber nicht. Draußen in der Welt wurde es täglich wüster und wilder. Sieg und Niederlage wechselte. Eine Schlacht folgte der andern. Der Kampf zog sich der Gegend immer näher.

Man sprach ernstlich davon in Ettershaiden, sich zu vereinigen und entweder im Schlosse oder in der Burg eine gemeinsame Wirthschaft einzurichten. Für die Burg stimmte Thilo, so lange nämlich des König Jerome's Herrschaft in Kassel ungefährdet erschien. Er stand als als sein Unterthan sicherer unter dem Schutze desselben, und der Schutzbrief mit Napoleons Unterschrift hatte Macht ihn gegen französische Unbill zu schützen.

Dagegen stellte der alte Herr von Ettershaiden Gründe auf, die bei der stets höher aufflammenden Hoffnung auf gänzliche Befreiung Gewicht erhielten. Die kaiserlichen Diplome konnten sehr bald in Mißcredit kommen. Er rieth zur Vernichtung des Schutzbriefes, den Thilo besaß, und schlug ihm vor, auf preußischen Grund und Boden überzusiedeln.

Der Abend eines schönen Frühlinstages brach herein, als die ganze Familie, in derartige Discussionen vertieft in der Burg beisammensaß, um zum letzten Male genau die Folgen jedes Entschlusses abzuwägen. Man mußte jeden Tag erwarten, daß sich Streifzüge über diesen Landesstrich ergießen würden — die Noth drängte — ernster als sonst schauete Thilo aus, würdiger und fester beharrte der alte Herr auf seinen Ansichten.

Das Thor der Burg war, wie jetzt immer, geschlossen. Nur nach einem Zeichen mit dem schweren Messingklopfer an der Pforte wurde diese geöffnet.

Mitten im Gespräche hielt Thilo plötzlich den Athem an — dröhnend schallte das Zeichen durch den stillen Abend. Es begehrte Jemand Einlaß.

Mit stiller Fassung, durch Blicke sich Muth zurufend, erwartete man das Resultat dieses Ereignisses. Thilo allein stand auf. Die Würde des Hausherrn erforderte es, daß er sich zum Empfange unerwarteter Gäste bereit hielt.

Der Diener trat ein und meldete einen Boten, der nur dem Herrn von Ettershaiden allein seine Bestellung ausrichten wolle.

Alles athmete froh bei dieser friedlichen Wendung auf. Thilo ging schnell in den Vorflur — Fides folgte ihm neugierig bis zur Schwelle. Gespannt hingen die Blicke Aller an der Thür. Melitta war geisterbleich und stützte sich krampfhaft auf die Lehnen ihres Sessels. Gleich darauf hörte man Thilo's Stimme, welche freudig und laut durch die Wölbung ertönte.

„Fritsche — alter guter Leibhusar — täuscht mich denn wirklich mein Auge nicht — Fritsche — ist Er es denn oder ist's ein Geisterspuk?“

„Fritsche selbst und nicht sein Geist, Junker Thilo," brummte der Alte aus seinem weißen Barte hervor und dasselbe Lächeln, welches wie Wellenschlag früherhin seine Runzeln in Bewegung brachte, glitt über das alte braunrothe Gesicht hin.

Thilo zog ihn rasch in's Zimmer. Fröhlich, wie ein Knabe, stellte er den alten Mann hier als seinen allerältesten Freund vor und wurde gar nicht müde sich zu wundern und zu freuen über die Ankunft desselben, bis Fritsche endlich einen Brief aus seiner Brusttasche zog und dazu sprach:

„Dies sendet Ihnen das gnädige Fräulein Bianca und was nicht d'rinnen stände, das sollte ich erzählen!"

Thilo entfaltete eiligst den Brief und vertiefte sich in das feine Gekritzel Bianca's, während Fides den allerältesten Freund ihres Gatten von allen Seiten besah und ihn auf den nächsten Stuhl placirte, ohne sich an den mißliebigen Blick der gnädigen Frau Tante zu kehren.

Thilo las und sein helles Antlitz umwölkte sich mehr und mehr. Ein tiefer Seufzer entschlüpfte ihm — ein blitzschneller Blick streifte Melitta's Gesicht — dann rief er aber:

„Gott sei gedankt — die Gefahr ist also vorüber, Fritsche?"

„So weit wir armen Menschenkinder in einen

Menschen hineinzuschauen vermögen, Herr Junker — ja, so weit ist die Gefahr vorüber. Das gnädige Fräulein hat es sich mächtig viel Pflege kosten lassen um den Herrn —"

Ein Wink Thilo's gebot ihm Einhalt. Es war zu spät. Melitta stand schon neben dem Alten und fragte fest: „Oswald lebt also?"

„Er lebt und ißt und trinkt wieder. Aber die Kräfte sind weg. In der Klemme, wo er sich befindet, kann er fernerhin nicht gedeihen — er muß fort. Deshalb bin ich hermarschirt, um das zu besprechen."

„O, guter, guter Fritsche!" rief Fides, zärtlich seine Wange streichelnd. „Ja seht nur, ich bin ja Junker Thilo's Frau! fügte sie stolz hinzu.

Melitta hatte indeß mit bittender Geberde den Brief Bianca's ergriffen und war in's Fenster getreten, um ihn zu lesen. Das letzte Sonnenglühen leuchtete ihr dazu.

Was sie las, machte sie beben. Oswald war gefährlich verwundet am Rande des Fichtenwaldes bei Gommera liegen geblieben. Dort hatte ihn Bianca, mit gränzenlosem Erstaunen ihn erkennend, entdeckt, als sie mit der vollen Begeisterung einer barmherzigen Samariterin nach dem Kampfe hinausgeeilt war, den Verwundeten hülfreich beizustehen. Er war vorsichtig nach dem jetzigen Aufenthaltsorte Bianca's geschafft und dort in eines jener reizenden, versteckten Cabinette untergebracht, die sich oben im zweiten Geschoß des hübschen Amthauses neben dem Saale befanden, worin der geniale Prinz Louis seine bekannten Festins zu feiern pflegte. In diesem Cabinette, das durch eine Tapete gänzlich unsichtbar von Außen war, hatte Oswald drei volle Wochen versteckt gelegen, da der Verrath wach und die Vermuthung seines Dortseins verderblich für die guten, treuen Amtleute war. Der Kampfplatz hatte sich zwar schon weiter nach der Saale hingezogen, aber französische Streifzüge, aus Magdeburg's Mauern gesendet, um zu plündern und zu brandschatzen, machten die höchste Vorsicht nöthig, wenn man Oswald nicht als Gefangenen fortschleppen und ihn unter brutaler Behandlung seinen schweren Wunden erliegen sehen wollte. Er war nothdürftig so weit genesen, daß er vorsichtig fortgeschafft werden konnte. Nun forderte Bianca in seinem Namen Thilo's Rath, wie dies geschehen solle und wohin er gehen müsse, um sicher seine Genesung abwarten zu können. Melitta hatte den Brief gelesen und blickte gedankenschwer über die Landschaft hinweg, nach Wangeroda hinunter. In ihrer Seele rang der Schmerz und die Freude. Vielleicht nahete hiermit das Ende ihrer innern Qual. Vielleicht hinderte ihn seine Wunden, wieder einzutreten in die Reihen seiner Waffenbrüder?

Während sie grübelte, hatte sich Fides dem alten Fritsche als jenes schlafende Mädchen in der Garnisonkirche vorgestellt und ihn dadurch zum höchsten Staunen gebracht.

„Aber ich war nicht Melitta, alter Fritsche, sondern Fides," sagte sie neckisch. „Und daß Ihr mich Melitta getauft, hat mich beinahe um den Mann gebracht, den mir Gott von Anfang meines Lebens bestimmt hatte."

„Melitta —" wiederholte der alte Leibhusar nachsinnend. „Ja, Melitta — das muß wohl des Rittmeister von Wangera Liebste sein — er rief wenigstens beständig diesen Namen, so lange er im Fieber lag."

Welch' ein süßer Trost barg sich für Melitta in der treuherzigen Eröffnung des Alten!

Geschäftig, wie zwei Töchter, sorgten die jungen Freundinnen für seine Erquickung und Bequemlichkeit. Dann aber wurde Familienrath gehalten.

Durch diese unerwartete Begebenheit veränderte sich der Standpunkt aller Verhältnisse wesentlich. Oswald mußte nach Schloß Ettershaiden gebracht werden, um auf preußischen Schutz Anspruch machen zu dürfen. Thilo dagegen nahm es auf sich, ihn unter Napoleons Schutzbrief hieher zu bringen.

„Es soll der letzte Dienst sein, den mir dies Papier leistet," sagte Thilo am Schlusse der Berathungen. „Ist Oswald in Sicherheit, so übergebe ich es sammt meiner ganzen Vergangenheit den Flammen!"

„So soll's sein!" sprach der alte Herr von Ettershaiden.

Thilo richtete Alles vortrefflich ein. Er verschaffte sich eine französische Uniform, ließ sich einen bequemen Reisewagen direct aus Kassel kommen und fuhr unter dem Namen Marquis d'Etérais innerhalb der westphälischen Gränze ruhig bis vor Magdeburgs Thore, legitimirte sich dort, fuhr unangefochten hindurch und befand sich dann sehr bald auf dem nächsten Wege nach Gommera, der theilweise durch Waldungen führte.

Jetzt wechselte er die Maske, denn er befand sich auf preußischem Grund und Boden. Der alte Fritsche, der ihn auf dieser Fahrt begleitete, führte von jetzt ab das Wort und verkehrte so zwanglos gut preußisch mit einem kleinen Trupp Soldaten, daß man gegen den Herrn, welcher mit ihm im Fond des Wagens saß, durchaus keinen Argwohn faßte und ihn ohne Legitimation weiter fahren ließ.

Abends spät waren die beiden Reisenden glücklich auf dem Amthofe in Pöthen angelangt und trotz der späten Nachtstunde trat Thilo ganz geräuschlos in das geheime Cabinet, wo Oswald, unruhig wartend, ihm entgegenkam. Dies Wiedersehen war ergreifend. Thilo gab sein Leben preis, um ihn zu retten. Das wußte Oswald sehr gut. Hätte Fides eine Ahnung von seiner Gefahr gehabt, so würde sie den, welchen sie mehr liebte, als ihr eigenes Leben, sich nicht in diese Abenteuer haben stürzen lassen.

Stumm standen sich die jungen Männer eine Weile im Dämmerscheine einer kleinen Lampe, gegenüber. Thilo betrachtete erstaunt die Verwüstungen, welche das Kriegerleben und das Wundfieber in dem Gesichte Oswald's angerichtet. Er erschien um zehn Jahre gealtert. Seine ernste Ruhe war einer leidenschaftlichen Regsamkeit gewichen. Sein Patriotismus schien bis zum Fanatismus gesteigert zu sein.

Genug, Oswald war unglaublich verändert. Die Krankheit hatte seine Kräfte erschöpft, aber nicht die brennende Sehnsucht gelöscht, kämpfen zu wollen für die heiligen Rechte seiner Brüder. Sein ganz farbloses Gesicht verrieth, was er an Schmerzen des Körpers gelitten hatte, aber er achtete das gering gegen die Leiden seines ruhelosen Geistes, der vorwärts strebte, um das glücklich begonnene Unternehmen zu enden.

„Gott sei gepriesen, Thilo, daß Du da bist," sprach er gedämpft, denn noch war nicht Alles zur Ruhe im Amthofe und sie waren nicht sicher vor Horchern und Schleichern, die gern die Verräther gespielt hätten, wenn sie die leiseste Ahnung eines Geheimnisses gewittert. „Gott sei gepriesen. Ich kann keine Ruhe finden —

ich muß fort — ich muß an meinen Platz, den Niemand auszufüllen vermag! Ich muß fort! Hilf mir dazu! Ich habe nicht eher Ruhe, bis ich die Macht Napoleons vernichtet weiß, bis wir diese Fremdlinge in das Mark ihres Vaterlandes zurückgetrieben sehen. Mach', daß ich fortkomme! Ich kann sicherlich schon wieder zu Pferde sitzen!"

„Ja," fiel Thilo gutmüthig spottend ein, „ja um herunter zu fallen und von Neuem in Fieberphantasien dahin zu schwärmen bis zur Pforte des Todes. Halte Ruhe, mein Freund! Fortbringen will ich Dich, aber meine Instructionen von Fides und Melitta lauten „bis zum Schloß Eltershaiden!"

Oswald machte eine Gebärde des Unwillens und der Ungeduld.

„Es hilft Dir nichts! Ein guter Ehemann lernt pariren!" scherzte Thilo.

Oswald lächelte schwach. „Bianca sagte mir's. Du bist mit der kleinen Fides verheirathet? Sie ist Deines Bruders Tochter erster Ehe?"

„Ganz in aller Form verheirathet mit meiner eigenen Nichte!" erklärte Thilo lachend. Er hatte die Absicht der krankhaften Aufregung Oswald's entgegen zu arbeiten, um ihn für seine Vorschläge vorzubereiten.

„Du Glücklicher! Und Melitta?"

„Wartet geduldig auf Dich, den tapfern, klugen und bescheidenen Franzosenvertilger!“

„O Thilo! Ich darf nichts lieben, so lange mein Vaterland meiner bedarf!“

„Melitta hat auch nichts dagegen. Sie begnügt sich mit der zweiten Stelle in Deinem Herzen. Aber — sie läßt Dich beschwören, meinen Rathschlägen unbedingt Folge zu leisten, sonst könnte es sich ereignen, daß Du und wahrscheinlich auch ich, eines schmählichen Todes sterben müßten. Man macht in der Wuth jetzt kurzen Proceß und spart Pulver und Blei. Der erste, beste Baum ist brauchbar zum Galgen. Stricke hat jeder Franzose bei sich.“

Oswald nickte. Er wußte das schon. Thilo fuhr fort.

„Mein Vorschlag geht dahin, daß Du in der Uniform eines französischen Grenadierlieutenants —“

„Wie? Ich — in einer französischen Uniform — es wäre eine ewige Schande für mich!“ unterbrach ihn Oswald wild auffahrend. „Das kann Dein Ernst nicht sein!“

„Es ist mein Ernst gewesen,“ erwiederte Thilo gelassen, „und mein ganzer Plan würde scheitern, wolltest Du bei Deiner Weigerung beharren.“

„So laß mich hier!“ rief Oswald kurz und heftig. „Eine Rettung vor Gefangenschaft in der Uniform des tief verhaßten Feindes läuft meiner Soldatenehre zuwider. Nur ein Diplomat, der jeden Schleichweg für erlaubt hält, kann so etwas ersinnen!"

Thilo legte gutmüthig die Hand auf seine verwundete Achsel. „Ruhig, Freund! Ich zwinge Niemand meine weisen Rathschläge auf, aber ich mache Dir bemerklich, daß es draußen böse aussieht und daß ich Dich nur auf westphälischen Wegen, als ein dem fürchterlichen Elend in Rußland Entkommener, retten kann. Alle andere Wege sich unsicher. Dieseits der Elbe schwärmen Preußen, Russen, Franzosen, Sachsen, Baiern u. s. w., wild durcheinander. Die Straße durch Anhalt bis Dresden ist so gut, wie ein fortlaufendes Pelotonfeuer zu betrachten. Wir würden in Freundes Land weit mehr incommodirt werden und Gefahr laufen, als in Feindes Land. In Feindes Land müßtest Du aber, um sicher zu sein, die Rolle spielen, die ich Dir vorschlug."

So will ich meinen Weg allein antreten!" sagte Oswald entschieden.

„Das erste Piket französischer Plänkler wird Dich dann in die Kasematten Magdeburg's liefern. Außerdem habe ich die Ehre Dir zu sagen, daß jeder Edelmann gern seine Schwüre hält und ich habe Fides sowohl als Melitta auf Ehre versichert, daß ich mit Dir eher untergehen würde, als Dich Deinem eigenen Eigensinne opfern. Melitta scheint Dich sehr genau zu kennen — ihr ahnete dergleichen."

„Thilo — die Uniform kann und werde ich nicht anziehen," sprach Oswald hierauf.

Thilo sann nach. „Nun — so wagen wir es Dich als Todtkranken zu costümiren. Betten werden ohnehin sehr nothwendige Uebel sein, Du hältst sonst das Fahren nicht aus. Eine alte Joppe wird sich auftreiben lassen. Den Kopf verbinden wir und Du schläfst, wenn sich Jemand unserm Wagen nähert. Blaß genug bist Du, um als halbtodt gelten zu können."

„Diesem Vorschlage will ich nicht widerstreben," meinte Oswald seufzend, „obwohl es mir lieber wäre, Du bötest mir eine Escorte meiner wackern Russen an."

„So weit reicht meine Macht nicht — ich bin westphälischer Unterthan, wie Du weißt."

„Wann würden wir unsern Fastnachtszug beginnen können?" fragte Oswald mit bitterm Scherz.

„Vor morgen Nachmittag nicht, denn meine Pferde sind durch die eilige Reise hieher angestrengt und müssen einen halben Tag ruhen. Die Rückreise machen wir Deines Zustandes wegen langsamer."

„O nein! Nur vorwärts, nur vorwärts! Ich will schon Alles ertragen!" rief Oswald.

„Warten wir ab, was Du morgen um diese Zeit empfindest. Eine Verschlimmerung wird eintreten, davon bin ich überzeugt. Nur noch eins, ehe Bianca kommt, die mir zugeflüstert hat, daß sie uns aufsuchen werde, sobald das Gesinde zur Ruhe sei. Ich habe stets die Erfahrung gemacht, daß jedes Geheimniß am sichersten bewahrt wird, wenn Niemand ein Geheimniß ahnet und daß jedes Wagestück am besten gelingt, wenn Niemand eine Gefahr fürchtet. Selbst dem treuesten und zuverlässigsten Menschen traue ich nicht. Darum erfuhr mein Kutscher gar nichts von der Absicht meiner Reise und darum bitt' ich Dich, weder gegen den ehrlichen Fritsche, noch gegen Bianca von unsern Befürchtungen zu sprechen. Wir fahren einfach von hier ab, ohne Fritsche wieder mitzunehmen. Der alte Leibhusar paßt mir nicht auf Westphalens Grund und Boden, und Bianca's Stoßgebete würden mehr verrathen, als nützen. Mein Kutscher ist ein alter Bekannter, der mich nur unter dem Namen Marquis d'Etérais kennt. Ich habe ihn eigens aus Kassel zur Reise kommen lassen mit dem Wagen zugleich. Er kennt Dich nicht — er kennt meine wahren Verhältnisse nicht. Er weiß nichts vom Grunde meiner Reise und ist sorgloser Natur. Also unser Losungswort heißt: Keine Vorsichtsmaßregeln sind die besten Vorsichtsmaßregeln."

„Ich füge mich — um mich vor Gefangenschaft zu bewahren — Deiner diplomatischen Klugheit," murmelte Oswald und winkte Thilo zu schweigen, weil ein Geräusch sich nähere.

Gleich darauf trat Fräulein Bianca ziemlich aufgeregt in das kleine Cabinettchen, das kaum Raum für so viel Gäste bot. Sie reichte Thilo, den sie erst sehr flüchtig begrüßt hatte, in einem Anfluge von Extase die Hand und sprach mit Pathos: „Ich sehe Dich wieder, Thilo — noch glaube ich es kaum! Hätte ich gewußt, wo Du zu suchen gewesen, ich würde das Land durchpilgert haben, um Dich von dem Despoten Napoleon zurückzufordern!“

„Lassen Sie es gut sein, Cousine Bianca,“ antwortete Thilo herzlich lachend. „Wäre dieser Despotenhaß damals schon ausgebildet gewesen, so hätte ich wahrscheinlich nie das Angesicht Napoleons gesehen und mein Lebensweg würde sich einer andern Richtung erfreuet haben. Aber ich bin jetzt zufrieden. Wir wollen die Vergangenheit ruhen lassen.“

„Ja, ja!“ sprach sie eifrig. „Wir haben Wichtigeres zu sprechen. Dies kostbare Leben muß den Klauen der Franzosen entrissen werden,“ fügte sie theatralisch auf Oswald deutend, hinzu.

„Lassen Sie doch den armen Franzosen Gerechtigkeit widerfahren,“ spottete Thilo, um ihre Aufmerksamkeit von Oswald abzuziehen, der sich unbehaglich zu fühlen schien, daß er seiner treuen Pflegerin nicht volles Vertrauen schenken dürfe. „Wissen Sie nicht mehr, wie Sie die Zierlichkeit der französischen Hände und Beine gepriesen haben? Denken Sie an den Tambour!“

„Ich habe diese Verblendung schwer gebüßt!“ antwortete die Dame mit erhabener Würde. „Was habt Ihr über die Reise beschlossen?“

„Gar nichts, Cousine Bianca.“

„Wie wollt Ihr den Spürnasen der Feinde entgehen?“

„Ach thörichte Einbildungen — wer wird sich um zwei Reisende bekümmern, wovon der eine, ‚ein ehrbarer westphälischer Unterthan‘ und der andere ‚ein halbtodter Mensch‘ ist,“ antwortete Thilo leichthin. „Sie übertreiben stets, Cousine, in der Furcht, wie in der Hoffnung — in dem Tadel, wie im Lob — im Abscheu, wie in der Begeisterung! Sorgen Sie nur für Betten, den armen Kranken einzupacken.“

Bianca sah ihn verwundert zuerst an, dann ließ sie ihre lebhaften Augen über Oswald gleiten. Ihr Verstand war klar, wenn sie sich nicht in Exaltationen verstrickte. „Betten? Glaubt Ihr, daß es sicherer sei, ihn als Todtkranken reisen zu lassen?“

„Nicht doch! Die Betten sind nöthig, um das Rütteln des Wagens erträglich zu machen!“ sprach Thilo. Bianca ließ sich ablenken vom richtigen Urtheile und versprach Betten zu besorgen. Weiter verlangte Thilo nichts. Alles Andere besorgte er allein.

Am nächsten Nachmittag rüstete er sich zur Abreise. Er hatte sich ganz harmlos auf dem Amthofe gezeigt und sich hier als wohlwollender und leutseliger deutscher

Herr aufgestellt, um von vornherein jede Neugier beim Gesinde zu unterdrücken. Er kannte den Volksgeist auf dem Lande. Was nicht befremdet, wird ohne Argwohn betrachtet. Nachmittags ließ er den Wagen, dicht verschlossen, vor der Hausthür vorfahren. Die Betten lagen schon darin. Die Sache war bis jetzt vortrefflich gegangen. Kein Mensch glaubte, daß sich im Hofe ein Verwundeter befinden könne.

Die Minute rückte heran, wo Oswald im Hausrock des Amtmannes den Wagen besteigen sollte — da fiel sein Blick auf seine eigene Uniform, auf seinen Säbel und Czako. Er beharrte darauf, diese Sachen mitnehmen zu müssen.

Thilo erschrack über diese Zumuthung. Er suchte ihm den Gedanken auszureden — vergebens — Oswald erklärte nichts davon in Stich lassen zu wollen — seine Ehre verlange es.

„Wunderliche Begriffe von Standesehre, wenn man sich dadurch in die Situation versetzt, als stelle man ein Faß Pulver mit brennender Lunte neben sich," sagte Thilo verdrießlich. „Gut denn — auch dies sei gewagt! Ich werde die Behauptungen des alten Leibhusaren Fritsche wahr machen müssen, um aus dieser schwierigen Lage als Sieger hervor zu gehen. Der alte Bursche meint, ich sei schon als Knabe niemals um Ausflüchte verlegen gewesen, hoffen wir also, daß mein Ingenium mich bei dieser vorhabenden Heldenthat nicht in Stich läßt. Im Nothfalle habe ich den lettre de protection zur Hand, werde jedoch so wenig, wie möglich Gebrauch davon machen. Napoleon soll in Sachsen sein. Es könnte sich ereignen, daß er in seinem gewaltigen Grimm über Deutschland's Undankbarkeit seine eigene Unterschrift nicht respectirt wissen wollte."

Der Wagen fuhr ab. Der Argwohn folgte nicht seiner Spur. Nur theilnehmende Blicke und stille Sorgen geleiteten ihn. Thilo's Mienen verriethen die größte Sorglosigkeit.

Zuerst ließ Thilo den Kutscher ruhig die Straße verfolgen, die sie Tags zuvor gekommen waren, dann gab er ihm Instruction, rechtsab einen Sandweg zu wählen, um dem Kranken das scharfe Rütteln zu ersparen. Es wurde diesem Befehle natürlich Gehorsam geleistet und man näherte sich dadurch Magdeburg von einer ganz andern Seite, wie Tags zuvor.

Je näher man Magdeburg kam, desto straffer richtete sich Thilo auf. Entschlossen maß er die sich verringernde Entfernung an den Domthürmen ab, die seine Straße zu verschränken schienen. In dieser verhängnißvollen Stunde verwünschte er seine Nachgiebigkeit gegen Oswald, die ihn bewogen hatte sich mit seiner verrätherischen Uniform zu beladen. Oswald ahnte nichts von dem harten Seelenkampfe seines Freundes. Apathisch in die Kissen zurückgelehnt, die ihm jetzt erst als durchaus nothwendig erschienen, überließ er sich dem Behagen, seiner beklemmenden Lage im Amthause enthoben zu sein und schlummerte endlich ein. Erst beim Anhalten des Wagens am Thore schreckte er aus diesem leichten Schlafe auf und wollte sich erheben. Thilo drückte ihn zurück in die Kissen.

„Kein Laut von Deinen Lippen — schlafe fort!" flüsterte er. Ein wachthabender Officier trat eilig näher und forderte Thilo's Legitimationspapiere, natürlich in französischer Sprache. Ruhig reichte er sie ihm. Der Officier verbeugte sich leicht, blickte aber zu gleicher Zeit scharf in den Wagen auf die Betten, worin Oswald eingehüllt lag.

„Aber der Kranke, Herr Marquis?" fragte er mißtrauisch und befremdet zugleich.

„Ist ebenfalls westphälischer Unterthan," antwortete Thilo mit seiner gewinnenden Freundlichkeit.

„Er heißt?" fragte der Officier scharf.

„Waugéra —" antwortete Thilo, den Namen so streng französisch accentuirend, daß niemand Wangera darunter gesucht haben würde.

„Kommt woher?" fragte der Officier ungeduldig. Thilo zuckte mitleidig die Schultern. „Von Rußland! Aus Mitleiden nahm ich ihn mit in den Wagen! O, mein Herr, wer könnte solchem Elende widerstehen! Ich glaube deshalb keiner Unannehmlichkeit ausgesetzt zu werden. Mein Reiseziel ist Kassel!"

Alles das redete Thilo mit der zuversichtlichen Miene eines Franzosen, der hier in seinem Rechte zu sein glaubte. Der Officier trat zurück und verschwand durch das Pförtchen im Thore, welches halb zugelehnt war.

Es verging eine qualvolle halbe Stunde. Thilo stand Höllenangst aus. Er konnte erwarten, daß eine strenge Visitation des Wagens stattfinden werde.

Wenn er nur die verwünschte russische Uniform fortgehabt hätte.

Plötzlich zeigte sich ein Sergeant am Thore. Langsam schlendernd umging er den Wagen und musterte ihn, als wolle er ihn zum Modell nehmen.

Beim Kutscher, der gelangweilt im Bocke saß, blieb er stehen und fragte ihn auf französisch, woher er komme. Der Bursche lachte und schüttelte mit dem Kopfe.

Dann folgte die Frage, wohin er wolle. Wiederum ein höchst vergnügtes Gesicht als Antwort — nichts weiter.

Der Sergeant fragte immer weiter. Der Kutscher lachte immer sorgloser.

Zuletzt rief er in der allerfröhlichsten Laune:

„Parle nicht französisch, guter Mann — kann nichts weiter sagen, als vive le roi Jérome!"

„Ah! bien, très bien!" sprach der Sergeant und ging durch's Thor zurück.

Gleich darauf erschien der junge Officier, überreichte Thilo'n die mitgenommenen Papiere und rief mit lauter Stimme: „Passez!"

Die Thore flogen auf — der Wagen rollte hinein in die Friedrichsstadt.

Nicht eine Regung der Wimpern hatte gezeigt, daß Thilo unter fürchterlicher Herzensangst der Entwicklung dieser Thorscene geharret hatte. Nicht eine verrätherische Bewegung hatte bewiesen, daß Oswald im Innern entschlossen gewesen war, lieber seinen Säbel sich durch die Brust zu bohren, als sich gefangen hier festhalten zu lassen. Unverändert ruhig fuhren die beiden jungen Männer über all' die Brücken, die sie zu passiren hatten, durchschnitten die Stadt bis zum Sudenburger Thore und wurden nun abermals angehalten.

Hier forderte man nur die Papiere Thilo's, worauf der erste Wachthabende die Begleitung des Kranken vermerkt hatte und ließ den Wagen schneller passiren. Noch immer herrschte lautlose Stille im Wagen. Nur ein Blick voll Dank stieg aus Oswald's Augen zu Thilo's ruhigem Gesichte empor.

Sie beobachteten die größte Vorsicht, bis sie endlich auf offener Landstraße waren, Oswald hob sich hier aus seiner liegenden Lage auf, trocknete sich den Schweiß von der Stirn und sagte aufathmend: „Lieber drei Stunden vor dem Feinde, als eine solche qualvolle halbe Stunde peinlicher Erwartung. Warum machtest Du keinen Gebrauch von Deinen lettres de protection — ich hätte Dich so gern daran erinnert, fürchtete aber beobachtet zu werden.“

„Diese Furcht ist sehr begründet, mein Freund!“ sprach Thilo ebenfalls erleichtert.

„Wir Beide waren fortgesetzt dem Brennspiegel eines Fernglases ausgesetzt und die leiseste Unvorsichtigkeit hätte unser Grab gegraben, darauf kannst Du Dich verlassen! Meinen Schutzbrief hier anwenden hieß mein letztes Pulver verschießen. Ich hätte ihn nie wieder zu sehen bekommen und geholfen hätte er mir nicht. Aber — noch sind wir nicht über alle Berge! Hast Du bemerkt, daß meine Tactik richtig war — die gränzenlose Harmlosigkeit meines Kutschers gab den Ausschlag: Vive le roi Jérome!“

„Die schwierigste Passage ist überstanden!“ meinte Oswald freudig.

„Wer weiß!“ war Thilo's lakonische Antwort. Seine Ahnung war richtig.

Bald darauf sahen sie sich von einem Trupp Soldaten umringt, dessen Anführer ein so wild verwegenes

Aussehen hatte, daß selbst Thilo's Fassung bei dem drohenden Blicke desselben erschüttert wurde.

„Wohin? Woher?“ fragte er deutsch, aber mit französischem Accente.

Thilo antwortete artig in seinem schönen geläufigen französischen Jargon, der selbst feingebildete Franzosen zu dem Wahne verleitet hatte, in ihm ein Kind Frankreichs zu sehen. Des Colonels Züge glätteten sich auf der Stelle. Sein Blick wurde milder. Theilnehmend fragte er nach dem Kranken, der unbeweglich und mit festgeschlossenen Augen dalag. Thilo brachte wieder seine Vorspiegelung von Rußland an und zeigte bedeutungsvoll auf die Stirn Oswald's.

„Ah — pauvre camérad,“ flüsterten die nächststehenden Soldaten. Sie grüßten achtungsvoll und ritten davon.

Das war die letzte Prüfung, welcher Thilo's Geistesgegenwart ausgesetzt wurde. Von da an passirten sie ohne Schrecken und ohne Aufenthalt alle Städte und alle Flecken Westphalens bis Kassel hinab.

Aber andere Umstände begannen Thilo zu ängstigen, so daß er wünschte, endlich seine Heldenfahrt, wie er diese Reise mit Recht nannte, beendet zu sehen.

Oswald's Befinden verschlechterte sich sichtlich. Seine Wunden, schlecht und mangelhaft verbunden, öffneten sich wieder und als Thilo mit ihm in Ettershaiden ankam, mußte man ihn aus dem Wagen tragen.

Es folgten jetzt schwere Tage voll Leiden und Besorgniß. Eine Woche lang schwebte der junge Krieger, der durch seine unzeitige Unruhe seinen Zustand verschlimmerte, in Todesgefahr. Man gab ihn verloren, nur Fides sprach täglich mit frohem Gottesglauben fest und zuversichtlich die Hoffnung aus, daß er nicht sterben werde, und hob durch ihr kindhaftes Vertrauen den sinkenden Muth Melitta's so weit, daß sie sich standhaft der Pflicht der Pflege unterziehen konnte.

Erst als die Lebensgefahr vorüber war, wanderte Fides an Thilo's Arm wieder in ihre eigene Häuslichkeit zurück. Sie hatte sich trefflich bewährt in dieser Zeit der Angst und Noth, warf sich aber freudestrahlend an Thilo's Brust, als sie wieder im lieben Daheim saßen und flüsterte ihm zärtliche Worte und Betheurunden zu.

„Glaub' mir, mein Thilo, ich bin in dieser Zeit zur Erkenntniß meines Glückes gekommen und habe in dieser Erkenntniß den Zweifel bestätigt gefunden, daß meine selige Mama Deinen Bruder nicht wahrhaft geliebt haben kann. Ich wäre nicht im Stande gewesen die Trennung von Dir länger zu ertragen — zu Fuß hätte ich eine Wallfahrt den Weg entlang, den Du kommen mußtest, unternehmen mögen. —

Thilo sonnte sich einen Augenblick in ihren zärtlichen Augen, ehe er antwortete: „So lieb das klingt, so muß ich Dir Deine Ansicht rücksichtlich Deiner Mama doch widerlegen. Deine Mutter wurzelte mit ihrem Jugendleben in einer weit verbreiteten und doch eng geschlossenen Familie, deren Gewohnheiten ihr als Tugenden erschienen. Sie war dort so fest heimisch, daß sie erschreckt wieder dahin zurückfloh, als ihr des Lebens Zwiespalt näher trat; daß sie Deinen Vater niemals vergessen hat, zeigt ihr übriges Leben und Handeln."

„Weißt Du, daß in Deinen Worten eine Lebenslehre und Lebensregel steckt?" fragte Fides lachend. „Danach werden die Männer am glücklichsten werden, die eine Frau finden, welche nicht aus den Banden einer großen Familie losgelös't werden muß. Diesen Frauen wird der Mann Berather und Beschützer, Vater, Freund und Geliebter sein." Thilo küßte ihre Lippen und fiel mit heiterm Spotte ein:

„Richtig! Aber leider können solche Frauen oft nicht ohne eine Melitta leben!"

„Doch — ich kann's!" sagte die junge Frau mit plötzlichem Ernst. — „Aber ich weiß, daß Du mir erlaubst, sie immer zu lieben, bis an meines Lebens Ende!"

Oswald's Genesung verzögerte sich bis zum Sommer. Er hatte seinem Commandeur unverzüglich Nachricht über seine Verwundung und über seinen Aufenthalt ertheilen lassen und dagegen vom Prinzen Eugen von Württemberg mehrmals kurze Berichte über sein Kriegsleben erhalten. Kaum war der junge Mann bei solchen Nachrichten zu halten! Als aber die Kunde das Land durchlief, Napoleon rüste sich zu einem entscheidenden Schlage gegen Berlin, da hielt es ihn nicht länger! Fort drängte, fort zog es ihn, als könne man seiner nicht entbehren! Vorwärts mußten sie, wenn nicht Alles, Alles wieder rückwärts gehen sollte!

„Achtzigtausend solcher Männer, wie Oswald und Deutschland würde frei!“ sagte Thilo am Morgen des Tages, wo Oswald durch seine Hülfe heimlich den leidenschaftlichen Bitten Melitta's entwichen war. Das Wort der Treue ließ er dem jungen Mädchen zurück, der Schwur ewiger Liebe war zwischen ihnen getauscht, aber unter welchen Aussichten, unter welchen Hoffnungen?

Das Vaterland rief: Was galt ihm da die Liebkosung der Geliebten.

Man hörte nichts von ihm. Die blutigen Schlachten gingen vorüber — der Graus des wildesten Kampfes, den Haß und Ehrsucht, Verzweiflung und Eroberungswuth nur kämpfen kann, entwickelte sich immer gräßlicher, je mehr die Unterdrückten entflammten in vaterländischer Begeisterung und die Unterdrücker vor Wuth entbrannten in stolzem Uebermuthe!

Man hörte nichts von Oswald. Der Winter kam in's Land. Das Reich Westphalen verschwand bei seinen ersten kalten Nächten, als sei es im Nebel aufgelöset, wie es aus wüsten Wetterwolken entstanden war. Immer weiter zurück zogen sich die Männer, welche mit Wehr und Waffen ihre Heimath verlassen zur Bedrückung fremder Staaten. Kühn vorwärts drangen die Heere der Verbündeten.

Der Frühling kam. Ein Jahr, ein einziges Jahr hatte hingereicht, um Deutschland aus dem Joch zu befreien und Napoleon's Siegesstolz zu brechen.

Wieder war es März, als die beiden Monarchen, die vor Jahresfrist in Schlesiens Gauen hoffnungsvoll der Kraft der Völker vertrauten, Hand in Hand auf der Höhe von Chaumont standen und mit gerechter Genugthuung auf Paris hinschaueten, das sich so eben der Großmuth der feindlichen Heere ergeben hatte.

Während der Kaiser Napoleon mit sprachlosem Entsetzen die erste Nachricht seiner Niederlage empfing, standen diese beiden Herrscher im Abendglanze auf der Höhe und gedachten mit Wehmuth der Opfer, die dieser endliche Sieg gekostet hatte.

Vor allen Dingen drängten sich dem Könige von Preußen die Leidensjahre in's Gedächtniß, wo er gebeugt und gedemüthigt der Uebermacht hatte weichen müssen, wo er an der Seite seiner Gemahlin hülflos der Zukunft entgegengelebt hatte. O, wenn sie, die Verklärte, die seine Trösterin gewesen im tiefsten Trübsale, wenn sie diesen Augenblick erlebt hätte! Ihr Andenken schwebte heiligend über der Stätte und milderte die Bitterkeit der Empfindungen, welche Vergeltung heischten. Der Frieden Gottes kam über die Herzen der Herrscher und sie vergaßen im Edelmuthe des Siegers, daß es in ihre Hand gelegt sei, ohne Schonung und ohne Großmuth handeln zu dürfen. Freudig bewegt standen sie und horchten den Klängen ferner Musik, die zum Marsche einzelner Heerhaufen ertönte. Der Donner der Geschütze schwieg und Friedensfahnen weheten von den Thürmen im letzten, goldenen Sonnenlichte!

Wie ein Lauffeuer ging diese Nachricht durch Deutschland, Paris genommen! Napoleon entthront! Der alte Herr von Ettershaiden faltete bewegt seine Hände und sagte:

„Nun mag mich der Tod heimholen in sein Reich! Daß ich dies noch erlebt habe, ist eine unverdiente Gnade des Himmels!"

Aber Alle mäßigten den Jubel ihres Herzens um Melitta's willen, die still und gebeugt das Opfer trug, was ihr auferlegt schien. Thilo sprach davon, daß er sich nun an den Prinzen Eugen wenden und Nachricht über Oswald's Schicksal einziehen wollte. Noch waren zwar die Kriegsunruhen nicht ganz vorbei, aber es kehrte doch eine gewisse Ordnung ein, die eine Uebersicht der gefallenen Krieger möglich machte.

Ehe Thilo zu seinem Vorhaben schreiten konnte, sprengte eines Tages eine Stafette auf den Schloßhof von Ettershaiden und hoch aufjauchzend vor Freude hielt der alte Herr einen Brief den Seinen entgegen mit dem Ausrufe: „Er lebt!“

Melitta wankte zwar ein klein wenig, fiel jedoch nicht in Ohnmacht, sondern brach nur in Freudenthränen aus. Nun war ja Alles gut!

Oswald schrieb:

„Das Werk ist vollbracht! Unser Schwur ist gelöset! Welch' eine Satisfaction für uns, in Paris zu sein und die vollständige Entthronung des Mannes festsetzen zu sehen, der so unsägliches Elend über unser Vaterland gebracht, der den Tod von Hunderttausenden auf der Seele hat! Meine Brust drohete vor Entzücken zu springen, als wir, unsern heldenmüthigen Prinzen Eugen an der Spitze, in Paris einzogen. Sein Auge suchte meinen Blick — er konnte am besten beurtheilen, wie stark es in mir wogte und wallte. Das geschah am 30. März, meine Theuern! Am folgenden Tage ward uns die Ehre, die drei verbündeten Monarchen, Alexander, Friedrich Wilhelm und Franz in Paris empfangen zu können. Dabei empfing ich meinen Lohn für meine treue Ausdauer. Prinz Eugen sprach mit dem Kaiser Alexander einige Worte. Dieser trat rasch auf mich zu, reichte mir beide Hände und sprach laut und feierlich: „Wir wissen, was wir Ihnen danken, Major Wangera — wir werden nicht Ihr Schuldnet bleiben. Auch das Wort ist mächtig — wir haben das kennen gelernt! Jetzt aber denken Sie an Ihre Gesundheit, die sehr erschüttert ist! Kehren Sie in Ihre Heimath zurück — Unsere Achtung begleitet Sie!"

Ja, ich komme! Ich reise unmittelbar nach dem Courier ab, der diesen Brief bringt. Ich komme, aber vielleicht komme ich nur, um bei Euch zu sterben! Aber auch das ist süß! In der Heimath, nach vollbrachtem Werke, gehegt von der Liebe meiner süßen Braut, von der treuen, geliebten Melitta, die den fliehenden Athem meiner erschöpften Brust zurückhalten wird — endlich dann in ihren Armen einzuschlummern mit dem Bewußtsein, nicht umsonst gelebt, gedacht und gewirkt zu haben — ja auch das ist ein Segen des Friedens, den ich mir erworben habe.

Aber meine theuern Lieben — ich will mich in Wangerode, das mir mein herrlicher Thilo erhalten hat als Eigenthum, zur Ruhe niederlassen. Melitta — bitte ich zu viel, wenn ich sage: Erwarte mich dort im bräutlichen Kranze und laß den Priester bereit sein uns zu segnen, damit Du still bei mir bleiben kannst, entweder mir zum Heile, daß ich gesunde oder bis ich eingeschlummert sein werde.

O, wie sehne ich mich nach Dir, Melitta! Wie sehne ich mich nach den heitern, sonnigen Zimmern meines ländlichen Hauses! Wie sehne ich mich, die reine klare Fluth unsers Teiches zu sehen, nicht von Menschenblut gefärbt, sondern, von der Gluth des Abendrothes, beschattet vom Grün der Bäume, die silbernen Wellen im grünenden Rasen auslaufend! Ich komme! Dann wollen wir zusammen Gott preisen, der Alles so wunderbar und herrlich zu Ende geführt hat."

Eine heilige Stille folgte dem Vorlesen dieses Briefes. Die Blicke aller Anwesenden richteten sich auf Melitta, die mit verklärtem Lächeln da saß und endlich mit sanfter Stimme sagte:

„Es war meines betrübten Herzens einziger Wunsch, ihm in Tode nur nahe sein zu können — dieser Wunsch wird mir erfüllt und ich bin glücklich darüber. Daß ich seine Bitte erfüllen werde, ist natürlich. Schon morgen ziehe ich nach Wangerode, um ihn zu erwarten. Die Trauung wird wohl keine Schwierigkeit finden, nicht wahr?"

„Das besorge ich, Melitta," sagte der alte Herr. „Gehe hin und thue, wie Du willst, unser Segen begleitet Dich!"

Fides stand längst hinter der Freundin und küßte

sie. Thilo bemächtigte sich ihrer Hand. Frau von Ettershaiden aber sagte im prophetischen Tone:

„Gottes Gerechtigkeit wird Dein Glück in Obacht nehmen und es nicht kürzen um Oswald's willen, denn er hat sein irdisches Glück schwer verdient!"

Und sie behielt recht! Oswald starb nicht, obwohl er mehrere Jahre siech und elend blieb. Melitta's liebende Pflege kämpfte ihn dem Tode ab und er erfreuete sich in späterer Zeit einer ziemlich kräftigen Gesundheit.

Thilo verließ die Burg nie wieder, aber er bauete sie aus, er vergrößerte sie durch einen Anbau und verschönerte sie, daß sie ein Schmuck der ganzen Umgegend wurde.

Der alte Herr lebte noch viele Jahre. Er schien sich in dem Aufblühen des neuen Stammes zu verjüngen und er erzählte den Kindern Melitta's und Fides' noch, daß einst ein französischer König in Deutschland geherrscht und die Burg an Thilo von Ettershaiden geschenkt habe.

Seine Gattin widmete sich eifrig der Erziehung von Arnulf's Kindern und fand eine lohnende Vergeltung in der Verehrung, womit sie nach des alten Herrn Tode im Schlosse Ettershaiden als Herrin betrachtet und behandelt wurde bis an ihres Lebens Ende.

Bianca von Wangera war unmittelbar nach Beendigung des Krieges nach Potsdam zurückgekehrt, wo sie, durch Thilo's Hülfsleistung, von nun an ein sehr behagliches Leben führte. Durch den kühnen Umschwung ihrer Begeisterung zur Patriotin geworden, erzählte sie sehr gern von dem Zufalle, der sie zur Retterin ihres Vetters Oswald gemacht hatte und es blieb für sie der größte Triumph ihres Lebens, bei der Schicksalsentwicklung Thilo's die Hand im Spiele gehabt zu haben.

...on can be obtained
...com

...2
...4BA/274

9 783752 595680